谭仲池　著

打捞光明

——谭仲池长篇小说选

线装书局

图书在版编目（CIP）数据

打捞光明：谭仲池长篇小说选 / 谭仲池著 . -- 北京：
线装书局，2016.12
　ISBN 978-7-5120-2564-6

　Ⅰ . ①打… Ⅱ . ①谭… Ⅲ . ①长篇小说 – 小说集 – 中
国 – 当代 Ⅳ . ① I247.5

　中国版本图书馆 CIP 数据核字（2016）第 303161 号

打捞光明——谭仲池长篇小说选

作　　者：谭仲池
责任编辑：宁　静
装帧设计：王文龙
出版发行：线装书局
　　　　　地　址：北京市西城区鼓楼西大街41号（100009）
　　　　　电　话：010-64045283（发行部）　64045583（总编室）
　　　　　网　址：www.zgxzsj.com
经　　销：新华书店
印　　制：北京睿和名扬印刷有限公司
开　　本：787mm × 1092mm　1/16
印　　张：23.75
字　　数：312千字
版　　次：2016年12月第1版第1次印刷
印　　数：0001—4000册
定　　价：62.00元

更多资讯请访问官网

目　录

打捞光明

凤凰之恋（节选）

都市情缘（节选）

打捞光明

——谭仲池长篇小说选

Dalao Guangming

Tanzhongchi Changpian Xiaoshuoxuan

打 捞 光 明

第一章

　　对光明的误解，历史被流动的时间蒙上了黑色。悠扬的箫声穿透迷茫的心灵，在山野的夜空下奔走。它吹出了苍岩沉重的思辨，青鸟的叹息，清泉的苦涩；它吹动了忧郁的山水；它吹开了枯萎心田的花草，去噙着自然之神赐予的夜露在浓重的夜色里酿造阳光的希望。

一、秋夜箫声

逆境如期而至，是在 1969 年 9 月的第三天。

寒玉冰的家不再平静，一切正常的生活节奏被打乱。妻子慕雪站在房子里发呆，现在去的地方是一个怎样的地方？该给玉冰带去一些什么？放学回来的刚满八岁的女儿寒雪也站在一旁用惊恐的疑惑的眼睛望着大人，她感觉到家里正在发生着什么意外的事情。寒玉冰在书柜前清理书籍。他知道，把书带到乡下去最安全。放在城里，一旦红卫兵来抄家，就会遭毁灭之灾。他从书架上抽出《列宁哲学笔记》《马克思恩格斯选集》《毛泽东选集》和斯大林的《苏联社会主义经济问题》。接着便抽出了一本《雪莱诗选》，他翻开诗集，读了起来：

> 我爱波涛暴风的狂澜，
> 几乎任何事物，
> 只要属于自然，
> 而可以不沾染世俗的痛苦。

"明天一早就走，你还有心思读诗！"慕雪在催促玉冰整理衣物书籍。

> 难测的海！它的波浪是年岁，
> 时间之洋，它充满深沉悲痛，
> 带着泪之咸味。

倦于吞噬，却仍咆哮无魇，

你吐出难船，于荒凉岸边！

平静中反叛，狂澜中骇人，

谁将出发到你那儿，

难测的海？

寒玉冰的心在颤动，热血在沸腾。雪莱这诗分明是给自己写的。是啊！从明天开始，我将带着这个家出发到哪儿？哪儿有我荒凉的岸边？

次日清晨，寒玉冰带着妻儿，向着未知的命运出发了。

往年的秋天，天高云淡，雁队掠空。田野的金色和枝头的红果给农民酿造着醉人的米酒。可今年的秋天格外的灰暗，瘦菊在路边摇曳，早凋落了芬芳的金丝花瓣，只剩下枯萎的叶茎在草丛里叹息。

寒玉冰一家登上了一艘停泊在琴江边的乌篷船。

琴江虽然还是那样闪烁着蓝湛湛的光波，捎着两岸青山挤进江里的翠绿缓缓地朝西天的苍茫里流去。但细心的寒玉冰发现，这江水也泛起了层层疲倦和忧愁。他知道这是一条时间的隧道，它在人类与自然相拥抱的世界不知道奔跑了多少载。它的永无际涯的江涛怀着深深的痛苦送别过无数死亡的命运，又同时在灵魂清醒的一瞬，燃烧着浓烈的慈爱，用洁白的浪花之手，去抚慰在礁石边哀号的难船。这无延长的波浪岁月在平静中也浮动着苍凉，在咆哮中也飞扬着污秽。它甚至不能容忍任何美好的存在和生长，残忍地去摧毁美丽的田园，诗歌的亭台和琴韵依依的水榭，使江水变得黑浊，像眼泪那样咸涩。

就是像琴江这样古老而美丽的河流，也曾借大自然之手，为自己蒙上了漂亮、温情和虚幻的面纱，让世世代代勤劳、智慧、勇敢和多情的劳动者，从它生机盎然、清亮灿烂的梦幻里去想象、追寻、描绘斑斓的图画，滋润甜美的希冀和企图。

因乌篷船是逆水而上，九月的河流又显清浅，故船走得很慢，慢得如一个挑着重负的老者，每走一步都气喘吁吁。寒玉冰今年 31 岁，中等身材，秀气的鼻梁上架着一副宽边眼镜，显出温文尔雅的学者风度。他已经十多年没有坐这种还残留着岁月风尘和波浪日夜侵蚀变得衰老而简陋的老乌篷船了。当初他从老家乘船去上大学，对茫茫人生旅途的向往和前途的憧憬，就像是在春天的江上望山花烂漫的乡野和欣赏清澄波浪映着彩霞天空的奇异图画，那感觉是极丰富美丽，极有诱惑和撞击力的。而今天，却是举家搬迁到一个陌生的偏僻山村去接受新的生活颠连和磨难，这心中的滋味实在无法言表。

乌篷船掠过一片灰黄色的田野，渐渐驶进了狭窄的河道。两岸凸起的山峰，用高耸入云的巨大阴影遮住了半空悬着的太阳，江面变得阴沉而空荡。慕雪穿着自己编织的紫红色毛线衣，牵着刚从睡梦中醒来的女儿寒雪来到前舱的船舷边，她把一只手搭在寒玉冰宽瘦的肩膀上，并轻轻地摩揉着，想把自己心中那份温热和亲情注入这个深沉而智慧的心胸。

"玉冰，你还记得我们新婚之夜在鼓浪屿海滩望月的情景吗？"寒玉冰微微点头，发出一声很凄凉、凝重的叹息……

厦门的鼓浪屿是一个被诗人称之为"浪月琴梦"的自然与精神交融的梦幻世界。当玫瑰色的夕晖柔意地轻抚着水径边的花草树木，从橘红色的墙檐上泻下的闪耀着殷红霞光的三角梅和着百叶窗口飘出的钢琴声，就会把一缕缕人间情感的波浪和生活的七彩温馨挂在青翠的鱼尾葵的尾巴上，摇动出一个五光十色、音乐流泻的梦幻夜晚。

天边的落日，兴奋、惬意地合上了红色的翅膀，悄悄地回到云的故乡，去孕育明日的辉煌。在海风的梳理下，凤凰树抖落斑驳的月光，在浪声款款的海岸上投下一片清凉的叠影。这年慕雪刚二十岁出头，就担任了海滨艺校的音乐教师。因为家庭出身是资本家，加上又有海外关系，在那个特别强调家庭出身的政治年代，她和寒玉冰的婚事只能是极简单、不声张地邀请几个相知的朋友在夜色下的鼓浪屿海滩上举行。

这是一个月光如水、波光粼粼、夏风温柔的夜晚。朋友们举着盛满玉液的酒杯，唱着歌向他们祝福。有一位喜欢诗歌的男士竟脱去衬衫，赤裸着上身，对着海浪为他们吟诵智利诗人米斯特拉尔的诗《我喜欢爱情》：

它说钟的语言，它讲鸟的话腔，

羞答答的恳求，海洋般的命令。

你真不该横眉冷对着，做出畏难的模样？

你必将倾听爱的喧响！

它绘尽主人的蓝图，回避不会使它退让；

它绽裂鲜花的瓶子，它破开深深的冰床。

你真不该对它说，你拒绝留住春光。

你必须款待爱的造访！

它在给你温馨的肩膀，你不知它遁向何方。

它走了。你神魂颠倒地尾随，尽管你发现：

你必须追随它，直到死亡……

　　寒玉冰被感动了，慕雪被感动了。他们沐着银色的、带着宁静和圣洁的月光向朋友们鞠躬。突然，慕雪离开寒玉冰从海滩礁石上拿起自己亲吻了几千个日子的小提琴，她激情澎湃地和着洁白的裙衫向海洋走去。她站在齐腰深的月光映照的波浪里，深情地拉响了肩头的小提琴。她玉洁冰清般丰腴的手臂在跳动的月光里颤动和张弛，让美丽的月光编织的恋曲在夜空盘旋徘徊。那是慕雪比月光更高洁的心灵感情的凄婉倾诉。她是在用贞女的真情构造一个皎月风轻的殿堂，让自己心上的男人去尽情领悟人生的苍凉和美丽、爱情的神圣和炽热。寒玉冰抑制不住内心的激动，他扑向了夜色苍茫的大海深处，他健壮有力的手臂和着小提琴的旋律在波浪上飞舞，宛如一柄银色的利剑，刺向浩瀚的滔滔银波，继而我们听到了压倒浪涛喧响的男人的歌吟：

　　　　我喜欢暴风雨过后的阳光

　　　　就像我正在热恋着的

　　　　跳动在海浪上的月光

　　　　因为有两个年轻的生命

　　　　在为苦难中诞生的世界奋斗

　　　　愿今宵大海的歌唱和我们心灵的圣光

　　　　铸造一个永恒的爱情天堂

慕雪深情地，几乎是含着眼泪低吟了九年前，寒玉冰播种在鼓浪屿波浪之上的新婚恋歌。坐在船舷边沉思的玉冰被慕雪的朗诵感动了，他的身子在微微抽颤，然后他有力地握住了慕雪搭在他肩上的手。他感到那手显然沁发着凉意。

一排凶猛的浪涛从岩石上撞回来，碰碎在船头上，船猛然一晃，接着乌篷船就陷入了一条两岸石山耸立、悠长而水流湍急的峡谷河道。女儿寒雪靠在寒玉冰的怀里，闪着惊恐的眼光，指着惊涛飞溅、鸣声如雷的冷峻、阴森的黑色的河谷说："这地方，太吓人了！"又是一个触石大浪，溅起丈多高的雪浪花，然后纷纷扬扬地摔碎在船头上。有无数珍珠大小的水珠飞甩在寒玉冰夫妇和寒雪的衣衫上。玉冰抱起寒雪，用嘴吻着小寒雪的前额，对着逼近的峭岩说："爸爸小时候，就是在这样的河流上驾木排的，你怕不怕？"

"我怕，爸爸！"

"不要怕，等你长大了，我就要把你丢到这峡谷里去。"

"不！我不让你这样狠心！"说完小寒雪咬住了寒玉冰的手。

寒玉冰心一阵微微颤抖。我狠心吗？他问自己。

不，寒玉冰绝对不是一个狠心的人，是因为他太善良、正直，太理智和温情。就是为了保护一批省文艺界的领导、艺术家，他才被"靠边站"，下放到这偏远的山村来接受劳动改造。

红松大队坐落在云岩岭下的一个沿河的盘石山湾。这里的百十户人家，靠种地、卖柴和采山药谋生。整个山村被封闭在一个温饱都不能解决的自然经济的小天地里，不少农家还住着土屋茅草房，过着贫困的生活。因出入山湾仅靠水路和山路，乡亲们要出山卖东西和购物，总是要起早摸黑，累得疲惫不堪。寒玉冰一家的到来，使大队书记苏新学非常为难，想来想去只好把队上牛栏屋安排给他们住。

这是两间用石头垒起的牛栏屋，伸手可摸到屋檐，四周开着半截门那样大的窗口，屋后脊背靠在灰绿色的山壁上，远远望去就像一座碉堡。早两天，老朋友龙昌俭和妻子殷梅，以及红松小学的苏伯仪就主动把牛栏屋打扫干净，还在潮湿的、散发着牛粪臭气的地面上，撒上了一层厚厚的石灰和黄泥搅和的泥土。时间长了，这层三合土就会形成一个坚硬的土层，防止地面渗水和封堵从地底散发出来的霉臭气体。

一清早起来，寒玉冰就坐在东边窗口前看从省城带来的文件和报纸。他在用心理解和领会4月24日闭幕的党的第九次全国代表大会的精神。他翻开《人民日报》，看到了和《解放军报》共同发表的社论《无产阶级文化大革命的全面胜利万岁》。一行行铁黑色的铅字在他眼前沉重地晃动：

"全国山河一片红，这极其壮丽的一幕，是夺取文化大革命全面胜利进程中的重大事件，它标志着整个运动已在全国范围内进入了斗、批、改的阶段。"

这时候寒玉冰耳边又响起了在党的九届一中全会上，毛泽东那浓重的湖南口音：

"社会主义革命还要继续。这个革命，还有些事没有做完，现在还要继续做，如斗、批、改。过若干年，也许又要进行革命。"

玉冰非常清楚，按照八届十一中全会通过的"十六条"的第一条规定：在当前，我们的目的是斗垮资本主义道路的当权派，批判资产阶级反动学术"权威"，批判资产阶级和一切剥削阶级的意识形态，改革教育，改革文艺，改革一切不适应社会主义经济基础的上层建筑，以利巩固和发展社会主义制度。而他作为省文化厅副厅长已被列入走资本主义道路的当权派，而且在全国山河一片红时，党的十九大召开前没有结合进革命委员会。这就标志着他将要长期接受批判和审查，自然也就成了斗、批、改的对象。突然，玉冰觉得眼前卷来了一片烟雾，并闻到很浓的柴火味，接着便听到妻子不断的咳嗽声。只片刻工夫，整个屋子一片烟雾弥漫，使人睁不开眼睛。这时，只见妻子慕雪捂着鼻子跟跄着直向门外扑去。寒玉冰急忙丢下报纸，跑进房内将正在熟睡的寒雪抱起直冲门外，原来慕雪整个早上没有能把柴草点燃，反而弄出这满屋浓烟。慕雪是在城里长大的，她哪里烧过柴草呢？玉冰和慕雪站在门外，怀里抱着寒雪，互相打量着各自的狼狈状，不觉苦笑了起来。

"这顿饭我是没有办法做熟了。"慕雪凄然地说。

"没问题，我来帮你们做！"声音是从不远处淡淡的晨雾里飘过来的。定眼看时，龙昌俭和妻子殷梅就来到了眼前。

浓烟渐渐散去，走进屋内，殷梅揭开蒙在竹篮上的白布，端出了煮熟的红薯丝饭和鸡蛋、酸菜、萝卜片。

"我就知道雪妹烧不惯山里的柴草，今天早上的饭菜肯定做不成。"

"你别吹牛，你刚来时，一样被烟熏得直流眼泪，要不是我这个师傅教你，我们也别想有熟饭菜吃。"龙昌俭笑说妻子。

龙昌俭是一个耿直的硬汉子。他比寒玉冰大五岁，是当地的土改根子，无论是办初级社、高级社还是搞大跃进，办人民公社，党叫干啥他就干啥，样样工作一直走在前头。"文化大革命"爆发前他就是琴江市农村部长。当时玉冰担任市里分管农业的副书记，是昌俭的直接上级。他对昌俭是了解的。他知道昌俭虽然文化水平低一点，但是他为人正直、无私，工作负责，有原则性，联系群众，有苦干精神，是一个很适合做农村工作的领导干部。但"文化大革命"一开始，他就沉不住气，凭着对毛主席的赤胆忠心，对市农校少数学生揪斗校领导和破"四旧"的行为采取了管卡压的粗暴做法，而被学生围攻揪斗。为了避免矛盾激发，当时第一批站出来亮相，表示支持革命造反行为的市委书记崇尚明宣布对龙昌俭停职审查，并接受革命群众批判。

"老子就是不服，共产党就是要讲实事求是，哪能随便捏造几个罪名就可以揪斗干部，那还有什么法律可言？"龙昌俭站在玉冰的办公桌前申辩。

"昌俭，你要冷静嘛！这可是毛主席发动的文化大革命。"

"你看看，这带头造反的是一些什么人？"

"我不管是什么人，我们的一切言行都不能干扰毛主席革命路线的执行，这就是大方向！"

龙昌俭一时语塞。

"这样吧，按照市委决定，你这段时间就不再主持农村部工作，在家里要认真地学习'十六条'，好好思考一下，要用正确的态度对待群众的革命行动。"玉冰说完便走过去紧紧地握住了龙昌俭那粗壮有力的手。

不久，随着"文化大革命"的进一步深入，龙昌俭举家被下放到红松大队接受贫下中农的再教育。

窗外起风了，秋风夹着凉意钻进了寒玉冰的家，梳理着他满头蓬松的头发。他望着秋天灰暗的天空和远处田野展现的一片萧疏景象，很凄凉地送走了眼前这对相知相助的夫妇。

夜幕徐徐降下，山野里一片寂静。只有夜空中镰刀似的弯月，划开厚重的暗云，蘸着千缕万缕柔软的月水给山野抹上了一层朦胧的银纱。后山幽深的松林里传来了清脆的鸟鸣。慕雪点亮了煤油灯，一丛杏黄色的火苗在微风里蹿跳，给屋子里送来微弱的光明。本来玉冰有看书的习惯，可是这丛微黄的灯光使他无法辨认这细小的铅字诉说的海阔天空，苍凉幽古，明月清风，世间冷暖和哲人的思辨，伟人的理智，他只好合上书本，靠在窗前的竹椅上静静地倾听山野里的一切声响，去分辨人类和自然生命气息的律动和飘移。风声、落叶声、流水声、树声、鸟声、虫声。这是一个多么神秘圣洁的天堂啊！一瞬间，寒玉冰的脑子里便清晰地浮响着倪文节说的："松声，涧声，山禽声，夜虫声，鹤声，琴声，棋子落声，雨滴阶声，雪洒窗声，煎茶声，皆声之至清者也。而读书声为最。闻他人读书声，已极可喜；更闻子弟读书声，则喜不可胜言矣。""天下之事，利害常相伴，有全利而无少害者，唯书。不同贵贱、贫富、老少，观书一卷则有一卷之益；观书一日则有一日之益。故全利而无少害也。"可是，现在他竟无明灯读书，亦无心读书。读书多者被批为反动学术权威，倪公说读书有全利而无少害，可现实怎么颠倒了过来？还是在这山野静听自然界的万物之声为最好之事。玉冰这样想着，便觉得这是人生第一次真正感受到了自然对自己这个受伤的心灵给予了极大的抚慰。在这样的世界里，人世间的冷暖沉浮、旅途的坎坷泥泞，乃至有人视为性命的名位利禄无非都是过眼烟云，不足计较和牵挂，唯有这山野奉献给自己的乡情、醇风、绿意、泉影是那样令人心动神往，让周身血液为之沸腾和激荡。想到这一切，一颗理智的泪珠从玉冰的眼里滚到腮边，寒玉冰没有去擦，他要让它一直流到自己的心海里去，化作人生最重要的忆念。

夜色更浓了。妻子在室内拍着小雪悠然入梦，她的眼角也缀着晶莹的泪珠。她是为丈夫的不幸在流泪。她知道，丈夫是一个有理想、有智慧、有坚毅、有胆魄的男人，他是要做顶天立地的汉子的。他对于整个世界充满着热爱和创造的激情，他的玉石般透明的信念不会因自己的蒙难而回心转意，也不会因世事发生蜕变而对美好未来的追寻而起泡、裂爆和流逝。他现在需要的不是安慰，不是说服，而是宁静。慕雪这样想着，悄然起身，从箱子里拿出一件秋衫，轻轻地盖到灵魂正在醒着、飞扬着无限思考的伟岸宽阔起伏着沉重心律的胸脯上。

寒玉冰在想：毛主席发动这场"文化大革命"是为了防修反修，巩固无产阶级专政，可现在全国乱成这个样子，那么多党的老干部被批斗，知识分子遭批判，这成吗？他还在想："五一六通知"中提出的："无产阶级在上层建筑其中包括各个文化领域的专政"这个命题对吗？列宁不是说过：专政，这是一个残酷的、严峻的、血腥的、痛苦的字眼，这样的字眼是不能随便乱讲的。他再想：毛主席自己在《关于正确处理人民内部矛盾的问题》中不是也教诲我们：对待人民内部的思想问题，对待精神世界的问题用简单的方法处理，不但不会收效，而且非常有害。只有采取讨论的方法，批评的方法，说服的方法，才能真正发表正确的意见，克服错误的意见，才能真正解决问题。可是眼前的现实局面，全国上下都对学术争论，文艺作品展开大批判，上升到一个阶级对一个阶级的斗争，这岂不是违背了列宁和毛主席自己的思想吗？在省城里，寒玉冰来不及做这种思考和比较，就被一次又一次送上批判台。这究竟是怎么回事，难道是自己读马列毛主席著作没有读懂？寒玉冰陷入了沉重的思考之潭。他心底波澜骤起，他心中的宁静已不复存在，而把自己又推向了无限烦恼和茫然的没有一丝绿色和阳光的沙漠之洲。

远处隐现着灯光的村舍飘来了悠扬的竹箫声。吹箫人用自己的一腔清气，令《红梅赞》优美、圣洁、高雅、倾情的音符在夜风中飘荡，一缕缕如甘霖似玉露的箫声飘落到寒玉冰的心坎上，震撼着他的灵魂。他的眼前出现了太阳播撒的明媚阳光和一片银白的原野。银色的塔、银色的帆、银色的岛、银色的楼阁、银色的山峰、银色的峭岩上正绽放出万树红梅。红梅举着鲜红的火把，照耀着冰天雪地，在呼唤温暖的东风。江姐走过来了，她穿着蓝白色的旗袍，一条红色的围巾像一团火焰在她玉色的脖子上和胸前燃烧。这是一尊红光四射的雕像，她给人间注入了无限的坚毅和勇力。寒玉冰的心被融化了，天地间的万物都一齐在他的胸间蠕动复苏，一颗冉冉升起的朝日正划破天空的朦胧向他吐出一片血色的晨曦。

寒玉冰目睹这辉煌壮丽的图画，心中有雪山崩裂，化作奔腾的感情江河流泻。他站起来，拂去妻子盖在胸前的秋衫，朝夜色中的乡野奔去。他要去寻找这血与火的疆场，去领略人生悲壮的炼狱。

箫声淡了，箫声远了，箫声止了，箫声断了，乡野恢复了宁静。寒玉冰这才从梦中醒来，发现自己独立在乡野田垄深处月亮溪的白石桥上。温柔而炽情的月亮照着他的身子，他像一个威严的玉雕挺立着试图去撑起这云霓低暗的天空。

"玉冰，你在哪里？"慕雪站在家门口呼喊。

"在这里，我就回来！"夜空的寂寞暗云里飘浮着一对夫妻亲切而深情的回鸣。

二、云岩引瀑

东方刚露出鱼肚色，晨曦使用浅白的线条精心别致地勾画出了山野的轮廓。四周村屋不时传来的狗叫鸡啼给旱魔肆虐的黑色季节的早晨注入了一丝生机。寒玉冰家门对面石牌坳上的百亩梯田，已经被残忍的烈日烤出了条条裂缝。一丘丘晚稻禾苗低垂着忧伤的脑袋，开始卷叶打枯。山风吹过，整个山峦田野摇荡着一片枯黄。三三两两的男人女人用木桶从白石桥下的月亮溪里挑着水，吃力地绕过山梁去浇灌已岌岌可危的庄稼。虽然乡亲们付出了汗水和辛劳，只因天旱日久，到头来还是颗粒无收。公社革命委员会召开紧急会议，贯彻县里部署的落实"九大"，深入开展"斗、批、改"的精神，提出要大批判开路抗旱夺丰收，并要求找出破坏革命和生产的活靶子。

红松大队党支书苏新学是一个厚道的人，他的性格和品质就像云岩岭上的松树，一叶一针实实在在，年年岁岁，沐风栉雨，从不躲避岁月的风霜折磨。可这回不一样，公社抓得很紧，弄不好过不了关。他听大队会计石可装说过，公社革委会主任胡红雄早把眼睛盯着了龙昌俭。他不止一次说：你们大队的走资派还是重量级的，我们县里都找不出：斗则进，不斗则退，不斗则修，这件事你们不要马虎。苏新学为此作难了，站在回家的船上，他一边撑篙，一边沉思，这事怎么办？

"我得保住龙昌俭、寒玉冰这样的好干部。"苏新学这样想。乌篷船就这样摇摇晃晃地停泊在村口的码头上。

夜色很浓，乡野的村路在月光下像一条黄色的带子，弯曲着伸向黑洞洞的深山树林里。苏新学迈着疲倦的步子走进了苏正声家。

苏正声已经50岁了，原是省美术出版社美术编辑，因"大跃进"时拒绝画放卫星的漫画，被打成右派，"文革"一开始就被清洗回了红松大队。前些时候一开批判会，苏正声怕苏新学为难，就主动要求做靶子，让大家来批判。其实农民们也不知道怎么个批判法，只好对着苏正声读《毛主席语录》："扫帚不到，灰尘照例不会自己跑掉。""革命不是请客吃饭，不是做文章，不能温良恭俭让。""阶级斗争一抓就灵。"然后就喊几句口号收场。

苏家的灯火很暗，走进去只能看见人影，人脸上的任何细节是无法看清楚的。苏正声正猫着腰坐在墙角打草鞋。儿子苏果在熬油漆，随着炉子里的炭火一闪一闪地跳着火星，一股难闻的油漆味便散发在室内。苏新学站在屋中央只顾抽烟，半天不言语。

"苏书记请坐。"苏果打破了沉默的气氛。

"苏书记，我知道你的来意，什么时候开会通知我。"苏正声说。

"不！我不是这个意思，我是来和你商量的。"苏新学艰难地说。

"不用商量了，昌俭和玉冰是好同志，我们要保护他们，我反正是老了，多批判几次也无妨。"

苏新学无语。

批判会在红松小学操坪上举行。

农民兄弟稀稀拉拉地坐在操坪上，不少人在自顾自地讲话。苏新学宣布会议开始，并让苏正声严肃地站在放着油灯的高桌前听大家批判发言。

大队会计石可裹是红松大队劲松战斗队的队长，他亮着粗大嗓子说："今年我们大队遭受严重旱灾，石牌坳几乎颗粒无收，这主要原因是没有抓好阶级斗争，没有走大批判开路，推动抗旱夺丰收，因此，我们必须看到当前阶级斗争的新动向……"

"真是莫名其妙，天干旱与阶级斗争有什么关系？"一位老人说。

"正声真可怜，天旱死了禾苗也拿他出气。"一位农妇说。

苏正声站在那里，他心安理得，心静如水。他的心思没有听谁的批判发言，他也不怨恨苏支书和石会计，他们能知道多少国家大事，能想透几层思想的迷雾？正声这样想着，自己进入了一个异常纷繁的思考世界。他深知自己的祖国正面临着严峻的国际环境和国内局势。他从收音机里听到，从 1964 年 10 月 15 日至 1969 年 3 月 15 日的 53 个月里，在中苏两国边境发生了各种冲突事件达 4169 起之多。党的九大召开的前夕，苏联还出动大炮、坦克侵犯珍宝岛。而在国内，两派争权夺利的局面越来越激烈。此刻，正声的眼前是一片铁马的冰河，心里是一片凄风苦雨。想到祖国的命运，还有什么个人的荣辱不能忍受？还有什么家园的破碎不能面对？

苏果扶着父亲朝家门走去，龙昌俭和寒玉冰还有乡亲们站在路边向他投去崇敬的眼光。大家静寂无声，只有乡野不时传来几声狗吠，打破黑色的宁静。

阳光冲散了云岩岭的白雾。

龙昌俭、寒玉冰匆匆向云岩岭方向走去。

云岩岭是一座古老、神秘、深邃而险峻的生长着原始森林的山峰，长年四季岭端白雾升腾。当霞光从天顶射出云幔，慢慢悠悠地卷起百里雾纱，云岩岭的翠峰绿峦，苍石碧树才露出它天然的巍峨，秀逸壮观的雄姿。这满山彻谷的红松、绿衫、香果树、青钱柳、杜鹃花、古藤、怪石、修竹，或伟岸或矫健，或婷婷翠立，或潇洒迎风，或绿叶层叠阳光，或青枝俏恋花蝶，或形同禽兽之妙，各蕴生命之灵，各露自然之神，各遣人性之情，各领风雨之气，各绽天成之美。再看溪涧石缝的流泉，动则喷雪吐珠，飞则溅银泼玉。尤以山腰生长的粗壮如柄的松杉樟梓，一棵紧接一棵，排成队抱作团，拥拥挤挤地擎起绿色葱郁的伞盖，直冲云霄，去接受日光和夜风的洗礼。冬春两季，积蓄在山里的雪水和雨水从岩缝里拱出来，经过盘曲的、涓涓细流的融汇形成一股活力蓬勃的巨大泉流，顺石壁而下，碰撞在凸起和下凹的巨石上，飞腾起遮阳蔽空的雪浪花，犹似百丈银练垂挂在半山腰抖动飘舞。

望着这飞泻的云岩瀑布，昌俭非常激动。他猛然从半山腰的羊肠石径直往瀑布飞泻的水槽下的谷底爬去。寒玉冰一再叮嘱："昌俭，一定要小心，不要性急。"只抽一根烟的时间，龙昌俭就下到了谷底，浑身上下都被瀑布飞溅的浪花淋湿。停留片刻后，龙昌俭抬头向石壁上的寒玉冰挥了挥手，示意寒玉冰他要沿谷而下，去探寻水路。

奔流鸣响的瀑布流水，沿着峡谷飞跳着浪花一波三折地蜿蜒着朝前流淌着。龙昌俭转过一条狭长的河道，便看到了左岸凸起的一片岩石，挡住了水路。峡谷的流水只得向右拐进一条拱形的岩石间隙直泻向涧底的深潭。龙昌俭用手抓住左壁岩石上摇曳的青藤，企图攀缘过去，不料他的脚踩滑了岩石上的青苔，身子便向石岩下抛了过去。他人已经全部悬在石壁上，只剩下手中这条随时可能折断的古藤。龙昌俭不敢大喊和妄动，他知道下面是悬岩乱石，跌下去可是九死一生啊。

他吃力地抓住藤蔓迁身挂在云岩峭壁上，令云惊鸟叹，山风止步。

这时，只见一位穿着朴素衣衫的少年攀着缠挂在岩上的藤蔓悠着身子，很惊险地爬过峭壁，然后轻轻地荡着树藤飘落到一棵长在山岩上的古树顶梢。他又迅速地解下系在腰间的绳子紧紧拴住古松的树干。接着他将另一端绳子捏在手中，又抓住树藤顺岩而下。当他快接近龙昌俭时，准确地把手中的绳子抛了过去："大伯，接绳！"龙昌俭虽然抓着大藤悬挂在石壁上，但他毕竟是深山里长大的，也有这方面的经验，于是他用左手抓住古藤，伸出右手接住了少年甩给他的绳子。看到昌俭接到了绳子，少年很高兴，便细声地对龙昌俭说："不要紧张，踩实岩石往上靠。"紧接着，少年一手抓住岩壁上的树枝，一手挥刀砸出了一个又一个踩脚的石阶。

龙昌俭咬着牙，使尽全身力气，在少年的帮助下，终于爬上了半山腰的岩石小径。

龙昌俭握住少年的手："你叫什么名字，感谢你救了我的命！"

少年告诉龙昌俭："我叫夏朝华，因父亲早亡，现停学在家，靠采药赡养母亲。"然后，夏朝华从腰间取出一个袋子，他掏出几株新采的野灵芝给龙昌俭看。望着这一朵朵灵芝，龙昌俭心里为之一颤，他被深深感动了。

少年转身在石壁上砍下一根木条："伯伯，给您，用它挂着好下山。"

龙昌俭感谢地接过木条，朝山下缓缓走去。

身后的石壁上传来了悠扬的竹箫声。那箫声在山谷的晴空飘荡，清新极了，清亮极了，给人一股蓬勃的力量。龙昌俭回头凝眸，吹箫的正是夏朝华，他正坐在那尊石狮般雄伟的岩石上尽情地吹奏那支被他常年抓捏得发亮的长箫。

初冬的早晨，玫瑰色的晨晖蘸着湿润轻柔地涂抹着苍绿的乡野，天空显得异常的空旷和高远。从家家屋顶烟囱冒出的缕缕青蓝色的炊烟，在天空画着奇怪的图案。远去有狗吠声和公鸡的兴奋啼唱，山野变得清亮活跃起来。清澈透底的月亮溪水，朗朗地从白石桥下流过，宛如一行透明的诗，让富于想象的人萌生无限的忆恋和向往。夏朝华正在河边清洗着从云岩岭上采回的山药，准备进城去卖。河岸上，在悠闲地咀嚼着阳光和青草的水牯，悄悄走到河边，伸长脖子，去吸吮一汪一汪泛着涟漪荡着晶莹卵石的河水。然后，水牯深情地转过头，朝着夏朝华直点头。朝华收拾好药草，爬上牛背，又从腰间摘下竹箫，朝着太阳升起的东方吹奏起来，箫声在晨风里飘荡，牛牯的倒影在月亮河里晃动、晃动。

"朝华，今天进城吗？"龙昌俭站在白石桥上朝他喊着。

"吃过早饭就去，俭伯伯有事吗？"

"我托你帮我买十斤苎麻，还有……我这里有个单子。"

"好，我就过来拿。"朝华从牛背上跳了下来。

寒玉冰自从来到红松大队，对这箫声特别的感兴趣，他觉得这清亮悠扬的箫声，袒露着人间最真实最纯洁、最朴实的感情。在全国上下大字报满天飞、批判声浪撕碎良心的日子里，能在这个偏僻的山村，听到如此美丽的箫声，那是一种幸福、一种享受，一种心灵的解脱。寒玉冰站在家门口，拉着小雪在倾听箫声，倾听浓烈的乡情，倾听土地的絮语，倾听自然的呼吸，倾听绿色的梦呓。小雪看到了朝华跨着牛牯吹箫的情景，吵着要让玉冰带她过去。可牛已经跌进了村东头的苍茫。寒玉冰抱起小雪，动情地亲吻着她绽开着天真和美丽的脸庞。他是在亲吻自己心中最神圣的寄托和希望。

雪儿，你是幸福的，在这个天地里你会获得生命的圣泉，寒玉冰知道小雪不懂得这些，可他还是在心里说着。小雪甜美地朝父亲笑了，她笑得那样美，就像天边的玫瑰色云霞般灿烂。

现在慕雪已经摆脱了刚来时烧柴做饭的苦恼，她自己也能上山砍柴，下园种菜，还能把一桌子自己做的小菜送到你的眼前。她真正给自己拉开了酿造新生活的序幕。

"你看你们父女就只知道玩，是什么时候了，还不回来吃早饭。"慕雪又一次站在门口命令着。

龙昌俭这些天可忙了，他特地把读五七中学的儿子云帆喊回来，帮他做标杆、搓麻绳，制作测量仪。

苏正声和夏朝华也被他喊来了。

"从今天起，我们就开始'引瀑灌田'的测量工作，请苏老师做记录和帮助计算，云帆、朝华拉线插标杆。"

龙昌俭是县农校的毕业生，他学的水利知识在当公社书记时还真派过大用场。那时修坝开渠，他亲自组织测量设计，算得上一个有一定农业水利专业知识的农村领导干部。

哨声在云岩岭的山峦鸣响。

小红旗在龙昌俭手中挥舞。

云帆和朝华在昌俭的指挥下跑上跳下，奔忙在石壁山坡上。

夜很深了，苏正声仍在昏黄的煤油灯下绘制图纸。他是学美术的，可画画的与这画水利设计图纸是两码事，他被昌俭的精神感动："叫我画，我就要想办法画好。"

苏果帮助父亲计算着土石方、坡度和石渠的长度。

图纸终于在龙昌俭的指导下，几经修改现在已挂在红松小学的礼堂里，苏新学召集着社员在商定如何实施这个红松大队开天辟地引爆灌田的宏伟计划。

龙昌俭给社员们讲解着设计要求和将来的灌溉效益。

龙昌俭说："在云岩瀑布的底谷用石头垒起一个蓄水池，然后沿着峡谷左岸的石壁开一条水渠，在连接石牌坳梯田的空旷地带就用松木渡槽渡水。我们的工程主要是靠肩挑手垒和炸石开道，我估计经过一个冬春的奋战，在夏季到来之时可以修好。"

"要不要开个批判会促一下？"一个年轻的社员提议。

"有屁用，还得靠我们大家实干！"一老农大声吼道。

"别吵了，我看就按昌俭同志说的干，谁也不能偷懒，有钱出钱，有力出力。"苏新学总结说。

十里云岩岭摆开了战场，插上了红旗，石壁上写着"大战一冬春，修好革命渠"的标语。可是大队上很穷，要买炸药、钢材、水泥无法拿出钱来。朝华知道苏书记很难，便带头从自己卖的药草中挤出钱到城里买回了一些炸药和物资。

冬天如期而至。

山区的冬天，格外寒冷，浓霜给山峦铺上一层白。一时间，叮叮当当的锤石声，炸石的爆炸声，人们干活痛快时发出的号子声，把一个沉睡的山谷搅得乱石纷飞，浪花飞溅，尘土满天，口号满山。这天，寒玉冰从工地收工回来，慕雪瞧着满身尘土的丈夫，忙拧了把湿手巾心疼地递给他："歇口气再吃饭吧。"寒玉冰一边用手巾擦脸一边问："我们家还有多少钱？"

"不多了。"慕雪满脸疑惑地望他。

"把生活费用再挤一挤，拿500元给朝华。"

"这……"

"工程上缺钱用。这钱给买器材，对谁也不许说，啊！"器材买回来了，工程进展很快，龙昌俭纳闷，这资金哪来的？在他的再三追问下，朝华才无可奈何地道出了真情。龙昌俭一边倒酒，一边说："玉冰，你是我最敬重的领导，'文革'一开始我就没有喝酒了，今天为了红松大队开渠引水工程，我们兄弟俩要痛快地喝一回！"

慕雪从厨房里出来，端上一碟南瓜子，一碟蚕豆和一碗红薯片。

"玉冰，这些东西省城是吃不到的。"

"这叫天然酒菜可为君痛饮！"

龙昌俭端起酒杯："来，为我们同赴危难干一杯！"

寒玉冰的手颤抖了一下，他放下了杯子。此刻，玉冰的眼前，飞舞着无数高举起的拳头和响彻着震天撼地的口号声。这时，《炮打司令部——我的一张大字报》在他的眼前晃动。

"五十多天里，从中央到地方的某些领导同志——站在反动的资产阶级立场上，实行资产阶级专政，将无产阶级轰轰烈烈的'文化大革命'运动打下去。"

"联系到 1962 年的右倾和 1964 年的形'左'而实右的错误倾向，岂不是可以发人深省吗？"

天安门广场，人潮如海，红旗如浪，毛主席身着军装，佩戴红卫兵袖章在天安门城楼上，接见来自全国各地的百万群众和红卫兵。面对这突如其来的政治风暴和以后发生的红卫兵横扫"四旧"，寒玉冰也不理解，龙昌俭更是想不通，自觉不自觉地站到了"文化大革命"的对立面。但这两位党培养教育多年的干部都对毛主席有深厚的感情，他们始终相信毛主席的英明正确，只是怨自己思想跟不上形势。

龙昌俭看到寒玉冰突然放下酒杯，知道自己的话刺痛了他。

"玉冰，我说错了，你批评我。"

"不！我是在想，以后这样的酒我们还能喝几回？"

龙昌俭、慕雪像雕塑一样凝望着寒玉冰。

开渠引瀑已进入攻关阶段。

公社不时派人来干扰，要红松大队注意不要转移斗争大方向，别忘了抓"斗批改"任务的落实。

苏支书为了应付上面的检查，他的本子上清清楚楚地写着开了多少次批斗会，写了多少条革命标语，他还反复强调，通过批判，推动了"斗批改"和农村水利建设，右派分子和走资派认罪态度都很好。

工程现在只剩下云岩渡槽槽墩的清基和浆砌工程了，需要炸开一个缺口将木槽接过来。正好这节骨眼上出现了哑炮。全场人均为之一愣，怎么办？哑炮不及时排除，谁知道它什么时候会爆炸？这要危及多少人的安全！龙昌俭急白了脸，口里骂了句粗话便往石岩上攀去。

"等等，危险！"苏支书忙一把拖住他！

"老龙，去不得！"众人喊。

"老苏，你让大家离开。放心，我去没事的！"说罢，他用力挣脱苏新学的手，一纵身便攀上了一道岩坎。

苏新学想再拉住他已来不及了，便忙转身招呼大家迅速撤离。

他终于爬上了石岩，细心地拔出了未燃的那节导火索。

正待他再次安装时，头顶上忽然滚下一块岩石。

有人喊：“石头！”

龙昌俭抬头见石块劈头而来，便急侧身扭头，石块便挨着脑袋顺肩而下，在他的肩膀上划出了一道很深的口子，鲜血染红了半截身子的昌俭晕倒过去。

朝华爬上去，抱起了斜躺在岩石边的龙昌俭：“俭伯，你醒一醒。”

铺天盖地的大字报贴满了医院的庭院走廊，有不少年轻的医务人员右臂上也戴着红袖章。昔日清净、洁白、神圣的白衣使者，用自己的青春、热血、善良、智慧、辛勤履行着庄严的使命，世界上最高尚的人道主义情操的殿堂，却变得这样散乱无章。正声守在龙昌俭床边，看着照的片子，知道他的脑骨受了损伤，甚至可能会留下脑震荡后遗症，他为了不惊扰昌俭，尽量把窗户关得严严实实。

龙昌俭好像睡着了，其实他并没有睡去，他感到头有些隐隐作痛，甚至心胸也有某种沉重感，可他不能说出来，不能让正声、朝华他们为自己操心。修渠已经进入最后阶段，就是豁出这条命也不能动摇乡亲们的决心。

慢慢地龙昌俭进入了梦乡……

春天小河涨水了，满河的黄色波浪，澎湃着沿着山峦的石岸滚滚滔滔地泻向大河。趁春天涨水放排把木材运到城里去卖，是红松大队社员一个获取收入的好时机。昌俭下放到这里第一次干活就是去放排，生产队长说：你个儿大，有力气，听说小时候就放过排，城里又熟能卖到好价钱。昌俭服从队长的安排，回到家里让殷梅做了一顿好饭菜，吃饱了就要下河放排。殷梅机敏贤惠，下放不到半年就学会了做乡下的土菜，她用海带炖野猪肉，还炒了鲜香菇，蒸了自己做的酸菜，煎了苦栗豆腐，桌子上摆了八个碗，然后又倒上一碗米酒。云帆高兴地说：“这是过什么节日？”“是你爸爸有生以来重新放排，我们祝他一路平安。”平常昌俭性直心粗，不大注意去细心观察殷梅的容貌，可今天三杯酒下肚，不知怎的，激动得很，便睁大眼睛盯着了殷梅。殷梅让丈夫老看着，真还感到有几分羞涩，便不好意思地低下了头。昌俭这才发现原来自己的妻子长得非常漂亮。短发，圆脸蛋，一双大眼睛黑又亮，脸上还有一对浅浅的酒窝，一高兴就会绽放出一片温柔的笑容。她热心帮助人，遇到村办小学有老师因事或因病不能上课，只要苏伯仪说一声她就会连夜备课，而且不计报酬去给学生们讲课。看见孩子们冬天上课冻得手脚发紫，她还把自家的木炭挑到学校里，生火给孩子们烤。

看着在乡下已生活习惯了的妻子，昌俭心里很舒畅地赞美说："真感谢你给我们父子俩做了一顿这样美味的饭菜。"受到赞美的殷梅夹起一片野猪肉放在昌俭的碗中，便娇嗔地说："这还是你刚来时那个急样子，把我逼出来的。"昌俭一边咬着野猪肉，一边点头表示认同，脸上泛着满足的微笑……

苏正声坐在床前，看到龙昌俭脸上浮起了笑容，又睡得安稳，心里就踏实了。他还不时抓着他粗壮的手，给他切脉。

这个苏正声既是一个聪明人，又是一个好人和怪人。因为家庭地主出身，50年代中期，大学毕业后他就被分配在省美术出版社做编辑，在当时政治运动不断的形势下，他从来不敢多说少做，是一个最敬业的知识分子。人民公社运动时期，出版社要他创作一套"人有多大胆，地有多大产"的反映"大跃进"面貌的宣传画，就因为他不愿意做违背事实去编造高产奇迹的蠢事，被打成极右分子。"文化大革命"一开始，他就被第一批清理回老家。回到老家不能靠画画谋生，他就选择了做乡里郎中，因他的祖父曾是一个乡间名中医，他就靠自己看书采制中草药，慢慢地给乡亲们看病，以治病取得一点报酬营生。

"文化大革命"的波涛，从城里席卷到农村，红松大队也不例外也要寻找靶子，组织批判会，找来找去就只好把苏正声弄出来批判。大队书记苏新学，感到这样做有些不近人情，可是又没有办法，公社里抓得紧。他只好和苏正声商量："上面逼着我们开批判会，捍卫毛主席的革命路线，你又没有什么新的问题，我们又不能不批斗你，只好让你受委屈。我和队长商量好了，每批判一次，给你记八工分。"苏正声很理解支书的难处。他知道，一个农民党员，对这样的政治运动不可能想得很明白，也不能不照上面的指示办事，何况现在全国都这样。我反正是一个反面人物，要批就批吧！于是苏正声对苏新学说："批判会你只管组织开，批判我的漫画我自己画。"

"正声，我感谢你的支持，我代表全大队党员、群众感谢你！"

苏正声来到了红松学校，铺开大队会计送来的白纸，拿起了已多年没有使用的画笔，他要给自己画一幅挨批斗的漫画。他把自己画得像极了，戴着高帽，弯着腰，但头没有低下，而且两眼显得特别有神。用他平反后的话说，那是表达一种"无奈受批斗，冷眼看世界"的心态。这样的画，一般人看不出它的灵魂，只觉得好笑、好玩，可就是无法恨起来。吃过早饭，批斗会在学校操坪举行。会场正面挂着毛主席像，社员们手里都拿着红色的《毛主席语录》。苏支书讲话："我们要巩固无产阶级专政，捍卫毛主席的革命路线，就要狠抓阶级斗争，要把走资本主义道路的当权派和修正主义分子，地富反坏右批深批臭！"然后就由会计石可裴带头喊口号："打倒右派分子苏正声！将'文化大革命'进行到底！"农民群众懒洋洋地三三两两跟着喊并挥了挥手中的红语录本。

就这样，有几个青年农民进行批判，前前后后搞了个把小时，苏新学便宣布批斗会结束。这时，天下起了大雨，泥泞的村路变得又糊又滑。苏支书怕正声心情不好，担心他路上摔倒，便自己扶着他走。他为了掩人耳目，还一边对着社员大喊："让路，先把右派分子押走。"他口里这样喊，手却紧紧地握着正声的手。正声颤抖着手向他投去感激的目光。

"大家静一静，听我说！"突然龙昌俭说起了胡话。

正声从回忆中惊醒，忙转过身去，拉着龙昌俭的手："昌俭，你怎么了？"龙昌俭没有睁开眼，嘴在一张一合，他仍然没有醒。

回忆中，龙昌俭现在正站在云岩岭的月光漕山坪里，对着大伙发号施令："刚才苏支书说了，我们要学大寨，炸石修渠，现在我给大家分工：凡是男主劳力都要上石壁打炮眼、抬石头，凡是做过木工的，就锯木头、做渡槽。女劳力砍树木、挑泥巴、送茶水。大家要好好干，不能偷懒。谁不好好干，就是对毛主席不忠。""就是对学大寨有抵触情绪。"苏新学特地插上一句。

龙昌俭说完，大队支书就吹响了动工哨子，一时间山上山下伐木声、打石声、挖泥声、锯木声，响彻云霄。

"笃笃，笃笃！"传来了敲门声。

正声开门，只见朝华满头大汗闯了进来，那神情显出几分慌乱。

"朝华，你怎么来了？"

"是玉冰叔叔叫我来的。"

"有什么事？"

朝华把正声拉在屋角说："云帆出事了。"

"出什么事？"

"公社中学把他开除了。"

"为什么？"

"说他反对林副主席。"

"林副主席，林彪……"

"是的。"

"怎么回事？"

　　朝华慢慢地告诉正声，公社五七中学的造反派不知道从什么地方弄来了一幅油画，上面画着毛主席和林彪在井冈山会师。云帆看了，说他读小学时课本上说的是毛主席和朱德总司令在井冈山会师，怎么变成了与林彪会师，说这是篡改历史。公社中学的造反派当天就把他批斗了，还要求学校定他为反革命。校长心里明白，云帆讲得对。在造反派的压力下，他只好把云帆开除出校。玉冰怕受伤的昌俭知道后加重病情，决定以探望的名义要朝华找正声先讲清情况，以便适时做好龙昌俭的安慰工作。

　　"你们在说什么？"龙昌俭终于醒来了。

　　"俭伯，我来看您，"朝华走过来，"这是我妈给您炖的鸡汤！"朝华从布袋里端出了一个装着鸡汤的竹筒子。

　　"我去想办法热一下，你跟俭伯伯汇报一下修渠的事。"正声揉着眼睛离去。

三、牛棚讲堂

这年冬天下了一场大雪。雪似乎也通人意，只是晚上下，白天却是一片风静雪止。大雪如棉花般洁白松软蓬起，厚厚地有尺把深，整个山野是一片银白。农家的房屋一般都是平房，被雪盖后，房屋更显得低矮。寒玉冰坐在门口望雪，小雪靠在他的怀里背诵刚才他教的毛主席诗词《沁园春·雪》。

> 北国风光，
>
> 千里冰封，
>
> 万里雪飘……

这时龙昌俭披着一件破旧的军大衣，"咔嚓咔嚓"地踩着雪，摇摇晃晃地出现在门前的雪地上。

"真是好雪，山里蓄足了水，明年我们新修的渠道可就有流不尽的源泉了。"

寒玉冰站起身来："小雪，快叫俭伯伯。"

"俭伯伯好！"乖巧的小雪朝着龙昌俭迎过去，一不小心扑倒在雪地上。昌俭抱起寒雪："来，俭伯伯给你堆一个大雪人。"

"好！谢谢俭伯伯。"小雪站在雪地里望着龙昌俭脱下军棉大衣，拿起铁锹，把一层一层的白雪铲起来，只一会儿，就堆成了一个高大的雪人。

寒玉冰敲碎木炭，取出两块圆形的炭碴嵌进了雪人的眼窝里，一个大胖子雪人便坐在雪地上傻笑。

小雪兴奋地喊着："妈妈，快出来看雪人！"

"玉冰，我今天来，想跟你商量一件事。"

"你说吧！"

"我想你是大学生，慕雪也当过艺校的老师，现在云帆也停学了，朝华也辍学在家，像这冬天闲着没有事做，你是不是给他们辅导辅导，别把孩子们荒废了。"

"你这个想法好，我刚才教小雪读诗时，也突然萌发了这个想法，反正冬天没事，干脆我给孩子们讲一些语文知识。"

龙昌俭满意地走了，还回头朝小雪挥手。

一行深深的脚印留在雪地上，其实也踩在寒玉冰的心坎上，这是一个多好的干部啊！自己身陷逆境，头上受了重伤，儿子蒙冤弃学，还这样忍辱负重地想到村里的修渠引水，想到失学孩子的痛苦。难道这也是我们党要批判的走资派吗？难道这也是一个需要靠边站的党员干部吗？想到这里，玉冰的心异常沉重，仿佛这座座雪山都一齐压了过来。一瞬间，他的四周是高耸的雪山，白皑皑，冷森森，坚冰如巍峨长城，透不过一缕清风，只有一抹残阳照耀着，闪着耀眼的血色！他多么希望有一轮蓬勃的太阳升起在高空，发出无比灿烂的火焰，立刻把这雪山冰河融化，还大地绿色，还山河生机，还自然万物生命的鲜活，还人类一个真实的世界。

夜很深了，寒玉冰还在认真地读毛主席的诗词。他还翻开从省城带来的书籍，这些书中主要是马克思恩格斯列宁的著作，还有毛泽东选集。其他的书几乎都封存了。寒玉冰凭着自己的记忆在思考，在整理讲课稿。他要向这些孩子们负责，他不能误了他们，他们是共和国的未来，是在红旗下成长的孩子。妻子慕雪几次给寒玉冰身边的炭盆添火："这么晚了，天气又冷，我想你应当睡了！"

寒玉冰摇摇头："我现在心里想得很多、很乱，就是理不清头绪。"

"你呀！也不要弄得太复杂，这些孩子还是初中学生。"

慕雪说得很有道理，自从"文化大革命"爆发以来，学校几乎是天天停课闹革命，就是上课的也是马马虎虎。想到这里，寒玉冰长叹一声。

妻子早已站在他的身后，伸出一双纤细的手，在他蓬松的头发上轻轻地揉抚着。她在抚慰一个清醒的、智慧的、理性的大脑。她知道这个大脑承受着一般人所不能承受的思考和痛苦。他读过很多的书，特别是马恩列斯的经典著作，他曾经是北大哲学系的高才生，也是因为当时对社教的方向路线问题发表过不同看法，分配时就把他安排到厦门的一所中学当政治教师。他初涉社会，便遇到曲折，从此变得深沉起来。也是一次偶然的机会，他给慕雪所在的艺校学生讲课，寒玉冰不寻常的思辨和口若悬河的演讲才能再加之英俊潇洒的伟男子形象，让慕雪倾倒而一见钟情。这是她梦中的恋人。慕雪主动地邀他到学校交谈，读他写的《人生感悟》，她深深地被他美丽的心灵和机敏智慧所打动，而那其中关于"说风"的一段文字，读来更是令人回肠荡气，理性和情感并蓄。

"风是什么，风是天空云霞扇动的光波，风是茫茫大地碧草丹花绿树紫藤的清芳和生命呼吸的流动，风是大海江河洪波涌浪伟力的飞腾，风是哲人思辨闪光的雷鸣和英武勇士驰骋疆场的响蹄，风是亭台楼阁和巍峨长城的豪迈意志和血火历史的风韵。难怪古诗人能从梦中感知：'夜阑卧听风吹雨，铁马冰河入梦来。''舞榭歌台，风流总被，雨打风吹去。''回首向来萧瑟处，归去，也无风雨也无晴。'故古人曰：'风也，教也，风以动之，教以化之。''风天下而正人伦。'由此而思之，风自大自然而生，本无善恶之意，但风从人间所生，必有清浊之分。所谓清风人间，万紫千红，世风日下，江河衰枯。壮士雄风疆场，可奏凯旋而归；文人雅风拨弦，可吟千古佳韵；好吏廉风临堂，可慰百姓疾苦；仁商义风盈柜，可称天下公平。故我愿为习习清风，滋润万物，弘升正气，浇灌一个山花烂漫的人世春天。"

慕雪就是在寒玉冰的冷静思考之舟和精彩的文字之桥的牵引下投入到了这个逆境才子的怀抱。

牛棚课堂正式开课了。

寒玉冰很庄重地坐在自制的讲台前。身后挂着从红松学校借来的一块小黑板。如果有哪一位史学家，记载着70年代的中国有多少牛棚学校或牛棚讲座，这一定是一笔宝贵的、重要的能遗传久远的精神财富。因为在这样的牛棚里，孕育出了新中国真正的思想者，走出了能经受风雨的祖国栋梁之材。

云帆、朝华、苏果、燕如在认真听课，慕雪抱着寒雪坐在一边。

寒玉冰首先用标准的普通话朗诵毛主席的诗词《卜算子·咏梅》：

> 风雨送春归，
>
> 飞雪迎春到。
>
> 已是悬崖百丈冰，
>
> 犹有花枝俏。

这响亮的略带着沙哑的普通话，还是那样充满激情，丝毫没有失去当年演讲比赛夺冠的风采。

接着玉冰用散文式的语言和怀着对毛主席崇敬的感情用心地解释毛主席这首词的意境和写作特点，他引经据典侃侃而谈。

这"风雨送春归"是宋朝诗人辛弃疾《摸鱼儿》中的"更能消几番风雨，匆匆春又归去"；同时《谒金门·归去来》中也有"归去来，风雨送春行李"；苏轼的《和秦太虚梅花》就有"不知风雨卷春归"；明朝唐寅《黄莺儿》就有"风雨送春归"一句。

再后来玉冰说到"百丈冰"时，又引用了汉东方朔《神异经》中的"北方层冰万里，厚百丈"。唐岑参《白雪歌送武判官归京》中的"瀚海阑干百丈冰，愁云惨淡万里凝"。讲到这些句子寒玉冰便激动起来：毛主席读书之多、之深、之切，善于取其精华，巧用到自己诗词之中，实在令人惊叹，而其意境的升华则高出古人百倍千倍。我们要成为祖国有用之才，必须学习毛主席多读书、深读书、善读书的治学精神。

寒玉冰讲兴正浓，不料昌俭推门而入。

家门大开，门外正太阳高照，飞雪满天。玉冰凝望门外这"愁云惨淡万里凝"，不禁意气挥斥，语言也不同凡响而掷地有声。

"孩子们，你们看着这漫天飞雪的世界，会有一种怎样的感觉呢？此时此刻雪铺冰凝的云岩岭的百丈岩前，正开放一树红梅，傲雪而吐清香，摇曳于寒风之中。想想，该是一种怎样的精神和高洁的品质。做人就要这样，即使面对冰川雪山，也要为着坚持自己的崇高信念而毫不动摇，面对物质和享受的种种侵蚀引诱也会心不动情不移，宁愿零落成泥碾作尘，为了更多的人得到春天的温暖，而甘愿在丛中自慰。人有此境界该是人生的壮丽和辉煌，该是人生的真正享受和幸福。当然这也是毛主席不赞成陆游的'已是黄昏独自愁''只有香如故'反其意而用之的原因所在。"

最后，寒玉冰按照他掌握的资料还讲述了陆游的原词所表达的心境，并告诉孩子们，毛主席 1961 年 12 月 27 日批示印发自己的《咏梅》词中，对陆游的《咏梅》词做了说明："作者北伐主张失败，皇帝不信任他，卖国分子打击他，自己陷入孤立感到苍凉寂寞，因作此词。"

"玉冰叔叔，你和昌俭伯伯现在的心情和陆游有什么区别？"未等寒玉冰讲完，朝华插嘴问道。

听了朝华的问话，寒玉冰、龙昌俭震惊了。

"朝华，你怎么能这样问？以后不许这样提问题。"寒玉冰盯住朝华。

"别急，孩子是向我们提了一个严肃的问题，我看你这个课上得很成功，有反应。"昌俭插话。

在一边听大人说话的小雪也睁大了眼睛，她虽然不懂爸爸讲的诗词和朝华哥哥提的问题，但她知道朝华哥哥一定是把爸爸问住了。她用崇拜的目光看着朝华。

门外的雪仍在铺天盖地地下着。这个寒冷的世界看来不是短暂的。

这年冬天的雪一直下个不停。雪下得又大又厚，白茫茫的雪封住了进山的路。寒玉冰和龙昌俭家烤火的木炭全是朝华送的。看着家里木炭剩下不多了，朝华心里想，再过几天，他们的木炭烧完了，云帆和寒雪又要挨冻。他天天坐在家门口，望着白茫茫的天空和山野发呆，盼望着能出现几个好晴天。

老天有眼，终于舒展了云彩，止住了漫天飞雪，让金灿灿的太阳爬上山顶，用温暖的阳光之手，清除着山路上厚厚的积雪。一清早，朝华就披上破棉袄，光着脚丫子穿着母亲用稻草编织的草鞋，扛着箩筐进山了，他要去山里烧炭。云帆得知朝华要进山烧炭，也跑去要求朝华带他进山。朝华望着眼前的云帆劝道："云帆，山里烧炭，很寒冷。夜里还有狼出来，我怕你受不了，你还是不去的好。""不，我一定要和你去。"云帆执意不肯。

进入云岩岭的原始森林，一阵阵寒风穿林过谷，吹在人身上凉气透骨。高高的树林尾梢覆盖着一层层的积雪，只要一挥动斧头，树梢上的积雪便呼啸而下，重重地砸在头上和身上。朝华全然不顾这些，他一个劲地挥动斧子，砍了一捆又一捆的杂木。然后在云帆的帮助下，不到一天时间，就装满了整个窑膛。

晚上，朝华点燃干柴，让熊熊火苗直灌窑洞里去。云帆陪伴着朝华，坐在一边，并不断地给他递干柴。殷红的火光映红了这对患难中友好相帮的异姓兄弟。

夜深了，朝华知道云帆有些饿了，便拿出带去的砂钵将鸡蛋煮熟，先送到云帆的手上。然后，他便坐到山岩边吹响了竹箫。

云帆被朝华吹出的悠扬箫声感动，便要求朝华也教他吹箫。朝华让云帆坐在自己的身边手把手地教他吹箫。断断续续的、连不成曲子的箫声在深山的夜风里飘荡，使得这片飞腾着火光的狭小天地充满着生命的力量。

大雪过后的深山之夜，仍然是异常的寒冷，尽管躺在燃烧着熊熊火焰的窑洞前，朝华仍感受到寒冷的袭击，他仔细地望着已睡熟的云帆，便把自己带的棉被全盖到了云帆的身上，而自己干脆坐起来添着柴火，他不忍心让云帆冻着。

就这样云帆陪伴朝华在深山老林里度过了三个一生中最寒冷、也最艰苦、最相亲相知的夜晚。在云帆的眼里，朝华已是一个坚强、聪明充满着友善的兄长，他从心里崇拜这个在农村风雨生活中长大的知己。

朝华把自己烧的木炭，又一担一担地送到了寒玉冰和龙昌俭家。听着云帆关于朝华烧炭情景的生动叙述，龙昌俭感动地掉下了眼泪。云帆看着被感动的父亲，便恳求说："父亲，我想把我读书住校用的棉被和您给我的军大衣送给朝华，他太苦了。"龙昌俭点了点头："你送去吧。"

从此以后，云帆经常来朝华家，有时就和朝华睡在一起。朝华的妈妈把云帆当成自己的儿子，总是把煮好的鸡蛋和自己做的糍粑让朝华带去给云帆。云帆每次接过朝华给他送去的东西和自制的竹箫，激动不已，他拉着朝华的手说："我们永远是好朋友。"

　　春天到了，红松大队周围的山峦开满了火红的杜鹃花。城市里掀起的开门办学学工学农学军的热潮，也席卷到了这偏僻的红松小学。苏伯仪校长和正帮着代课的殷梅老师被迫带着小学生们到山野里实行"开门办学"来了。他们沿着即将修成的石壁新渠唱着歌儿奔跑。一会儿孩子们跑进了红色的杜鹃花的海洋，趁孩子们在山峦坡边采摘杜鹃花，殷梅牵着伯仪的孪生女儿苏玉和苏露来到春天的月亮河边，帮助她们梳理那对可人的辫子。苏玉、苏露穿着用母亲的衣裳改的衣服显得整洁而俗气，可她们水灵灵的聪明模样却让殷梅从心里喜欢她们。她知道这对小姐妹是母亲用生命换来的。一胎生两女，因在农村没有好的接生条件，生下她们时，母亲因出血过多而身亡，从此哺育这两个女孩的全部责任和辛劳都落到了做民办教师的苏伯仪肩上。十几年来伯仪又当父亲又当母亲，虽然他还只有30多岁，可已经累成了一把弓，瘦瘦的身子，苍老的皮肤，疲倦的话语，总让乡邻们看着同情、心酸、可怜。伯仪对学校工作极端负责，经常忙到很晚才回家做饭，这时候两个女孩已经倚靠门槛睡着了，待做好饭喊醒孩子们时，伯仪总是泪流满脸。望着父亲，苏玉姐妹总是说："爸爸别伤心，我们不怪你。"

　　殷梅给苏玉、苏露梳理好头发悄悄地对她们说："以后爸爸忙不过来就到我家来吃饭，做作业，少让爸爸操心。"

　　两个孩子直点头。

　　阳春三月，江南虽然是雨季，可这段时间，天晴得很稳。开渠引瀑工程终于竣工了。这一天，石牌坳上红旗飘扬，鞭炮震天，社员们欢呼着。昌俭、玉冰和乡亲们看到清亮的泉水缓缓地从云岩岭的山腰沿着石渠和渡槽流过来，脸上流出了热泪。

　　夏朝华的母亲捧着这清泉水泣不成声："要是朝华爹赶上了这救命水，就不会因石牌坳失收而饿死！"

　　朝华扶起母亲："妈妈，别伤心，有俭伯、冰叔这样的好干部，我们今后的日子会好起来。"

　　这一天，红松大队像过节日，支书苏新学安排人杀了猪，捕了鱼，他要让大家吃一顿集体庆功饭，而且他还要提议立一块碑，这碑文由寒玉冰写。

这是特定的历史时期，碑文写不好，会生出麻烦，甚至惹出横祸。

寒玉冰经过几天的思索，终于想出了两句话：开渠引水，党恩流长。红松大队全体社员立。

集体庆功晚餐正在进行。

苏支书要朝华出个节目，朝华拿出了自己做的竹箫，他要给大家吹奏一首《红梅赞》，他的心思，只有寒玉冰理解，他知道朝华的志气和抱负。

清亮悠扬的箫声划破春夜的宁静，飘得很远很远。

慕雪是一个音乐教师，她经不住这种激情和纯洁现实的诱惑，主动地站出来给乡亲们唱了一首《山丹丹花开红艳艳》，美丽的歌声震撼着乡亲们荒凉的心和冷漠的情，让整个山寨沸腾和年轻了起来。

人们欢呼雀跃，奔走相告，举杯祝福，谁也没有想到在这个古老、贫穷而偏僻的山村能听到这样美的歌声。今夜慕雪穿着一件白色的羊毛衫，她把秀发盘在头顶，显得高雅而不俗、清丽而不媚，像一个仙女在人们眼前悠悠飘舞。

雨，下个不停。

寒玉冰坐在窗前翻看着云帆、朝华写的作业，心里十分欣慰。

他发现朝华写了一首诗：

> 云岩岭上红旗飘，炮声震得天地摇。
> 引瀑开渠抗干旱，众人拾柴火焰高。

寒玉冰笑了，他看到了孩子们智慧的心灵和富于想象的翅膀已经展开。他把朝华叫到跟前："看了你写的诗，觉得不错，现在我帮你改一下，你看怎么样？"

> 云岩岭上红旗飘，劈石开渠热气高。
> 牵来高山清泉水，浇绿满垄丰收苗。

朝华点头笑了，他笑得很智慧、很稳重。

接着寒玉冰从朝华长期在深山里生长的生活体验出发，便抄了几首唐诗给他读，并告诉他这件事不能让外人知道。

玉冰用工整的毛笔字给朝华写了许多首唐诗。其中就有一首王维的《竹里馆》：

独坐幽篁里，弹琴复长啸。

深林人不知，明月来相照。

寒玉冰亲切地对朝华解释说："这首诗虽不是警句妙语，却道出了'弹琴复长啸'的隐士高雅情怀，虽然人在深山不为他人所知晓，但自己与明月相知也独有其乐。就像你这样，出生在深山靠采药养母谋生，而每逢清晨、夜晚心情舒畅和忧郁之时，以吹箫抒发自己的忧和乐、悲和怨、情和爱，虽别人不一定知道你的心境，但你和箫声是自知的，这与'明月来相照'可谓异曲同工。当然我们现在不提倡隐居，这不是积极的人生态度。但面临不能摆脱的逆境和黑暗时，能自己寻求一种忍受痛苦、磨难的解脱方式，也是一种人生选择和理智的行为。"接着玉冰给朝华朗诵了当年他受挫折时与慕雪同游福州鼓山涌泉寺写的一首题名《知归》的散文诗：

山因石而奇，泉因树而碧，径因曲而幽，花因香而丽。大自然在凄凉的钟声里用升腾的紫雾编了一个梦，给为官清正的蔡襄知府缔造了一个心的天堂。于是，他在桥头的亭子里读山、望云、看泉、品花、写文、吟诗。让纷纭世事化作轻烟散去，让水滴玉石的回响呼唤遥远岁月留下的苍劲墨影。不肯归去啊！不愿归来啊！人入此境还有什么荣辱得失不可抛弃！还有什么人生苍凉风险不可面对！

听着寒玉冰的纵情吟唱，朝华的心灵受到了极大的震撼。他的心已经在窗外山脉汹涌成的墨绿色波浪上飞翔，他要飞向太阳的辉煌里去。

第二章

　　杜鹃花在岁月的泪光里开放花朵的芬芳和绿枝翠叶滴着血色的音符。古老山村的土地上生长出了疼痛和慰藉、泥泞和坦荡、苏醒和坚韧的故事。烙伤的脚，要走出苍茫山野，直奔向太阳抖落的光芒，融进绿色波浪的叹息里。

四、血色杜鹃

春天来了，上帝用它神奇的春风之手，给漫山遍野披上了翠绿。新芽、绿叶、青枝、蛙声、莺歌、虫鸣、流泉都展示着各自生命的蓬勃。最惹人心动的，还是那绽开在山谷坡边的杜鹃花，像一丛丛殷红的火焰在阳光的照耀下，燃烧着、滚动着。

红松大队的男女社员可兴奋了，现在只要打开闸门，就有清亮的渠水悠悠地流过来，然后弯曲着去灌溉层层叠叠的格子似的梯田。老农民站在田埂上，脸上露出憨厚的微笑，这是他们企盼已久的日子，从此这石牌坳上的百亩梯田再不愁干旱了。他们从心里感谢龙昌俭、寒玉冰，感谢苏新学、苏正声、夏朝华。此时的红松大队与省城、县城、公社所在地的清河镇正在卷起落实"九大"精神的"斗批改"浪涛形成了鲜明的对照，这里的农民都是聚精会神地在搞水利建设，在闹春耕。人们心中没有那么多的噪声、阴影和烟云。

独有石可裴不一样，他是一个回乡知识青年，他受造反有理的影响，总觉得这是一个能让自己出人头地的时代，如果放弃了这个机遇，以后就不再有。可是现在他除了在偶尔的批判会上带头发言显露一下自己的革命造反精神外，在别的方面，特别是像参与兴修水渠工程这种事上，他却是一个弱者，因为他天生就怕吃苦。现在渠道修成了，乡亲们种田的热情空前高涨，他开动脑筋，暗里向公社革委会办公室写了一个材料，叫作《大批判催开大寨花劈山开渠引清泉》：在材料中，他讲了大队党支部如何坚持落实"九大"精神，抓好斗批改，以及大批判开路等内容。没有想到，这篇材料却让公社革委会郝主任盯上了，并决定向县里推荐。

　　吃过早饭，石可裴像往常一样来到红松大队部办公室，他把桌子上摆着的从各方面收集来的小字报、传单一一浏览一遍后，便又向邻近的一些公社和机关、单位打电话，了解山外"文化大革命"的动态。这时，桌上的电话响了，是公社秘书打来的。秘书告诉他，郝主任非常重视红松大队大批判开路、推动学大寨高潮的材料，而且要他组织好现场，可能郝主任会到这里来开现场经验交流会，以推动全公社的斗批改运动的深入。听完电话，石可裴又激动又高兴。他急忙去向苏支书报告，然后就坐在办公室里想，该策划一个好现场。对了，先要在石壁上写一条大标语："深入开展斗批改，劈石开渠学大寨。"

　　石可裴这个60年代的高中毕业生，当时的知识还是学得比较扎实的。他写得一手很好的毛笔字，而且也能说会道。大队开会搞宣传，全由他来安排摆布。一般情况下，苏新学把任务一交就可以放心了。自接到公社秘书的电话后，石可裴忙乎了一整天，先是到处找冬笋壳子，他从乡亲们的家里找来了大把大把已经褪成黑黄色的笋壳子扎成一把刷子，然后他蘸着清水，在麻石地上试着涂画，那字体粗而大，写出来真够气派。然后他再去找石灰，他找了几个地方的石灰，都不称心。最后打发苏正声这个他唯一可以指派的还戴着右派分子帽子的比他大20岁的瘦弱男人去找石灰，并告诉他这石灰要白要细，用水搅匀后，写在墙壁上字迹雪白厚重，要不然那是对"文革"的态度问题。这一切都安排完了，石可裴便又回到办公室歪坐在木椅上想着自己的心事。

　　这也许是他人生的一大转机，他读过一些书，有哲人在书中这样说过，人的成功和出人头地是有机遇的，天要降大任于斯人，是任何力量也无法改变的。这个红松大队之所以有这样一个供他发挥批斗才能的活靶子苏正声，又之所以还会从省城下放两个靠边站的干部能有本事在这里呼风唤雨，组织乡邻们劈石开渠修水利；再之所以又有这一片梯田长期干旱缺水，还之所以这云岩岭有这条可以使用的长年不断的瀑布，这一切都是上帝的安排。虽然现在批"四旧"不相信上帝，可他石可裴认为，他确实遇到上帝了。要是这一次公社主任肯定了他的成绩，发现了他的能力，他就有可能调到公社当干部，然后，再卧薪尝胆地干五六年，说不定他还可以混出个人样来。这样他不仅有了地位，而且还可以光宗耀祖，还可能找一个像苏玉这样漂亮的姑娘。

石可裴这样想着，脸上浮着幸福的微笑，眼睛也放着异样的光彩。

春天的山村，早晨是湿润的、清新的，充满着生机和诗意。苏正声的本职工作是看水。这是大队支书对他的关心，苏新学知道苏正声一个学画画的，从来没有做过农活，要他去干那些又重、又粗、又脏且还要有一些技术性的农活，比如掌犁、整田、修坎抑或播种、中耕（有可能分不清禾苗和杂草稗子）是不合适的。而他人精明、勤劳、认真、负责，给他一个看水的活干，那是十分妥当也让人放心。苏正声从事看水这个职业已经多年了，他年年岁岁、月月日日奔走在山间小路、田埂上。堵漏、清淤、修坝、开闸、关闸，他把这偏僻山野的三百多亩水田的灌溉调理得妥妥帖帖。乡邻们都知道每年种田有个好收成，这其中凝聚着苏正声的汗水和辛劳。一遇干旱的季节，苏正声看到禾苗干枯，田土裂缝，无计可施时，他总是仰天长叹，泪湿衣襟，这便是他人生最痛苦的时候。每当他看到石牌坳上干旱，社员们挑破双肩，跪着祈天求雨的凄凉情景，心里就像有针扎一样难受。也就在此时，他把个人的坎坷和不幸抛到了九霄云外。他常想，像我这样一个读书人，只是因为没有办法选择好出身和执着地追求艺术的真实和一个艺术家的良心不去做欺世之事，便落得这个地步。然而这世界上不说别的，就是残疾人又有多少，何况我自己还是一个身心四肢都完整的人？谁没有不幸？就看这偏僻的小村两三百亩土地也要遭干旱之灾，使那么多乡邻一到春夏之交就要割断炊烟。凡是在农村看过水的人都知道，这个农活主要的劳动时间是早晨和傍晚。朝看田里缺不缺水，如缺水就要把水放到适合禾苗生长的水位。晚看田间漏不漏水和水淹禾苗的程度，如果有漏水现象就要查出漏水的原因。其他的时间，就可以自己支配了。苏正声不是懒人，他始终认为只有劳动和创造，才是真正的自由和充实崇高的人。他想过，今生今世是不能有什么奇迹出现，也无所谓卑微与崇高，即使活到 80 岁，在这乡间安居便是他最后的归宿。他不再去想自己的艺术道路了，而是专心致志地研究起医道来。苏正声扛着锄头，走在早晨潮湿的田埂上，呼吸着新鲜的空气，真还有几分惬意。他看见水蛇从田间游过，突然想起了刚回红松大队时不小心遭蛇咬的情景，要不是正好遇上县外贸公司收蛇的采购员带着蛇药，那一回，他可能就仙游了。云岩岭方圆数百里，云遮雾盖，无数的植物都吸养天地精华，风雨滋润，有不少名贵神秘的药草。苏正声借来李时珍的《本草纲目》和《中草药介绍》等书，精心攻读，反复记取。他还爬山越岭，不顾劳累和攀登之险，从山上采回上百种药草，按照药书上的要求调制成药。他为乡邻看病供药，分文不取，凡是乡里出现重病和急病他都自己守在身边看医疗效果。有时没有把握，他就会连夜跑到30多华里的公社医院找医生商量咨询。日子长了，他的医术越来越精，他给乡亲们治病越来越得心应手。乡邻敬重他、感激他、亲近他。他在乡亲们的心目中再不是什么坏人，而是成了乡亲们心灵上的一棵灵芝草。

苏正声一清早来到石牌坳上，看到层层梯田的禾苗青翠欲滴，条条水圳清泉悠悠，他心里有说不出的快乐和美感。他是一个画家，他曾经读过美国著名哲学家桑塔耶纳的《美感》。他非常欣赏桑塔耶纳对美所下的定义："美是在快感的客观化中形成，美是客观化了的快感。"因此桑塔耶纳在《美感》中暗示了这样一个公式："刺激—快感—美。"并肯定美感是由"事物的种种贡献所构成的"。现在身临这样一个绿色溶溶、空气清新、禾苗在风里低吟浅唱、远村狗吠鸡啼，还有缕缕箫声入梦，天空白云飞渡的丰富现实世界，苏正声心中跳动的那颗艺术的心脏受到强烈的刺激和震动，他获得了从未有过的美感，此刻他已经如痴如醉了。在苏正声的心腔里，正激动着感情的波涛，他的心已飞翔在这片美丽的圣洁的天地里。他非常崇敬地回忆着前些日子乡亲们修渠引水的壮丽图景。他的脑海里浮现苏新学、夏朝华等男女社员劈石开渠的勇士情景，还有洁白无染的医院病房龙昌俭那带血的呻吟。这一切都在强烈地呼唤他要拿出思想和感情的雕刀去雕刻人世间真正的美的客观形体。此刻他想起了自己的导师曾对他多次读过的托尔斯泰对艺术的精辟见解："艺术是人与人相互之间交际的手段之一。""人们用艺术互相传达自己的感情。""在自己心里唤起曾经一度体验过的感情，在唤起这种感情之后，用动作、线条、色彩、声音，以及言辞所表达的形象来传达这种感情，使别人也能体验到同样的感情，这就是艺术活动。""艺术是这样的一项人类活动：一个人用某种外在的标志有意识地把自己体验过的感情传达给别人,而别人为这些感情所感染,也体验到这些感情。"思考着这一切,现在苏正声的心又变得沉重起来,他恰恰没有这种权利,让自己把曾经体验的感情用动作、线条、色彩、声音及言辞传达给别人,也让别人和他一样激奋幸福和获得快感。要说痛苦这是人世间最大最无法摆脱的心灵痛苦,就像是一件最美好的东西被别人无情地摔得粉碎。阳光已经很灿烂地照耀着田野,远处的村舍、村路、石桥、河流都已清晰地展示着自己的形象、声音、色彩和动作,这是大自然传达给人的感情,苏正声相信这种权利有一天他还会获得。即使自己不能获得,他相信他的后辈们会获得。也就在此刻,苏正声下定决心,要把自己对艺术追求的希望寄托在苏果的身上。

苏正声握着锄头,像往常一样弓着弯曲的背在田埂上挖开缺口,给缺水的禾苗引来清亮的清泉。然后,他直起腰杆,又一次欣赏白云飞渡的天空、飘浮的缕缕黑蓝色的炊烟,并迈动从容的步子,朝着山下那栋破旧的土屋走去。

绕过一片茶林,穿过一丛修篁拱起的竹坡,前面是一堵平坦而灰色的岩壁。岩壁在阳光的洗刷下像一扇青灰色的高墙贴山而立,庄严极了、巍峨极了!苏正声在这堵天然的城墙边站了一会儿,他要向岩石传达自己庄严而坚毅的感情,不料脚下却踏着了一个软软绵绵的东西。正声定住神,立住脚一看,他惊呆了,怎么石可裝躺在地上一动不动。身边的石灰桶也被翻倒,石灰水溅到了他的身上,整个身体是黑白交错。他忙弯下身子用手去扇他的鼻子,发现还有气,可是脸色铁青得吓人。正声细心地观察着,他发现石可裝的右脚背的周围已经红肿。他明白了这是毒蛇咬伤昏迷。云岩岭上有一种蛇,叫"百步蛇",奇毒无比,被咬后人行百步就有死亡之险。顾不了别的,救人命要紧。苏正声忙脱下衣服,把衣服撕破成条子,捋起石可裝的右裤脚,在他的膝盖下使劲地扎紧,阻止毒汁随血液流动;然后掏出时刻携带在身的小手术刀,划开那蛇咬的伤口,用嘴吸吮着血液一口又一口地吐在地上;接着他又从路边杂草丛中找到了治蛇的草药,嚼碎后敷在石可裝的伤口上。这一切都做完了,苏正声才跑到石岩边的清水坑边,用手捧着清泉水漱口。他在岩石边稍作休息,便又回转过来,使尽全身气力将石可裝背了起来。

苏正声弯着腰背着石可裴艰难地来到山下的小溪边,将他放在小溪边的绿草地上,把他的脚放到小溪里,然后用刀子再次划开口子,再一次把鲜血向外挤。黑红的血液流入溪水里,终于唤醒了这个将死的生命。

然而苏正声却病倒了,人们都说是因为抢救石可裴中了毒。

夜色深深,山野一片寂静,偶尔传来几声鸟叫狗吠,更使人感到夜的清冷和空旷。龙昌俭拄着拐杖,提着营养品来到苏正声家。

这是一个怎样的家!

屋子很小,是用木板隔成住房、厨房和堂屋,古铜色的木板透着岁月的沧桑,昏黄的煤油灯光照在屋里,放射着微弱的光芒,朦胧地映照着苏正声斜坐在竹椅上的影子。

"爸爸,龙伯来看您了。"苏果站到正声身边。

苏正声睁开眼睛。龙昌俭走过去用粗壮的手紧紧地握住了苏正声消瘦的手:"你值得用自己的生命救那个畜生吗?那个无情无义没有心肝的家伙早就该让毒蛇咬死!"

"别说这些,我的病是我自己身体虚弱所致。"苏正声招呼昌俭坐下。

"我就不明白,这个世界上为什么总是好人遭难,坏人倒幸运。你看这个石可裴要不是碰上你,我看他有十条命也丢了。"

苏正声笑微微地说:"这就叫缘分吧!"

"缘分?我们跟那种人有什么缘分?"

"昌俭,其实你的心肠比我更好,你落到如此地步,也还不是为了保护干部、知识分子,这不也是一种心缘吗?"接着苏正声便侃侃而谈,他说:"北宋张载在《经学理窟》中说:'大抵天道不可得而见,惟占之于民。人所悦则天必悦之,所恶则天必恶之。'这就是说人的行为是善是恶会有因果报应,即所谓天道。我们不必去用狭隘的感情对待。朱熹讲得更明白,他认为道心就是天心,人心有善有恶,人欲是恶行。天理存则人欲亡,人欲胜则天理灭,天理人欲不可夹杂。故强调'学者须是革尽人欲,复尽天理,方始是学'。"

"正声,你这些古董我不懂,那你看现在'文革'乱成这个样子,是非黑白颠倒,好人遭难,是不是伤天害理,也会要遭报应?"

"昌俭,'文革'之事我想了很长时间,我劝你还是少安毋躁,珍重自己的身心要紧。我们既然生活在这个现实世界，就必须面对现实，学会忍受。"说完，苏正声忙对苏果说："我给你俭伯泡的药酒，你等会让俭伯带去。"

"不了，我是来看你的，怎么又要拿你的酒去？"

"我的药酒是特地为你泡的，你就别客气了。"

龙昌俭知道苏正声的为人从不掺假，是一个心地善良，正直厚道的人。他从苏果手中接过酒坛，回头又望了一眼苏正声，便走出了屋子，一会儿龙昌俭伟岸的身影就消失在门前的村路上。

五、此情绵绵

1972 年 4 月上旬，周总理指示人民日报社起草了一篇阐述党的干部政策的社论，并亲自审阅。这篇题为"惩前毖后治病救人"的社论于 4 月 24 日在《人民日报》发表。社论明确指出：

> "对一切犯错误的同志不论老干部、新干部，党内的同志，党外的同志，都要按照'团结—批评—团结'的公式，采取教育为主的方针。"

这篇社论就像一股春风，吹热了冻土，吹暖了河流，吹红了山花，让万物有了复苏的阳光和雨露。

各级党委和革委会相继恢复了一些老干部的名誉，并把一大批下放劳动和靠边站的原党政军和各部门的负责人重新安置到领导岗位。其中最突出而有重大影响的是 1973 年 3 月 10 日中共中央根据毛泽东的一个批示做出决定，恢复邓小平的组织生活和国务院副总理职务。

早上寒玉冰像往常一样一边放牛，一边割牛草，并把收音机摆放在身边的石头上，收听新闻。

当他听到中央恢复邓小平同志的组织生活和职务时，激动得热泪盈眶。他无法按捺心中的兴奋，牛草也不割了，急忙牵着牛直往家里走去。

慕雪和小雪都非常惊讶！今天玉冰怎么这样早就回来了？而且脸上挂满了笑容，这是已经消失了几年的笑容啊！

"快，去把昌俭叫来，要他带上酒，也把殷梅一起叫来！"

"你这是干什么？"

"别问，快去！"

慕雪迟疑未动。

"你怎么不去，快去，快！"玉冰几乎要叫喊起来。

还是寒雪懂事："妈妈我去，你帮爸爸做菜。"

寒雪小跑着直往昌俭家奔去。

处在高兴中的寒玉冰，自己拿着菜刀，来到鸡笼边。他伸手揪出一只母鸡，很激动地宰了。望着地上那摊鲜红的鸡血，他顿时又觉得心上掠过一片沉重的迷雾，仿佛光亮的房子又突然充溢着些许暗淡。

慕雪用木桶提来热水，帮着拔鸡毛。

丰盛的山里酒菜摆满了一桌子，有清炖土鸡、葱煎鸡蛋、野猪肉、香菇芋头、蚕豆粉丝、冬笋片、油豆腐。

龙昌俭和殷梅、慕雪坐在那里，心里都十分纳闷：这寒玉冰今天搞得什么名堂？

慕雪安排寒雪提前吃过鸡汤泡的米饭上学校去了，这样两家子的大人坐在一起就好说话。

寒玉冰兴奋地、庄严地端起酒杯："告诉大家一件重大喜事，我刚才从中央电台听到，我们的邓小平同志已经毛主席批准，恢复了组织生活和国务院副总理职务！"

"这是真的？"

龙昌俭、慕雪、殷梅对于这突如其来的喜讯，都激动得双手发颤，他们一齐说："这是真的吗？"

"当然是，我听得清清楚楚。"

"该庆祝，该庆祝！"龙昌俭激动地举着酒杯站了起来。

"毛主席英明！毛主席伟大！"昌俭继续说。

"中国有救了！中国有救了！"慕雪也激动起来。

又一个月过去了，寒玉冰通过收音机了解到全国老干部解放的消息，心情不断好了起来，似乎身体也强健多了。这时，省委组织部派来了干部，传达省委的指示要寒玉冰和龙昌俭做好重新工作的准备，等通知一到就去省委报到。

夏日的琴江水很蓝、很柔，生发着温暖的气息。两条乌篷船一前一后顺流而下，掠过田野、村舍、烟囱。两条船载着几颗不平静的心。这几颗心是怎样地跳动和忆念展望着人世的沧桑啊！

寒玉冰站在船头，任温热的河风吹拂着自己鬓边拱出的几缕银发，去梳理脑海里那无限的惆怅和眷恋。

三年多前从省城也是乘乌篷船逆流来到云岩岭下的红松大队，与乡邻们结下了这段难忘的友情。刚踏上码头的那一瞬间，寒玉冰便感到自己从此属于了这个偏僻的与大自然朝夕相处的世界。三年多时间他目睹着山乡的风雨景态和人情冷暖、世态炎凉，他深刻地感受到这人世间的正直、豁达、无私、宽厚与忍让。特别是他从苏正声的为人处世上领悟到了做人的真谛，也使自己的人格理念得到了升华。他又回头去看站在另一条船上的龙昌俭，这些年他经历了多少打击和人生的坎坷，儿子含冤退学，自己被石头砸伤留下脑震荡的后遗症，女儿燕如为了替家里减轻负担去异地代课，至今还不能随他归去。此时的寒玉冰又一次陷入了揪心的离别时刻……

……夜很深了，窗外的天空还下着雨，这无尽的缠绵的悠长的雨丝裹着夜色点缀的墨绿色芭蕉树，在风中摇曳飘拂。寒玉冰和苏正声坐在窗前，有意识地打开窗门，他们一边交谈，一边去眺望雨帘迷蒙中的稀疏的村舍窗口。他们知道，这些窗口里面有无数的灵魂和眼睛在想着昨日和明天的梦幻和晴雨天气乃至季节的收获。正声凝视了一会儿便回头对玉冰说：我已经活了 45 年，我就像一条小船在人世的大海上漂泊，哪儿都是岸，可哪儿也没有岸。原先我想要做一条美丽的蚕去吐出银丝，绣一幅灿烂的锦绣献给养育自己的土地、河流、阳光和人民。可是我作茧自缚，大半生就像一株山野的荒草，总是在风霜雨雪中蹒跚。现在就只剩下半片枯黄了。

苏正声说着眼睛湿润了。

"其实，我和你也没有多大的区别，虽然我比你小几岁，可你发现我的双鬓已经花白，我心灵的伤痕只有像你那样的智者，才能窥视到。但是我想一个国家、一个民族尚且经历着如此巨大的痛苦和磨难，而我们只不过是沧海一粟。这次虽然又被召回去，但人生的漫长岁月是风是雨也难判定，好在我已经经受了这么多没有想到的人世酸楚。"

"我现在是生活在自己安排的生活梦中，只有这样，我才会活得自在和有其滋味。"

　　"俄国作家巴拉廷斯基在他的诗《我们，杰里维格，徒然地幻想着去寻找》中，有一句非常珍贵的诗：'要爱护和抚爱生活的病痛。'当时，托尔斯泰读了这首诗激动不已，他在信中对巴拉廷斯基这样说：'这首诗不仅无愧于是您写的，而且写得特别特别好，那种哲理性的诗，我总算从您那里盼到了。'"

　　"我在自己大学毕业论文《现实梦幻与艺术生命》中就曾意识到，世界上珍贵的作品包括绘画往往都带有悲剧色彩，而悲剧的灵魂，就是要人们从现实生活中去体验感悟'爱护和抚爱生活的病痛'。"

　　"真的，在最黑暗的日子里，在噩梦与现实的临界处，我曾经想用简单的自杀方式去拒绝痛苦。你不知道我的妻子洁韵曾经是一个多么聪慧、漂亮、活泼的女人。她是和我在一次艺术系举行的晚会上认识的。她曾是学音乐的，那次晚会上她唱的歌动人极了，让我倾倒，我梦中的圣女就是这个样子。我们便认识、相爱。再后来，我的油画《秋海棠》在全国获奖，便成了这个城市小有名气的油画家。我们刚结婚不久，组织就把我调到省美术社。一次机会我们出版局局长见到了洁韵，他称赞她是世界上最美的女人，然后他就借我不愿意创作反映'大跃进'运动的宣传画的事情整我，把我打成右派，然后逼迫我们离婚。洁韵作为一个女人，刚生下苏果，她看到我被开除了，为了养育苏果只好跟我离婚。我当时感到这个世界太残酷，我不能没有洁韵，她是我生命的一部分，也是最大最重要最不能割裂的一部分。在我们离婚那天晚上，我喝醉了酒，我睡在旋转的木板床上，我准备好了安眠药，我给洁韵写好了告别诗：

　　　　　　有残暴的冷风吹来
　　　　　　音乐和歌声一齐在梦想中消亡
　　　　　　我心野开放的丁香走远了
　　　　　　生命的影子便葬于绝望的荒凉
　　　　　　我决定去寻找大雪覆盖土地的安宁

只留一片绿叶

把相思寄给你

让血写的诗歌永远不被岁月遗忘

"我的意志崩溃了，我把一撮安眠片放到了手心，我朝着妻子和儿子居住的那片耸立的高楼端起了桌上的凉开水。突然，传来了沉重的急促的敲门声，我迅速地把安眠片放进口袋里，随即打开了房门。你想想是谁站在门口？是我的儿子苏果。那时苏果才3岁，我跑过去抱起苏果。'爸爸，妈妈在楼下，要我来拿你画的《秋海棠》照片。'我知道儿子根本不知道什么是《秋海棠》。我明白妻子的用心，她是告诉我，她不会忘记我。我含着眼泪把《秋海棠》的照片交给了苏果。我一直望着苏果活泼地无忧无虑地走下楼去。他太纯真了。后来我躺在床上，我想我不能这样离去，我还有苏果，苏果不同样是我的生命吗？"

寒玉冰的心被苏正声的叙述震动了，他很不平静地站起身来在屋子里徘徊，多好的一对夫妻，一个家庭就在政治的旋涡里冲散了，天各一方，这是多么令人心痛的事情啊！

"帕斯卡尔曾说：'人只不过是一根苇草，是自然界最脆弱的东西；但他是一根能思想的苇草……纵使宇宙毁灭了他，人却仍然要比置他于死命的东西更高尚得多。'你之所以后来没有去选择死，因为这时候你已经成了一根能思想的懂得爱护和抚爱生活病痛的苇草。假如你在苏果走后，不去思想，不去战胜自己的意志的脆弱，那你只不过是一根真正的自然界的苇草。"

"后来我读叔本华的书，也深切地感受到我当时的求死的心境与叔本华说的：'为什么要以死亡作为对痛苦的解脱？因为自愿死亡可以达到彻底绝欲的目的，达到不可动摇的宁静和毁灭中的极乐。'可是我后来没有这样做，正是因为我还是决定选择痛苦。现在我体验到，人接受痛苦的磨难并非全是坏事，因为痛苦是一个'净化炉'，人只有在痛苦的炉火中经受不断的煎熬才能从伤痛中感到绝望，然后从绝望转到寻找生存的曙光，再在光亮引导下去认识自己的世界，达到超脱一切痛苦的神圣境界。到这种时候，你就能真正获得自由和解脱。"

慕雪已经为这对知音难友倒了几遍茶水了。

苏正声想到明天寒玉冰就要举家搬回省城，应该早点休息。于是，他从随身带来的一个布袋里，掏出一个用精致镜框镶嵌的油画来。

"这就是《秋海棠》，这是我自己最喜欢的一幅作品，我把它送给你做留念。"

寒玉冰接过油画，借着灯光欣赏起来。

很遥远蔚蓝的天空，很空旷寂静的原野，一丛秋海棠迎风摇曳。绿色粗壮有节形加竹杆的茎干撑开无数片表面碧绿背面红色的斜卵形叶片，叶尖微微上翘，似蝴蝶展翼飞翔。带着红晕的白色花朵绽放在枝头，姿态显得典雅雍贵，别致怡情。看到这幅线条老到、色彩相应、造型雅致、构图和点、线、面融为意境不凡的油画，使人心中增添无限凄清和惆怅。

"大凡美丽总是惹人心慰的。"寒玉冰感叹地说。

"是的，真正的美是充满着伤感和苍凉的。当时我画这幅画，绝对不会想到我的妻子会离去。可这天空的愁云，原野的衰草，秋海棠的凄楚圣美总使我自己也难抑心中的悲戚之感。"

"正声呀！我看画归画，生活归生活，可不能常把自己推向飘离的空中受心灵的折磨呀！"

"不会的，我现在不是画家是医生了，我既然能医他人之病，当然也能医自己的病。不信，我便给你讲一讲这《秋海棠》的药性：秋海棠全草可供药用，味酸，性凉，有消肿止血功能，外敷主治跌打肿痛，痈肿烂疮。四季海棠的根和花还有活血、调经、解毒、清热利尿功效。可以治感冒风热、尿路感染，花能治不孕症和蛇伤。那次我治石可裳用的蛇药其中就是取的四季海棠之花。"

"妙，妙！有你这番话，即使我远走天边对你老兄也就放心了。

"可我还得告诉你，读了你送我看的《本草纲目》还有新发现：一是药性有奇趣，耐人寻味。如'妇人难产，临产时取丈夫裤带五寸，烧为末，酒服之'，不知是否奏效，但其中之趣妙矣。二是药理有奇思。如'噎塞不通，寡妇木梳一枚，烧灰，煎服。小便淋痛，多年木梳，烧存性，空心冷水服，男用女，女用男。'你看这玄妙之说蕴藏着多少绮丽情味。木梳有无有用且不论，单就其'男用女，女用男'就让人吟味无穷。"

"哎呀！像你这样认真读药书的，读出其中情景情致的真让我折服。此时，我又怎肯舍患难之交而去啊！"

寒玉冰不禁长叹……

船在琴江漂流，人在江上遐想，不觉便出了云岩岭峡谷地带进入宽阔的江面。江面有点点帆影和轮船的笛鸣。那声声笛鸣割断了寒玉冰的沉思，他发现自己的脸上不知何时挂满了泪珠。

琴江市三年未归，确实发生了意想不到的变化。大街小巷贴满了标语、大字报和大幅漫画。红卫兵、红小兵在街道上流动，不时有响着高音喇叭的车子开过大街。工厂生产秩序较前好转，不少单位还提出了"抓革命促生产"的口号。寒玉冰搭乘公共汽车去省委组织部报了到，被告知先回家休息等待安排。

寒玉冰的家住在省委东院，那里是一片橘林，平房小院倒还幽静。只是因人去屋空有三载之久，已是四壁蒙尘、蜘蛛结网，门上还有封条的残影，窗上玻璃也破碎不堪。

慕雪忙碌着在清扫房间。

寒玉冰却带寒雪到附近中学报名去了。

龙昌俭打来电话，在电话中一说就半个时辰："玉冰呀！回来真不习惯，闲着别扭，出去看了大字报惹人生气。特别是听朋友们讲这个挨斗致伤，那个含恨自杀，我就难受，就要大骂、大气，这样过日子还不如回乡下清静。"

"我说昌俭呀，你的火爆性子什么时候能彻底改一改，以前的教训够深刻了。"然后寒玉冰嘱咐龙昌俭："让云帆好好复习功课，今年夏季大学招生考试，这是一个机会。"

"你总是记着云帆，那孩子现在很认真地读书。"

"这就好！"

六、雪后初晴

　　自然界的雪季是短暂的，是圣洁而安静的；是让诗人和哲人有无尽的想象和辽阔的思绪；是让劳动者获得巨大的力量和自然之灵的熏陶；是让孩子们增长智慧和迸发天真的季节和天堂。可是人世间的雪季，人心和政治酿造的积雪，有时会是很深长而充满寒冷的。即使是太阳能照耀到的地方，还会依然冰冷着世人的心灵和冻僵着人与人之间的友善和睦关系，更不能去理想地创造和接受感情生命的律动和生活世界的雕塑。寒玉冰非常庄严地坐到了自己的办公桌前，他现在是不进常委的省委宣传部长，从现在开始，他需要慎重地思考今后的工作和自己应选择的政治行动。他不能再说错话表错态。现在省委交给他的任务是负责组织全省的高考。考试从"文化大革命"一开始就被批判，特别是大学招生已取消考试多年。现在邓小平同志主持国务院科技工作提出了恢复高考，自然使社会各界都非常关注。高考，在知识青年的心中已成了一个神圣的梦，成了连接千千万万青年意志和理想的生命纽带。寒玉冰在碰头会上深情地说："高考，意味着中华民族的灿烂文化在延伸；高考也在庄严宣告，人类发展的客观规律是不以人的意志为转移的。什么'知识越多越反动，没有文化也能挑起革命重担''宁要社会主义的草，不要资本主义的苗'，我认为这是痴人说梦，无稽之谈。因此，请大家要充分看到这一点，不要徘徊犹豫，要认真组织好这次全省范围内的高考。"

　　月光裹着省委东院那栋普通的平房小院，寒玉冰还在灯下审阅组织高考的方案，并在文件上圈圈点点，然后他在极认真地批示：要精心组织好高考，要坚持发准考证，防止代考和假考，一定要把好关，并送崇副书记阅示。

省委分管文教的副书记崇尚明，是"文革"中作为左派被结合进省领导班子并兼任省革命委员会副主任。他一生精于心计，善于通观全局，对任何事情、任何举动，都先预测风向。他的人生信条是，不冲锋在前，但也不退却在前，以保存自己为第一生命要义。在重大问题决策前，他表态处理问题既不在人前，也不在人后。问题抓对了，他作为省委副书记曾经发表了重要意见；问题搞错了，他只不过在人家意见上表示了认可。这样进可攻退可守，用他自己的话说：我文化不高，水平不高，不求有功，但求无过。不论在什么时间、地点和情况下，他是绝对不会当面批评人，也绝对不会第一个表扬人的干部。他非常清楚能从一个仅读了小学的农村基层干部，走到这样的高位，靠的就是自己善于审时度势、左右逢源、委曲求全。因此，他明明对这次高考持不同态度甚至认为是倒退，但他依然按照他的工作风格，没有任何鲜明的态度，只是在寒玉冰批送的文件上写了"已阅"二字。

1973 年 7 月 15 日，这是一个夏天火热的日子，这个日子带着神圣的色彩会永远记录在中华民族灿烂的文明史上。这个日子标志着一个民族在迷茫中对知识需要的猛然醒悟；这个日子也宣布了愚昧时代的艰难结束；这个日子展示出一些青年人的辉煌向往和强烈追求；这个日子，虽然仍在琴江市的大街小巷、工厂机关听到令人心颤的呼喊，但它毕竟簇拥着光明向年轻的一代走来。

从四面八方走来了在工厂、农村、学校、商店、部队和矿井下劳作的知识青年。他们带着风霜、泥土、煤尘、疲惫和苍凉甚至心灵的伤痕、青春的怨艾走来了。一群群男女考生，挤挤闹闹走进了琴江市第一中学。寒玉冰站在校门口的台阶上望着这群被风雨岁月雕刻、成熟中透着酸苦的男女考生，眼睛里迸射着信任和希望的光芒。此刻，他的心情很激动。他知道夏朝华、龙云帆和苏果都要来参加这场考试，他在向缓缓流动的考生人流投去长辈的仁慈的目光，他的目光也在寻找心中的这几个年轻人。

夏朝华、龙云帆、苏果像兄弟般亲热，并肩从校外走来，他们一眼便看到了寒玉冰。

"寒叔！"他们三人一齐向寒玉冰挥着手中的书。

寒玉冰站在那里没有动，他只是用手向他们示意，并投去鼓励的眼光。

尽管这场考试后，又有人制造了"白卷英雄"，随之又掀起了反击所谓"回潮"的风浪，并把斗争的矛头直指邓小平同志，但朝华、云帆、苏果三个患难中结交的兄弟却以优秀的成绩被录取到滨海大学中文系、政治系和艺术系。

"我说过，不能跟风潮，我们有的同志刚出来工作，就不冷静，像高考这样的问题就要持慎重态度，我当时就怀疑，所以我是没有明确表态的。"崇尚明在省委常委会上对高考问题提出尖锐的批判。列席会议的寒玉冰从内心深处想不通，但是中央已经明确不能凭一张卷子入学，而且还强调要大量招收有实践经验的工农兵学生。面对逆转的国内政局，寒玉冰又一次感受到崇副书记那"已阅"两字的深刻内涵。为这件事情，寒玉冰不能不再次写检讨，做交代，否则他又要面临靠边站的危险。

寒玉冰坐在桌前，思前想后，这检讨怎样写。天真的小雪不知道爸爸的心事，还在一个劲地学样板戏《红灯记》中的铁梅，在大声唱道："听奶奶讲红灯，英勇悲壮，却原来我是火里生来水里长……"

"小雪，别唱，爸爸在写东西。"慕雪用手向小雪示意。

寒雪不再唱歌，回到自己房里看书去了。

"一个人任何时候都必须坚持用党的基本路线来衡量工作，阶级斗争必须年年讲、月月讲、日日讲。我就是少了这根弦，上面提出要抓革命，促生产，抓教育，恢复高考，我就不加分析，也看不到政治斗争的新动向，就认为这是符合实际的。因此我很自觉地组织了这次高考，现在检查起来我是有责任的，我愿意接受省委的批评和处分，也愿意接受高校同学的批判。"

寒玉冰很沉重，他实在找不出能更加触及灵魂深处的理论来批判自己了。因为在他的内心深处，他认为这样做是对的，上面推出违背社会发展规律的张铁生这样的白卷英雄是不对的，是对民族的最大危害。他预感到一场暴风雪又将来临，雪后初晴的天空，又翻卷起了片片乌云，冷风吹起来，冬天将至，也许不多久又要下雪了。

放寒假的日子到了，朝华和苏果回到了云岩岭红松大队。朝华一进村，就忙到红松小学去看望妈妈和伯仪叔。夏母用枯萎的手摸着从大学回来的儿子："朝华，大学生活怎么样，能吃饱饭吗？"苏玉在一旁插话："你没有摸出来，朝华哥长高了，长胖了。"

苏果惦记着燕如，趁天色还早便向邻村的玉泉学校跑去。要说这龙燕如，她是这群年轻人中最懂事的孩子，自从她父亲龙昌俭下到红松大队，不再发生活费后，她就凭着自己高中一年级学的知识去做代课教师。后来弟弟云帆被开除，又是她把云帆带在自己学校里辅导他的功课。对这段时光，燕如付出的辛勤劳动和智慧的心血，苏果是非常崇敬的，所以一回到村子里，他就急着要去看燕如。

玉泉学校坐落在云岩岭的半山腰，离红松大队还有 20 里路程，苏果给爸爸正声请过安后，又捎上爸爸准备好的鸡蛋和白糖、面条直奔玉泉学校。

云岩岭的冬天是冷峻的，山风吹来，寒气逼人，山风摇着森林呼啸，有如海涛澎湃。一个人走在山路上，真还有几分恐怖。不知道为什么这次苏果一个人去看燕如，他一点都不害怕，而且恨不得马上就能飞临到燕如的身边。苏果匆匆赶路，心里还充满着一种不可言状的激情，这是一个年轻男人独有的激情。在激情的波浪上，苏果产生了一种美丽和神圣的感觉。这种感觉是朦胧的，带着羞涩的渴望。当苏果在心里想象着即将见到的燕如，那匀称苗条的身姿，美丽如玫瑰般秀丽的脸庞和那双又大又黑亮的眼睛，比乌云还黑的头发，还有她那动人的清脆歌声和那丰满的胸，忽然感到整个身子已漂浮在激情的波浪上，甚至觉得自己就要被这波涛淹没。他喜欢这种淹没，他知道这种淹没可以再生他壮丽又有价值的青春生命。现在他已触着燕如的眼光，那眼光包含的东西太多、太深，那简直就是一个湖。那是黑亮而平静的湖，是用智慧和温馨的光亮拉长的弦，是含蓄的诗，用秀发编织的诗行和用微笑酿造的涟漪，是飘出春风的窗口，是流溢花香的小溪，是纯洁的梦幻，是一只飞进心灵的彩色蝴蝶。有时她会隐在羞涩的睫毛下告诉你，不要怕，生活会有忧愁，只要我们一同走进这片蔚蓝宁静的湖泊，再艰难也能相守到天荒地老。

苏果的突然出现，使燕如兴奋激动。山里孩子围着看苏果，要听他讲省城的故事。苏果大方极了："你们要好好读书，长大了，像我一样去读大学，学画画，把我们云岩岭描画得更美丽。"

整整一个星期都是在山上度过的。苏果在山峦上写生、作诗，他在憧憬新的生活和遥远的未来之梦。燕如有空就来陪伴他。

燕如坐在窗前接过苏果送给她的《山泉》水粉画，她感觉到一种从来没有体验过的神圣和美丽在袭击她的心灵，她的眼前出现了比梦幻还美的生动画面。山泉沿着灰色的岩石缝，纤细而银亮地奔泻下幽深的岩谷。泉影在石壁上垂挂成一个身材细长而线条优美的裸体玉女，并有节奏地舞动着银色的腰肢，像银蛇般蠕动在太阳的霞辉里。

"我怎么没有发现这样美的山泉？"

"你要知道，大自然就是最美的雕塑，美是到处都有的。罗丹说过：'对于我们的眼睛，不是缺少美，而是缺少发现。'"这时，苏果第一次认真地端详燕如，发现她在冬日的阳光照射下穿着这件红色毛线衣，就像一树红梅那样美丽动人。"你真美！"苏果激动了。苏果当然知道，在艺术中的丑，就是那些虚假的、做作的东西。而在大自然，哪怕是一朵花、一脉山泉，只要如实地去素描并运用恰好的色彩去表现它，就会获得生命的灵魂和强烈的感情。"如果素描缺少功夫，色彩处理不当，最强烈的感受也无法表达。""'当一位优秀的雕塑家塑造人体时，他表现的不仅是肌肉，而且是使肌肉运动的生命……甚至更超过生命，他表现的是一种威力，这种威力使肌肉成为肌肉，而且给予肌肉一片美和强壮，或爱的魔力，或不驯的粗暴'。"苏果滔滔不绝地讲着，并且深情地对燕如说："如果有一天你允许我画你时，你会发现自己美的奇迹的。"

燕如被震撼了："画我？怎么画？"

"要画真实的你。"

"什么是真实的我？"

"那就是没有任何浮华、纤柔的矫饰的打扮。"

　　燕如真没有想到，仅仅半年的大学生活，这个苏果却是满腹经纶了。她情不自禁地站起来把苏果搂在胸前，让胸中那对不安详的玉兔跳进苏果的情流中去。

第三章

　　黑色的峡谷，蠕动蛇的凶残和恐怖，破碎的月影，凝成血泪和耻辱的果实挂在生命的苦恋树上摇曳。天崩地裂的震撼，把心的礁石碰碎了，溅起了大地万重雪浪，去拍击苍凉的岁月之岸，用雷霆的声音，哭吟着太阳西沉的心章。

七、破碎的心

为什么要我，影只形单，远离家乡，
到那沼泽连绵，灰岩垒垒的去处？
人心狠毒啊，只有天使善良，
关怀可怜的孤儿的脚步

哪怕我走上断桥，从桥上跌落
或由错误之光引导，误入沼地泥潭
我的天父还会带着祝福和许诺
给可怜的孤儿以怀抱的温暖。

夏朝华用非常工整的钢笔字，把这首歌词抄在一个精美的日记本上送给了苏玉："你珍藏着它，我就会在你的身边。"

朝华知道，苏玉虽然正在读高中，对这首歌词也许并不会有很深的理解，但他认为，这首歌是能够寄托他对苏玉的眷恋之情的。

苏玉深情地望着朝华，把自己精心缝做的一双布鞋，送到朝华的手上："做得不好，带到学校里去穿。"

也许因为劳累过度，尤其因为缺乏必要的营养补充，常年呕心沥血为学校操劳的苏伯仪校长终于病倒了。苏伯仪刚 40 岁，可他已完全变成了一个老者，走路猫着腰，说话声音带着沙哑，常穿着一件灰色的中山装，把扣子一直扣到脖子下，给人一种正直、憨厚、严谨质朴的感觉。他从事民办教师风风雨雨 20 多年，从带着学生挑土垒墙，用于打垒的方式建起一栋三间的小学校，到现在有了亮堂的小礼堂和操坪的完全小学，真是费尽了心血。伯仪教了半辈子书，妻子离开人世时向他叮嘱的两件事至今使他念念在心：一是要把苏玉、苏露两个女儿哺育成人；二是要争取转正以不枉从教一生，真正做一个堂堂正正的国家教师。

苏玉是伯仪的大女儿，已经到了18岁的芳龄，出落得像一朵亭亭玉立的白莲。因家里的收入来源仅靠父亲微薄的民办补助费接济，有时父亲还要从每月的15元钱中，拿一些钱去资助那些因交不起学费而停学的学生，家里就更加困难了。苏玉和妹妹苏露却梦寐以求想要做一身绿军装，可就是不好跟父亲开口。这一天苏玉趁上集镇送茶叶的机会，捎回了丈多的白龙头布，自己买来草绿色的染料放在开水里煮染，然后从锅里把布料捞起来，摊在地上，两小时后洗净晒干。后来苏玉又到镇上请一位熟悉的女裁缝帮她和妹妹分别做了一套合身的军装。她那一对美丽诱人的羊角小辫子在草绿色的军装领子上晃荡，显得风采照人。妹妹苏露只比她晚生不到两分钟。她们的母亲在分娩这一对孪生姐妹时流血过多来不及抢救而死，两姐妹直到长大成人，都不知道母亲是什么样子（那时山里人没有地方照相，一辈子都无法给世界留下印象），这是多么令女儿刻骨铭心的憾事啊！苏伯仪从此又做母亲又做父亲把两个女儿千辛万苦地拉扯大。他在妻子流血而昏迷过去的时候，站在妻子身边除了悲伤流泪还是悲伤流泪。他紧握着妻子的手，只听见妻子用微弱的语言说出那两句最后的叮嘱，就再说不出话了，只有一滴滴泪珠在苍白的脸上滚落。从此，伯仪别无选择，别无所依，剩下的就是这一间破陋黑暗的土屋，就是这冷寂的锅灶，这古老的木板床和妻子留下的断了筐子的竹篾菜篮和用来砍柴、割草、种粮、种菜的锄头、镰刀。要说苦和累，世上的男人如果不做母亲，那只是撑了半边天，倘要做母亲便撑了一块天。苏伯仪白天在学校上课，把女儿交给在学校做饭的夏朝华的母亲看着，晚上回家便料理两个女儿，等到两个女儿入睡，他才坐下来备课看作业。往往到夜半，有时乃至天明，没有上床睡上一时半刻钟，又要准备一天伙食，叫醒女儿吃过早饭便带着她们直奔学校。两个女儿懂事，从不哭闹和为难父亲，父亲给什么，她们吃什么，连红薯丝饭、酸辣椒、干萝卜片、盐菜，姐妹俩都吃得津津有味。许是深山偏野气候好，空气清新，泉水清澄，菜果鲜美，一年又一年，一岁复一岁，苏玉、苏露两姐妹竟长得如花似玉、天生丽质。现在苏玉快高中毕业了，一个很清纯的中学女生出现在山乡。她端庄秀美，而且还从读中学的集镇上学会了许多山村没看到的东西，像织毛线衣和绣花手帕。夏天穿裙子，在乡间出现，已经成了红松大队的一道亮丽风景。妹妹苏露热情大方，长得比苏玉高大一些，她自幼热爱劳动，在夏母的手把手指导下，学会了编竹凉席，年长日久她竟能够自己从山上砍回楠竹，破成细条条的篾片，编织出各种型号和大小的竹凉席、竹枕垫、竹坐垫。

姐妹俩虽然没有母亲，却并不缺母爱。夏朝华的母亲在学校做炊事员，一干就十多年。她把苏玉、苏露当作自己的女儿看待。春天来了，她带两姐妹去山边采摘映山红，告诉她们怎样种菜、种瓜；夏天到了，她给她们缝补花衣衫，带着她们下田插秧，培养她们爱劳动的习惯；秋天她带她们上山摘茶籽，收割稻子，让她们知道粮食来之不易；冬天，她怕她们冻了、冷了，给她们做棉鞋，缝补破旧的棉衣。看见她们瘦了，有时竟把自己留给朝华吃的鸡蛋和糍粑让给她俩先吃饱。然而天有不测风云，不知道何种原因，夏妈妈突然大病一场，不久就双目失明。夏妈妈再也不能到学校做事，也再不能看清苏玉、苏露、朝华的青春面容了。她躺在床上，整天让朝华打开窗子，听山野鸡啼狗叫，打发自己寂寞痛苦的时光。她还不止一次地把朝华和苏玉、苏露叫到一起说："你们一定要像亲生兄妹一样，互相照顾，让我放心。"

夏妈妈是一个苦难的女人，丈夫因饥饿营养不良在1960年不幸早逝。要不是当时正年轻的苏伯仪是一个正直的人，把夏母接到学校做事，并安排夏朝华在学校读书，还不知道是一种什么结局。从那以后，这两个苦难的家庭在学校这块天地里相依为命，过着人间最清苦、最友善，也最辛劳、最真实而最圣洁的生活。他们两位在困苦中跋涉的人，竟在渺小和平凡、宽容和劳动、梦想与追求的经久不息的拼搏中，把一代年轻人培养了起来。尽管对夏母和苏伯仪这两个农村的普通妇女和男人说不上人生会有多少风云的经历和辉煌的壮举，可他们却用自己诚实的心、正直的为人、兢兢业业的劳动在这块古老而贫瘠的土地上，创造着自己的人生世界。现在孩子们在动荡和贫困的岁月里长大了，他们有了知识，有了青春的力量，有了自己的人生目标，也知道了痛苦和忧患，徘徊与进取的苦涩和快乐。该怎样让他们走下去？伯仪清醒地知道，还必须创造条件，让孩子们走出大山，到外面的世界去经风雨见世面，他们绝对不能像自己一样成为飞不出屋檐的麻雀。

苏伯仪病倒快一个月了，而且因无钱住院治疗，只能躺在黑暗的房子里呻吟。苏玉没法子，只好向自己就读的乡镇中学领导反映，请求退学回红松学校替父亲上课，照料重病的父亲。苏玉回到了红松大队，她白天无法回家照料父亲，就靠苏露操劳了。夏妈妈拄着拐杖来了，她在床边抚慰伯仪："你要挺住，孩子们也大了，有希望了。你可不能像朝华他爹。"说到这里，她眼角又流出了泪珠。苏露忙扶住夏妈妈："夏妈妈，你放心，我和姐姐会照料好爸爸的。"伯仪躺在床上，没有吱声，眼角也盈满了泪水。

月末的星期天到了，这是一个夏日明媚的星期日。一清早起来，苏玉就梳妆打扮自己，然后轻步走到房内向重病的父亲问安，告诉父亲，今天要去公社教革办领代课金，父亲点了点头。

夏日的山野，一片葱郁。田间里的早稻正长得茁壮，随风翻卷着绿色的波浪。天空蓝得出奇，悠闲的白云在变幻着奇异的图案，时而像山，时而像岛，时而像帆，时而像白色的层楼和高高的雪塔。

苏玉唱着那支优美动听的歌《谁不说俺家乡好》，兴奋地沿着乡间小路直奔清河镇去。

清悠悠的小河从她脚下的小石板桥穿过，苍翠的山坳又在她身后退出，夏风里飘旋着她的歌声，路边劳作的男女社员不时对她发出赞美的议论。苏玉走累了，就坐在路旁小溪边的石头上休息。她望着清亮的山溪里晃动的各种形状晶莹的鹅卵石，感到特别的新奇和有趣。她弯下腰去想捧一汪清水解渴，无意中发现水中有一个美丽动人的少女影子。那红扑扑的脸，那双大而黑亮的眼睛，特别是在自己编织的红色毛线衣里起伏的丰满胸脯，她感到自己的心野里已萌动着春天的向往。她曾在读小说时，想象城里美丽的姑娘会是怎样的动人。她不由自主地用细嫩的玉色手掌按住自己微跳的胸膛。

经过三个多小时的跋涉，当苏玉出现在公社教革办主任奕尔文眼前时，让这个独身男人惊愕了。他无法想到在苏伯仪的家里竟能养育出这样姿色娇美的"公主"。他现在才真正悟出了"养在深闺人未识"的真谛。此刻，他的心在急剧跳动，他的那双喷射着火焰的眼睛，从苏玉的乌黑的秀发到洁白的前额、黑亮的眼睛、丰腴的鼻梁和白净柔美的脖颈，一直搜索到她修长的腿。许久许久，奕主任没有说话，只是站在那里，呆望着苏玉。苏玉还从来没有被人这样看过，此时她也稍微留意了一下这个奕主任。中等身材，人长得倒还清爽，只是头发稀疏。老被人这样看着，苏玉感到几分羞涩，便说："奕主任，父亲身体还不见明显好转，我是来领代课金的，还想借点钱给父亲治病。"

"嗬！真是的，看你走了这么远的路，还不叫你休息一会儿。"奕主任忙搬过一张木椅子。苏玉感觉奕主任人善、客气，也就无拘束地坐下来。奕主任一边倒茶，一边自言自语地说："你父亲真是个好同志，干了二十多年民办教师，忠心耿耿，从不计较自己，我原来考虑过他的转正问题，就是排不上队。"

"奕主任，感谢您的关心，转不转正，其实对我父亲并不重要，重要的是他为教育献出了自己的青春年华而现在又得了重病。"

"是啊！是让人同情。"

"奕主任，我还得回家，请您帮我签个字。"苏玉将领条和借条递给奕主任。

奕主任把苏玉递过的领条和借条放在桌子上，摆出一副温和的神态，关切地问苏玉的年龄和代课的感受以及今后的打算。苏玉一边回答，一边躲开奕主任的眼光去望房间别的地方。

这时苏玉发现这间办公室是那样的暗淡和零乱，破旧的紫褐色窗帘斜挂在窗边，遮住窗外明亮的光芒，窗边的黄黑色的墙壁上贴满了毛主席语录。办公桌的左边简陋的木床土垫着打了补丁的白色床单，枕头边放着红宝书和油印的传单。叠好靠墙边放着的被子也已经很破旧，使人感到奕主任的生活有些寒酸。"奕主任，对不起，请帮我签个字，我真要走了。"苏玉又一次催促。

"别急嘛！我去看一下会计在不在。"奕主任很客气地走出了办公室。

不多久，奕主任回来了，他笑微微地拿着几张钞票："我说你别急嘛，正巧会计刚来，我帮你把钱领来了。"苏玉很感动地接过钱说："谢谢奕主任。"

此刻，奕主任随手把门带上："不要谢，我和你父亲是老熟人了。今天我们相识算是有缘。"说完，他颤抖着身子向苏玉靠拢，猛然伸开手臂一把把苏玉抱在怀里，疯狂地亲吻起来。

这突如其来的疯狂举动，苏玉来不及思索，也无招架之力，她惊恐万分。稍微回过神来，才知道自己已经被刚才那个友善的男人紧紧地搂抱着。苏玉几乎是用哀求的声音说："奕主任，你是干部，你不能这样！"

"你只要答应我，你父亲的转正，还有你今后的工作，我都会尽力去办的。"奕主任的手是那样激烈地抖动着，在苏玉胸前的乳房上来回抚摩。

苏玉想喊，但她又为自己的名声担心。她想反抗，可奕主任的手已经伸到了她的小腹和一个女人最敏感的世界。苏玉的心被揪乱了，她感到一种从未有过的女人的羞耻和极度的惧怕，她已经感到绝望。这时，苏玉像被电击着身子一样，有些站立不稳了，她感到自己无力推开贴在身上这个高大的身躯。她好像从山顶上踩塌石头，坠落到了黑暗的深渊。她在极度的痛苦和恐怖中颤动自己洁白的身子，眼泪夺眶而出，她的心破碎了，她的梦破碎了，她的青春破碎了，她的一切美好的追求和向往破碎了。这一切都破碎在撕裂她的心的瞬间。鲜红的带着憎恨和耻辱的血从她这个年轻少女最圣洁最朦胧最梦幻的地方流淌出来，滴落到白色床单上，绽开成一朵朵血色花瓣。

苏玉不知道自己是怎样走回家里的。她只知道，自己突然跌进一个黑色残忍的峡谷，然后便在阴森可怕的林子里奔走。她的脚下布满了荆棘，四周是叫人骨寒的夜鹰啼叫。大自然和人间一切美好的山水人情，都消失了，不存在了；就连自己的父亲和夏妈妈那慈祥和瘦弱的面容和身子，也憔悴变形。这是一个怎样的世界啊！苏玉感觉到这个世界太脏太伪善太不干净，她决定去寻找一个圣洁和安宁的天国。她不知不觉爬到云岩岭的月光岩前。天空中飘泻下来的清辉，柔软地洒落在黑黝黝的山谷里。山谷里飞溅的银色流泉，撞向岩石，发出响亮泉鸣，仿佛在呼唤一个灵魂的苏醒。沐着月光，苏玉一身洁白如玉，她站在岩石边就像一个亭亭玉立的仙子。此时的苏玉，仿佛走进了一个水晶般透明的圣殿。她望着天空无数的星星在向她闪耀着慰藉和真诚的目光。这时，她很细心地从口袋里掏出从教革办拿到的沾满眼泪的纸币，用洁白的手帕包好，然后捡一块石头压在泻满月光的岩石上，她便从容迈着沉重的步子朝那神秘的峡谷走过去。

"苏玉，你这是干什么？"苏玉的耳边突然传来了一个男人的呼唤。苏玉猛然止步，当她再细心倾听时，便万籁俱静，只有山峦的风声和山谷的水声在鸣响。苏玉用手梳理了一下前额的刘海，这一梳不要紧，她竟看见父亲坐在岩边的石头上望着她。苏玉正要喊出声来，可父亲不见了，只看见她压在石头上的手帕突然被风卷了起来。苏玉忙奔过去，借着月光抓住手帕包着的钱包……

现在苏玉睡在夏妈妈的床上，整个人变成了一个泪人。苏玉向夏妈妈诉说着自己的不幸，夏妈妈长叹着安慰她："孩子，你要坚强，人生在世祸福难料。你想我一个好好的活人，就因眼瞎而看不见世界，在我的眼前世界是一片漆黑。想到这些我也几次想死，可我就是放心不下朝华和你们姐妹俩，所以我要活下去。"

"夏妈妈，这件事只有你知道，你千万不要告诉我爹。"

"孩子，这我明白。"夏妈妈把苏玉紧紧地抱在怀里。

奕尔文强吞了苏玉的禁果，坐在床边，望着苏玉凄凉地离去，他的全身在发抖。他感到恐慌，也感到悔恨。白色床单上留下的那闪射着憎恨光泽的殷红的血滴，在暗淡里接受从窗外射进的阳光的照耀，仿佛每一滴血迹都变成了一只只鲜红的眼睛，一直盯到奕尔文的心底。奕尔文慌乱，他在房子里乱窜，脑子里一片混乱。刚才那瞬间的性的冲击波和带着深深的悔恨的快感已荡然无存，剩下的全是罪过和恐怖。坐在床边，奕尔文的心情稍为平静了一些，他没有想到自己会干出这种伤天害理摧残一位善良和美丽姑娘的事。他恨自己的堕落，恨自己的没有人性，恨自己缺乏理智，可是这一切已无法挽回。现在他能做到的，也许是唯一能使自己摆脱痛苦和罪恶心理的事，就是要设法帮助苏伯仪转正。

日子过得很快，一晃又是夏收季节了。在苏正声的精心诊治下，苏伯仪的身体逐渐好起来，他已经能回到学校做些指导工作了。苏玉看到父亲病体恢复，受伤的心灵也有了一点安慰。红松大队的夏收开始了，学校放了假，让同学们去帮助家里做一些杂事。苏伯仪被通知去公社教革办参加转正教师培训班。这时，奕尔文以少有的热情接待了他，并在学习班的会上多次表扬和肯定伯仪带病工作和开门办学所取得的成绩，并且告诉他，这次学习班后，只要县里一来指标，就一定要解决他的转正问题。

如果说，年轻时想转正是为了自己的前途，苏伯仪是这样勤恳工作的话，而现在年过四十岁的苏伯仪为了转正，完全是另外一回事，他是为了证明自己的价值，正如他妻子说的"要做一个堂堂正正的国家教师"。要知道，在一个有着漫长封建历史的国度，言不正名不顺往往窒息人的才智和创造力，甚至带来人生的困惑，在世人侧目的年代里，有多少风云志士，多少优秀人才因有志不能明世，有才不能济民，忧郁而去，抱恨终身。而相反，那些无能之辈、无德之徒却因一个名正言顺的职务、职称和某种闪耀光彩的符号、头衔竟可以招摇过市，作威作福，光宗耀祖而鱼肉百姓。就是为这个，苏伯仪才矢志不移要去转正，要去摘取那公办教师的桂冠。

终于，民办教师转正的申报表来到了伯仪的手中，同校的所有老师都为他高兴、为他祝福。伯仪这些天，似乎人也精神了起来，站着时身子都挺得直些了。苏正声给他鼓劲，村党支部苏书记给他写了很好的推荐材料。这件事，由苏玉传到夏妈妈耳中，夏妈妈也高兴得连连叫着："苍天有眼！"

八、苍凉岁月

人逢喜事精神爽，自从苏伯仪填写了民办教师转正表送到公社教革办后，连村上的农民兄弟都为他高兴。大家给学校送来了砖、瓦、木料，要支持学校建好学农基地。他们相信，有苏伯仪这样的好校长、好老师，一定会给山乡培养出好人才。

不知何原因，这些天夏妈妈也精神多了，她不再躺在床上，也拄着拐杖在村头村尾转悠，跟乡邻说话、扯谈。但这时，偏偏不幸又来问津她了，那是她拄着拐杖去井边打水，不料踩着青苔滑倒，把腿摔断。苏伯仪让苏玉搬进夏朝华家里伺候夏妈妈，苏正声天天来送药，来调理夏妈妈的身体。

虽然夏妈妈年迈，但在大家的关怀下，摔伤的腿逐渐好转了起来。苏玉对夏妈妈就像对自己的亲生母亲一样，她常常夜半了，还坐在床边给夏妈妈捶腿揉背，侍候夏妈妈安然睡去。第二天，回到自己家里，她又要料理家务帮助父亲洗刷衣裳。苏玉就这样全心全力地照料着两个老人，原来打算去参加高考的愿望也就消失了。苏玉每收到朝华寄回的家信和照片总是异常的兴奋，就好像是写给自己的。每封信都是由她深情地念给夏妈妈听然后又代夏妈妈回信。

妈妈：

冬天到了，天气冷了，你身体好些了吗？又是苏玉常帮你做饭洗衣吧？她真是一个好姑娘，我一辈子也忘不了她对您的照料和关心。我现在很好，我们学习不紧张，很多同学都在外面参加开门办学，我留在学校守校。我自己看书，练毛笔字。我的字比在家的时候好多了。我是山里走出来的孩子。我会珍惜难得的学习机会，把书读好，请妈妈放心。伯仪叔叔好吗？他是一个非常正直、无私、乐于奉献的实在人，他为我们和红松大队孩子辛勤耕耘了一辈子，永远是我学习的榜样。正声叔叔是一个有知识的人，他人生不幸，但从不计较个人的得失，还帮乡邻做了那么多好事。一个人有了他那样的胸怀和品德，就是一个高尚的人。可是我不明白，他为什么还老是要挨批斗，他是一个好人根本不是坏人，他比有些好人还要好。妈妈，你碰到了他们就要把儿子的这些话告诉他们。我祝愿正声、伯仪叔叔和乡邻们都好，都平安无事。我知道我的信只能让苏玉读给您听，我感谢苏玉妹妹。我希望苏玉妹妹能在农村好好自学，也争取考上大学。我来到了省城，现在才知道外面世界之大、之精彩，而我们这一代人将来要做的事是很多很多的。我大学毕业后，还是要回家乡来工作的，我要用所学的知识和自己的力量来为改变家乡的落后面貌尽力。妈妈，你就等着儿子回来吧。

　　每读一次朝华的信，苏玉就激动一次。她也多么盼望有一天朝华也向她写信，诉说心中的话语啊！苏玉也几次拿起笔，想单独给朝华写信，可她想到自己这个处境，特别是想到那个黑色的日子，她的心就碎了，她的心就要流血：她还能写什么信！她没有这个勇气，她也慢慢地绝了这个念头。只要一想到这些，她反而害怕有一天朝华真的给她写信，向她诉说心中的话。那时她该怎么办？苏玉不止一次地面对夜色深沉中的那半轮弧月流泪。

　　苏伯仪突然疯了。

　　这是谁也不曾料到的事。

　　一般来说，疯子都爱狂笑、大笑、痴笑、乱跑、乱动、乱叫，可苏伯仪疯了，他从不笑、不哭也不闹，只是嘴里长时间地念叨着一句话："我前世作了孽，后世遭报应。"晚上他不要睡觉，他总是坐在月亮地里，嘴里念着"石头城上月如钩，几家欢乐几家愁"的诗句。白天天上刮风下雨，他往雨里跑，淋湿了一身就坐在家里门槛上念"更能消几番风雨，又叫村前黄花瘦"。他路过云岩岭山神庙，就跑到庙里跪拜，嘴里念着

"世事苍茫行路难，又听山鬼哭离骚。"于是便有人说，伯仪是读书读疯的，想转正想疯的。其实他的疯，只有夏妈妈最清楚，那就是女儿苏玉遭强暴的事，深深地刺痛了伯仪的心。伯仪自从在夏妈妈那里知道了女儿的事，就一直恨自己没有保护好女儿。他几次下决心要去告发那个色魔，但想到女儿的名声和前途，想到女儿喜欢的夏朝华，他不忍心去做。他是带着一种怎样的伤痛过着日子啊！伯仪一生自尊心很强，再加上明明填了转正表，村支部又写了很好的推荐意见，县里也拨来给苏伯仪转正的指标，可最后又被公社革命委员会张主任的一个姨妹子占去了。这是何等的不公平！这又叫苏伯仪怎样想得通？在这种现实世界里，人不逼疯才怪呢！夏妈妈就这样站在村口上说，她说话的时候声音很亮很响。她谁也不怕，当然也不怕公社干部来找她的麻烦，拿她去批斗。"反正我老了，不中用了，活长活短也都一样。"苏玉不止一次劝夏妈妈不要讲，免得惹麻烦。夏妈妈说："我反正是一个瞎老婆子，难道还要把我逼疯不可！"

　　苏正声十分痛苦，他了解伯仪，但他这次变疯他是没有想到的。他认真地研究了医学理论，找来了许多医学书籍，就是没有办法给苏伯仪治病。苏正声也恨自己无能。他难受极了，整天独自在伯仪的窗外徘徊。苏正声心里明白，伯仪的疯病，不能简单地说他是因为没有转正，心胸不开阔，想不开而致，这一定有别的重要原因。这实际上是一种对现实不平的有力抗议和对当世世风最深沉的嘲讽。这也是一种在沉默中爆发的方式。它可以让世人清醒，一个正常、善良、奉献不思索取的人也会疯，也会无端地将自己的人生戏弄，这难道不是对现实最深刻和辛辣的批判吗！有的疯子因怕事而疯，碰着警察都浑身发抖；有的疯子因情变而疯，见到漂亮的女人而痴笑不止；有的疯子因惊吓而疯，遇着菩萨就跪拜求救。如此如此，正声浮想万千，不禁仰天长叹："伯仪兄真悲剧也！"

　　苏玉的心伤透了，她恨自己给父亲惹来终身恶疾，一切都是那黑色日子的那场噩梦所导致的啊！可她向哪里去诉说呢！她只能让泪水往肚子里咽，只能用自己精心的照料，来解脱自己的罪过。

　　"苍天有眼，善有善报，恶有恶报。"夏妈妈见人还是这么说。

　　那一天，龙昌俭回红松大队来了。龙昌俭在城里住了不安心，便想回红松大队来看曾经相濡以沫的人，顺便也劝女儿燕如回城里去读书。龙燕如穿着一身褪了色的军装，带着学生在山边采菊花。见到父亲，她兴奋极了。燕如抱着父亲直摇就像小孩一样："爸爸你怎么又跑到乡里来，是想我，还是想红松大队？"

"我都想，就是不想在城里住。住在城里，我看到大字报就心烦，听到高音喇叭叫就气。你看邓小平同志刚出来整顿一下，眼看经济形势有好转，又突然批判他'搞回潮'和'刮右倾翻案风'。真是黑白颠倒！"

燕如说："爸爸，你的脾气也要改一改，不然我真担心你又会挨批斗。"

"你还别说，这次你玉冰叔又写检查了，说是抓高考又犯了方向路线错误。我看他那个宣传部长也当得艰难。"燕如沉默了。她把父亲拉回学校，又给他讲述了苏伯仪变疯的过程。龙昌俭一听就坐不住，硬是立即要燕如陪他去看苏伯仪。

昌俭眼前的伯仪已经人样全变，披头散发，穿一件中山装，口袋里别着铅笔、钢笔，手里提着小黑板在村头转。他走到有小孩的地方就挂上小黑板，孩子们坐下听他讲课。孩子们同情他、崇敬他，也就坐下来听他唠叨毛主席诗词"万木霜天红烂漫，天兵怒气冲霄汉"。"这万木霜天，就是指现在的深秋季节。这天兵就是我，我要冲破迷雾去捉拿人间的魔鬼。"

龙昌俭看着苏伯仪变成这个样子，心里十分难受，便忙走过去："伯仪，你不认识我，我是龙昌俭呀！"

"你是谁？我不认识你，你也来听我讲课？"

"伯仪，他是那个带我们搞石渠的龙大哥。"这时苏正声也赶来说。

"我不知道龙大哥、李大哥，现在我要继续讲课。"

"齐声唤，前头提了张辉瓒……"伯仪清清楚楚地讲述着毛主席诗词，还在小黑板上用粉笔写着一行行清晰的诗句。

看到真正疯了的苏伯仪，龙昌俭泪如雨注。

九、苍天悲泪

一颗巨星陨落了，毛泽东逝世的惊天噩耗犹似天塌地倾震撼着辽阔的神州，亿万人民悲痛呼号，沉重的凄婉的哀曲在白云翻卷的苍穹里回旋。红松学校的小礼堂，在苏正声的精心布置下，搭起了一个庄严而肃穆的悼念堂。蓝色的挽幛从屋顶一直垂落到黄泥地上；带着黑纱的毛主席像挂在挽幛的中央；遗像下是苏玉从山上挖来的一丛丛小松柏树。悼念堂两边有小学生用柏树枝条编成的花圈。大门口用粗大的黑体字写着悼念对联，那是出自石可装之手。

哭声盈满了山冲，哭声割断了山村的缕缕炊烟，乡亲们从早到晚聚集在这个小学的礼堂门口徘徊哭泣，仿佛一切都黯然失色。用乡亲们的话说："中国不能没有毛主席，毛主席走了，我们怎么办啊！"

夏朝华的母亲拄着拐杖在苏玉的搀扶下，非要守在这灵堂里。她说："毛主席是大救星，毛主席走了，就像从此天空没有了太阳！"村支书苏新学再三劝她回去，可她就是不肯。

苏伯仪这个疯人，这些天情绪也变得异常平静起来。他仿佛知道发生了什么天大的事。他不再披头散发，他搬着椅子守在灵堂前，逢人就说："现在毛主席就住在我们学校里，我要好好陪着他。"凡是有乡亲来悼念，在灵堂前跪拜时，他也要跟着跪拜，口里念着谁也听不懂的字句。苏正声穿着白色的衬衣，戴着黑袖章跪在毛主席遗像前，他的心情异常的沉重，泪水盈满眼眶。

苏正声久跪不起，头已经触地，他在剧烈地抽搐着整个身子。苏伯仪又一次跪拜在正声旁边，他在大声喊叫："毛主席您看到了这一切吗？

您怎么不说话？"苏玉过来扶起了苏正声，正声又和苏玉把苏伯仪扶起来，但苏伯仪又坐在椅子上，仍旧守着灵堂。红松村的夜，是一个悲痛的夜，一个充满着哀伤和眼泪的夜。云岩岭学校的窗口灯光昏黄。龙燕如还在备课，苏果明天就要回省里了，他正忙着帮助燕如做花圈。燕如走过去，悄悄对苏果说："很晚了，明天你还有那么远的山路要走，睡觉去吧！"

苏果悲痛地说："毛主席走了，我真担心我们的国家会出乱子，那我们的命运就惨了。

燕如拉住苏果的手："苏果，你要坚强起来，像这云岩岭的青松，经得起风霜雨雪的吹打。大不了你又回乡下做油漆匠，我也会跟着你。"

苏果说："你父母不会同意的，他们只有你一个女儿。"

"不要紧，我还有弟弟在他们身边。"说完，燕如把苏果的手拉过来放在自己的胸脯上，"你摸摸我的心，我是属于你的。"

苏果是学美术的，他能想象这个女人的美丽和圣洁，她的光滑而白嫩的肌肤和美丽的曲线，早在他的脑海里勾画着一个当代中国蒙娜丽莎的形象。苏果的手在燕如热烫的胸脯上颤动着滑行，他已感触到有一股滚动的女性的柔情波浪在手心里汹涌。他轻揉着这颗温柔的心，就好像在揉拥着一轮照彻心底的银色月亮。他感受到从未有过的女性的温情和炽热在袭击他。他周身的血液在沸腾。他猛然搂住了燕如，他用抖动的嘴唇去吻她的前额，她的鼻梁，她的脖颈。

世界上有一种柔情是在悲壮和苍凉中诞生和凝结、升华的，它所产生的力量和坚毅可以使获得它的人们在血火和风雨中，永远蓬勃地生长和延续着生命的追求和搏击。虽然，此后的苏果和燕如经受了社会和家庭的暴风骤雨，但在这苦难岁月和共同的巨大悲痛之中，凝聚的琴心剑胆催放的爱情之花，却最终是永远鲜丽如初的。

经历了自然界的电闪雷鸣和古老神州的一场巨大的悲痛之后，深秋的太阳又迸射出了依然鲜亮的蓬勃的光芒。1976 年 10 月 6 日是一个庄严的日子，将永远记载着一个伟大的历史转变时刻。在叶剑英等一批无产阶级革命家的支持下，华国锋执行党和人民的意志，一举粉碎"四人帮"，把江青、王洪文、张春桥、姚文元押上了历史的审判席，从此中国的历史翻开了光明的新一页。

10 月 14 日，中共中央公布了粉碎"四人帮"的消息，一瞬间，全国人民奔走相告，兴高采烈，举国同庆，整个中华大地一片欢腾。当日琴江市千家商店的酒竟销售一空。

龙昌俭更是异常的高兴，他把云帆、苏果、朝华从大学校园里叫回来，举着酒杯，大声说："请大家举杯，我们要同饮这杯庆祝胜利和迎接光明的酒。"云帆、苏果、朝华一齐将酒杯碰向昌俭和殷梅的酒杯。那气氛、那情绪，真令人兴奋。

突然，龙昌俭止住了喝酒，他望着满桌喷香的酒菜，对殷梅说："可惜燕如那孩子还在乡下。"说完不禁清泪满腮。龙云帆说："爸爸，'四人帮'粉碎了，你也该出山了。那时，就把姐姐接回省城来。"

苏果端起一杯酒："是的，这一天肯定不会很远。龙伯伯，我代表大家敬你和殷阿姨一杯酒，祝你们身体健康，祝我们中华民族幸运！"

夏朝华说："粉碎'四人帮'是中国的幸运和人民的幸运。龙伯伯和殷伯母，我感谢你们的关爱！"

龙云帆恨恨地说："这'四人帮'早该倒台了！"

"'文化大革命'是一场沉重的灾难，需要我们这一代人认真反思。"朝华点头说。

"我们要反思的是，怎样做好思想和知识准备，毕业后到社会上大干一场，把失去的青春年华补回来！"云帆神情坚毅。

龙昌俭招呼大家："来喝酒，这些话以后去说吧！"

昌俭高兴地一杯接一杯。

夏朝华劝道："俭伯你身体不好，少喝一点吧！"

龙昌俭满脸红光："不！今天不多喝几杯，什么时候再喝？"

龙云帆也说："毛主席逝世，我爸爸一个人喝闷酒，喝伤心酒，结果大醉了一场。这是喝胜利酒，开心酒，我看我们还是陪他多喝几杯。"

殷梅忙从厨房里出来，她扯住龙昌俭的衣袖说："云帆、朝华、苏果，你们兄弟就多喝几杯，让龙伯少喝，他会受不住的。"

龙昌俭摇头："殷梅，你想想这 10 年来，我们过的是什么日子？一个共产党员，一个受尽旧社会剥削压迫之苦的贫农儿子，有真话不能讲，有干劲无处使，看着别人无辜挨斗不能讲公道话；而下面这些'四人帮'的大大小小的爪牙，却在张牙舞爪胡作非为，今天批这个干部，明天揪那个权威，搞得天下乌烟瘴气。我受够了这股气，这酒就是要喝！我要喝下这杯消气酒。"说完又是一大杯。

"来，云帆倒酒！"龙昌俭大声吼道。

夏朝华看见龙昌俭已经醉了，忙向云帆使眼色："还是先让你爸爸休息，我们兄弟再坐一会儿。"

苏果忙站起来，扶着龙昌俭说："俭伯，虽然'四人帮'倒台了，但是要肃清他们的影响也不是一件容易的事。您一定要保重身体，今后您的责任更重！"

云帆也说："我们也来个以其人之道还治其人之身！"龙昌俭摇手："你们都别说了，来，还喝……喝一杯……一"

又是一杯入肚，龙昌俭已经支撑不住身子，朝华示意苏果过来，两人把龙昌俭强行搀扶进房子里去了。

"我、还、还、能，还能喝……"龙昌俭还在房子里喃喃地说。

第四章

　　酒杯落地粉碎了骨肉之间美好的梦幻，理想和追求变成了黑色森林，艺术的蝴蝶只能伏在枝头倾听圣洁的月光曲。在洞穴里徘徊的罪恶灵魂终于僵死。阳光说，他才真正需要正义之神用火、用锤把他重新敲碎。

十、拷问灵魂

公社教革办主任奕尔文强暴苏玉后，他的心一直被折磨着。那天苏玉走后，他收拾床铺时，发现那几滴已经变成黑色的血迹，心就抖动起来。从那以后，不知道为什么，他只要一看见红色的东西，心就颤抖和慌乱、害怕。尤其见到血，脸色就会马上变得苍白。

三月的一天，奕尔文坐在办公室看报纸，会计小俞手捧一束杜鹃花跑到奕尔文的办公室，说是要找一个瓶子插着。奕尔文一看这束如火似血的杜鹃花，竟突然晕倒了。小俞不知道是什么原因，急忙喊人把他送到了公社医院抢救。

其实，在乡下教书的时候，奕尔文对杜鹃花情有独钟。他还写过赞美杜鹃花的散文。他那篇《杜鹃花开》的文章曾发表在《琴江》上：

春风三月，透明的细雨催放了漫山遍野的杜鹃花。

杜鹃花在温暖的阳光下开放着，杜鹃花在布谷鸟呼唤种子发芽的歌声和青蛙擂响的春鼓声中开放着。

人说杜鹃花的血色是子规啼叫时嘴里流出的鲜血染红的，故便有了这样的诗句：

子规夜半啼泣血，不信东风唤不回。

我敢说自己曾经也是一束杜鹃。

那是我青春的岁月，我在云岩岭上的一所小学当教师，在学校读书的孩子家里都非常贫困，开学时，有的只能用鸡蛋交学费。我们这些工资微薄的教师，还常常为了让孩子们读书，把工资垫交学费，有的竟无法收回。

放学之余，坐在教室里想心事，总感到有几分凄然。只有到了春天，听蛙鼓遍野地敲，整个山野都醒着。夜色深深时听布谷鸟唱着催种的歌声："播谷！""播谷！"天亮了，青蛙不再敲鼓，布谷鸟不再催种，可眼前漫山满谷的杜鹃花在晨光里燃烧，升腾着殷红的火焰。我凝望着这火的形象、血的灵魂、红的闪电，便感到我生命的岁月注入了血色的凝重。于是我说，血色杜鹃花，你是我人生书册中一页最珍贵的红色书签。

现在的奕尔文不再喜欢和钟情红色，反而惧怕红色，这个原因，是别人无法知道的。日子总这样难熬，也不是办法，怎样才能摆脱这种负罪的心灵折磨呢？现在伯仪得了精神病，奕尔文不仅没有摆脱折磨，反而更多了一份罪孽。每每睡在床上，刚一入睡，奕尔文就做着噩梦，他经常看见一个面目阴森的阎王举着善恶报应的牌子向他走来，并大声对他呵斥："你是一个有罪过的人，到地狱要遭酷刑。"阎王还念念有词："善有善报，恶有恶报。人欲地仙，当立三百善；人欲天仙，立千二百善；若有千一百九十九善，而忽复行一恶；行一恶，则尽失前善。故善不在大，恶不在小也。"

奕尔文又是吓出一身冷汗，而立坐房中再不能眠，转而又想刚才阎王讲的"人欲地仙，当立三百善"，我现在不去想什么地仙、天仙，只要能免除恶报就是行千一百九十九善也愿意。第二天一早起来，奕尔文把自己存在银行的钱和抽屉里的零钱全部带上，径直向红松大队方向走去。公社离红松大队有 30 华里，一路上奕尔文匆匆赶路，他目不斜视，不仅是因为怕看红色，不仅是因为山峦摇曳的杜鹃花在焚烧他的灵魂，就连田垄刚栽下禾苗的绿色，他也感到那是一支支匕首朝他闪着寒冷的青光。

刚进村口，远远就听到稀疏和零乱的锣鼓声音，有三两农民面带悲容从身边经过。

再走近红松小学路边，便看见学校的操坪设着灵堂。问其原因，原来是苏伯仪三天前因夜晚在村前行走，不慎从小石桥上跌落河中而死亡。整个村子都为他的死而悲哀，从早到晚，乡邻们来这里悼念他。大女儿苏玉悲恸欲绝，正在哭得死去活来。夏妈妈在一旁劝道："孩子，身子要紧，你父亲是好人，他这样去了，也就心安了。"

"我的可怜的爹呀！你不该这样走，是女儿害了你啊！"苏玉嗓子已经嘶哑。

"傻孩子，这是他自己的命，我们这样的平民百姓只能认命，你做女儿的尽了心啊！"苏正声也在一旁劝着苏玉。

这突如其来的苏伯仪之死，无疑给前来赎罪的奕尔文是当头一棒。他站在路边，看到眼前的一切，几乎无法支撑自己的身子。有人认识他便喊："奕主任，怎么啦？"忙跑过去扶住他。

奕主任坐在灵堂边的教室里，村支书苏新学在讲述苏伯仪生前死后的情况。奕尔文听着听着，不禁眼含泪滴，然后便从口袋里掏出一叠钱："这是公社教革办给苏伯仪老师的抚恤金和治丧费，请转给苏玉。"

苏新学感动地接过奕尔文递过的钱："谢谢上级对苏老师的关心。"

苏玉知道奕尔文来了，她心里像刀绞火燎那样疼痛。她恨他，她想撕破他的伪装，可她不能。她要保护父亲的清白声名，她要用自己的忍耐为父亲送行，她不能让九泉之下的父亲为此而不得安息。

夜幕徐徐降下，红松大队在哀声中亮起了盏盏灯火。苏玉拿着苏书记转交的奕尔文送来的钱，悲泪满腮。她绝对不能要这钱。她知道，父亲不是公办教师，没有抚恤金，更不会有丧葬费。他至今还是一个农民，这一切都只能靠自己料理。她想，这一定是奕尔文另有目的。她把钱重新退给苏新学，并请他一定退给奕尔文。

夜，红松大队一个悲伤的夜。天上的星光，地上的溪流，山上的树木，都以一种沉重的叹息和凝重的色彩在悼念一个土生土长为了乡村献出了生命的普通农民。乡邻们从四面八方举着火把来了，星星点点的火光照亮了整个山冲。老人、小孩、男人、女人都集聚在学校操坪里，听大队党支部书记苏新学念悼词：

"今天我们红松大队全体社员在这里悼念苏伯仪老师，我们的心情是非常沉重的。苏老师从小出生在红松大队，他初中毕业回乡担任民办教师已23年。他尽心尽职，从大庙里教书到自己带着学生挑土筑墙建成像样的学校，他花费了多少心血。妻子病逝后，他操持家务，育女从教，他劳累不堪，可总是一心为了学校，节食俭用，仅有的15元民办教师补助费，还经常接济无钱上学的乡邻子弟，他一生就是这样正直做人。近年来，他得了疯，这个病是'文化大革命'的悲剧造成的。可他心地善良，就是死的那天还在学校的操坪，帮助打扫卫生。他没有疯，他是一个正常的人，正常的人为什么要疯呢？我们大家想想，这就是有些事情太不公道，太不得人心。我们要学苏老师，就要做一个正值、善良、勤劳、品德高尚的人。毛主席讲张思德同志是一个全心全意为人民服务的人，死了重于泰山，我看苏老师也和张思德一样，他的死也是重于泰山的。苏老师是一个普通的农民，可他教的学生，为我们做的事情是千秋万代不会磨灭的。"

人们在向苏老师的遗体鞠躬、哀悼。

站在操坪边古老柏树下的苏正声更是泣不成声。

第二天，苏伯仪老师的出殡仪式在红松大队是异常隆重的。学生们举着白纸扎的哀符，乡邻们排着长队，鼓号齐鸣。苏新学走在前面，他带领着这支浩浩荡荡的送葬队伍在田垄里盘旋，他要让走远的苏伯仪再听一听这山山水水对他的怀念和呼唤！

从红松大队回到公社教革办，奕尔文整整一天一夜没有入睡。面对苏伯仪的死，面对眼前的悼念场面和哭成泪人的苏玉，奕尔文感到自己真是成了一个罪人。他虽然千方百计设法要让自己镇静下来，理智地想一回自己的生命价值和未来的道路，可是越想越感到空茫和绝望；越想越感到天地在旋转，良心在吞噬自己的灵魂。忽然他透过窗帘上的月亮，看到了一缕心灵的亮光，便点亮煤油灯写下了心中的一瞬最清晰的感受：

> 我的生活的房间
>
> 此时已变成了一方青青的草地
>
> 我不希望它再开出花朵
>
> 尤其是那流血的杜鹃
>
> 我的床榻马上就会陷进地下
>
> 凸成一座黄土的坟墓
>
> 从此，我的灵魂不再痛苦
>
> 因为在这审判灵魂的圣殿
>
> 最适合我排泄心中的污浊……

诗没有写完，奕尔文就昏睡在办公桌上。

早上的阳光已经洒进了房间，清新的没有任何尘埃飞染的光芒在清扫着这间房子里的黑暗和霉气。远处狗吠鸡鸣的声音，叫醒了清河公社的大门。

苏新学是一个正派、憨厚的山里硬汉，昨天刚把苏伯仪送上山安葬好，他自己为苏伯仪的新坟一层又一层筑上黄土，然后他坐在坟边抽了一阵烟；然后他又把坟上的泥土整理一遍；然后，他又把坟前小路边的杂草铲除干净，这才独自一人下山。走了几十步，他复又回到坟前对着坟墓跪下，含泪告别："伯仪，我回去了，你以后需要什么就给我捎个梦，苏玉姐妹我会照料好，你尽管放心！"这一切都做完了，再站一会儿，想一会儿，全想清楚了，苏新学才义无反顾地回到村头自家旧屋里。他独自一人吃了一顿冷饭，抽了一顿凄凉的旱烟。

次日清早，苏新学急忙赶到清河公社教革办。他受苏玉之托要退回奕尔文送的抚恤金。他很理解苏玉的想法，人都死了，乡邻们也安排好了父亲的后事，还要这钱干什么！他推门而入，见奕尔文伏在办公桌上睡着，不便喊醒他，就坐在屋子的墙角抽烟，抽他自己带来的旱烟，耐心地等待奕尔文醒来。

"我说，我说，我知罪！"奕尔文口里这样喊着，便摇晃着身子向一边倾斜。

苏新学被这似清楚又不清楚的梦语惊动，他还没来得及想清楚这梦话的意思，便只听到"砰"的一声，奕尔文就栽倒在地上。苏新学忙跑过去，用尽全力扶起奕尔文，发现他口吐白沫。苏新学方知不妙，便大喊："快来人呀！这里有危重病人！"这时跑来了几个年轻的公社干部，大家忙乎着抬着奕尔文急往公社医院奔去。

"文化大革命"的狂潮已把所有的庙宇都毁的毁，砸的砸，几乎荡然无存。唯有云岩峰顶的月泉寺的千手观音庙没有人砸。这是因为山高路陡，再加上人们传说 1958 年时有个砸了菩萨的干部后来中了风，念念叨叨躺在床上说是菩萨惩罚他，多少也叫一些人有点顾虑。又由于山里的红卫兵也没有城里那样狂热和浮躁，甚至无人提议去这深山古寺闹革命，因而观音庙也就安然无恙。奕尔文自那天噩梦惊倒生病后，几乎不再去上班了，就躺在自家土屋里养病、反省。他现在不仅怕看红色的花，红色的标语，也怕看办公室的那张木床，他发现自己不知道什么时候把床当成了坟墓。他真担心有一天床真的陷进地下变成一座坟墓。现在，他需要寻求一种解脱，一种使自己不再受灵魂和惧怕、绝望和痛苦所折磨的解脱。他终于想起来了，自己在带领教革办的老师扫"四旧"时，收到一些旧书如《醒事歌》《从善歌》。他从办公室里找来那几本书，拿回家里紧闭房门在悄悄地翻读。读着读着便生出一个念头：要去观音庙里忏悔，去向菩萨赎罪。

奕尔文带着准备好的干粮，一个人沿着弯弯曲曲的崎岖山路，爬上了月泉寺的观音庙。

这观音庙已失修多年，古刹残破，墙垣破败不堪。古树苍绿，杂草丛生，乱石僵卧，野鸟孤鸣，蛛网遮日，奕尔文跪在看不清面目的观音菩萨前乞求菩萨的宽恕和保佑：

"我千万没有想到自己造的罪会这样折磨自己，我知道我害了一个正直的人民教师，一个善良、纯洁的姑娘，我该千刀万剐，我请菩萨指点迷津，今生何处是岸？"

山风阵阵吹来，野草枯叶在山岩上飞蹿着发出凄凉的啸叫之声，偶有几声揪心的乌鸦啼叫，更给山庙带来一片阴森恐怖之气。奕尔文久跪不闻菩萨回答，只好战战兢兢地站起身来，沿着古道而归……

半年后，党的十一届三中全会胜利召开，全国上下进入了正本清源、拨乱反正的轨道。根据县委的批示，奕尔文在一次教师大会上宣布了平反几个右派教师的决定，他竟莫名其妙地借此机会，自我批判了一回。几天后，人们就发现奕尔文疯了，他把自己办公室的床砸了，被子床单也撕成条挂在门框上。自己穿一身黑衣服，整天披头散发在小镇上就像一具黑色的幽灵。后来，传说就更蹊跷了，说是奕尔文变疯的头三天，有人在红松大队苏伯仪的坟墓上发现了一个用塑料布裹着的钱包，里面整整有 1000 元，钱包里还有一张纸条，字迹歪歪斜斜地写着九个字："人欲地仙，当立三百善。"

夜，琴江市的夜已是灯火阑珊。

望江楼朝琴江洞开窗户的"贤士"雅座里，夏朝华、苏果、龙云帆、寒雪都沉浸在极度的悲伤之中。苏伯仪逝世的消息传到了琴江读书的那几个亲如兄妹的异姓朋友中，怎不激起强烈的感情波澜啊！

夏朝华自从大学毕业要求回到清河公社后，就一直没有回城。这次是到市政府参加林业工作会议，他要介绍林场承包的经验，才得以和苏果、云帆、寒雪见面。在见面中，大家讲到苏伯仪的不幸和苏玉的艰难处境，都深深同情和为之悲痛不已。在席间寒雪问夏朝华现在苏玉怎样，夏朝华讲述了自己回公社的一段情况。

那是 1977 年 9 月，正是初秋季节，早稻刚刚收割完毕，田野里翻卷着新栽下的晚稻秧苗，随风一吹，一片绿色直涌向山边。清河镇经过"文化大革命"的动荡以后，现在恢复了平静，街头巷尾的标语和漫画被一片雪白的石灰覆盖了，显出了新的生机和风采。

夏朝华背着行李朝公社走去。这时，他发现公社门口正围着一群小孩，原来一个披头散发穿着破烂衣衫的男人在地上打滚，口里唱着："老子革命儿接班，老子英雄儿好汉。龙生龙，凤生凤，老鼠生儿地洞……"夏朝华向别人一打听，才知道此人叫奕尔文，原是公社教革办主任，发疯已经半年了，谁也不知道什么原因，只听他自己讲他有罪，他要用行动赎罪。可是奇怪的是，听说此人发疯前三天，在苏伯仪坟上发现了一个钱包，还有一张条子写道"人欲地仙，当立三百善"，人们怀疑这奕尔文是否是伯仪寻找了他，或是奕尔文曾在伯仪身上干了什么坏事。究竟什么原因使这个奕尔文疯了，不得而知。

"不过，我一提到这件事，苏玉总是要我别管这些闲事。她说这世界太不公道了。"夏朝华摇摇头。

寒雪感慨道："没有想到我们离开这几年，红松村就发生了这么多事，特别是伯仪伯死得太惨了。"

"我总想回去看一看，就是现在画画的任务很重。"苏果叹了一口气。

"你们不要菩萨心肠，从来没有救世主，我看我们就是要自己救自己。"云帆望着大家。

"我真替苏玉、苏露担心，听说苏露到深圳做凉席生意了，是吗？"

寒雪问。

"是的，听苏玉说，她妹妹先是吃了不少苦，现在干得不错，在深圳设了一个销售点，厂子就办在村里，苏支书非常支持她。"夏朝华点头。

"这就好，我们要想办法帮助苏玉。"寒雪说。

"朝华，伯母好吗？"苏果又问起了朝华母亲。

"全靠苏玉照顾，现在苏玉几乎全住在我家。"朝华满怀感激之情。

"朝华，你应当争取回城来，把伯母一起接来，长期这样也不是办法，你应当更有作为。"寒雪说。

"我看朝华现在干得不错，万丈高楼从地起，将来朝华从政是有前途的。"云帆插话。

几个知心朋友就这样你一言我一语，一直说到月移中天。

十一、哭海闯海

聚集在天空的那层层厚重的暗云被风吹散了，太阳便光亮了整个天空和世界，仿佛空气的流动也带着湿润和清凉，大自然露出了蓬勃的姿容。琴江的水变得更蓝更悠更软，它款款地流过市区，把歌声和笑声、机器的轰鸣声一齐带向遥远。江边上不再是荒凉的船帆高挂，码头边耸立的大红色语录牌相继拆去，江岸的垂柳吐出了新绿。

苏果在江边画画，他在画琴江的碧绿和远山的淡紫，在画重新获得生命的田园庄稼的茂盛和响着有节奏的机帆船在浪上奔驰。在动乱岁月的年轻人总是用草绿色的衣衫裹着自己美丽矫健的身姿，而现在的城市少女开始穿起了彩色的裙子，偶然有三两戴着白色太阳帽的女孩在江边追逐，给这个充满新鲜气息的时空增添了新生活的彩色旋律和跳动音符。于是苏果手中的画就获得了一种生命和灵魂的律动。

燕如站在苏果身后，看苏果一笔一画地描绘着这幅现实的生活画图，她心中洋溢着从未有过的幸福感和欣慰感。

江边的河滩上，美丽的女孩在追逐歌唱，不时发出甜美的笑声。燕如的心里突然被针扎似的痛苦回忆刺痛了，她想起自己的童年、少年时的不幸和心灵痛苦。她自言自语说："那是什么岁月啊！"

"燕如，我想跟你商量一件事。"苏果低着头，手中画笔却停了。

"什么事，你快说！"

"我想，你会答应，但是我又……"

"你今天怎么了，这样吞吞吐吐？"

苏果转过脑袋，用深情而信任的充满渴望的眼睛望着燕如。

　　望着苏果这炽热的目光，燕如的胸脯激动地起伏，她感受到了一种强烈的冲动。

　　"只要你认为可以做的事，我一定答应！"

　　燕如的话语带着柔情、带着期待也带着很凝重的安静。

　　其实，燕如误解了，她以为眼前这个从大学智慧的殿堂走出来的苏果，又需要与她共同品尝禁果。

　　燕如的手轻轻地在苏果肩头揉摩。

　　苏果知道燕如的心绪是那样的奔涌，但他知道燕如一定从另一个方面理解了他的心意。

　　"我想请您当我的模特，因为现在我们琴江市的女孩子还没有这个勇气。"

　　"那不是要画我的裸体画吗？"

　　"是的，我想，用我的笔和线条画出最圣洁和真实的你。"

　　"我得想一想。"

　　"燕如，这才是真正的艺术，时间长了，对此你会理解和感悟得更深刻。"

　　"苏果，我是相信你的。"

　　"其实，能向人们展示自身的人体之美是一种奉献，也是一种崇高。"

　　"好吧！为了你所喜爱追求的艺术，我愿意做出这种奉献。"

　　苏果放下画笔，紧紧地捏住了燕如的手。在江岸的阳光照耀下，燕如的微笑和整个身影是那样美丽动人。

　　"如，你真美！"

　　"是吗？"

　　苏果在燕如温热绯红的脸上亲吻着。

　　苏果的画室就在江边一个破旧的仓库里，是他曾为港务局画过广告画，港务局为了感谢他，就以廉价的租金把一个闲置的放杂物的仓库给了他。苏果自己把仓库打扫干净，然后朝着琴江开了一个很大的窗户，整个房子用石灰粉刷得一片雪白。屋子外面的墙壁是用江水的蓝色粉刷的，远远望去，江边上耸立着一幢蓝色的小屋。苏果戏称这个小屋为"蓝色的梦幻"，他要在这里创造人类美丽的线条和彩色的梦幻。

燕如穿一身洁白的衣衫，走进这个外蓝内白的小艺术圣殿里，她依窗而坐，凝望着滔滔西去的琴江，听苏果在给她谈艺术。

"燕如，为了使你配合我画画，做一个出色的模特夫人，我先给你讲一点有关美术绘画方面的知识。"

燕如点头微笑，那笑像芙蓉出水，洋溢着纯静和娇姿。

"理论家理查兹说过：'任何东西，只要它能够满足一种欲望，而没有阻碍其他同样重要的或更为重要的欲望，那么它就是有价值的。'也就是说，艺术要表现人的欲望，表现人的冲动的发展到达极点。理查兹还认为，冲动的条理化在普通人身上只有在罕见的情况下才能出现，例如在丧失亲人的打击之下，或者在获得意想不到的幸福之时，在这种时刻，他感到特别富于生命力，意识到存在的现实性。在这种时刻，他的无穷无尽的抑制作用减弱了，他那通常陷于生活常规和实际需要的窠臼之中的反应，现在松弛开来，彼此组成了一个新的条理；他觉得一切好像重新开始了。而这种'经验的造型'只有通过艺术才能接受并通过艺术表现出来产生伟大的艺术效果，这就是艺术之所以在人类生活中占有无上的地位和价值的原因。"

燕如望着苏果，她对这些高深的理论似懂非懂，但有一点是明确的，画画已经成了苏果的生命之根。这时，她觉得自己也好像发现了一种自己从来未发现的东西，这就是在人之外的那种由人可以创造的、可以感受的另外一种更令人冲动的东西，这就是使她想到看到一幅美丽的人物肖像画时所产生的羡慕和渴望、追求感。

"所以人们的绘画艺术，就是运用线条、色彩、形状和团块来表现自然对象，如人、动物、植物和房屋以及大自然的风雨雷电阳光以及各种事情和各种真情。这就是雕塑绘画、建筑造型产生的源泉。所以我们欣赏绘画、雕塑乃至文化品位高的建筑都可以读出其中深藏的含义、寓意、典故和含有固定象征含义的意义来。比如，在西方的作品中，长蛇象征时间，狼象征贪婪，狗象征驯服，雄狮象征勇猛，猫头鹰象征聪明，熊象征愤怒，海豚象征紧迫，森林之神和海怪则是'兽欲和欺骗的化身'，无花果是智慧之树，山岑则是生命之树。所以就有了希腊神话中的太阳神阿波罗。"

简直是一首动听的诗，苏果的叙述让燕如如痴如醉。

"我明白了，现在我是什么？"

"你是一个圣洁的女神，我要为你创造出灵魂美与生命美的经典之形。"

燕如不再说什么，她解开了自己的上衣，露出了丰腴、饱满的雪洁般松软而光滑的双乳。她又脱去了洁白的长裙和短裤，让整个洋溢着青春生命律动的肌体裸露在阳光明亮的神圣时空中，此时的燕如像一尊玉雕自然而沉静地出现在苏果的眼前。

真是动人极了！苏果在心里呼唤。

这是一首有生命有感情有活力也有冲动和期待的美与情相拥的女神之诗。

苏果睁大了眼睛，他的心颤抖激荡，周身的血液在沸腾滚动，他第一次看到了真正的女神。于是，他的心变得异常的虔诚和安静，他几乎是跪在地上，摊开了画板。他的手不再抖，他的整个身子已经凝固，他在用眼睛的智慧和热情的光芒去吻玉色雕塑的肌肤上流泻出的每一条庄严而柔美的线条光波。

他也用自己的真爱的心在吻这颗跳动在美丽胸脯内的那颗充满挚爱和遐想的心。他俩的灵魂相吻着，使时间在画笔下凝固成生命的壮丽画影。

美丽的动人的中国维纳斯终于出现在苏果的画笔下。展现在画纸上的线条、色彩、形状、层次都仿佛是智慧之神把燕如镌刻在苏果心中，然后苏果又用心之光照映在画纸之上。

这是流动的时间和流动的心灵智慧交融凝固的有生命和情感的立体雕塑。苏果面对画纸上的燕如激动不已，他把燕如从座椅上拉到身边，一边用手梳理她的秀发，一边把脱下的衣衫披到她白润的肩膀上，他又用很清澈的普通话给燕如朗诵了一首雕塑大师罗丹关于女性美的诗歌：

女人的肌肉，理想的泥土，奇迹呀，崇高的精神渗入那不能用语言形容的天神塑造的泥土中，这些泥土，心灵在包裹的布里闪耀，这些泥土留着神圣的雕塑家的手印，招来吻与感情的这些庄严的泥土。

女人的肌肤是这样的圣洁，因为爱情是胜利者，把灵魂推向神秘的床边，竟使人不知道情欲是不是就是思想。

　　女人的肌肤是这样的圣洁，竟使人不能不信当热情如火的时候，紧抱着的美就是上帝！

　　尽管燕如对诗不是很懂，但她感受到自己已经进入了一种精神的天堂。在那里接受了一种从未有过的深爱和温情的拥抱。她感到做一个女人的神圣和幸福。她紧紧地搂住了苏果。她要把自己所有的爱情的烈火燃烧起来，让苏果感受一次她从心灵深处迸发出的万般柔情……

　　此后的日子，苏果都沉浸在《蓝色梦幻》里遨游，他不断地素描，不断地创作着自己心中的形象，燕如成了他最理想和知己的女模特。

　　现在的苏果心中萌生了一个愿望，他决定在琴江市举办一个个人画展，成为琴江市第一个办"人体艺术画展"的人。他在筹备这个画展时，情不自禁地做出了如此深刻的设想。

　　他想起了现在仍在掌握着一个部门权力的男人身边受着良心自我责备过着苦涩生活的生母；想起了母亲离开亲生父亲时要他去向父亲索取《秋海棠》油画照片时的心灵伤痛；想起了父亲在红松大队艰难度日和教诲他怎样做人的日日夜夜；想起了下放干部龙昌俭的忠厚侠义和寒玉冰的博学多才、宽容大度；更想起了苏伯仪的豁达、无私、尽职尽责；想到了苏玉、寒雪这些比亲姐妹还亲的异性朋友；想起了夏朝华、龙云帆对自己的友爱和关照；还想起了云岩岭和红松大队的石岩、月光、清泉、云霞、山鸟和杜鹃花。这一切是何等地让他刻骨铭心、思绪万千啊！这一切都是生活的色彩和生活命运的不同插曲。可是这一切都是发生在"文革"这样一个特定的历史条件下，它给人的心灵烙下的是痛苦和辛酸的记忆。他要拂去人世间人们心灵的迷雾，要还灵魂以透明和真实，还人性的友善和真诚，还人的智慧和创造力的辉煌和壮美。

　　苏果想，唯有举办这样一个撞击世俗、打破沉闷、洞开思想窗户的《人体艺术画展》，才可以还真实和自然情操的社会人的本来面目，从而复苏人们追求生活光辉的希望和勇气。苏果认为经过这段痛苦跋涉的国人，特别需要注入一种新的冲动，这种冲动是可以震撼一个迷茫和徘個民族的灵魂。于是苏果不顾白天黑夜，雨去风来，在不到一年的时间里就画出了几十幅男人、女人、老人、孩童的裸体画。

苏果在《蓝色梦幻》之屋创造了琴江史上的绘画奇迹。

又是一个不眠之夜，苏果靠着画板入睡。

燕如端来牛奶，摇醒梦中的苏果，把牛奶灌到他微微张开的嘴里。牛奶从嘴角流到衣领上，苏果又进入了梦乡。借着月光燕如把苏果拉进自己的怀里，她细细端详他调皮的梦中微笑，真像一个顽皮的孩子。他在《蓝色梦幻》里奔波了一天一夜，现在多么需要有一个温热的母亲怀抱让他做一个香甜的梦啊！燕如想到从小失去母爱的苏果，她把苏果抱得更紧了。她又禁不住用唇去吻他的前额和消瘦的脸庞。在燕如的亲吻里，苏果正在喃喃地说：“妈妈，你什么时候回来的？我好想你呀！”燕如听了苏果的梦语，眼泪夺眶而出，她把脸又一次紧紧贴着苏果的前额：“妈妈在这儿！”

苏果的画展在琴江市文化馆展览厅开幕。大门外，一幅广告特别引人注意。

广告是在一幅杏黄底色图板上，隐隐地画着一群裸体的“飞天”，向着太阳飞升的方向腾飞扭动。广告语非常特别：

面对现实的冷峻和透过东方初露的晨曦，看到未来世界的璀璨霞光，我们不要再抱怨诅咒现存社会的难以治愈的痛苦和创伤，甚至包括权力金钱欲望制造的阴影，而要更加理智地思维，冷静地选择，果敢地行动，哪怕人生只能握一把苍凉。

这是一个向人们展示生命的真实、力量的真实，信念和爱的真实的世界。

《蓝色梦幻》主办者苏果

1979 年 12 月 6 日

画展使得琴江市轰动了。

但有谁知道，这次画展的举办是多么不容易。

苏果立志要成为 20 世纪末中国优秀的油画家。他的油画《爱情狂想曲》《花魂》《落叶》《秋之恋》在国外参展和拍卖都获得普遍的赞誉和很高的价钱。现在苏果真还有了一个艺术家的派头，他的头发比一般女人的还长，很潇洒地披垂到了肩头。他穿着大红色的夹克衫和天青色的牛仔裤，显得古怪而幽默。如果他站在明丽阳光照射下的某一幢杏黄色别墅的黑色栅栏边扭着身子，那一定是一幅很有韵味的准画人物构图。邻居梅姨的儿子王顿特别欣赏他这副模样。

"这才叫艺术家的风度呢！"王顿不止一次地指着他的背影对自己的女朋友说。

为了画展，近一年里，苏果忙得不分白天黑夜。他精心地挑选了自己创作的 100 幅油画，其中表现男女人体曲线和展现形态美与力的交融的裸体油画占了一半。他找了许多文化单位和曾办过展览的商贸中心负责人，但人家听说要展览裸体画，便一个一个婉言拒绝了。

苏果的岳父龙昌俭有遇大事、急事、伤心事就要喝酒的习惯，酒喝多了话多，话多了就要骂人。女儿燕如知道父亲的脾气，在苏果办展览的时间里，是不能让他多喝酒的，她担心父亲看了这些裸体画，会砸东西骂大街。

果然不出燕如所料，龙昌俭听到苏果办裸体画展的消息后，就独自在家里骂开了："简直是堕落，堕落！你这苏果不是好东西！你要做我的女婿，我就叫你做不成。"

燕如是一个温柔贤良的女孩，她怕苏果出事，便悄悄地把父亲可能发生的行为告诉了苏果，要他想法子找粉碎"四人帮"后出任省纪委书记的寒玉冰做老头子的工作。

"寒叔叔，我的画展已准备好，想请您看一看，"苏果急匆匆地跑到省纪委，闯进了寒玉冰的办公室。苏果那副模样和打扮立即引起了省纪委干部的注意和兴趣，他们望着他暗笑。有的干部心想，寒书记怎么能跟这样一个怪模怪样的画家来往。

寒玉冰随苏果来到了琴江市文化馆展览厅，随他一道来的有琴江市主管纪检工作的副书记田梦升和宣传部长韩图雅。眼前真是一个圣光照耀的人物世界。男人身躯的伟岸、强劲和博大苍凉，女人的柔情玉肌、风姿绰约和妩媚丽质，形和力、美和情的律动、凝固、舒展、奔放，叫人流连忘返。寒玉冰叹道："想不到这苏果的油画艺术就这么几年能达到了如此境界。""书记是行家，说得在理。"韩图雅插话。只有田梦升一言不发地看着，半天才说出一句话："这种展览我担心的是它的思想导向问题，只怕对社会特别是青少年带来负面影响。"寒玉冰听后笑道："我的书记阁下，你到江边看过穿泳装的男女没有？那有多大的负面效应？何况这是艺术，这是蕴藏着深刻思想和审美情趣的人体艺术呢！"

听说是省纪委书记看过并肯定支持的裸体画展，被长期禁锢了思想和观念的琴江市市民也就大胆地来参观，尤其是大中学生更是络绎不绝，一时在琴江市街头巷尾掀起轩然大波。

"这寒玉冰怕是官越大越糊涂！什么鸡巴画展，简直是乌七八糟！"龙昌俭在家里大发雷霆，硬是强迫女儿燕如带他去制止这场画展的延续。

燕如无可奈何只好陪父亲来到了琴江市文化馆展览厅。

龙昌俭一见展厅的画廊上挂着这样多的男女裸体油画，气得两眼喷火，脸色铁青。他大喊大叫："这是'和平演变'！这是资产阶级的腐朽思想泛滥，是西方的思想垃圾。"

他伸手就去摘画板。围观的群众不知道他是谁，看他这样气急败坏，道貌岸然，一个个吓得往后退。也有人在小声说："这是一个艺术盲。"

燕如急了，忙拖住父亲："爸爸，不能这样，不能这样！"这时，围观的人越来越多，有指责的，有嘲笑的，也有个别附和的。一时间，大厅骤起混乱不堪。听说有人要砸画，苏果急忙从教室里跑了过来。他看到怒火冲天的龙昌俭，一时呆了。龙昌俭是他从内心深处尊敬和爱戴的正直的长者。即使不含岳父这层关系，他也不能让龙昌俭丢面子和感情受到损伤。面对这种严峻的局面，他没有了主意。他站住了，并向燕如投去同情、理解和信任的目光，好像是告诉她："让他砸吧，砸了老人也许心里会舒坦一些！"

龙昌俭果真揭下了数块画板，并抛在地上，当他提起脚去踩时，好像发现了什么，竟把脚沉重地放下。这时燕如发现，苏果站在一边已泪流满面。"好吧！让它挂在这里，我要去找省委评判这个是非。"说完龙昌俭谁也不理，便气冲冲摇晃着走出展厅。燕如来不及跟苏果说话，只好追随父亲而去。

苏果低着头，迈着沉重的步子走回讲台上，正在议论和浮动的参加人体艺术欣赏讲座的听众瞬时安静了下来，就好像波浪奔鸣的海湾顿时变成了一湖平静的涟漪。

其时苏果心中也正汹涌着痛苦的浪涛。他像一条孤舟，航行在波涛翻卷的大海上，又遇上了猛烈的台风袭击，天空还滚来隆隆的雷声，似乎要把他的整个生命的世界炸成粉碎。

毕竟苏果已经经受过童年和少年的蹈火的炼狱，他的灵魂曾被绝望撕裂过。是因为有那双痛苦、忧郁和忍受的眼睛，才支撑着他走过漫长的生命曲折之路，在惊涛骇人的岁月里寻找到了艺术的希望。

现在他的低落和脆弱的情绪又被那双至爱的眼睛之光稳定了下来，他又开始了继续前面的讲课：

"是的，人体艺术的魅力是神秘的，也是能穿透灵魂的。当画家面对一个圣洁的裸体女性，用画笔去勾勒她的线条、神韵和生命情感的肌肤律动，乃至那缕哀愁和欣悦的眼光时，如果画家有一点轻浮的心理飘移，失去严肃与聪明，你就无法发现和捕捉艺术的真实性。现代美术史家贝伦森在评价乔托的《圣母子》《犹大之吻》《圣方洛各之死》等壁画时说：'绘画之有热情的流露，生活的自白，与神明之皈依者，自乔托始。'可见，我们看一幅人体艺术画绝非是简单地欣赏人体的外形力和美的构图，甚至去寻求一种异性的观感刺激和狂乱之想，而更重要的是要感知'艺术成为人间热情的唯一表白'。即那种符合人和自然的美和外形、天真、情操、姿态和感情、理性乃至真理的和谐。这是需要长期的生活和文化积累，乃至人的理智、美的爱好、温婉的心情款待才能达到的极致。"

教室里寂静得可以听到缝衣针的落地之声。苏果讲着讲着竟淌出了眼泪。原来在他叙述自己的这种艺术感受时，他的眼前始终有那双眼睛在注视他。这就是他母亲洁韵的眼睛。那痛苦、忧郁、忍受和绝望的眼光，有两次是使他最刻骨铭心的。一次是母亲离开父亲时，要他去取《秋海棠》的油画照片，母亲站在楼下迎接他的眼光；再一次就是当他10岁时，母亲把他送到红松大队交给父亲后，即将离开时突然闪烁的眼光。一个近30年被生活折磨得消瘦憔悴的女人，一个曾经如花似玉充满着对生活和家庭热爱的女人，一个能忍受一切创伤和心底感情的苦痛爱着自己的儿子也想到保护自己受批判的丈夫的女人，一个没有别的选择只能用自己对一个男人的背叛而履行母亲责任的女人。她的全部的灵魂思考和命运体验怎能用言语表达，她无奈只能用自己的眼光诉说这一切啊。苏果至今记得，母亲把他轻轻地推到父亲眼前，低声说："妈妈对不起你和爸爸，我走了，你要听爸爸的话。"然后，她一步一回头地走了。

母亲走得好沉重，她是踩着自己的心走的，她是粉碎了自己的梦走的，她是扯断了自己的生命希望走的。她的背影是那样修长和暗淡，她的头发是那样乌黑和零乱，她的脸色是那样苍白和悲哀，她的胸脯是那样丰满而荒凉。苏果是见到过母亲雪白而圣洁的胸脯和乳房的，他在母亲的怀里吸吮了智慧的阳光和生命的血液，他的灵魂里雕塑着母亲的至尊至爱圣洁之像。

现在，母亲身上的衣衫已经被岁月的飓风卷去，她只剩下一尊像海棠一样灵秀而飘逸的身影在月光下伫立。她的身后是灰白色的岩石，正有一股飞瀑顺势而下，轰鸣着溅起万朵雪花。于是，一个美丽而忧伤的女人沐浴着玉泉的水花在用手抚摸自己的身子，从梳理乌发到揉抚前额、脖颈和前胸，乃至匀称的腰肌，一切都沉浸在一种自我珍惜的热情流露的大自然的天光水雾里。

"我创作的这幅'海棠泪'，就是寄托了我对一个母亲的伟大而难忘的爱，她的爱虽然蒙上了难以洗刷的耻辱和脆弱，但这仍然是一种崇高的爱和流着血泪的爱，因为这种爱母亲做出了巨大的付出和牺牲。如果她的孩子，不能意识到这一点，那便是一种堕落和无知！"

掌声响起来！掌声久久地在整个展览大厅回荡。

龙昌俭回到家里，怒气未消，提起酒瓶倒了一大碗，就往嘴里灌，任殷梅怎样劝阻也无济于事。

龙昌俭醉倒了，住进了医院。

"爸，你别为一个疯子操心，苏果的心早已疯了，你看他画的是什么东西？"龙云帆坐在床前说。

龙昌俭不语。

门推开了，苏果和燕如轻步走了进来。

"你们给我滚出去，我不想再见到你们！"

龙昌俭躺在床上用沙哑的声音吼着。

苏果没有动，他用深沉而诚恳的语气说："俭叔，我让你生气了，我对不起你。"

"别说了，苏果，你让爸爸安静一会儿，行不行？"龙云帆趁势把苏果推到门外。

燕如随着走到门外："云帆，你们是兄弟，也是同学，你应当说服父亲，而不应该推波助澜！"

"什么，我推波助澜？你知道，这个画展在社会上产生了什么恶劣影响吗？"

"什么恶劣影响？"苏果问。

"大家说这是淫秽画展，它对青少年的毒害比《金瓶梅》更大！"

"这是真的？"

"我都为你感到难受！"

燕如睁大眼："云帆，你怎么也这样看？"

"什么样的画展都可以搞，为什么偏要画女人，画赤条条的裸体女人。讲艺术也要从中国的国情出发嘛，也得讲社会效果嘛！"眼前的龙云帆俨然是以一个琴江市东区区委书记的口气在对苏果说话。

"云帆，我不和你争论画展的是非曲直，我只是要告诉你，画什么是我的选择。"

"你选择得好，世界之大，你走你的阳关道，我们龙家容不下你！"龙昌俭又在房里大声吼道。

燕如返回房里走到龙昌俭身边，几乎是用哀求的声音说："爸爸，苏果不懂事，惹你伤心了，你也该让他有一个转变的过程。"

"燕如，你要跟他走，我不反对！他不转变，我也不转变，我龙昌俭就算没有你这个女儿。"

"爸爸，你不要讲这样绝情的话，苏果办这个画展是经玉冰叔叔看过的，并无大错，你要理解我们！"

"什么寒玉冰，我看他也变了。"

"燕如，苏果，你们走吧！别再让爸爸伤心！"龙云帆走近燕如说。

这时，苏果又返回到龙昌俭床前。

龙昌俭突然大咳起来，继而脸色桃红，呼吸急促。

"快叫医生！"龙云帆喊着。

燕如急忙奔出病房。

云岩岭的冬天是寒冷的。冷风从山谷里吹向村野，凉凉的，树叶和小草都失去了往日的青葱。

苏正声在乡间已经听到了画展风波，他紧锁着眉头坐在家门口，清理着自己从山上采回的中草药，苏玉在一边帮忙。

"正声叔，你要相信苏果和燕如，他们绝不会乱来的。"

"我当然了解苏果，他是个受了磨难的孩子。"

远处的村路上，出现了两个人影，匆匆朝这边走来。苏玉的眼睛尖，一眼就看出那正是苏果和燕如。

"苏果，燕如！"

"苏玉！"

苏正声站起来迎接自己的孩子。

苏玉忙给苏果和燕如倒茶。

"爸爸，我们是回来跟您辞行的，在琴江市看来已没有我们的立足之地，我俩决定去深圳。"

"这个决定是不是太仓促，不走不行吗？"苏玉问。

苏正声没有说话。

"爸爸，苏果再也不能在我家出现了，我爸爸不愿见他。"燕如凄清地说。

沉默，沉默。

许久的沉默。

"孩子们，要坚强，我理解你们，不就是展览了几十幅裸体画嘛！在欧洲文艺复兴时期就有裸体画展，而且是挂在宫廷和大城市的建筑和艺术殿堂里，这只能说明我们的观念太陈旧，我们国家的封闭和不开放。英国艺术批评家芬克斯坦在40年前出版的《艺术中的现实主义》中就强调：'艺术的真正题材是人。'他说古希腊人体雕刻艺术的出现，就标志着现实主义的巨大进展，它对于艺术中的美定下了新的不朽的标准，因为它把外界现实的人化推进了一步，它揭示了人的独特的美的丰富性。可惜，我们许多人不懂这些。"

"正声叔，你们谈吧，我还要去给夏妈妈做饭，到时候你们一起过来吃。"

"好，我们正要去看夏妈妈。"苏果说。

通向琴江渡口的路上，踏着早晨的露水，有两男两女在缓缓前行，那就是苏正声和他的儿子苏果，还有苏玉和燕如。

"苏果、燕如，你们去深圳，我赞成，但要准备接受命运的打击和磨难。生活就是这样，哪里都是岸，可哪里也没有岸，就靠自己把握机遇。别的我不说，有三条，你们要记住：第一不要贪名位，这是人生最重要的人格修养，人只有看透个人名位，那就什么关也可以闯过去；第二不要贪色利，男人女人都要恪守贞操，视钱为粪土，但是圣洁的友情和男女之间的朋友是不可少的，那是人生一宝；第三不要贪图享受，要永远都拼搏进取，甘守清贫，这些对自己的身心，对事业、对后代都是非常重要的。清朝醇亲王亦𫍯曾写了一篇治家格言：财也大，产也大，后来儿孙祸也大。借问此理是若何？儿孙钱多胆也大。财也少，产也少，后来儿孙祸也少。借问此理是若何？儿孙钱少胆也小。些微产业知自保，俭使俭用也过了。帝王之家尚有此见，那我等平民百姓又该怎样自持啊？当然并非财大产大就必然会产生灾祸，但是它毕竟是难以挡住的诱惑啊！"

"爸爸，你的话我们记住了。"

渐渐地琴江渡口出现在眼前，昔日的乌篷船现在已换成了机帆船。

苏果、燕如依依难舍地告别父亲与苏玉，提着简单的行李一步一回头地登上了船。

十二、山谷月光

夏朝华毕业回清河镇已经两年多时间了，他在镇机关先是做办公室的秘书工作。党的十一届三中全会后，他毅然放弃舒适的机关工作，主动要求到清河林场去承包山林开发。他在山上整整干了一年半，效果非常好，在全县很有示范作用。经镇人大代表们选举，他当选为清河镇镇长。现在夏朝华决定回到养育自己的红松村办农业生产责任制试点，去冒一般人不敢冒的风险。夏朝华回到村上，全村的男女老少都非常高兴，像过节日一样敲锣打鼓迎接他。苏新学、苏正声一早就来到镇上帮他搬行李，朝华怎么也不肯，还是自己挑着行李和两位长辈一道回到村上。

在回红松村的路上，支书苏新学告诉朝华，正声的右派帽子已摘了，省出版局领导还专门到村上，动员他回美术出版社工作，正声就是不肯，他说已年近花甲，与乡亲们有了感情，就是天堂他也不去，他只有一个心愿，帮助村民把农村建设好。现在他办的医疗所还真生意兴隆呢！苏正声一直让苏新学说，因为新学高兴，他对朝华是寄托着很大希望的。等新学说完了，苏正声才用很缓慢但却非常亲切的话对朝华说："朝华，你毕业能回清河工作，这是我预料中的事，但是你敢第一个去承包林场开发，我是没有想到。我现在真正从你走的这条道路上，看到了祖国的前途和希望。"

朝华说："正声叔，今后您还要多指教，搞农业责任制虽然安徽出了经验，但是这对我完全是一个新课题。"

"不要怕，我们全体村民都会支持你。"新学又接过了话头。

他们继续朝前走去，村前一座水泥桥出现在朝华的眼前。朝华和二位长辈走上水泥桥，朝华发现这座水泥桥很宽，可以过汽车，而且桥的东西两头已修通了机耕路。朝华高兴地放下行李，抚摸着桥栏杆说："想不到半年不回来，石拱桥就变成水泥桥了。"

"还不是你正声叔做的贡献。"新学又把话扯到了苏正声身上。

原来，半年前苏正声平了反，出版社补发了他5000元工资，苏果的妈妈还特地帮他送过来，而且想动员他回省城工作。苏正声很热情地接待了苏果妈，在一起吃了午饭，说了很多话，但最终苏正声还是不答应回城。没有办法，苏果妈只好含泪而回。正声情意依依地把苏果妈送上了红松渡口的机帆船后，立即就找苏新学商量，要把石拱桥改修为水泥桥，要能够过汽车。他说："要想山区富裕，就得修通公路。"苏新学觉得很有道理，却又苦于村上没有资金买水泥钢材，正声就把自己补发的5000元捐献出来。新学不忍心用正声这笔含着辛酸的钱。可是正声再三请求，一定要满足他的愿望，他说如果不用他的这点钱修桥，他死不瞑目。新学了解正声，也就不再拒绝。于是在苏新学的组织下，不到两个月时间就修筑了这座水泥桥。现在桥头立着的碑，清清楚楚记着出工捐资的村民姓名，可唯独没有苏正声。

听了新学的叙述，朝华十分感动，他紧紧地握着正声的手："正声叔，你永远是我学习的老师！"

夜已经很深，村委会还在激烈讨论联产承包责任制的方案，会上支委们的争论异常激烈。

老村长苏固说："这种辛辛苦苦三十年，一夜退到解放前的分田单干绝对不能干。"会计石可裴则阴阳怪气地说："我想起'文革'时把'三自一包'当资本主义批判，当然'文革'有问题，但是不一定所有批判的东西都有问题。我看这分田单干与搞私有制只有名词不同，所以我认为老村长的意见是有道理的。"

对于实行大包干的联产责任制，用当时安徽老百姓的话说"除了上交的，都是自己的"，苏新学也想不通。特别是当有的村民提出村上的企业，像竹器厂、碾米场也要分掉、承包到人，他心里真有点发毛。而对那几个原来在村上出工不积极，在外面做生意发了财的农民，他也有些看不惯，还真担心这是搞资本主义，走回头路呢。

看到苏新学也徘徊不定，夏朝华为难了，于是他去请教苏正声。

正声坐在屋子里，正借着从窗子外透进的灿烂阳光，看中央关于农业改革的文件。他见朝华进来，便让朝华坐下来。

"听说你们村支部开会，对责任制统一不了思想，是不是？"

"是的，我反复讲外面搞责任制成功的例子，他们就是听不进。"

"这是一个非常大的思想转弯，你不能急，急了反而做不好事，我看不如分两步走，先搞包产到户，这样群众容易接受。"

朝华觉得苏正声说得有道理，于是便对苏正声说："碰到新学书记，你还得帮忙说服他。"

"这还用你说，我之所以留在乡下，也是想到要当你的农村工作顾问的。"

朝华对苏正声的这番诚意真是感激不尽。

"正声叔，要是大家都像你这样，社会主义就有盼头了。"

"朝华，搞社会主义没有既定的模式。苏联也在摸索，毛主席发动'文化大革命'的目的之一是防修反修，现在搞责任制，又有人怀疑这是走资本主义道路，这就要冷静了，千万别让左的东西又卷土重来。"

朝华对于"文化大革命"这段历史的认识不可能有苏正声这样深刻，但他朦胧中感到苏正声是在支持和诱导他下决心抓好这场农业改革。

夏朝华母亲的身体日益转差，因为跌伤脚，不能根治，加上双目失明，几乎只能长期卧床。这次朝华回本村来抓农业责任制的事，不知道是谁告诉了朝华的母亲。老人听了很着急，忙叫苏玉把朝华叫到床前。她拉着朝华的手颤抖着声音说："这次搞分田到户，华伢子你可要小心。60年代带头搞分田到户的人，后来都挨了批斗，现在你又要带头分田，总使我放心不下。"

"妈妈，这不是分田单干，这是搞责任制，中央有文件。"朝华解释。

"华伢子，妈搞不清这些大事，你读了大学，妈相信你，你可不能出事呀。"

"夏妈妈，你放心，朝华会慎重做这些事情的。"苏玉也在一旁安慰夏妈妈。夏妈妈听了苏玉的话也就不再责难朝华，放心地松开了紧拉着的朝华的手。

朝华虽然回到村上蹲点，还是经常要去镇上开会，研究安排镇上的工作。苏玉自从父亲死后，一直就住在夏家伺候夏妈妈，可现在朝华回村住在家里，她感到再住下去，会招人议论，就决定晚上回自家住，白天来照顾夏妈妈。苏玉没有对朝华说明走的原因，她只跟夏妈妈交代了几句，就提着自己的衣衫去了。夏妈妈躺在床上，听苏玉要离去，自然心里痛苦，但一想到苏玉的年龄和朝华不相上下，为苏玉想，也感到让苏玉长期住家伺候自己是有不便，也就满口答应。她还安慰苏玉说："你放心回去，我自己也能摸着做些事。"其实，对于苏玉这些年来对母亲的关照，朝华早已心中感激万分。一回到村里，他就跟苏新学商量好了，为了方便工作，他就住红松村的那间闲置的保管室。只是因为这些天忙于做发动工作，还没有清扫，暂时就在自家的火炉房搭一个临时床应付。他也已从苏玉的表情中感到了这种不便。

冬去春来，云岩岭又是一片山花烂漫。山上的映山红似火滚动，河边的柳枝飘拂着无限绿色。经过一冬的艰苦工作，村民们都看到了实行农业生产责任制的好处，终于都签订了联产承包合同。刚开春，布谷鸟还来不及催种，农民们就各自在自家分到的田间里忙碌着，整个山野一片热气腾腾。

已经多年不见的苏露也从深圳回来了，她穿着时髦的牛仔裤和绿色的小羊毛衫，烫着卷头发，走在山野的路上，给村民们带来了一股鲜活的气息。虽然暗地里也有人对她的穿戴和发型评头论足，但都承认苏露比过去长得洋气了，而且都知道她赚了不少钱。现在苏露办的竹凉席厂规模越来越大，来谈生意的外商也西装革履地出现在云岩渡口。他们提着乡下人从来没有见过的密码箱，让农村人看了感到新鲜和神秘。

苏露陪他们在乡间走，在竹凉席厂里转，在自己的接待室里交谈，真有一副女老板的派头。相比之下，苏玉虽然比苏露长得秀气、苗条，但她的穿着和气质就显得土气多了。

朝华见苏露回来了，而且正在着手扩大竹凉席厂的生产规模，他打心里高兴，决定去找苏露长谈一次。

云岩岭的春天多雨。

蒙蒙细雨悠悠地下着，把整个春意盎然的山村全笼罩在一片飘飘浮浮的银雾中。

朝华趁苏露在厂里的空闲，来到了竹席厂。大方、泼辣、风采照人的苏露热情地接待了朝华。她还是小时候那个性格，爱说爱笑，不等朝华多说，就滔滔不绝地诉说起她在外面创业的艰难历史，听来也确实让朝华震惊。

那是三年前的秋天，苏露糊里糊涂地跟着一群乡镇企业的销售人员跑到广交会上。她自己背着一捆竹凉席就往展览会上闯。谁知刚走进展厅就被工作人员抓住了，说要看代表证。苏露哪来的代表证，她除了有一点胆量之外，就连普通话也说不好。工作人员听不懂她的话，但从她的言谈和身上背的竹席就判断出她是一个乡下姑娘，也就放了她。

苏露背着这捆竹席，在会场外转悠，碰上那些西装笔挺、提着公文包的老板就上去打招呼，介绍自己的产品。有一天，竟出现了一件意外的事，她在展厅外徘徊时，忽然一个衣着华贵的中年妇女走近她，问她是哪里人，到广州有什么事。

原来，那位中年妇女以为苏露是来找人的，看她精明但又显得诚实，就来主动帮助她。

"我不是来找人，我是来卖竹席的。"苏露指着自己背着的竹席说。

"哦，你就这样推销竹席？"中年妇女摇摇头。

"请问你是从事什么工作的？"苏露见这个中年女人很面善，也就主动与她搭话。

"我是外贸局的。"那中年妇女说。

苏露并不懂外贸局是干什么的，但她猜想一定与做生意有关，要不她怎么也挂着红色代表证？便对那位中年妇女说："我在这里已待了三天，要是卖不掉这几床竹席子，就连吃饭也没有钱了。您能帮帮忙吗？"那中年妇女反复看着苏露，最后说："我看你别卖竹席了，我儿媳妇刚生了小孩，正要找一个保姆，你愿不愿做保姆？"苏露从来没有听过保姆这个名词，也不知道保姆是干什么。她想，反正出来闯世界，先答应再说。于是，苏露对那个中年妇女说："行，我愿意当保姆。"就这样，苏露当上了保姆。后来苏露才知道这个中年妇女竟是外贸局局长，那保姆的职业就是帮助她的儿媳妇做家务带小孩。苏露灵巧、大方、勤劳、讲卫生，不到一星期，就获得了那位叫朱丽的局长一家的认可，而且她还和她的儿媳妇建立了初步的感情。

"以后，我就学会了讲普通话，有时在朱局长家听她们谈业务也知道了一些生意经，再后来，跟她儿媳妇一起出去，也学了一些社会知识，再后来我也认识了外贸局一些业务员，没有想到的是，后来那几床竹席被朱局长带到日本，还成了上好的珍品。于是，朱局长就打发我回来办竹席厂，就这样在三年的奔波中，竹席已经在广州深圳乃至东南亚国家都有了市场。"

"看来那位朱局长真还是你的创业之神。"朝华感慨。

苏露眼露感激之情："她是一个很好的人，她告诉我学习读书、学习外语，甚至怎样衣着打扮，我一辈子忘不了她。"

"那她现在怎样？"

"她其实也命运不好，'文革'时丈夫是副县长，经不起批判就自杀了，只剩下她带着一个孩子坚持下来，现在还是一个独身女人，她把自己的全部心血和精力都放到了工作上。"

苏露说着说着竟有泪花在眼眶里转。

"真是一部讲述美丽和忧伤的女强人小说。"朝华叹道。

这座古老而苍翠名叫云岩岭的山，已经在夏朝华的灵魂里升华成一种偶像和向往。他知道这座山孕育着他的父辈们一个又一个灿烂的人生之梦。无论是山谷里流出的清泉还是山峦上盛开的花草，枝上飘落的鸟鸣，全都是他幼年的故事和生活的梦幻。母亲带着他上山摘毛栗子、采猪草，用荆棘一次一次划出了血痕的颤抖的手指给他缝补衣裳。他感觉到了山对于母亲的重要和对于他的恩泽。尽管现代城市大学校园生活的七彩阳光和流动的哲人的思辨，音乐和诗歌的情调和女生的妩媚有时让他的灵魂受到一次又一次的震动，但巍巍的大山依然耸立在他的胸膛里成为能遮挡一切的血肉长城。

夏朝华自从决定用梓木箱装着自己的衣衫和在大学时写的诗歌回到故乡，他就决心回来寻找父辈们留在大山的梦幻。他走得很坚定很踏实，他几乎要把寒雪的梦幻踩碎。可唯有寒雪的那双美丽而圣洁的眼睛常在他的脑际萦绕，使他的心不止一次地颤动。

现在整天沉浸在农村繁忙的工作节奏里，与老乡们一道去改变贫穷落后的面貌，身边又有了苏正声、苏新学这样的好长者，还有像苏玉、苏露这样心地透明的姑娘，他感到生活特别的充实和有意义。说实在的，心目中的寒雪的影子也开始了淡化和走远。

可仍在大学读书的寒雪却一天也没有忘记他。她越是想念朝华，就越恨朝华不理解她。回乡这样长的时间了，除了到琴江参加那次林业工作会议在望江楼小聚一回，就再也见不到他的踪影；听不到他一纸的心音，夏朝华怎么如此薄情呢！寒雪在心中不知骂了夏朝华多少回。

清河镇是一个美丽而神奇的山区小镇。"文革"前叫清河公社，后来改社建镇就叫清河镇。清河从云雾峡谷里流出来，沿着两岸开放着奇花异草的石溪碰碰撞撞地奔跑，日夜不停地溅进着雪浪花。碧绿的溪水卷进河道稍宽的清河镇白石桥下的地段，河两岸便能见到热闹的麻石码头和在河上来回晃荡的乌篷船。

今年夏季是清河镇最丰收最欢乐的夏季。由于生产责任制的推行，农民们的积极性像火山岩浆一样迸发出来，第一年的早稻就获得了大丰收，整个山村田野一片打谷机声和一片欢笑声。虽然在灼热的阳光下劳作，但丰收的喜悦给人们心里注入了清甜和舒畅。早晨的阳光，灿烂地洒在清河上，美丽的波浪闪着七彩霞光，在河边浣衣的少妇和姑娘穿着时髦得体的花衣彩裙，把河流装扮得楚楚动人。

寒雪独自一人到清河镇采风来了，她说是要为自己创作毕业作品深入生活。其实真正的目的，是来暗访她所爱着的那个男人。

说到爱情，寒雪虽然也有艺术系大学生特有的浪漫、坦诚、奔放，甚至有时会激动出某种疯狂，但由于她成长在一个党的高级干部家庭，从小受到父母严格的传统文化、道德教育，故也有与生俱来的沉稳、严谨和庄重。她穿戴也追求现代款式色彩的新美和姿韵，但她更注重自身气质风度的升华和展示。她在艺术系众多的骄傲公主中，虽不是长得美若天仙，倾城国色，但却是最显才智最具风采的。由于她天生丽质、后天聪慧、光彩照人，不少优秀的男大学生竞相在她的眼前利用各种机遇和形式显露自己的诱惑力。世上的事情就是这样的奇怪，越是追她追得凶、追得猛、追得狂的，她越是不屑一顾，敬而远之。而越是对她保持距离，远观而从容，近视而平静如水的男人，她越是要对你说："怎么瞧不起人？"朝华就是一个她主动靠近而常被其以种种理由拒绝和她接近的人。

寒雪是一个认真的女性，她偏要解开夏朝华不愿意靠近她的原因。她和夏朝华的关系应该是十分亲密的，因为早在她父亲下放到清河镇红松村的岁月里他们就相识了，而且也有一段淡淡而朦胧的男女感情，尽管那是幼稚而充满着纯真和自然主义的感情。

夕阳已燃烧成一个玫瑰色的大火球在西天滚动，远山像一座城堡染着殷红的夕辉渐渐变得朦胧而肃穆，这是一幅多么令人追望和遐想的图画。在城市，确切地说在大学的校园是无法感受这种自然界生命的壮丽辉煌和宏伟澄澈的。寒雪很激动地挥洒着画笔，金、红、紫、褐的色彩此刻比任何一次点染都显得潇洒和生动。围观的老乡自然不少，其中也有小镇中学里的教师，他们静静地观赏着夕阳下诞生的艺术生命，用一种亲切和赞美的眼光告诉寒雪："你的心韵是高洁的。"

夏朝华早已站在人群里观望，他尽量避开寒雪的视线。因为这是他真正第一次欣赏到了他尚未发现的这个久日相识的女人的智慧的灵光。虽然，她们曾有小时候一同听课读诗的亲昵默契，特别是在大学的一次晚会上，他经受过寒雪弹奏的那雄浑、清新、幽远的钢琴旋律的美对他的撞击。但这种静中有动，无语中有声的艺术极致却只能让他欣赏，无法变成他生命的一部分。因为夏朝华知道，他立志回乡创业的举动最后会粉碎这位美丽的女人对他的期冀，与其如此在痛苦中抉择，不如在惋惜中退避。现在这位令人似恋似忘的公主竟又闯到清河镇来了，她的出现不禁让他的周身血液沸腾。当寒雪收起画夹转身要离去的一瞬间，她突然愣住了，她发现了眼前的新大陆，这个她决定漂洋过海要寻觅的"男人岛"。

"啊，是你！"

"没有想到我们在这里相遇。"

踏着夕阳的最后一缕余晖，夏朝华和寒雪并肩缓步走在乡村的小道上。

"这是一个生长美、开掘美的圣地。"

"真高兴我的故乡来了一位天生的美的发现和表现者。"

"你别笑话我，我只不过是一个美的欣赏者。"

"可惜我是'不识庐山真面目，只缘身在此山中'。"

"朝华，既然今天见到了你，我跟你回红松村看望夏妈妈可以吗？"

"当然可以，我要拒绝将来怎样向玉冰叔交差。"

"我就喜欢去我成长的地方！"

"我珍惜你的记忆。"

寒雪兴奋地点头，朝夏朝华深情地一瞥。

夏朝华帮助寒雪扛着行李，两人并肩走出了清河镇。他们翻过山坳，绕过山脊，边走边谈，没有丝毫疲倦的感觉。慢慢地天色开始变得昏黄，朝华和寒雪就走进了夜色中的月光里。今夜月亮极好，洁亮如雪的清辉从云层里洒下来，把整个山野涂抹得亮爽爽的。微风轻吹，山路上的枝条发出瑟瑟声响。山野田间清脆的蛙声给夜色中的山村注入了一股生命的律动。寒雪是平生第一次感受到大山深处的寂寞、宁静、温馨和幽深。虽然小时候在同样的山村度过了这样的夜晚，但是那时候年幼的她是无法感受这种大自然的丰富美韵的。这天夜晚，她和朝华进屋问候了夏母后，吃过晚饭，就走出房子坐在老家后山望夫岩前的大青石上望月、望云、望夜色中的远山近岭、听月光照耀下的鸟鸣虫啼，感知人和自然的生命交融和男人与女人的情感萌动。这是一个怎样奇异，至洁至静至雅至奇的世界啊！此时寒雪想起她曾经欣赏音乐剧《南太平洋》选曲《迷人的夜晚》时的情景。当时她坐在音乐厅里，突然发现头顶上那盏华丽璀璨的吊灯变成了一盘圣洁的月亮，是那飘动的音符托着清辉和星光在宇宙里飞翔，顿时她的灵魂进入了一个理想天国，那种美妙的感受只有在今天这个时刻才真正找到了倾吐的佳境。这个月光的夜晚凝固成的美妙无比的"曼托凡尼之声"会滋润出无数的玫瑰纵情绽放。寒雪再也抑制不住心中爱的花蕾要开放的激动，她靠紧了朝华，并用显得有些许凉意的纤纤玉手去挽朝华那粗壮并散发着热力的手臂。

"朝华，别怪我，原谅我的冲动。"寒雪倒向了朝华宽阔的胸膛。这是一个宽厚得像一座山那样坚定的蕴藏着智慧和力量的胸膛。胸膛里有琴心剑胆，有万般柔情，有千般真爱，有意志的山脉和追恋的月光。

朝华闭上了双眼，他用厚壮的双手环绕着这个素雅而温文的月光下的圣女的玉臂，让她微微颤动的身子和均匀中含着急促的呼吸声去陶醉一个男人所能给予的圣爱的波涛。

寒雪疲倦地在朝华的怀里入梦了，朝华也靠着山岩睡着了。多情的月光裹住了这对玉雕似的人间男女，仍在柔情脉脉地吟唱着夏夜的月光曲。

天微明的时候，温润的露珠吻醒了朝华和寒雪的月光夜之梦。他们站起身来相视良久，发现各自的脸色绯红，心中突然升腾着一种难以言状的酸楚："这不会是梦吧！我们怎么会这样？"

毕竟朝华和寒雪是成熟的一代大学生，在这样宁静圣洁而幽远的山村夜晚的石谷里过夜，他们都坚守着自己那道神圣的心理防线，他们没有亵渎自己的爱情。

寒雪回到家里，已是掌灯时分，她匆匆吃过晚饭，稍作休息，就在衣柜里找出内衣去洗澡。慕雪早已把浴池的水灌满了，她想让热水冲洗去女儿这几天跋涉的疲劳。

寒雪开亮了浴室的所有灯光，整个浴室亮堂极了。她就喜欢明亮的世界，在这样的世界里，她的心灵感到格外宁静和舒畅。但她也发现自己的脸蛋确实消瘦多了，眼角已经有了不易察觉的鱼尾纹，而且皮肤也变得粗而黑。

看到镜子中的自己，寒雪不免萌生几许凄清的感觉，真的青春就那么经不起岁月风雨的拍打和人生感情的创伤吗？她缓缓地脱去内衣，然后庄严地取下胸前的乳罩又脱下内裤，一个完全地归于天生的、没有任何装饰和粉黛的真实的寒雪，便显露在无瑕的透明镜面上。

"这果真是我吗？"寒雪不相信镜中这位美丽姿色可人、肌肤似玉、笑容如花的人竟是自己。她自豪地把身子向左侧轻扭，便发现全身的线条在玻璃镜上变幻出一种雕像般的和谐结构。右臂则完全露出了丰满和温柔的半弧，两腿的修长飘逸着弹性的神韵。在右臂弯月似的托向腰间的一瞬，温柔地隆起的充满着想象魔力的右乳峰便脱开羞涩的神秘之雾，仙女般地显现在圣洁的灯光梦幻里。它是女人身体宇宙里最美丽动人的诗篇。它的丰富性感塑造的具有理想美的外形，它的激发心灵的活力和蕴藏伟大动作的内在躁动，都在奇迹般地挑逗寒雪的青春的潮涌。啊！原来我是这样的美妙无比，这样的慑人心魂。寒雪颤动着身躯跳入浴池里用浴巾点染着香乳在轻揉着自己的肌肤。随着时间的膨胀，她发现自己身子上所有的线条都在柔软的光波下扩张、显明，并表现出诱人的深度和弯折的柔和。

寒雪终于在兴奋和自我陶醉中走出了浴室，她披着一件米黄色的睡衣躺卧在自己宽广而松软的席梦思上。她想起了米开朗琪罗说过的一段名言："睡眠是甜蜜的，成了顽石更是幸福，只要世界上还有羞耻和罪恶存在着的时候。不见不闻，无知无觉，便是我最大的幸福。不要来惊醒我！啊，讲得轻些吧！"寒雪一次又一次地念叨着："不要来惊醒我，让我好好地做一个属于自己的梦。"

梦终于降临到寒雪的玫瑰色枕头边。

夏日傍晚的琴江翡翠岛上，朝华赤身裸体地躺在细沙铺就的岛滩上望西天的夕阳。他的健壮的手臂一字排开，好像在舒展一个灿烂的梦境。寒雪独自驾着快艇在琴江的波浪上奔突，一会儿跃上浪峰，一会儿跌向浪底，她在顽强地领略雄性大海的壮阔和豪放。"这就是男人的象征。"朝华曾经这样对她谈过海，她也曾经在脑海里品味着海。是的，也许朝华是对的，这海原本就属于男人。可现在她要征服海，为的是也要征服像夏朝华这样的男人。她在心里崇拜朝华，他思想的深刻，他品德的高洁，他学识的渊博，他工作的勤奋，他奋斗的坚毅，他真爱的炽热，他身材的伟岸，他气质的不凡，早已构成了她生命的一个乐章，只要朝华扭动一个手臂和挥洒一滴汗水，都有可能在她心灵的琴键上跳跃出一串优美的音符。汽艇在飞翔，西天的浓云终于吞下了最后一缕夕晖，将一片墨绿的天空盖在蔚蓝的江涛之上。寒雪没有来得及走出这片黑暗来临之前的天边江涛，便惶恐地被抛入大浪的旋涡之中。她惊叫着，呼喊着，耳边只有海浪的啸叫，她的声音只有自己听见。她绝望地在起伏的江涛上哭泣。一个美丽、智慧、充满对世界热爱对男人追恋的生命就要结束了，她还有什么可以惋惜？现在只能听天由命。她干脆闭上眼睛，准备再听一次骇浪的残忍啸叫。

不知道这样痛苦地听候死亡之神的宣判的时间经过了多久，江上的狂风不再逞凶，波浪也平静地在涌动。当寒雪睁开疲倦的眼睛，她发现自己正躺在夏朝华的怀里呼吸着他粗大的男人气息。

"现在该安静了吧？"

"怎么，我哭叫了吗？"

"是的，你在我的怀里哭了。"

"我不是在江上漂泊吗？"

"傻瓜，你根本就没有离开过我。"

寒雪不明白刚才发生的一切是怎么回事。她现在真正醒了，她翻了一个身，才真实地知道自己是睡在梦中。

寒雪拧亮台灯，坐到书桌前，她披散着垂肩的秀发，回味着刚才梦中发生的一切，突然感到身子的某一神秘处隐约着一种轻微的颤动和湿润。那是她从未有过的幸福感受，那真是应验了米氏的名言："睡眠是甜蜜的，成了顽石更是幸福。"

于是白色的五线谱上，飞翔着女人的美丽遐想；

于是庭院深深的女人圣殿里栖息着一轮皎洁的弯月；

于是男人的肩膀和女人的秀发也在演变为美妙的旋律；

于是黑色的钢琴的琴键上奔泻着思想的波浪和感情的瀑布；

于是欣喜、徘徊、碰撞、追忆、挚爱、忧怨、哀伤、鲜花、阳光、清风、雨露、绿洲、丹花、紫雾、明霞，大自然和人世间的真善美都在女人的心坎上幻化成永恒的风景和凝固的绝唱。就这样，一个纯洁的灵魂和一个高尚的生命在夜色裹住的大海之巅的浪峰上经历了一次比造山还要强烈的震撼心灵的触动和颤抚，终归是理智的大海熄灭了激情的烈焰而铸炼成走向遥远未来的千古情殇。

此时此刻寒雪异常的冷静，她清晰地回忆这次去云岩村与朝华在山巅拥吻度夜的情景，感觉到那山那石那月的纯洁，那人的高贵，他们虽然没有完成爱的造型，但是在心灵深处却有着永远不可磨灭的真爱记忆。山在眼前升腾为伟丈夫，月在眼前破碎为女人的心境。于是，一曲钢琴独奏曲《山谷月光》就这样诞生了。这是从一个女人的心里造出来的曲子，它的每一个音符都带着血色的凝重和壮丽。寒雪捧着曲子，伏在钢琴上哭着，她要用眼泪清洗一次她热吻了几千个日子的琴键，要让它从此发出一种更庄严、更雄浑、更凄婉、更幽远、更激越、更沉静的音律，她要用这支曲子来纪念这个难忘的夜晚。

又是一个寒冷的冬天到了，红松村的山山水水覆盖着一层厚厚的积雪。山村里新修的几十座红砖瓦屋，点缀山野、显露着山野的富庶和蓬勃。苏露的竹席厂经清河镇推荐正式被琴江市外贸局确定为"出口竹器厂"。一幢新建的厂房耸立在云岩渡口的绿草坡边，飘着蓝色的烟霞，昭示着封闭的农村已经打开了迈向城市的大门。

红松村的责任制推行获得了成功，全村的男女老幼感激朝华，县委政研室专门派人来调查推广，夏朝华的名字已经在县委的心中留下了极深的印象，不久他就被任命为镇党委书记。离开红松村的那天，躺在床上呻吟的朝华母亲把朝华叫到床前，她要朝华叫来苏玉。老人把苏玉和朝华的手拉到一起："朝华，苏玉没有了父母，她待我比女儿还亲，她是我的女儿，你又要走出这山村，我现在要把苏玉托付给你，你可要永远关爱她。"朝华对这突如其来的母亲之言感到震惊，但他早已被在母亲身边的苏玉感动，他默默点头。

苏玉却显得有点不安："夏妈妈，您怎么这样说，朝华他是有前途的人。"

"前途？人的良心好就是前途，我一辈子只认这个。"夏母指了指自己的心胸。

安顿好夏妈妈，朝华和苏玉坐在灯下闲谈起来。苏玉这回才全程地谈了伯仪死的前后情况。当朝华问到原公社教革办奕尔文的变疯是否与社会上传说的对伯仪转正做了不公道的事有关时，苏玉忙说："别人怎么说我管不着，但我父亲永远是值得我尊敬的正直清白的父亲。"

朝华不忍再多说别的，他怕刺伤苏玉的心。于是，他便回到自己设在村保管室的房间去。

第五章

　　做一个过早地失去丈夫的女人，做一个含辛茹苦用血液哺育儿子的母亲。她的忧伤、苦痛、艰难、孤独和思念就如一河苦水，一直流到生命枯竭。黄土垒的坟墓立在青草茂密的山坡上，被霞光燃烧成一层层火红的杜鹃花。

十三、绿江岸

一个新的历史时期来临了，预示着一个民族的奋起和国家的振兴。党的十一届三中全会的召开和工作重心的转移叫全国人民扬眉吐气。

朝华知道现在肩上的担子更重了。他作为一个镇党委书记，要带领一班人落实党的路线、方针、政策，改变农村落后面貌不是一件容易的事情。清河镇虽然是山区集镇，但因其靠着琴江，在历史上就是一个小商品经济比较发达的集镇，只是因为"文化大革命"时，"左"倾路线的泛滥使这个小镇遭受了重大的创伤，变得一片萧条。长期以来农村搞的是大集体出大工，吃大锅饭、把人都养懒了、养穷了，加上割资本主义的尾巴，几乎农村没有了家庭副业，连鸡也不敢放养一只，鸡蛋也不敢拿到镇上去卖。

昔日背着凤阳花鼓讨饭的农民，现在放开胆子搞起了农业生产责任制，他们不怕风险，他们自己盖章签字自己组织承包，农民的积极性高涨了，搬掉了大锅饭，农民这一创举就像是太阳从地平线上升了起来，让农民兄弟看到了希望和辉煌。

朝华是在读大学时入的党，他的脑子里社会主义道路和资本主义道路的界线是非常分明的。他这个贫农的儿子从小就受到党的教育，他知道雷锋的故事，也从寒玉冰那里知道有《共产党宣言》，他懂得为共产主义奋斗的道理，可这责任制到底能不能搞，他没有底。自从读了《人民日报》对凤阳搞农业生产责任制的报道后，他下决心去实践，并在红松村办点取得了成功。回到镇上不到两个月，朝华便接到苏玉寄来的信，告诉他，自从他回镇后，她又重新返回到了他母亲身边，并在苏新学的帮助下正式被安排为红松小学的代课教师。由于她平常坚持自学,在教学上很有自己的方法,很快就受到同学和老师们的肯定和欢迎。

朝华读着苏玉的信,心里得到了极大的安慰,他眼前站着的不再是一个忧郁的姑娘,而是一个肩负着重任的山村园丁了。更重要的是他为自己的母亲长期有这样一个比女儿还亲的苏玉照顾而感到万分感激和放心。他知道自己能有今天,其中就有苏玉那份永远还不清的情。这天夜里他正准备给苏玉写一封信时,办公室给他送来一份简报,反映一个偏僻山村推行责任制遇到阻力。于是他当即批示,请抓农业的副镇长和他一道去那个村调查。

一堂观点异常分明的座谈会在这个村上的会议室召开。朝华坐在那里很冷静地听着村干部的发言。

"这责任制是好,它可以联产联心,调动积极性,但是,我总觉得,干了几十年的集体,一下子要分开总有点想不通。"老村支书肖志说。

"我听清河镇的同志讲,夏书记在红松村抓点时,也有基层干部说这里辛辛苦苦几十年,一夜退到解放前,可是他们实行责任制成功的经验就自然把这个怀疑的思想观念否定了。现在听说清河镇搞得很统一。"村长尹明书记如是说。

"我认为先搞包产到户,试验一下,然后再实行大包干,这样更妥当。"支委老李明确表明了自己的态度。

"但是有一个问题需要考虑,就是对那些既没有资金,又缺乏劳力的贫困户和五保户如果分了田种不了怎么办?"村支委田小平说。

"还有今后的水利设施怎么修。据说红松村的石牌坳水渠还是几个下放领导干部组织修的,不知道现在怎样解决水利维修和建设资金的,需要从全面来研究这个问题。"村会计张新提出了一个实际问题。

睡在床上,刚才座谈会上的发言,一直在朝华脑子里回旋,朝华实在无法入睡,他想起了自己刚去云岩林场承包林场开发时,不正是一开始就遇到了这些思想问题吗?

云岩林场在云岩岭的最深处,是一片原始森林区,由于林场长期以来实行的是"吃大锅饭",干好干坏一个样的分配政策,把山吃光了,把人也养懒了。就连上山砍树,运送木材都是请外来打工的农民干。自己林场的职工变成了"管工"，就靠卖木材的收入养活林场上百号人。而山上的树一旦砍光，这全场职工失去生活来源，其结果不仅是山光了场垮了，连职工也要靠国家养起来。朝华正是在这样一个艰难的时刻来到了林场。他一走进林场，看到这一片荒败景象和混乱的管理十分心痛。他深入到林场的干部、职工家中座谈调查，终于弄清了情况，于是他果断地提出了分区管理，砍造结合，按效益挂钩的林业开发承包责任制。并逐条逐项制定可以量化的指标，交全场干部、职工讨论，然后落实到区、到人，签订责任合同。具体内容是把几千亩林场的树木划为几个区，明确每个区 10 个职工，一个管理干部承包管理，从护林、砍伐到复垦植树、造多少亩林，都有详细的规定。同时把砍伐、造林、护林、复垦，直至把木材运送到镇林业站形成了一整套严格的目标、效益挂钩责任制。并且明确规定，未经林场总区批准，任何分区都不能请人砍伐、造林、护林必须由本区的职工自己完成。这些改革，虽然当初阻力很大，少数干部被精简到分区有怨言，但大多数林场职工拥护，并且大家都看到了林场的发展前景，很快责任制就产生了积极的效果。这样一来，各个分区干得热火朝天，再也没有请人干活了，而且也有效地制止了乱砍滥伐，不讲经济效益和损害长远利益的短期行为。有的分场还用积累的资金购买了汽车、盖了宿舍。特别是砍造结合方针的实行，造林面积成倍地超过砍伐面积，而且护林防火的责任加强了，整个林区管理有序，职工的收入大幅度增加。在年底的总结大会上，林场的职工用热烈的掌声感谢朝华，甚至还有不少职工联名写信到镇政府要求为朝华记功。

睡在床上，朝华回忆着这段艰难的、令人难忘的改革实践，他意识到农村改革的根本问题是要解决农民的利益问题，只有把农民的实际利益与改革的措施结合起来，才能解放人们的思想，统一大家对改革的认识，消除各种疑虑。他想来想去唯一的办法，就是组织村干部和少数农民代表去红松村实地了解他们推行农业生产责任制所取得的实践成效和思想体会。想到这里，朝华披衣起床，敲开张副镇长的门，细心地叮嘱他亲自组织，一定要把这件事情做好。

果然，通过实地考察，这个村的全体支委和去参观的村民受到了很大的震动。特别是通过参观苏露办的出口竹器制品厂、苏新学介绍的几个农民致富的典型例子，以及耳闻目睹实行统分结合的经营承包责任制所取得的实际效果，使大家看到实行农业生产责任制既调动了农民积极性，又解决了困难户、五保户的扶助问题和农田水利建设问题，感到责任制确实威力大。用苏新学的话说这是农村发展的必然选择。苏正声还给责任制编了一段顺口溜："联产联了心，田土出黄金，致富又帮困，建设新农村。"特别是苏正声在送他们离开红松村时讲的那几句话："中国这样大，还这样贫穷，这样搞大呼隆，吃大锅饭，不讲效益，不讲科学，不讲公平能搞好吗？"他还说："为什么'文化大革命'容易发动起来，就是人们在平均主义的分配制度下生活惯了，干好干坏一个样，要穷都穷要富都富，所以容易盲从，缺乏自己的独立思考。你想想看，连什么时候播种，什么时候治虫，田土里种什么，每天农民干什么活都要上面安排。这样的生产方式能提高人的素质吗？更值得我们深思的是搞了30多年的社会主义，农村连温饱问题也没有解决，有的地方甚至饭也吃不饱，再搞下去，谁还相信？"

如果说实践是检验真理的唯一标准的话，那么，人们的社会实践也给实践者开辟了认识真理的道路。

参观回来，那个偏僻山村立即热火朝天地搞起了责任制。老村支书肖志说："多亏了夏书记，帮我们打开了关闭太久的窗呢！"

朝华就是沿着这条农村改革的实践之路成长起来了，成为一个受老百姓拥戴的乡镇领导干部。

红松村自从实行了联产承包责任制，出现了一片蓬勃发展的新景象。尤其是苏露办的出口竹器制品厂更是红红火火。一花引来万花开，清河镇不到半年时间就出现了一批规模不等的家具厂、竹筷子厂、凉席厂，还有水泥厂、砖瓦厂。乡镇企业的异军突起，成了农村经济发展的重要支柱。夏朝华看到这片新景象，心里不知道有多高兴，他决心抓住这个新生事物不放，要总结经验，促进乡镇企业上档次、上水平，走出山外，走进城市，走向全国。

一个阳光明媚的星期天，他带着抓乡镇企业的镇干部特地来到红松村考察苏露办的出口竹器制品厂，他要帮助苏露把厂子扩大，把产品抓上去，成为清河镇的一个龙头乡镇企业。

机帆船刚靠近红松村渡口，朝华就看见苏露穿一身蓝色的西装套裙，陪同着几个外商打扮的老板朝码头走来。看他们一路谈笑风生的情景，朝华明白，苏露可能又有了合作对象。朝华一行上了岸，正好与苏露碰了个照面。

"夏书记，你好！"还隔上十几步苏露就叫开了。待夏朝华走上码头，苏露就把身边的两位客人介绍给朝华："夏书记，这位是专门从广州来采购出口竹制品的林先生。"然后又指着另一位留着小平头的老板说："他是马先生，是我竹席厂的老客户，林先生就是他介绍的。"

"好！欢迎你们来清河镇做客，我相信我们会有广阔的合作天地。"朝华和客人热情握手。把两位客人送上机帆船，苏露回头便领着朝华一行向她的厂子走去。

眼前的竹器厂不再是手工操作的乡村小厂，现在添置了很多加工机器设备，有的自动化程度还很高。只要把竹片放进机器就可看到一双双的竹筷子像倒竹竿一样地从机器的口里吐了出来，来自村上的女青年穿着漂亮的白色工作服在车间劳作，整个厂区呈现一片生机。

听了苏露的介绍，看了竹筷子和竹地板的自动化加工线，朝华很兴奋，一再强调要苏露大胆地去深圳打开销售市场，并当即指示，如扩大规模资金不够，请张副镇长出面找有关银行支持。听了朝华这席话，苏露非常感动，当场就表示抓紧安排好厂里工作后就去深圳。

深圳作为中国改革开放的第一个窗口，确实给世界展示出它的青春的辉煌色彩。

走到深圳的任何一个地方，都可以看到热气腾腾的建设场面，可以感受到人们奔忙而又有节奏的工作情景；可以感觉到一座现代化的城市正在拔节长高和延展。尽管街市五光十色的夜总会的灯光令人眼花缭乱，还心存疑虑，但是深圳的速度和效率已给人们展示了改革开放的光明前景。

苏果和燕如带着苏露在深圳的大街小巷穿越，给她讲述着深圳的发展前景和深圳人的观念和生活方式，苏露越听越新鲜，越看越被吸引。这真是挡不住的诱惑。当苏露走进深圳农特产品展览中心，她惊奇地发现这里摆着的远销日本、东南亚等国家的竹篮子、竹垫子、竹窗帘、竹筷子、竹席子……她的厂子不仅能生产而且质量不会比这些展品差,可就是不知道怎样把它们推向国际市场。

看着苏露关注的神情,苏果心里明白她想的是什么。于是苏果掏出随身携带的图纸和画笔、尺子,帮助苏露把这些样品的图形和尺寸都描绘记录下来,并答应帮苏露打听销售和联系渠道。从展览中心出来,眼尖的苏露发现门口的汽车上装着几株红色的槭木。她感到新奇,跑过去一打听,这些红槭木还是从南方的一个山镇运来的。

她想,这种树木云岩岭上到处都是。苏果见苏露又站在汽车边琢磨这些红槭木,心里明白了几分,他高兴地对燕如说:"这苏露真是一个精明鬼,她真是做大老板的料子,不像我这个书呆子。"

燕如笑道:"你呀,也要开开窍,其实搞艺术与办实体并不矛盾。我看过一本书,在美国不少画家就是园林家和雕塑装饰家,同样办公司当董事长。"

"对,你讲得很有理,我看今天我可有了与苏露合作的途径了。"

"什么途径?"

"我们可以跟苏露合办一个花卉销售公司,由苏露组织提供花卉苗木,我们再来修饰加工成各种盆景和园林树木花雕,这样不是经济效益更高吗?"

"今天算我看到了你的成熟。"燕如偷偷地在苏果的手臂上捏了一下。

苏露满载而归地回到了红松村。

苏露铺开了新的发展蓝图,她找来村支书苏新学,向他汇报竹制品的市场情况和发展前景,又找来苏正声,要他帮助她建花卉基地办花卉经营公司,并且帮助设计商标,取各种花木盆景的名字和设计包装宣传资料等。苏正声非常高兴,因为做这件事,与他继续研究中医和采制中草药并不矛盾,相反他还可以利用上山采奇花异木时采回各种中草药。

一幢幢红砖房在红松村这块古老的土地上站起来了,一个个民办企业和商店开门了,红松村真正的旧貌变新颜了。

看到红松村一天天富裕起来,当然也有一部分农户因文化低、技术差,资金缺乏相比之下贫困了起来。已经沉默了好几年的下台会计石可裴再也忍不住了，他料定这就是资本主义在农村抬头，是两极分化在农村的开始，他认为自己再一次出山的机会到了。于是他向县委寄去了告状信，信的主要内容是状告夏朝华在红松村搞资本主义。

琴江县委主管纪检的副书记韩小强看到了这封信，从心里高兴。他在琴江县委里面一直是一个被看好的县委接班人。可是自从夏朝华任命为清河镇镇党委书记后，他就感到面临着威胁。因为夏朝华比他更年轻，又是大学毕业且在改革开放中有卓著政绩的干部，而且是从基层一步一步走上来的。他读着石可裴的信，越读越感到上帝给了他一个好机遇。他要借这封信遏制夏朝华的飞黄腾达，于是韩小强亲自带着县纪委的干部来到红松村调查。一进村子，他就看到这里厂房林立，红砖楼掩映绿树之中，村前村后还开了不少商店。韩小强在心中嘀咕："原来这就是夏朝华要使农民走出地平线的奋斗模式。"此时，他的眼前又出现了一次县委召开的农村改革会议上的镜头：

朝华穿着黑色西装，留着小分头，极精明地坐在主席台上侃侃而谈农村改革的政策和措施。当他讲到在农村推行责任制是农民的正确选择，是生产方式的变革，是人心所向时，激起了台下一片掌声。后来他了解到，带头鼓掌的是朝华出生地红松村的党支部书记苏新学。

当时，韩小强就怀疑这是朝华自己精心安排的，是在为自己造舆论、树形象。他立即就意识到自己面临的挑战。

电视台的摄像机也对着夏朝华转动。

这时，一位漂亮的电视台女记者正盯着朝华采访："夏书记，我想问你一个问题。"女记者的声音是那样亲切和熟悉，朝华定眼一看，顿时瞪大了眼：

"寒雪！是你？"

"没有想到吧！我们会在这种场合见面！"

"真没有想到，那么寒雪小姐你要问什么问题？"

"刚才听你讲，全镇才有 80% 的村搞了责任制，为什么还有 20% 的村推不动？"

"很简单，一些村干部还有疑虑和担心。"

"难道他们还愿意贫穷下去？"

"不是，谁也不愿意贫穷下去，可是谁又不担心这样走会有风险呢？特别是我们清河镇在60年代初批判分田单干，很多基层干部受到处分，至今还心有余悸。"

"可你为什么不怕，敢在红松村带头？"

"也很简单，我没有过去的挫折，同时我也准备担风险！"

听了朝华这句话，寒雪没有再往下问，因为这句话在她心中已掀起了波浪。这是一个真正的男子汉，是一个她真正向往和崇敬的男子汉。

"寒雪，你怎么到了电视台？"

"是这样的，我这是到省电视台体验生活的，我想这对于我今后的创作会有利。"

"你是有心人，我支持你，你还要问什么？"

"我想问一句话，"寒雪收起了话筒，她也示意同行不再拍摄，随即便压低声音说："你什么时候可以安排我个人的专题采访？"

朝华听了微微一笑："等待时机吧！我会通知你。"

寒雪面带苦笑摇了摇她那美丽的头。

韩小强想到这里，再看看眼前的一切，他不得不承认朝华这个强硬的对手并不是那么容易扳倒的，顿时感到像有无数只虫子在噬咬着自己发疼的心，他就像一只斗败了的公鸡，头不由自主地耷拉了下来。

省委大院2号红楼是省委副书记崇尚明的住宅。

吃过晚饭，看过中央台的《新闻联播》，崇副书记便翻开了《琴江晚报》，他每天都有看报纸的习惯，一般是看标题，对于感兴趣的文章，他就要一字一句地读下去。这天晚报上头条显赫的标题吸引了他——联产联心地变黄金，位于清河镇30里远的云岩岭下的红松村，于1981年下半年开始推行农业生产责任制，到1983年仅仅两年时间，这个村的产量就翻了一番，人平纯收入达到了600多元，许多农户建起了红砖房，村上还出现了一批养鸡、养猪、种药专业大户，还创办了出口竹器制品厂、花卉贸易公司。困难户、五保户、残疾人的生产、生活都得到扶助和安置，农田、水利、学校等建设采取统筹提留的办法解决。特别是致了富的专业户还捐资修公路、架高压线……农民过去想都不敢想的富裕生活，真正实现了。农业责任制实践的成功，证明了生产关系必须适应生产力的发展水平。农业生产责任制就是对农村生产力的极大解放……而带头抓生产责任制推行的，就是从大学毕业回乡的清河镇镇党委书记夏朝华。

读了这篇报道，崇尚明有些激动了，他凭着几十年的经验感觉到，此时此刻，自己能树立这样一个典型和抓住这样一个有才华和开拓精神，又有实践能力和工作政绩的年轻干部，这既是时代发展和党的工作的需要，同时，也表现出他这个党的高层领导善于发现和选拔人才的眼光。于是他在报纸的一角批示道："请省委组织部要抓好对这样有改革意识和开拓精神的年轻干部的宣传，并派人前去调查，确如报道所言，这样的干部应纳入后备干部的培养对象考虑。"

连朝华自己都无法想到，怎么琴江县县委书记突然通知他去谈话，告诉他，由于他这些年来工作出色，特别是抓农村改革对全县影响很大，同时，中央也提出要大胆提拔使用有知识、有文化的年轻干部，县委常委讨论并报市委批准同意破格推荐他为琴江县人民政府县长候选人。

琴江县城，虽然朝华来去多次，但每次都是匆匆而来匆匆而去。他从来没有认真地观察和了解过琴江县城的今昔。今天选举一结束，他就独自来到县城的沿河街道，他想走一走，看一看，感觉感觉这个县城究竟是什么样子。

沿河的旧式街道，房子十分拥挤，一户挨一户，青石板巷道直通琴江河的麻石码头，河上不时传来机帆船的笛鸣和汽车的喧闹声。

因担心县政府招待所的同志找他，朝华便在路边的一个单位打电话告诉服务台，他今晚有事，要晚一会儿回来。

前面是一片竹楼，一片灯光闪烁，竹楼的门楣上写着"醉仙楼"，从楼里飘出了悠扬的二胡独奏曲。

一支《良宵》的曲子令人感动。

朝华心想，我还从未到过这种地方。今宵月好，心情好，不如进去看一看。

朝华坐定便要了一碗茶。在品茶听曲之时，便又陆陆续续来了不少顾客，看上去大多都是中年以上的市民，其中老者居多，有几位老者刚坐下来，便议论今天县人大会上的选举之事。

"听说选了一个有文化的镇长当县长。"

"他在林场和清河镇搞得不错。"

"这个年轻人做事扎实，据说为农民办了许多好事。"

"就是要选能为百姓做事的人，你看我们那个姓胡的副县长，不就是胡来吗？他抓水利建设年年修年年垮，劳民伤财，听说搞工程的都是他的三亲六戚。"

"还有张副县长的姨妹子倒卖钢材，指标也是仗看她这个姐夫的势力搞的。""还有，一个小工商所长都是花天酒地。"

"这些当官的是怎么回事？"

"这样的官要是多几个，老百姓就遭大殃。"

朝华坐在一边越听心里越不是滋味。

"但愿这个姓夏的年轻县长能好自为之！"

"那也很难说，政风不正啊！"

这时，那位丰姿绰约的女老板走了过来："先生吃点什么？"

"一碗米粉，三两的。"

"还要酒吗？"

"不要，只要一碗茶。"

老板娘用眼睛上下打量朝华，朝华感到很不自在。

整个小竹楼已坐满了人，看得出这醉仙楼生意不错。这时，堂上又响起二胡独奏曲《春江花月夜》。

朝华定眼望去，那墙壁上还挂着一把箫。他想，已经快 10 年没有吹箫，今天吹一曲试试，借此场合重温一下童年的梦幻。朝华起身走过去，很有礼貌地对着一边的服务小姐说："我能借箫吹一曲吗？"

"当然可以！"老板娘突然从柜台里面跑出来，忙摘下墙上的箫递给朝华。

"请问您贵姓？"

"吹箫人。"

"有趣有趣。"听着他们的对话，正在拉二胡的那位留着山羊胡子的中年琴者停止了拉琴，转身对朝华说："能合奏一曲吗？"

"试试看。"

"《梁祝》还是《二泉映月》。"

"就《二泉映月》吧！"

一曲《二泉映月》的琴箫合奏曲，顿对在竹楼里悠扬地旋转，美丽的曲子旋转着飘出窗口，飘向夜的遥远。

"真美，已经很久没有这种享受了。"女老板说。

"阿庆嫂，你何不也伴唱一回，让大家高兴高兴！"

此时，朝华的心在飞翔，他仿佛又看到了家乡的青山、碧水、石桥、明月、白雾、萤火；还有苏玉、苏露的微笑和倩影；还有牛背上的夕阳和山边土屋的灯光；还有寒玉冰教他背诵的唐诗："床前明月光，疑是地上霜。举头望明月，低头思故乡。"

小竹楼的客人都沉浸在一种浓厚优美的乐曲里，有人在碰杯或高声喧哗或低声长叹。

在一阵掌声中，朝华吹完了《二泉映月》。

"钦佩，真是神箫。"琴者拉住了朝华的手。

有人提议再来一曲，朝华知道夜已渐深，不便久留，便对老板娘说："请买单。"

"不，那点小吃，就算我请你吹箫的报酬。"

"不行，这是我自己要吹的，这钱非付不可！"见老板娘还迟迟不动，朝华便掏出 5 元钱放在桌子上就要离去。

"那也不要这么多钱，一杯茶、一碗粉，只要一元。"

朝华付上一元即转身离去。

"好一个吹箫人。"久久地，女老板娘还朝着朝华的背影凝望。

十四、哭坟明志

龙云帆算是春风得意，一个区委副书记干了不到两年，琴江市委便任命他为新洲城开发公司总经理，正处级干部，原因是他在东城区抓区街经济成绩突出。说真的，这两年龙云帆也还真风风火火地干了一番，他在大学是学政治的。他相信西方人的哲学，一心一意决心实现人生的自我价值。他认为要实现人生的价值，就要尽量去表现和展示自己。他相信：人胆大，能做大事，发大财，创大业，出大名。当然他也承认人生多险阻。还是在清河镇读中学时，他就因讲了井冈山与毛主席会师不是林彪，而是朱德的话被开除学籍。他很不服气，因为这是他从历史书中看到的史实，只不过说了一句真话而已。他不知道说真话会倒霉。不过，林彪倒台后，他却因此而风光了一阵。

新洲城开发的设想，已被市委和市政府批准，用龙云帆的话说这是一个大手笔，需要大魄力，创造大气候，才能获得大成功。他真还有点狠，一次就征用了土地5000多亩。他要在这片土地上盖起超级市场、新浪潮乐园和世界风情微型村。他运用自己的关系和全部才智去呼风唤雨，调动千军万马卷起了开发新洲城区的狂澜。

一辆黑色的皇冠轿车，驶进了琴江县政府大院，龙云帆穿着笔挺的西装，梳着油光发亮的大背头，带着风采诱人的女秘书极潇洒而又自信地来到琴江县政府办公室。

女秘书走进办公室："请问夏县长在吗？"

办公室同志抬头望望眼前这位佳丽，很客气地说："夏县长正在开会，请问有什么事找他？"

"是我们龙总找夏县长。"这时龙云帆很有风度地走进办公室。办公室的同志站起身来很热情地把他们请到了政府接待室。

这是一个普通的简陋的接待室，除了几张旧沙发之外，别无他物。墙壁也已经剥落，窗户上窗帘都已陈旧。

女秘书摇摇头："这条件太差。"

"县里不都这个样，太穷了。"

这时，门外传来了有节奏的脚步声，夏朝华迈着轻快的步子走进接待室。

"云帆，什么风吹来你这个大老总！"夏朝华高兴地叫。

"是东风，是琴江县的东风嘛！"

朝华握住了龙云帆的手："你干得不错。"

"你也一样。"说完龙云帆指着他的女秘书对朝华说："她叫魏敏，是外语系毕业的本公司的翻译兼秘书！"

魏敏很聪敏地一笑："久仰夏县长大名，请多关照。"然后便大方地伸出娇嫩而白净的手去握朝华的手。

"我要与龙总相比，那就望尘莫及。"朝华朗声回答。

"这些年，你也真不容易，又是上山，又是下地，总算进了城。"龙云帆说。

"你更有作为，从东城区委到新洲城开发区，可谓是乘风破浪，一帆风顺。"

"你还别说一帆风顺，我这次来找你，就是来借东风的！"

"我有什么东风可借，你可要雪里送炭啊！不过，现在先不说这些，我们吃饭去。这乡里的饭菜，你还记得吗？"

"当然记得，那时到你家吃红薯丝饭和芋头吃得津津有味。"

"今天，我就是请你到县政府食堂吃土菜，其中还有你喜欢吃的蒸芋头、炒笋子、酸菜。"

"好！好！"

几分钟后，朝华就把龙云帆、魏敏和他们的司机带到了政府机关的小食堂。

大家坐定，桌上陆续摆好了酒菜，果然是土菜为主。

"我已经很久没有喝酒了，今天龙总来了，非喝两杯不可。"朝华兴致勃勃打开了酒瓶，"这琴江春是我们县酒厂的产品，我规定凡在我县招待客人都要用自己县里的酒，这实际也是一种广告。"

"可见夏县长的商品意识之强，令人钦敬！"魏敏说。

"要不，怎么会平步青云，现在就是需要这种有商品经济头脑的干部。"

"请不要给我吃蕻子菜，还是吃酸菜好。来，干一杯。"朝华端杯对着龙云帆说。

酒过三巡，龙云帆兴味来了："你最近看到寒雪了吗？现在她可成了省城的名人呀！她创作的钢琴独奏曲《山谷月光》在全国获奖，到省电视台文艺部工作，又被称为台花。现在我们与她比真是一个在天上，一个在地上。"

"我看只要不是一个在水中，一个在镜子里就行了。"

"我记得在红松村时，你是她崇拜的偶像，现在她可光彩照人呀！"

"是吗？非常遗憾，我没有机会一睹她的芳容。"

"你还别说，有一次，我在街上偶然遇见她，不等我开口，她就问我见到了你没有？接着就打听你的生活和工作情况，待我把这一些都讲清楚，她就翩然而去，只留下两个字'再见'。"

"云帆，你别醋意太浓，告诉你，毕业后我还真没有见过她。"

"不是吧！听说她创作的《山谷月光》，就是回到红松村云岩岭的灵感所致，你不会不在旁吧？"

这确是真事。其实朝华只有两次与寒雪在一起，一次是寒雪独访清河镇，另一次是在琴江县那次农业工作会议上的采访。只可惜夏朝华没有提供寒雪单独采访的机会。这是为什么，在寒雪心中至今仍是一个谜，而这个谜只有朝华自己清楚。

人类发展的历史，往往不会忽视对男人与女人的价值评价。因为世界是靠男人和女人共同创造的。一个男人，尤其是一个成功的男人，他需要事业，需要轰轰烈烈去大干一场。他不怕电闪雷鸣、风霜雨雪，也不怕征途险恶。同时，他又有自己的壮志柔情，需要母爱，需要呵护，需要女人，尤其需要一个能理解和体贴自己，一个能帮助自己遮风遮雨抚慰心灵创痛的女人，可是优秀的、善良的，值得自己尊敬和爱恋的女人偏不止一人，又该怎样理智地去选择和追恋啊！

朝华陷入了徘徊的路口。

"朝华，怎么不说话了？"云帆说。

"来，干杯！"朝华从沉思中猛醒过来。

"朝华，这次来借东风，就是要请你帮助支持解决一点水泥、木材、钢材指标。"说完他向魏敏瞟了一眼。

魏敏忙从自己的袖珍手提包里拿出一份报告递上。

朝华接过报告，眼光迅速地扫视着报告上的一行行字：

"为了加快新洲城的开发步伐，请琴江县政府支持解决水泥指标 1万吨，木材 3000 立方，钢材 2000 吨。"

朝华脑子里立即闪现出在沿河街醉仙楼听到的议论："张副县长不是让姨妹子倒卖钢材指标吗？"朝华冷静地屏住呼吸，他怕酒气上涌，自己控制不住情绪，说出让朋友不愉快的话来。

"这样吧，我刚到县政府不久，这样大的事还需要与有关部门的负责同志商量一下，过几天再回信好吗？"

"行，朝华老弟，够朋友。来，魏敏，跟县长碰杯！"

魏敏很矫情地端着酒杯，走到了朝华的跟前："夏县长，我代表龙总感谢你！"然后就一饮而尽，接着又给朝华投入火辣辣的眼光。

朝华勉强将酒倒进肚子里，却好像吞下了一团冰水。

1985 年夏天，一场百年不遇的特大洪水袭击着琴江县城。凶猛而浑浊的洪水在琴江河里咆哮奔突，一时，县城四周一片汪洋。尤其是山洪暴发的集中地带龙门乡，告急电话不断。朝华得知龙门乡龙门岗水库面临泄洪危险时，便毅然驱车前往。吉普车披风斩雨，勇猛地把县城和通向龙门山公路两岸的村舍抛在身后。

两个小时的急速行驶，朝华来到了龙门岗水库。此时天空仍下着大雨，不时有炸雷在头顶上的云层轰响。顾不了浑身湿透的朝华干脆丢掉雨伞，带领水利局的工程人员直奔水库坝顶。站在水库大坝上，只见从上游奔泻而来的水浪依然气势汹汹地直逼堤坝。已经超过危险水位 3 米多，人站在堤坝上感到堤坝在微微颤动。是开闸加大泄洪量，还是继续维持现时的排洪量？夏朝华此刻心如刀绞。如果加大泄洪量，会冲毁更多的田园和农户；但如果不增大泄洪量，万一大坝承载不了，出现倒塌那后果更是不堪设想。怎么办？水利局的工程技术人员与水库的管理员在认真研究磋商方案，都因把握不住下雨的变化而不敢提出果断的方案。就在这时，一个不祥的电话又传到了朝华的耳边：

"夏妈妈病危，请速归！"朝华的心要碎了，这里几万人的生命财产安全系于自己一身，那边母病危急，需要儿子回去看护。怎么办？怎么办？天哪！我夏朝华怎么这样不幸呢？老天也不长眼，你就不管天下百姓的忧患和痛苦。朝华按捺住自己极度痛苦和焦躁的心，很沉重也是很明确地对着电话说："苏露，拜托你了，请送妈妈到镇医院治疗，我现在在抗洪堤坝上，不能离开！请告诉妈妈，原谅她不孝的儿子。"放下电话，朝华已泪流满腮。

此时，红松村里，苏露刚在自己厂里打完电话，立即赶到夏家告诉苏玉："朝华在抗洪一线不能回来，要我们俩把夏妈妈速送镇医院。"

姐妹们迅速叫来几个村民，轮番背着夏妈妈火速赶到镇医院。

清河镇医院的医务人员立即忙碌起来。他们知道，这是老镇长朝华的母亲。他们要尽一切能力，抢救这位饱经风霜和磨难的好妈妈。

夏妈妈微微抖动嘴唇："苏玉，要是我不能好，朝华你们一定要……"

苏玉哽咽着说："夏妈妈，您会好的！一定会好的……"

经过一天一夜的抢救，夏母仍在昏迷中。

苏玉、苏露守在床前，心里还惦记着在龙门水库上的朝华。突然，夏妈妈微微抖动着嘴唇，苏玉把耳朵贴了过去，只听见夏妈妈用微弱的声音说："苏玉要……照顾好，朝……华……"话音消失了，夏妈妈安详地闭上了眼睛。

"夏妈妈！夏妈妈——"

苏玉、苏露哭喊着，揪心的痛哭摇撼着山野的夜。

而此时的朝华，正在果断地指挥加大泄洪。他站在大坝上，神情严峻，密切注视着大坝的情况。

经过两天两夜的紧张抢险，龙门水库的大险总算排除，水库底下8万多人的生命财产安全得到保护，朝华也在极度疲劳的情况下进入了梦乡。在梦里，朝华回到红松村，他看到了那座新坟，他不相信这是母亲的坟，他伏在坟地上大喊大叫："母亲，你不能走！"这时，桌上的电话铃响了，吵醒了睡梦中的朝华。朝华揉了揉眼睛，发现自己的眼睛里盈满了泪花，他这才想起刚才自己做的噩梦。他又急忙过去抓起电话。电话又是苏露打来的，苏露在电话那边已泣不成声，朝华明白了一切。他咬紧牙关对着听筒："苏露，你不要说了，我对不起我的母亲……"

朝华在房子里大哭，那悲痛没有用声音表达，而是用心的极度悲痛和眼睛的泪水在哭诉。朝华又站起来，整理好自己的衣服，他推开窗门，对着满天的星火和红松村的方向临窗而跪，他用含泪的声音说："母亲，不孝儿给您跪下了！"朝华跪在洪灾刚退的山顶夜色里，跪在老百姓刚刚卸去惊吓和焦虑的轻松里。

他在回忆着母亲的养育之恩，他知道母亲为了他曾经怎样含辛茹苦，度日如年地劳累奔忙给他食，给他衣，给他医，送他上学直到上大学。母亲为他厮守了 20 多年艰苦而寂寞的岁月，为了他夜以继日地做饭、洗衣、种植、养猪，直到双眼失去光明。人世间的一切苦痛母亲尝够了，可人世间的幸福和美好她都没有得到。唯一的希望在儿子身上，可儿子在母亲最需要自己的时刻却在异乡不能回去。

朝华悲恸欲绝。

朝华乘坐的吉普车又冒风顶雨地向县城疾驶。车子刚逼近县城东郊的环城河，只见一排洪浪卷来，刚筑的河堤就轰然而倒。

这段堤原来是明确县委副书记韩小强负责指挥的。因韩小强没有抗洪经验，加上他把灾情看得不重，交代乡干部几句后就回县城休息去了，现在就只好由夏朝华来指挥抗洪抢险了。

城郊区的先锋垸被洪水冲出了一个大口子，浑浊的洪水咆哮着直往万亩垸里灌，乡亲们哭喊着舍弃家产往屋顶上爬。一些稍早有准备的乡亲便用门板做船载着从屋里抢救出来的衣物，含着眼泪，撑着竹篙，向堤岸靠近。夏朝华已经满身泥水地泡在洪水里指挥灾民们转移。武警战士和公安干警驾着冲锋舟，在垸里来回奔驰，从屋顶上救下一批又一批的受难群众。

天色依然是灰蒙蒙的，一直拍打着垸堤上涌的洪水已经把整个垸子变成了一片汪洋。堤上聚集着从垸里逃生出来的上千名群众，老人在哭诉着，小孩在喊叫着，男人女人们在抽泣，整个垸堤上布满了愁云和哀怨。朝华拖着疲倦的身子来到人群中间，安慰大家："洪水无情，党有情，人民有情，我已经跟县里联系，防汛指挥部马上会给大家送来帐篷和粮食。"说着说着，朝华的眼睛湿润了，声音也沙哑了。他的心是这样沉重和痛苦，看到父老乡亲面临如此惨重的损失和精神打击，即使是铁石心肠，也会受到震动啊。

夜色渐浓，大堤上亮起了稀疏的灯火，带着寒意的晚风吹着湿透的衣服，夏朝华感到又冷又累又饿。他已经两餐没有吃东西了，连水也没有喝一口。他把秘书送来的饼干和矿泉水送到了乡亲们的手上。他实在是吃不下去，他心里很难受。

坐在垸堤的水泥预制板上，他又与乡干部们商量如何尽快把无家可归的村民疏散到附近的乡镇企业和学校里去。他要求无灾的农户主动地接收一些老人和小孩。他部署干部连夜去调运抽水机，准备明天一早就排渍。他又给县防汛指挥部打电话，要求安排部队迅速赶来堵缺口。待一切都安排完毕，夏朝华才舒了一口气，他慢慢地站起来，缓缓地朝吉普车走去。

"夏县长，回县里去吗？"秘书小徐问。

"不，我先到车上睡一会儿，你在堤上看着，有情况及时告诉我。"

秘书小徐点了点头，转身就消失在夜色中。

朝华斜躺在吉普车内的沙发上，他哪里睡得着，他透过玻璃望着窗外漆黑的夜，听到垸里哗哗的水声，心急如焚。这些都是自己的衣食父母啊！他们遭受如此大的损失，我作为一个县长，该怎样组织恢复生产、重建家园呢？朝华想着想着，突然感到浑身酸痛、头昏脑涨，他用手摸了摸自己的前额，感到烧得烫手。朝华明白，自己正在发高烧，可这时刻又怎能离开？他咬了咬牙关，强迫自己闭上眼睛，并用心对自己说："夏朝华，人民需要你，你可要挺住，千万不能倒下！"

不知道是什么时候醒来的，待朝华睁开眼睛时，他已经躺在一个四面洁白如雪的病房里，头的右边支架上高挂着一个输液瓶。秘书小徐走近前来小声地说："夏县长，你昨晚昏过去了，现在已是上午10点了。

刚才黎乡长告诉我，受灾户的生活已全部安排好，县里调去的部队正在抓紧堵口，排渍的抽水机正在安装，他要你放心养病，救灾工作他们会尽力抓好。"

夏朝华听完小徐的叙述，皱着眉头思索片刻，便坐起来，严肃而认真地对徐秘书说："不要对别人讲，更不能告诉医院，你快回机关给我拿两身衣服来，我们马上去先锋垸。"

"可你的身体？"

"我已经好了，没有问题了。"

朝华伸了伸手臂，向小徐示意。

通往郊区的公路上，一辆吉普车疾驰而去。

夜，一个令人悲伤的夜，浓重的夜色笼罩着一个哭泣的山村。

悼念夏妈妈的灵堂就设在苏露办的出口竹器制品厂的礼堂里。苏玉、苏露很用心地用松枝柏条替夏朝华为夏妈妈编织了一个象征永久忆念的花圈。苏露还发动厂里的女职工为参加追悼会的所有村民每人扎了一朵白色的纸花。

追悼会由苏新学主持。

苏玉、苏露作为家属站在灵堂的左侧。

苏正声在自告奋勇地朗读自己为夏妈妈写的悼词。

整个山村都沉浸在一片悲伤的氛围里，夜是那样宁静和肃穆。

苏正声含着泪和悲伤的声音在人们心上回旋。

一个普通的农村妇女。

一个只知道把幸福、方便、友善献给别人的妇女。

一个过早地失去丈夫、支撑着整个家庭，用自己的血液哺育儿子的母亲。

一个平生勤俭、无私、体贴着后辈的老人。

一个连小草也不随便拔一根而永远帮助乡邻的好邻居。

如果谁要问怎样的灵魂才高尚？怎样的生命才真实？怎样的人生才有价值，请想一想，我们眼前这位已经离去的女人。我们今天在这里痛悼夏妈妈的逝世，是在崇敬和忆念一座生命和感情的泰山，永远会耸立在我们红松村今后遥远的岁月里！

许久，许久，乡邻们都没有散去。

许久，许久，人们还在灵堂前哭泣。

许久，许久，天空的星火也在流着清冷的泪光。

云岩岭南坡垒起了夏妈妈的新坟。

红松村小学的同学们采来了山花，用山花装饰着坟墓，就像是花园里坐着一个慈祥的老人，在守望山内山外正在变化的新鲜世界。

苏玉和苏露几乎每天都要来坟前站一会儿，她们是来守护和问候这位母亲，女儿们要尽自己的心为母亲做一点事。

是的，这是每一个善良人都想做的事。

琴江县城的大水终于退了。

郊区的断堤重新修复了。

朝华已经变得异常的憔悴和疲倦，他谢绝了县委书记安排他休息的好意，乘船回到了红松村。他是来看母亲的，他知道母亲已经寂寞地躺在山峦的绿色里。

朝华在苏正声的引导下来到了母亲的坟地。

朝华跪倒在母亲的坟前，他要大喊、大哭。

他心中的千言万语，无限悲痛，悔恨和伤痛该怎样对母亲诉说啊！

他久跪不起，苏正声一次又一次要把他强拉起来。

苍天被感动了，下起了绵绵的细雨；山风被震撼了，吹来了缕缕清凉的风；天庭被感动了，扯起了白色的雾障。

苏玉、苏露来了，她俩冒雨扶起了朝华。

朝华挺立在雨中朝着母亲面向着的远方凝望着。

十五、心灵对话

　　母亲的死对朝华打击太大，虽然他是在洪水泛滥的危急时刻，为了保护老百姓的生命财产安全而不能守护病危的母亲，尽最后一分孝心，但他依然从内心深处感到欠母亲的太多、太多。他是一个孝子，从小失去父亲就在母亲的教养下成长，二十几年来和母亲相依为命。现在自己成长起来了，上了大学，成为一县之长，可自己的母亲没有得到半点孝敬就离他而去。他这颗赤子之心是怎样也无法平静的。朝华久久地站在母亲住过的房里凝望和沉思。苏玉在一边清理夏妈妈留下的遗物，眼里一直含着眼泪。她捧着已叠好的夏妈妈的衣服，走近朝华："朝华，你也不要太伤心，你是为百姓尽力去了，夏妈妈在九泉之下也会理解和原谅你的。"

　　听了苏玉的话，朝华点了点头，接着他对苏玉说："我妈妈在临死前留下什么话吗？"

　　苏玉被朝华问住了。是的，夏妈妈是有话叮嘱的，可这话她无论如何也不能说出来，这是万万不能说的。"夏妈妈死前一直昏迷不醒。她死的时候很安详，她不会怪罪你的。"

　　"不，我是问你她临终前说了什么？"

　　苏玉想回避朝华的问题，可朝华紧逼不放。苏玉的心在猛烈地跳动，怎么办？她还是下定决心不说："没有说什么。"

　　朝华从苏玉的表情上感到疑惑，母亲是说了什么吧？可为什么苏玉不愿意说呢？但朝华知道，苏玉是一个纯洁善良的姑娘，也就不再为难她："苏玉，不管我妈妈说了什么，你以后都要告诉我。"朝华凄楚极了。

苏玉此刻心情是多么的难受啊！她太爱朝华了，她在照料夏妈妈，与夏妈妈漫长的相依为命的清苦和共忧乐的岁月里，深深地感受到夏朝华是一个坚强和豁达、正直和智慧的男子汉。可是，她的贞操、她的圣洁、她的玉铸的女人心已被残暴的扭曲的人性揉碎和践踏，她不能委屈和刺伤这颗洁如冰清的男人的心，绝对不能！苏玉想到这里便下狠心编着假话说："当时，夏妈妈的嘴唇微微抖动，我贴近她，没有听清楚任何一句话。"

苏玉是平生第一次说谎，而且是对一个自己尊敬的在心里爱着的男人说谎，这是一个多大的痛苦！她的谎言说得不自然、不真实，朝华也明显地感觉到了。苏玉为什么要说假话？苏玉一定有她的难言之隐。朝华已经感受到有某种强烈的情绪在撞击自己的心胸。他已经是一个年近三十的男子汉了，尽管这些年来，他把整个身心都投入到学习和工作中去，但是自从开始大学生活以来，遇到班上和系里不少女同学对他亲近和追求，特别是寒雪对他的一往情深。他朦胧地觉得自己也该考虑一下自己的终身大事，做出某种选择和决断了。尤其是对于寒雪，朝华从心里喜欢她的正直、智慧、开朗、温柔和高雅的风韵。三年前寒雪独自来清河镇采风，实际是来向他传递爱的信息。那是一个叫他们永远不会忘记的月夜，一个让两颗圣洁的心曾经激动过但又痛苦过的夜晚。这一夜无论对于他们的任何一方都将是刻骨铭心，任何变故和风雨都无法洗去这永远的记忆。也是因为在朝华的心中还有一个苏玉，对苏玉他的心中除了尊敬和爱慕之外，还有一种心酸和不能抛却的感激和同情。苏玉的真诚、无私、正直、勤劳、善良、笃挚，也是令朝华无法忍痛割弃的。在这两个优秀的女性之间，朝华徘徊了。

有时候，朝华明显地感觉到苏玉占据了他的整个心灵，他甚至觉得在母亲身边的苏玉，已经与自己没有丝毫的间隔，剩下的只是向社会公开的形式了。但有时候，他一想到15年前在寒玉冰家，寒雪与他的友谊，想到读大学时，寒雪对他的关怀，更有云岩岭月夜的知心长谈和琴江县的现场采访，这一切都说明寒雪已把他牢牢地装在心里，他又怎么能辜负这样一位女性的真爱呢！虽然朝华至今没有对任何一个女性有过爱的承诺，但在那山谷月夜对寒雪的深情相吻和拥抱，也无法使朝华割断对寒雪的悠悠思恋之情。

其实，寒雪也是清楚的，她知道朝华心中已有一个苏玉。寒雪对苏玉也是了解和敬慕的，她知道苏玉是一个非常好的女人，尽管她没有接受过高等教育，但其他任何一个方面寒雪都觉得自己差距很大。特别是在接受生活的重压和善解人意、承受生活的风雨方面，寒雪知道苏玉比她要强十倍百倍。只要想到这些，寒雪就会感到心里一片凄茫，于是她也会陷入痛苦的深渊。现在她也只能认命，认缘分，只能用自己的感情和生命的价值体现去和苏玉竞争了。在爱情问题上，寒雪颇有现代意识，她认为，必须抛弃同情和忍让，属于自己的爱绝对不能逃避。寒雪悟到了这一点后，她曾经这样对朝华说："你不要在女人面前徘徊，自己要爱的应敢于爱，不爱的要坚决不爱！"

可是朝华能像寒雪说的这样简单处理吗？天哪！一个男人他的理智，他的感情的天平，他的人生的信念，他的做人的准则，这一切的一切都被爱情之绳拴得紧紧的，以致使他喘不过气来。朝华也知道，寒雪对他是真诚而无二心的。作为一个现代女人，她美丽、高雅、纯情，她受过良好的高等教育，她具有艺术才能，她又是高级干部家庭成长的子女，她受到寒玉冰良好的家庭教养，她完全可以用自己的这一切优势去征服任何一个她所爱的男人。可她现在却把丘比特之箭对准了自己，而且对准了他的心的深处，他该怎么办？

苏玉是一个爱得深沉而含蓄的人，但绝不把痛苦留给她所爱的人，她可以忍受天底下别人无法忍受的痛苦。她对自己说，只要朝华好，她可以永远地离开朝华，这就是她一直不肯把夏妈妈临终叮嘱告诉朝华的原因。多美多高尚的女人，也正是这样，她虽然不是倾城国色，也缺乏现代女人的诱惑魅力，但恰恰相反，她却用中华民族女性最照人的心地和感情之光照耀了朝华青春的生命和爱情的窗口，使朝华无法抹去这缕心灵的爱情阳光，甚至只要感悟到这一些，朝华会对自己任何一点感情飘移而痛苦、自责，甚至觉得那会是一种罪过和堕落。

上帝偏偏把两个如此美好的女人派到朝华的身边，去折磨两颗同样不能伤害的心。朝华困惑了。现在经过这一番冷静思考的朝华，他决定不再追问母亲的遗言了，他知道再追问下去，会是对苏玉的一种伤害，一种背叛，甚至是一种永远无法宽恕的罪过。

朝华在房间里徘徊着，当他看到桌子上那柄已经被苏玉擦洗干净的，母亲用了一辈子的已断了几个齿的木梳时，便走过去拿在手中对苏玉说："我把它送给你，你就会知道我会怎样按母亲的话去做。"

"不！朝华，你留着，这是夏妈妈曾朝夕相处的遗物，你带着它，会一生平安！"苏玉颤抖着手推却着。

朝华再也控制不住自己的感情，他猛然伸出手臂搂住了苏玉："玉，我已经猜到妈妈说些什么，这次你做的一切，不是代替我尽了一个做儿子的责任吗？我夏朝华再没有良心也不能看不到这一切。"

苏玉也哭了，她的整个身子在朝华的怀里颤动。

人世间什么最宝贵？人世间什么是幸福？人世间怎样的人才能经受岁月的风霜和命运的打击？只有这样知心、知情、知己、知命的男人和女人，才能用生命去谱写属于自己的爱情诗篇。夏朝华昂起头："苏玉，现在，我向你郑重宣布，今生只娶你，非你莫属！"

"不！千万不，朝华！"

"为什么？"

"不为什么，我不能嫁你，我只不过是一个农村民办教师，你前程远大，我不能连累你、耽误你，你一定要听我的话，不然，我会痛苦一辈子！"苏玉几乎是哀求。

朝华坚定地说："我不在乎任何一种议论，任何一种得失，哪怕我又重新回到红松村种田，我娶你不会反悔！"

"不！你这是折磨我，你这是对我最大的背叛，我原以为你是一个真正的男子汉，你不会被儿女情长所累！你要想一想，夏妈妈养育你为了什么，难道就为了使你成为一个懦弱的男人？你有自己的事业和抱负，你有自己的责任和追求，这一切与男女私情比较谁重谁轻？因一个自己爱着的女人而放弃人生最壮丽的事业和使命，这种男人不是我所崇拜和真爱的男人，也不是天底下正直善良的母亲所期望的儿女。其实，朝华，我始终只把你当兄长看待。"苏玉不知哪来的这股勇气和坦然，她竟站在房中央滔滔不绝地说出了这串惊天地泣鬼神的话语。然后，苏玉庄重地整理一下衣裳，擦去泪滴，毅然离开了朝华。

对于苏玉这番言辞恳切的情劝，对于苏玉断然而别的举动，朝华怔住了，他的意志松软了。他眼前这个自己爱了10多年而且以为是最了解的女人今天竟是如此的陌生。

时间流逝，龙云帆拜会夏朝华又过去了两个月。这期间，魏敏不止一次地打电话给夏朝华催问批文的事，朝华总是以暂时没研究做答复。其实真正的理由是不能批。朝华简单地算了一下，这批水泥、木材、钢材指标一倒就是几百万的差价，搞得不好还会落入私人的腰包，甚至导致行贿贪污等经济犯罪。可他又一想，这是龙云帆第一次找自己办事，如果不批他会怎么想？人情、友情、兄弟之情，让朝华如坐针毡，这些天来他为此十分恼火和不安。朝华坐在办公室里想着，无意中翻着自己的读书笔记。翻来翻去，他突然看到了去湖南韶山参观时抄录的毛岸英给亲人的一封信。

看完毛岸英在信中讲到的共产党与国民党的根本区别就是不能谋私利、讲私情，而要把人民的利益放在最高的利益的原则之上。朝华心里想，我们是共产党的干部，只能照章办事，不能搞特权，拉关系，更不能用人民给的权力去为某些人捞好处，开方便之门。这样做，就不是共产党人，就会要葬送党和人民的利益。如果我这样做，要得罪人的话，我宁愿得罪这样的人，但我不能得罪老百姓，醉仙楼里老百姓们的议论又一次在他耳边响起。

龙云帆终于又一次找上门来了。

"朝华，没有办法，工地急需水泥、木材、钢材，现在到处都紧张，只能来求你这个县太爷了。"

"云帆，很对不起，目前县里大抓农业水利建设，工业方面也上了一些项目，这些材料指标我们也非常紧张，跟几个部门的领导研究了几次，大家都想支持你们，可就是挤不出指标来。非常对不起，能不能过一段时间，省市有追加时，我们再给你挤一点？"

"我也就是在这个节骨眼上要，不然我老往老兄这里跑干什么？"

云帆摆出一副架势，把墨镜摘了下来，递上一支高级烟。"我不抽烟，你怎么忘了？"朝华说。

"什么时候了，还是那个寒酸样！"

"来，学着抽。"云帆忙甩过一包中华牌烟。

朝华将烟又抛了回去："别腐蚀我，我这一辈子与抽烟无缘。"

"我看你需要出去走走，最好去美国，不要再土里土气的，大小也是个县长了。"云帆的话好像关心又好像奚落又好像漫不经心，又好像什么都兼而有之。

不知道什么时候，魏敏提着一个很大的黑皮包进来。云帆接过皮包："这里面有一套西服，我从香港为你买回来的，以后到市里开会、出差穿着也潇洒一些。"说完把自己的西装抖了抖。

这些朝华真是不懂，这实在是一种知识。一种作为一个领导干部需要了解的知识，但这种知识不应是作为一种武器和手段去敲响那些关闭得很严的正气之门。

朝华把东西退到了魏敏手中："云帆，我还是小时候的性格，我不会轻易接受别人的好处，能办的事情我会照办，毕竟我们是老朋友。你父母待我不薄，这些我时常珍惜。"

"是吗？我看你现在需要更新知识，了解社会，不学不行，我的老兄呀，要知道外面的世界好精彩！"

"夏县长，我们龙总在琴江市是一个可以呼风唤雨的人，你就帮了这次忙吧！也让龙总有一个面子回去！"魏敏的话使朝华感到恶心。

桌上的电话响了，朝华接过电话，是报告云岩山发生了火灾。

"快通知各部办委领导速到政府大楼开紧急会议。"

放下电话，朝华转身对龙云帆说："云帆，对不起，云岩岭山区发生山火，我要立即去现场组织扑火，这件事以后再谈。"说完朝华就要离去。

"好吧，你重任在肩，不打扰了。"龙云帆很不高兴地走出了办公室。

"这个夏朝华真没意思！"

"你以为男人都是熊包吗？"龙云帆狠狠地瞪了魏敏一眼。

望江楼大酒店坐落在琴江大桥的北端，是依江而立的一座八层的大酒楼，主要是吃各种海鲜，这是琴江各种客商云集和大款聚会的场所，可谓是亭台玉砌飞金叠翠。

寒雪穿一身白色西装临窗而坐，她厌恶这种天地，更不愿意听这种嘈杂混乱之声，她的心还在刚才自己弹奏的《山谷月光》中徘徊。龙云帆站在楼门口盼望朝华的出现，他不时抬头看表，又不时跑回来慰问几句寒雪。夏朝华在江岸上出现了，他穿着合体的玫瑰色T恤衫和黑色的西裤，整个人就像一团火焰飘了过来。寒雪早已捕捉了这团火，她心中的血液就要沸腾起来，不禁脸色烧成朝霞。"朝华，好久不见，你更精神了！"寒雪伸出了手。

朝华握着她的手："我的艺术家，有什么好作品让我欣赏？"

"你才是真正的作品。"龙云帆竟还蹦出了一句文雅之言。

"你口里怎么也吐出了象牙？"寒雪戏弄地说。

"你不能偏心，我好歹也是一个文化人。"龙云帆回敬寒雪。

龙云帆说："今天在这里请雪小姐相陪，这是最高礼遇。"

"是吗？我不希望我们会变成陌生人。"朝华说。

"少来点酸味，我看还是先欣赏这琴江夜色，别太功利了。"寒雪朝龙云帆撇撇嘴。

"这话就叫人感觉很好。"龙云帆附和着说。

"寒雪呀，我现在最大的感受是，这几年的改革和发展，使人的观念发生的变化太大，简直有些跟不上。"朝华故意这样说。

"真的，我虽在琴江市风风火火地跑，但我还从来没有认真想过这些东西，我现在的目标就是抓钱。"龙云帆还特地打了一个抓钱的手势。

"今天，可不是我请客，你这抓钱可要手下留情。"寒雪幽默地说。

"钱，我来掏，算是乡下人请一次城里客，来一次观念上的飞跃。"朝华朗笑起来。

这时，服务员送上了酒菜，龙云帆给每人倒了一杯"琴江春"。

朝华端着"琴江春"想，这龙云帆真有心计，这不是投其所好吗？碰过酒杯，朝华故意把话引开，便对寒雪说：

"寒雪，寒叔好吧？"

"还可以，他最近心情不太好。"

"为什么？"

"现在案子上升，又牵涉一些厅级干部，群众反映大，查起来又阻力大，他还是那个脾气，有不顺心事，就躲在家里发闷气。"

"寒叔过去性格温和，不像我爸那牛脾气。"

"他现在也变了，经常在家里发火。"

"你要多劝他，世界上的事情总是不以人的意志为转移的。"朝华说。

"我看现在抓经济是主流，有些问题让他去，经济搞上去了，问题也就有解决的物质基础了。深圳人不是说什么遇到绿灯快步跑，遇着红灯绕道走吗？"

"龙云帆，你还真有理论。"寒雪说。

"我也是学习来的，不学不行，这个世界变化太快，你看这些江边酒楼一年一个样，刚开始一桌酒菜近千元，人们听了吃惊，现在是三千到五千元，有的还有小姐陪吃、陪喝、陪跳。"

"我在乡下也听说过。"

"我也是听说，我就不愿去那些地方。"寒雪插话。

"言归正传，请二位兄妹来，我还是要稍微表示一下。"云帆从口袋里掏出一对情侣金表，"送给二位以表兄妹之情。"

"云帆，我本性难改，心意领受。"朝华含笑拒纳。

"云帆，我从不戴表，谢谢。"寒雪把左手袖口往上一捋，露出光洁的玉腕，确实没有表。

云帆明白，在这对男女跟前再多说不仅没有用，反而降了自己的品位，于是话锋一转："二位可别误会，我也是身在江湖，免不了把二位也错爱。"

"这我理解，我在县里工作也有同感，你也难。"朝华回答道。

"云帆，你干到这个样子也不容易，什么时候我要电视台新闻部给你造造舆论。"

"感谢之至，我喝了这杯酒。"云帆一饮而尽。龙云帆心里想，寒雪可非寻常之辈，她有才有能力，又有后台，要说干事，她在琴江市没有玩不转的。可这夏朝华倒是一个榆木脑袋，放着这样好的鲜鱼不动筷子。

这时，琴江两岸早已是万盏灯火。

坐在酒楼四顾，整个江城一片灿烂。

"这个世界真正变了。"朝华、云帆、寒雪望着灯光闪烁的江面共同道出了这样的感觉。

新鲜事不断出现在琴江市，许多故事的主人公竟然就是龙云帆。

琴江电视台举行的"琴城之星大奖赛"，就是在龙云帆的新洲城开发公司的资助下举办的。这一天，琴江市热闹非凡。上午 10 时琴江大酒店正在举行隆重的开幕典礼。一辆白色的奔驰轿车驶进了酒楼前廊，从车上走下一位身穿黑色长裙、秀发高盘的风姿翩翩的高贵女人，酒楼的老总忙率众上前迎接："欢迎雅丽小姐。"

这雅丽小姐用左手取下右手的黑色手套，伸出洁白柔软的手去握身边伸过来的粗的、枯的、长的、细的手掌，雅丽小姐那风韵那气度宛如一个骄傲的公主。

雅丽小姐何许人也？她就是省委副书记崇尚明的千金，是一家中外合资影视公司的董事长，也是这次大奖赛的组织者之一，她的出现使整个酒楼都光彩四射。

龙云帆知道有这样一位在琴江市叱咤风云的崇家千金，便出手 20 万元赞助，目的是要攀上这个凤凰，去寻找更辉煌神奇的理想王国。

雅丽迈着轻步走了过来，龙云帆激动地迎上去："雅丽小姐，龙云帆向你致敬！"

"龙云帆，好名字，好兆头！"

"乘风破浪会有时，直挂云帆济苍海，托崇小姐福。"龙云帆答道。

"龙先生，但愿我们的合作长久，就从今日开始扬帆远航。"

"来日方长，来日方长，但愿人长久，千里共婵娟。"龙云帆又吐出了几句自认为是很雅致的话。

"龙总出口有诗，看来还真是一个儒商！"

"小姐过奖，龙某愿闻明教。"

这时，雅丽穿过大厅，进入会议厅长廊。一群记者穷追不舍，镁光灯闪烁不定。雅丽脸上光芒四射，龙云帆也挺直腰杆，走在其中。那神情那气派，那满足感是从来没有过的。他在心中再一次评价自己的明智之举："值得！值得！"

几天过去了，龙云帆脑子里还在琢磨那个崇雅丽。他冷静地把崇雅丽和寒雪做比较：雅丽浪得诱人，寒雪雅得诱人；雅丽性感袭人，寒雪含蓄袭人；雅丽华贵怡人，寒雪纯静怡人；雅丽风姿照人，寒雪秀韵照人；雅丽豪爽惹人，寒雪缠绵惹人；雅丽高谈动人，寒雪低语动人。真是各有其美，各有其彩，各有其情，各有其味。云帆想反正两个我都要追，追到哪个算哪个，这一辈子就要在情场上风云一番。

经过几天的精心酝酿和策划，龙云帆决定亲自向崇雅丽打电话："崇小姐，你好，我是龙云帆。"

"阿帆！你好。"

"我想邀崇小姐琴江一游，不知肯否赐步？"

"琴江怎么游法？"

"我租了一条豪华汽艇，陪崇小姐观赏一下琴江夜景，愿听小姐的精彩感受。"

"可以吧！今晚七时琴江港口见。"

秋日的夜晚，空气清新，江上波澜不惊。两岸灯火渐亮，灿烂着停泊在港口的船帆和红黄蓝旅游客轮。现在琴江市民兴起了夜游之兴，一家或几个朋友租一艘游轮从下游逆江而上几十里，然后又顺江而回。坐在船舷的露天沙发上可以打牌，谈天说地，也可以吹箫弄舞，唱歌赋诗，还可以借着灯光写生作画，有的竟脱下衣裳下江游泳。

云帆给自己精心打扮了一番。一身得体的白色西服，红领带，小分头梳得油光发亮。他在房子里来回表演了一下自己的绅士风采，包括怎样迈着步子，张口形，握手或者不同情况下的微笑以及声音的响亮程度。一切都摆弄好了，他满意地吹着口哨，自己驾驶着日本凌志准时来到了琴江港口的入口处。

黑色奔驰车驶过来了，云帆一看便知是崇雅丽的坐骑。他主动上前挥了挥手，奔驰车停了下来。崇雅丽今天打扮得美若天仙，她穿着紧身的无袖黑色长裙，露着丰腴的玉臂。

"崇小姐，感谢赏脸。"

"朋友之约岂敢不赴？"

"我喜欢浪漫的大方，含蓄的温柔，就如这秋月下的江水，既澎湃又平静，依依款款，声情并蓄。"

云帆几乎是用诗的语言扶拥着崇小姐上的游艇。

游艇在月色下向琴江上游驶去。

云帆借着朦胧月色，看雅丽的感觉就是雾里看花，让你有无限美妙的憧憬。不时有水浪跳上船舷亲吻这一对柔情男女。

"云帆，我们并非初识，你别离得太远，过来好说话。"

云帆向雅丽靠近了一些，但是依然有距离。

"嗬！哪位诗人说过，距离是一种美，是一种朦胧美，距离消逝了，美也就消逝了，我看你就是那位诗人。"

"崇小姐笑话，这首诗我还真没有读过，但我知道，朦胧的美是有无穷想象的。"

"说得太好了，你一定可以成为诗人。"

"告诉你，我读大学时诗朗诵得过第一名，可惜不是自己作诗。"

"我想以后你一定可以作诗。"

"是吗？今天晚上我就试试看。"

汽艇在浪涛中颠簸着逆水而上，不时有跳动的浪花溅湿他们的衣裳。云帆和雅丽不时发出会心的笑声和呼喊。

"有一种感觉，永远都会是美妙和朦胧，

就像这月光下的秋水，

翻卷着蓝色的涟漪，

去亲吻两岸灯光和男人女人的笑声，

可它却不知道，

还有苦痛的心正在它的身边徘徊……"

吟完这首诗，崇小姐长叹一声："但愿人生有知音。"

云帆呆了，他不知道该怎么回答，可他忽然想到在寒玉冰家里曾看到的那幅"高山流水"，便脱口而出："崇小姐别伤感，船头前面就有'高山流水'。"

"知我者，云帆也。"崇雅丽竟一手把龙云帆搂到了怀里。船在江波上颠簸起来。

琴江的秋夜真神秘。

第六章

　　女人的唇是神圣的，也是诡秘的。它绽开着心的殷红，眸的流盼，牙的秀洁，舌的芬芳。是蘸着生活的庄严，爱情的高洁，是品着人生的苍凉，旅途的疲倦？还是怀着辉煌的梦影，冰凉的敌意？是撑起晴朗的天空，还是抛下苦难的方舟？吻吧！是恋情，是宁静，是原始，是文明？窗上的星月在向你发问。

十六、芳心一片

　　龙云帆躺在柔软蓬松的席梦思上难以入睡，他仍在回忆昨晚与崇雅丽在琴江汽艇上的那段罗曼蒂克的情景。月光是那样的轻柔、洁白，多情地洒在汽艇上，裹住了他俩穿着如同蝉翼的衣裳。当他被雅丽温软且柔滑的手拉过去的一瞬间，他的心脏几乎要停止跳动，他的手不能控制地去触抚雅丽那急促地起伏的隆起的胸脯。他的手确实触到那温热蓬松的乳房，他像触了电一样，整个身子都在微微颤动。

　　"帆，你是不是第一次坠入女人的怀抱呢？"

　　"丽！老实说，我这是第一次。长这么大了，我第一次感受一个女人对我的抚爱。"云帆的语言很轻很急促，像是有些许紧张。雅丽俯下头，用唇轻轻地吻着云帆的前额，然后她又用手去抚摸他宽厚的背脊。汽艇已经没有人操纵地顺流漂下。云帆斜躺在雅丽的怀里，不敢睁开眼睛，他真感到害怕，这女人的狂爱来得太突然了。

　　对于雅丽来说，虽然已年过三十，可她是一个崇拜性自由的女性，平常外表上显得非常尊贵，甚至有一种拒人于千里之外的高傲和骄横，又加上父亲身居高位的显赫威严，一般的男人对她是可望而不可即。正因为这样，在她身边与她交往的男人，既不敢过多地肆意有轻浮之举，也不敢在外显扬。她不止一次地警告："跟我好，没有我许可，对谁也不能说，说了就没有好下场。"今宵她把云帆精心地进行了一次性爱调教，只是没有让云帆触上她女人最神秘的部分，其他该做的她都做了，如亲吻嘴唇和乳房，用手触摸男人的阳具和宽阔的胸脯，然后她也是这样对云帆说："今宵算是你尝到了一个女人的温柔，但只能把爱埋在心底，对谁也不能说。"云帆哪里敢说，他想都没有想到会有这样的意外的收获。他已经满足了，真要在这月光朗朗照耀的琴江上干那种事，他还没有这种勇气呢！

睡在床上，云帆疯狂地想起寒雪来，寒雪比雅丽美得更纯静、更温顺、更有文化韵味。她眉清目秀，温雅俏丽。在他的记忆里，永远也消失不了，她短袖里露出的玉臂是那样滚圆而白润。她的秀发垂肩如乌云遮月，将红润的脸庞掩映得楚楚动人，尤其是那对酒窝，无论是浅笑还是开心地笑，都美滋滋地使你心跳，甚至周身血液沸腾。要是也能和寒雪在这样的月光之夜像和雅丽一样地亲吻抚摸，那才幸福，那才不枉此生。"我一定要追到她，哪怕头破血流！"云帆咬着牙，狠下决心后，才渐渐入梦。

新洲城开发区呈现出一片热气腾腾的开发景象，纵横 5000 亩地被一些外商和从地底下钻出的如春笋一样成长的房地产开发公司分割，耸起了各类公司和基地的牌子及大幅标语，如"新时代电子城"、"梦巴黎娱乐中心"、"琴江宏达花园"、"新世纪超级市场"，等等。工地上，彩旗招展，人来车往，推土机轰鸣着来回奔忙。马路上拖拉机排着队在运送砖瓦、木材、水泥。

在云帆的引导下，省委副书记崇尚明率领省外经委、招商局的领导兴奋地在基地上交谈、询问和议论。雅丽也来了，她不时地在父亲面前夸耀云帆有魄力、能干、精明。

工地简陋的指挥部里，崇尚明在听龙云帆汇报，他不时点头并露出满意的笑容。

"我们的目标，就是用两至三年的时间，再建一个琴江新城区，而且是一个具有高新技术和现代金融的商务城区。在规划和建设中要考虑城市绿化、空气净化、城区亮化以及整个环境、生态保护和文化品位的提升，10 年以后这里的产值要达到现在琴江市的总产值 100 亿元。"

龙云帆一边说，一边指着墙上的规划图，那神态充满着自信和坚定。因为在此之前雅丽告诉他，她的父亲最喜欢思路清晰、敢想敢干，但又充满智慧和沉稳的青年人，切忌夸夸其谈。用词造句都要力图准确，有逻辑性和分寸感。在雅丽的指点下，今天的云帆表现却是非同一般："当然，任何事物都是渐进式的，我们没有经验而且条件也很差，所以难免会有这样和那样的问题发生，因此今天省委领导和有关部门领导前来视察，我们公司最大的心愿就是领导们多指导多批评，我们一定认真领会，贯彻落实。"然后云帆十分诚恳和礼貌地向大家微微弯腰，表示真诚的感谢和敬意。

"好，不错！不错！年轻人很有想法，就这样干吧！省委支持你们，改革开放嘛是新生事物，就是要大胆干，边干边总结；既摸着石头过河，也不要怕风怕浪，我看这个规划蓝图确是大手笔。"崇尚明的话音刚落，云帆带头鼓掌。

掌声在崇尚明的笑容里变得更响亮激越。

考察团走出好远，云帆还站在工地回味刚才崇书记的话和雅丽离开时投给他的那个美丽而多情的眼光。他情不自禁地摸了一下自己的胸脯，好像心脏又跳得厉害了。

夏朝华坐着轿车从省委大院出来，直朝琴江市政府方向开去。此刻他的心情很不平静，就任琴江县长才干了两年，省委又要他到琴江市担任副市长，他感到肩上的担子很重，虽然找他谈话的省委崇副书记一直鼓励他要大胆工作，但他心中还是没有底。他最后还是给寒玉冰打了一个电话，说明自己的心态。寒玉冰在电话中只讲了一句话："一个领导干部关键是自己要过得硬，在群众中有一个好的形象。"一个好的领导干部形象。对这句话，朝华感受可深呢！在琴江县当县长的日日夜夜，从拒绝给龙云帆批条子，到帮助醉仙楼女老板杨丹的贷款风波，又从韩小强对责任制的非议告状到省纪委，再风传他与苏玉的暧昧关系……他之所以没有倒下，反而使省委更信任他、重用他，就是因为他在琴江县的老百姓中有一个好的形象。老百姓心中的那杆秤，称得出夏朝华的人生重量来。

琴江市政府就要到了。远远望去，市府门口已聚集着许多人，好像还隐隐约约地看到人群里还举着横幅标语。

当车子开到人群跟前时，只听得"砰"的一声，市府门口的铁门被关上了，接着便有一大群人围堵在铁门前。

凭工作经验，夏朝华一看就知道是上访的群众。他立即从车上下来，走到人群边上。因为他刚来，上访的群众不认识他，所以也没有注意他，更没有人去围攻他。现在他可以看清楚横幅上面写的字了："强烈要求清除腐败分子。"耳边工人们在议论，在咒骂，夏朝华站在一边听了一会儿，他没有看见有政府领导出来，便回头去告诉司机，让他把车子停在门口的路边，而自己却通过市府大门口的传达室小门走了进去。虽然，堵门的群众看了一下眼前这个穿着黑色短袖衬衣的干部，但也不阻拦他。

其时，市府大楼的楼道上也聚集着上百名群众。办公厅的楼道里有几名武警在维持秩序，暂时把工人们拦在巷道口上。朝华走上去，小声地对其中一个武警说了几句话，然后那个武警便带着他走进去。

市府冯秘书长正召集经委和冶金局的负责人在商量解决的办法。朝华走进去，自我介绍："我是刚来报到的夏朝华。"

秘书长忙站了起来表示歉意："夏市长怎么不先通知，让我们来接？孙市长下县调研去了，真不好意思，今天又遇到了冶炼厂职工上访。"

"没关系，改革开放时期政府工作总会遇到一些矛盾，只要我们勇于面对，妥善处理。"

"夏市长，是不是请您先到您办公室休息，然后我再来向您汇报有关情况。"

"不了，正好碰上了这件事，那我就在这里听一听。"

"那好，那好，夏市长真是实在。现在我们继续讨论如何处理这次上访。"

"看来这回只有政府领导直接出面与职工对话，才能真正了解职工的要求，与职工沟通感情，不然工作是难以做通的。因为冶炼厂的工人不止一次地向政府反映情况。"经委主任说。

"我看这里面有人故意在制造混乱，我们市里停产的企业又不止这一家，而且沈厂长是省里树的典型，企业有困难，也与当前的经济气候有关。"又一个干部说。

信访办的同志又进来了："领导再不出面，只怕会出问题，现在工人把市政府所有的门都堵了，机关干部意见很大。"

冯秘书长陷入为难境地，稍待片刻，他忽然对着隔壁的秘书处喊："小田，给孙市长挂个电话！"

电话接通了，冯秘书长简单汇报了处置想法，其中的内容是强调"如果市领导不出面接待，看来工人是不会离开的，而且上访的人数增加到千多人了，情况很不好"。对方的话朝华听不清楚，只从冯秘书长"是，是，是"的回答中知道，孙市长是在向他做指示。"好吧！我们再拖一会儿。"冯秘书长放下电话，对着大家说："孙市长的意见是，尽量不直接对话，对职工提出的具体问题没有调查也不好表态，如果表了态，群众虽然暂时离开了，将来落实不了，政府会更被动。他要求我们冷静处置，再拖时间，请经委的同志去找为首的职工代表再做做工作，看到了中午会不会离去，总之是避免直接对话。"

"这……这就难了。"经委主任说。

"好吧！先去做工作，散会。"冯秘书长果断地说。

大家相继离去，剩下冯秘书长和朝华。朝华询问了工人上访的原因。原来工人上访是要求市里对市冶炼集团公司沈起泉的腐败行为进行查处。用工人的话说，沈起泉把厂子搞垮了，搞不下去了，自己却发了财，升了官，还调到了省里的部门工作。现在工厂停产，2000多名职工工资也没有保障，所以上访市政府。"其实冶炼厂的问题，信访局跟主管工业的马副市长讲过多次，要进行一次全面的审计，摸清情况，有利于稳定，有利于深化改革、转产和分流人员，现在这样一闹，弄不好还会引发别的困难企业参与。"冯秘书长忧虑地说。

"马副市长是什么态度？"

"他知道自己要退休了，也就想拖一下。据我所知，可能问题比较复杂，后来孙市长说还是要着眼于做稳定职工情绪的工作，不要群众要求什么，就干什么，那不是搞极端民主吗？所以就没有人出来组织审计和清理厂里的财务，问题也就一直得不到解决。"

"啊！原来是这样的。"朝华叹了一口气。

中餐是在极其紧张的情况下进行的。成千的工人没有离去，仍在市政府院内走动和呼喊，朝华只好叫人通知司机把车开到宾馆去休息，自己仍留在办公楼与冯秘书长商量问题。

"看来，这样下去不行，而且也影响不好，这毕竟是市政府，我们还是要认真研究办法。"朝华这样说。他在想，应该与工人对话，相信工人是通情达理的，也只有这样，才能劝走工人，才能稳定局势，最终创造解决问题的基础。

"请你给孙市长挂个电话，我跟他说一下。"

"好，我就挂。"

冯秘书长亲自给孙市长挂通了电话："孙市长，我是冯智呀！新到的夏市长要您！"

夏朝华接过电话："孙市长，我是夏朝华，来向您报到了！"

"怎么搞的，突然袭击，真对不起，没有派人去接。"

"接什么，我是来工作的，又不是来做客，老领导还不了解我吗？"

"朝华呀！我怎么不了解你，你是我们市里县区最能干的一名虎将，说实在的，这段确实忙，矛盾也多，你可能已经看到了今天市府上访的局面吧！怎么样？有何感想？这政府工作越干越难，简直是无法应付。不说这些了，不能刚来就给你泼冷水。这样吧，你先休息，我回来后再交换意见。"

"孙市长，我想跟您商量一件事。"

"好，你说吧。"

"现在到市府上访的工人还不肯离去，而且人数已达千多人，还在增加，他们要求市领导直接对话。现在别的市长又不在家，如果您同意的话，我看是不是我出面接待一下！"

"这怎么行，你刚到就让你捅这个马蜂窝！"

"我又不是临时工，来了，就要做一点事，你看……"

"好吧！你先向经委的同志了解一下情况，然后再找几个工人代表谈谈，我说朝华，对具体问题表态要慎重点！"

"是，这些我会注意，你放心。"

"行，回头见！"

听说新来的副市长要与工人对话，工人的激烈情绪暂时缓解了下来，这时市府大楼前已聚集了上千名工人，黑压压的一片。冯秘书长走到台阶上："请大家静一静，现在我向大家说明一下，因为孙市长在下面调查，一时回不了，刚才他打电话过来，委托新到的夏副市长跟大家说话。"

朝华走上台阶，很诚恳地向大家点头，他的眼睛露出亲切和真诚的光芒："同志们，我是刚来报到的夏朝华，看到同志们集体上访，要求政府处理冶炼厂的问题，我通过跟市经委和冶金局的同志了解情况，我个人认为这个要求是正当的，也是合理的，政府一定会重视的。我们会依法保护国家利益和职工利益。至于工厂的腐败问题，只要存在，不管涉及谁都会一查到底。这一点请大家相信市政府，也相信我的表态。今天请大家回去，市政府明天就会派出工作组进厂调查，一定实事求是地处理问题。"人群里爆发出掌声。人群中有人说："这就是琴江县的县长，听说他在县里就是一个敢于为老百姓说话、办事的正直干部。"

接着朝华又讲了，在当前企业有困难的情况下，需要大家理解政府的困难，要靠深化改革加强管理、艰苦奋斗来共渡难关，政府一定尽力设法帮助企业走出困境等问题。

工人们是通情达理的，正如朝华判断的那样，只要把问题讲明了，得到了大家的理解，就可以找到解决问题的有效途径，关键是要有一种责任感。群众散去后，当天上午，朝华就召开了有关部门会议，并明确由经委牵头，组织市审计、财政、监察等部门的同志组成工作组，从明天开始就进厂调查。他最后强调："一是要全面、客观、实事求是地调查，了解分析问题；二是要广泛听取群众意见，统一群众的思想；三是要发挥党员干部的作用；四是要做好稳定工作。要强调工人群众也要在法律的范围内活动，不能采取过激的行为。"会议只开了半个小时，要求也很明确。会上的同志全部表示，按夏市长的意见抓紧工作。

回到宾馆，朝华感到已经很劳累了。他吃过晚饭，洗了一个热水澡，就躺到了床上。他有一个习惯，无论多忙、多累，每天晚上都要读书。躺了一会儿，感到心情稍为平静，他又从提包里拿出了最近友人送给他的《中国名言辞典》，然后一页一页地翻看着，此时一个"廉"字极庄严地闪现在他的眼前和心上。

廉，操守之洁美，矩，行止之清度。居官也，为士也，廉而守身，矩而致远。是故，身贱而志不贱，身贫而志不贫，身屈而志不屈，身辱而志不辱。天理昭昭，民心朗朗，心广神清，梦寐攸宁，气宇光霁，类聚平和，此乃"廉矩"也。

读着读着，朝华对白天自己的所为，愈想愈感踏实，故也慢慢合上眼皮，安然入梦。

寒雪把车子开到琴江市府招待所，她在楼下等候着朝华。

白天寒雪一再电话邀请朝华去秋日的江边走走，朝华总借工作忙没有时间，一到晚上便又推说要开会。寒雪不信，今天非要他去不可，便自己把车子开到了楼下。

朝华从楼上下来，走到车前："真拿你没办法，今晚的时间就交给你了。"

寒雪抿嘴一笑："上车。"便柔和地启动白色的伏尔加，沿着新修的琴江大道驶去。

"刘备是三请诸葛亮，而我是四请夏朝华。果然是今人胜古人，后浪追前浪。"

"别挖苦人，老实说，非寒雪小姐，就是请十次，我也不敢跟一个女人单独而行的。"

"感谢赏面子。"

车子停泊在沿江风光带的晓月公园停车坪。寒雪和朝华朝临江的望江亭走去，他们选择了一僻静处坐了下来。

"朝华，今天接你出来，我是要明明白白地坦诚地与你谈一次。"

"好吧！我洗耳恭听。"

"我现在要明白地、郑重地告诉你，我是真心爱你的，这不是因为你是市长。要知道我心中有了你，还是你在读大学时的那一次演讲，继而以后你在清河镇的艰难的创业历程，还有你对母亲和朋友的孝敬和真诚。你是一个有情有义、有思想有才华，有胆略有生活追求和独特气质的男人。当然我知道苏玉也是爱你的，而且她是一个很善良、实在、真诚和贤惠的好女人。你可能更爱苏玉，可在爱中是不是还有一种感恩因素呢？"寒雪就这样滔滔地倒出了心中的话。

"像我这样的山里走出来的农家子弟，说内心话能认识和得到你这样的女人，我还有什么可以挑剔呢？是的，我爱你，也爱苏玉。要我说实话，在你们之间，我几乎是无法选择的。可我反复考虑，苏玉更需要照顾和理解，她在农村太难了，她这一生受苦受累，心灵的创伤太重了。可她是一个倔强的女人，多次县教育局要给她办民办教师转正手续，她都放弃让给别的老师，她说一定要自己考上，这有多难！"说完朝华长叹一声。

"你同情她我理解，其实我也尊敬她、同情她，甚至我以后可以帮助她，但这不应是爱情。"

"不是同情，是知情、知人、知心。"

"那么你对我就不知情、知人、知心了？"寒雪有些伤感。琴江两岸的灯光很灿烂，望江亭边的华灯更美丽辉煌，灯的光焰投射在朝华的身上，使朝华的身影显得更伟岸。寒雪裹在灯光里，穿着的白色西装套裙，更显出玉洁冰清的高雅和文秀。凡是从夜色下的亭边路过的路人都会向他们这对恋人投去羡慕的眼光。

寒雪很安然地接着说："泰戈尔就在《采果集》中说过：'我已经用眼睛和双臂拥吻了这个世界，我已经把它一层又一层地包藏在我的心里；我已经用思想淹没了它的夜晚，直到世界和我的生命合而为一。我爱我的生命，因为我爱与我织为一体的天上的光明。如果离开这个世界与热爱这个世界一样真实，那么生命的相遇与分离必定意味深长。'"

"我是用全部的真心在爱你，当然我会等待，我可以跟苏玉讲清楚，你选择了她，我不嫉恨，我会为她高兴；但你选择了我，她也不应嫉妒，应为我们欣慰。天底下的事就只能如此。既是命运，也是选择，更是一种理智的竞争和感情的较量。不过，你放心，我任何时候都会理智地对待这一切。"

寒雪几乎是在用一种挑战性的语言，倾诉心中已经沉淀了多年的少女心声。这是可以理解的少女心声。爱之既久，爱之越烈，爱之越烈，便会诉之越激。

江风吹着榆树上的一片枯叶掉到了寒雪的秀发上，朝华斜身伸手去拾起那片枯叶。寒雪在巨大的身躯遮挡下，她感到那样的安全和依赖，便情不自禁地抓住朝华的手："别让我的心过早地枯萎。"寒雪的手心沁出了汗滴。

"不会的，你会青春常在，因为你心中有一片明丽的天地。"

江面上传来了汽笛的鸣响。

琴江就像一把玉琴在月光抚慰下弹奏着美丽悠扬的琴岛小夜曲。

苏玉进城来看朝华是下了十二次决心的，朝华已经跨过而立之年的门槛三载。现在他又担当了这样重的担子，能承受得了吗？苏玉确实为他担心，常为他祈祷平安健康。她心中常回响着夏妈妈临终时的叮嘱，可自己又能有什么办法呢？

苏玉不敢去市府直接找朝华，她怕引起人们的议论，连累了朝华。她知道自己是绝对不能去爱朝华的，尽管她每天都在爱，都在想着朝华。苏玉在市教委招待所住下后，便给朝华拨了一个电话。在电话里，苏玉叫朝华不要来看她，只是问朝华在市里工作怎样，身体怎样，并告诉他现在红松村发展很快，请他放心。夏妈妈的坟地她是常去看护的。朝华不肯，硬要去看她。下班后，朝华自己驾车来到了苏玉的住所。

苏玉穿着杏黄色的小羊毛衫，剪着短发，清秀的脸上总是荡着纯真朴实的微笑。她给朝华泡了一杯从家乡带来的朝华小时候就最喜欢喝的"茴香云雾茶"。

"我这次进城，不为别的，一是来买一点高师函授的复习资料；二是来劝你跟寒雪早一点结合。看到你一切都好，我也就放心了，我明天一早就回去。"

"苏玉，你不能多住一两天吗？我让司机带你去看一看琴江市的全貌，也好开开眼界，回去给山里的孩子们讲课多一些感性知识。"

"不行，学校里事多，而且放寒假，我读的高师函授要考试，我得抓紧自学和复习。我还是要说，朝华，你的个人事情也不能再拖了，你需要有人照料你。"

"苏玉，你不要再说了，我的心不会改变，哪怕终身不娶。我现在不是很好吗？我要把自己所有的精力都用在工作上。"

"不！你需要人照顾。这一点我清楚。你的事业，你的工作，需要有一个善良的有能力的女人支持。我知道男人有时比女人还脆弱。我爸受了那么多苦，他都能承受，可就是在感情面前，他最终没有战胜自己。正声叔曾对我说，自古至今，事实说明，'男人并不比女人坚强'，现在我理解了。"

"一个男人当他彻底地爱上了他所爱的女人，就是任何力量也不能改变的，因为我是用自己的生命在爱。"

　　"不！你不能这样。"苏玉哭了。

　　苏玉哭得很伤心。她没有想到，她害怕的结局终于出现了。朝华竟是如此的认真和坚定不移。朝华过去给苏玉擦泪，其实朝华的心也在流泪："苏玉，你怎么就这样不理解我，难道我们这一代人也要被这门当户对、高低贵贱的落后思想和封建观念束缚，当世俗的俘虏吗？要知道真爱是不在乎这一切的，我找一个山村教师有什么不好？我夏朝华不就是山村教师教育出来的吗？"朝华实在想不明白，苏玉为什么会这样坚定地拒绝他的爱，现在他才真心理解美丽的爱情传说"梁祝化蝶"的深刻内涵。但是，他始终相信，在现代中国有情人会终成眷属，不应再去将生命和感情化为忧伤的蝶影。

　　朝华环顾苏玉住下的这个简陋房间，提出要接苏玉到市宾馆去住。苏玉坚决不肯，并一再强调："我明天一早就回去，我已经购买好了去红松村的船票。"朝华无奈，他沉默着坐在那里。他夏朝华可以在千人、万人大会上有声有色地做报告、讲演，阐述自己对形势、对工作、对某些问题的看法和见解，可今天面对一个普通的山村教师，他的幼年的朋友苏玉却张口结舌了，他不能找到最适合的语言去说服这个坚强的内心世界丰富的女人。

　　还是苏玉先说了："朝华，你要尊重我的意见，你对我的理解，对我的关心，对我的帮助我会永生难忘和感激。但在婚姻大事上，丝毫不能勉强和意气用事，你要做一个有抱负、有理智的男人，你就应当尊重我的选择。"苏玉又一次流出了眼泪，这是真诚的泪花，是从心里流出来的，她在乞求朝华的理解。

　　朝华是不会改变自己的选择的，他已经下定了决心。这时，朝华也哭了，他颤抖着身子走近苏玉。他把苏玉抱在怀里："苏玉，我会等待你，等待你的回答，我相信你是属于我的。"

　　"不！你错了，我不属于你，我……"

　　"你？"

　　"我属于我自己，我属于红松村的孩子们。"苏玉推开了朝华。

　　"你今后怎么办？"

　　"我想好了，我要做一个独身女人。"

　　"独身女人？"这是对朝华沉重的一击。

　　"是的。我在父亲死后就做出了这个决定，我今生今世也不离开红松村。"

　　"这是为什么？这是为什么？"朝华几乎要大喊出声来。

　　朝华站在房子里久久地思索着，"父亲死后做出的决定"这几个沉淀着一个纯洁女人全部生命血泪的字眼？可苏玉为什么在父亲死后要做出这样的抉择呢？

　　朝华思绪很混乱地驾驶车子缓慢地驶向政府招待所，他需要冷静地想一回。

十七、踏浪扬帆

摄影棚内，一片雪亮的灯光。

秦悦披着乌黑的瀑布似的泻在肩上的秀发，扬着美丽而高傲的脸。她穿一袭洁白柔软的拖地长裙，从二楼扶梯上款款而下。

摄影师在摇动着摄影机。

秦悦步履轻盈，脸上浮着浅浅的笑。

导演兴奋地扬起手，高声喊道："停！好！好极了！"

摄影棚外，一辆红色轿车疾驶而来，片刻后，便停在摄影棚门口，龙云帆钻出轿车，接着开门把雅丽扶了出来。

雅丽神情傲慢抖动着无袖的黑色长裙，朝摄影棚走去，站在摄影棚门口的保安人员出来拦阻："对不起，请留步，棚内正在拍摄！"

"什么正在拍摄？让开！"雅丽十分恼怒。

摄影棚里，秦悦一眼看见雅丽在门口大叫，便从里面跑了下来："崇总，您来了！"

"是的，我正是来找你！"

雅丽转身对云帆说："这就是我公司上次获得"琴江之星"第一名的秦悦小姐。"

"你好，我是龙云帆。"云帆受宠若惊地递上名片。

说真的，要不是雅丽在场，龙云帆还真要多看几眼。这秦悦与雅丽站在一起，那真是天壤之别。现在龙云帆才真正感受到什么样的女人，才真正美丽和具有诱惑力。在崇雅丽一个人单独出现时，也还是相当惹人注目的气质不凡的女人，但在秦悦身边，崇雅丽就显露出她的粗俗和

打捞光明

161

骄横。而秦悦，却如出水芙蓉，健美妩媚，柔情高雅。

"是这样的，我们公司正在筹拍的电视连续剧《香魂》，得到了龙总的大力支持，巨资帮助。现在我决定你在他们开发公司做特聘公关小姐，以表示我们的回报之意。"

"这是我们公司的聘书，请秦小姐受聘！"龙云帆神采飞扬。

秦悦接过聘书，腼腆地一笑："只怕我难以胜任。"

"干中学嘛！你素质好。"云帆说。

"以后的工作主要在龙总那边，我有事会给龙总打招呼的。"崇雅丽最后指示道，秦悦又一次点头。

省委常委会议室烟雾缭绕，常委们正在讨论干部。省委组织部部长正在认真地详细地介绍对龙云帆的考察情况："部务会研究，目前琴江市主管工业的马副市长已到了退休年龄，通过考察和征求各方面的意见，我们认为龙云帆同志接替比较合适。他的主要特点是：思想解放，有开拓精神，工作大胆，作风严谨，群众关系好。不足之处，有时对自己要求不够严格。"接着他介绍了龙云帆的简历。

不少常委发言都认为龙云帆虽然基础较好，政绩突出，但这几年，提拔较快，从严格要求干部出发，考虑到他缺乏领导全面工作的经验，是不是可以暂缓使用。面对常委们与组织部的看法分歧，崇尚明立即站出来，做了较长时间的发言，他从深化改革到打破论资排辈的陈旧观念，要大胆起用年轻干部，到开发区的成功实践和自己实地考察的感受，全面地说明选用龙云帆是符合党的中心工作要求和干部路线的。他很动情地说："我原来从新闻媒介方面知道了新洲城开发区的情况。我当时对报道的那些数字，什么5年产值超过原琴江市的工农业总产值呀，什么建立一个新琴江市呀，我不相信，持怀疑态度。但是我到现场一看，确实大开眼界。整个开发区工地，是一片人欢马叫，车水马龙，高楼林立。一个领导干部在三四年的时间能有这样的大手笔，创造出这样的局面，确实不容易。我接触了一下龙云帆同志，他工作思路清晰，有魄力，有胆识，又有丰富的实践经验，我认为他出任管工业的副市长是合适的。"

本来还有别的常委也想发表一下不同见解，听崇尚明这样一说，也就沉默了。省委书记高炳秋，反复征求没有发言的常委的意见。大家都说同意崇书记发言。于是高书记按照少数服从多数的原则，拍板通过组织部提出的方案。本来寒玉冰是要出席参加常委会的，只是因为身体的原因，他需要卧床休息而请了假。但是寒玉冰还是极负责任地给省委高书记写了一封信，信中一再说明收到了不少关于开发区的经济问题举报，但都因为来不及调查而不能做出结论，提请书记在最后决断时参考。可是，此信转到崇尚明手中就被压了下来。

再说龙云帆的父亲龙昌俭自从女婿苏果办画展，一怒之下多喝了几杯酒，惹发脑血栓病就一直在家里休息，也没有再上班。最近他又因高血压降不下来而住院。苏果和燕如专程从深圳回来去医院看望，并请求他的原谅，龙昌俭的心情才算有了很大的好转。面对坐在病床前的苏果、燕如，龙昌俭略带自责的口气说："经过这几年的农业、工业、商业改革和开放搞活，引进外资，我看到整个经济确实发展很快。我也从现实情况看到了自己的思想跟不上形势，我感到自己真正老了，不中用了。过去，我对你们的那些做法，缺乏理解和宽容，有一些过火的行为和言辞，我感到自责。现在社会上出现的健美表演和模特大赛比起你们当时办的画展，那就更进一步了，看来这还是一个观念问题。"

"爸爸，你对我们一直严格要求，这是对我们的爱护和关心。我们在外面，都时刻没有忘记你对我们的教育，要永远保持劳动人民的正直、勤劳、节俭的本色。"

"你们结婚，我和你妈没有去，我们从心里感到对不起你们，可是你们是争气的。"

"其实，我们在深圳创业，并不是回避您，我们是要找一个好的环境来发展自己。我们一直想等事业搞好了，把家庭建设好了，还要接你们两老去深圳。"

燕如说完后，便猫下腰，从自己携带的手提包里取出了两大瓶美国产的"深海鱼油"和一只新型的电子手表放在龙昌俭的床头。

龙昌俭摸着这些物品，眼泪盈眶。

苏果也站到了床边，他又从自己的红色帆布包里拿出一瓶酒，递给龙昌俭："爸，这是我的一个画画的朋友从贵州带回的一瓶茅台酒，说是建厂时留藏下的。"

"我再也不敢喝酒了，上次喝得太多，让你们受惊了。"

苏果深情地握住了龙昌俭的手，这是一双粗大而充满着力量的手。20多年前，龙昌俭来到红松村，还是一个健壮和叱咤风云的中年领导干部。他不怕苦，不怕困难，不怕委屈，不怕误解，甚至不怕流血，为着老百姓的利益拼死拼活地干。可现在，他已经当年身影不再，只能躺在病床上。这是多么严酷的人生之旅啊！人说，人生苦短，能有几回风云，几回醉，确实如此。想到这些，苏果哭了。

这时门外传来了男女的说笑声。

"苏果！"是龙云帆在喊。

苏果忙跑到医院的走廊上，只见五六个青年男女簇拥着龙云帆走了过来，其中有两个特别时髦的女人特引人注目。身为艺术家，苏果一看就知道一个是搞艺术的，一个是经商的，但都品位不高，可还是有几分姿色。苏果的装扮也让这两个女人吃惊，"这才是真正的艺术家风度。"崇雅丽在心里这样说。

燕如忙出来把大家迎到了病房的会客厅。燕如穿着朴实，但不失大家闺秀的良好风范。她烫的微微卷起的秀发显得雅而不俗，穿着天蓝色的羊毛衫套着米黄色的长裙，洋溢着质朴的风采。

"我现在向姐夫姐姐介绍一下，今天来看父亲的贵客。"云帆有了几分油头气。

"这位是琴江市新时代影视公司的崇雅丽总经理，是省委崇书记的千金。这位是崇总的秘书，本公司的特聘公关部经理秦悦小姐。"

龙云帆回头又指着苏果说："这就是当年在琴江市办画展引起轩然大波的苏果先生，我姐夫阁下。"

秦悦一惊。这苏果先生，不就是深圳出名的油画家和服装设计师吗！自己参加明星大赛的衣服还是托人请他设计的。想到这里，她便伸出柔嫩而白润的手："久仰苏果先生，请多关照。"

龙云帆顿时受到了某种刺激，这秦悦怎么第一次见面，就要请苏果关照，这艺术家就真有如此魅力？其中缘由云帆不知，当然崇雅丽也不知，她也投出了惊奇而疑惑的眼光。

"其实，现代社会最讲信息和效率、协作。这是互相都需要的，说起来，我们也是同行了，最近我也和香港的一家影视公司合作，正在筹划拍摄一部电影叫《河怨》。"

"嗬，原来如此！"崇雅丽长舒了一口气。

这次会面，不想让崇雅丽被动了一回，她平日的挥洒自如的公主风度和颐指气使的骄横动态今天不知为何荡然无存了。龙云帆感到特别开心。当然，像崇雅丽这样久经沙场的老将是不会轻易让人占上风的。这时，她计上心来，她要给龙云帆、给在座的所有人，包括躺在里面床上的龙昌俭一支兴奋剂，让他们对她刮目相看和俯首听命。于是崇雅丽冷静了下来，用很平静平和的语气说："其实，今天我来除了看望昌俭伯父，还要向你们龙家所有的亲人报喜。"

这一说，可不得了，把大家真正惊呆了，报一个什么喜呢？

"报喜？崇总别开玩笑，有什么喜可报？"龙云帆忙问。

"这暂时是内部消息，但不出几天，就是公开的社会新闻了。据我所知，"崇雅丽故意压低声音，"省委最近决定，龙云帆先生要出任琴江市副市长，并继续兼任新洲城开发办主任。"

"是吗？"龙云帆简直要喊崇雅丽万岁了！他知道，自己的这张牌算是打对了。这崇雅丽果然非等闲之辈，她是一个真正地能扭转乾坤的女人。龙云帆几乎要跪拜下去。

"要是真的，真该感谢您，感谢崇书记！"

苏果见此丑态，不屑一顾，沉默着走回龙昌俭的病室。

燕如忙把话岔开："崇总、秦小姐请坐，请坐。"

十八、蜜月风波

金琴山庄依山傍水，是天然的休闲佳处。

山庄别墅式的楼群黄、蓝、红相间，构成色彩丰富的图景。山庄背靠金琴岭，门泊琴江水，一年四季绿树红花掩映，来这里度假休闲的多是外国游客和省委部门接待的上级领导和知名人士。

进入改革开放的新时期，金琴山庄的经营也出现了新的项目和特色。过去人们一向生疏的如桑拿浴、异性按摩、保龄球、网球、美容美发等都清清楚楚、明明白白地写在山庄的《服务指南》上。龙云帆在这里租了一栋别墅，美其名曰是接待来开发公司洽谈业务的外商和有关部门的领导之用，其实这是他金屋藏娇的地方，是他长期和秦悦的幽会之所。

事实并非传说，一个月后，龙云帆通过市人大常委会表决，顺利地当上了琴江市副市长。现在他地位变了，手中的权力大了，手脚也长了，而许多人也朦朦胧胧知道他的一个女相好还是省委崇副书记的千金。可谓是如龙得水，可以乘风扬帆了。

这是盛夏的一个星期日，龙云帆和秦悦刚陪港商余维打完麻将，然后又到山庄的温泉游泳池里来了一番鸳鸯戏水似的逍遥。他用手尽情地抚摸着秦悦的身体的各个部位，甚至潜入水中去触摸秦悦的最敏感区。两人就这样搂抱着在水中沉浮滚动，之后便回归别墅冲洗，最后就在松软富有弹性的席梦思上翻云覆雨，肆意作乐。随着时间的推移，龙云帆身边现在有了一批为他抬轿子和吹喇叭的干部和记者，他手中的权、公司的钱可以由他的需要去随心所欲地挥霍。

夏朝华派出的工作组进驻市冶炼厂后，职工的情绪迅速稳定了下来。

通过审计，内查外调，弄清了一些问题，调出的厂长沈图云也调回来，重新负责处理问题，并退回了自己挪用的贷款。工厂的生产有了好转，内部管理和人员分流正在工作组的帮助下展开。正在这时，琴江县委副书记韩小强来找沈图云，告诉他有一个房产公司看上了冶炼厂，希望能共同开发。沈图云一直想把企业搞活后，重新调出，于是就将情况报告了龙云帆。龙云帆自从去琴江县找夏朝华批条没有结果后，又通过崇雅丽找到韩小强大笔一挥就批了3000方木材和2000吨钢材指标。这次既是韩小强联系的事，他当然要积极支持。于是，龙云帆亲自召集现场办公会议拍板，由开发公司担保帮助冶炼厂贷款5000万元开发房地产。冶炼厂的房地产开发实际上是一个骗局，韩小强介绍的所谓外商其实就是琴江市跑到香港去的一个市食品公司的采购员名叫维克。他不过是用几十万元在香港注册了一个公司。在琴江市和冶炼厂开发，用的是冶炼厂的地、冶炼厂的贷款，而工程队是通过韩小强在琴江县凑起的一些乡镇建筑队人员，这也算是一种投入。龙云帆帮助支持贷款。冶炼厂房地产的启动使工人看到了转机，局势迅速稳定下来。为了感谢龙云帆，沈图云从贷款中调出20万元，特地买了一幢别墅送给了龙云帆。龙云帆也不是那么头脑简单，他把钥匙交给秦悦，让秦悦去拿房产证，然后作为开发公司租用的业务用房，其实是由秦悦替他接纳这份房产。龙云帆上任不到一年，在抓工业方面也确实有了一些新动作。例如抓企业的产品结构调整，产品升级，企业管理和扭亏增盈；但同时他也在苦心经营自己的小天地。龙云帆不愧是学政治的，他善于把握政治气候，善于观察形势变化，善于掌握人际关系，善于利用各种手段。

　　早晨玫瑰色的阳光代替了照亮夜海黑色城郭的辉煌灯光，一个喧腾的现代化的都市轮廓很分明地显露在人们的眼前，龙云帆、秦悦、维克乘坐着白色巴士，沿着宽阔的银灰色高速公路向内华达州的拉斯维加斯出发，只半小时，巴士便驶出了洛杉矶市区，进入一片浩瀚的沙漠地带。凝望窗外呈黄褐色的沙漠上，纵横交错地点缀着的星星点点的黄绿色植物，更给人一种荒凉和冷漠的感觉。许是这几天奔波的劳累，加上窗外是单调而空旷的沙漠景色，尽管秦悦坐在身边不时用白嫩的纤细玉手去抚摸龙云帆的手臂，还不时给他投去女人特有的温柔目光，但此时对龙云帆来说，却没有昔日的强大诱惑力。随着车子的轻轻摇晃，龙云帆渐渐昏然入睡，做起断断续续的梦来。

夏天的雨迷蒙蒙的，如大山飘游的白色雾幔笼罩着新洲城开发区工地。刚筑好的开发区中心大道路基，又被雨水冲成了一个又一个深浅不一的泥洼水坑。龙云帆撑着伞站在雨中，望着眼前已停止施工的道路和摆放在路基中央的振动碾等机械设备，心里特别难受。多么不容易啊！开发区搞出这个样子，是他千方百计地找银行贷款，到机关动员干部集资，才筹集资金拉通了核心区的水、电、路。可眼前这场雨带给他多大的烦恼和困难，带来多大的损失啊！

龙云帆久久地站在雨中，回想着认识崇雅丽，那一幕一幕难忘的情景。第一次向省委领导汇报的心情和之后与秦悦、维克的交往，心中真是百感交集。此刻，酸甜苦辣一齐涌上心头。他就这样呆呆地站在雨中，不一会儿地上的积水漫过他的皮鞋，他感到双脚湿湿地踏在地上，有一种格外的凉气直透脚底。他干脆收起雨伞，他要让雨水淋湿自己的头，浇透自己全身。

"龙总，你不能这样！"不知道什么时候，司机举着伞站到了他的身边。龙云帆没有回答，他伸手推开司机高举的伞。司机发现龙云帆的眼眶已涌出了泪花。司机已经跟着龙云帆几年了，他知道龙云帆是一个坚强的男人，一般的困难是不能让他痛苦和退却的。这些日子，特别是龙云帆担任副市长后，他的工作量增大了，可是开发区的困难也越来越大，最重要的问题是摊子铺开了，资金无法跟上。龙云帆就是为资金夜以继日地奔波、请客，周旋在银行和形形色色的公司之间。对于这一切，司机是清楚的，他同情自己的领导，可作为一个司机，他有什么办法呢！他唯一能做到的，就是尽心尽责地给龙云帆开好车，以保证龙云帆的绝对安全。"龙总，我们回去吧！"司机带着哀求的口气说。龙云帆还是没有动，他仍然站在雨中沉思。"龙总，你这样下去，会感冒的。"司机再一次说。"不！我就要这样，小时候这样的雨我淋多了。"龙云帆在雨中挥着手说。

"云帆，你怎么啦？"秦悦摇着龙云帆的肩膀。

龙云帆睁开眼睛，微微坐直了身子："怎么，没下雨？"

"什么下雨，你刚不是在做梦吧。"秦悦关切地说。

龙云帆用手揉了揉自己的眼睛，喃喃道："刚才我确实做了一个淋雨的梦，我的全身都被雨淋湿了。"说完，龙云帆瞥了秦悦一眼。秦悦白净而光滑的脸上闪射着美丽的光泽，眼睛里总荡漾着令人心醉的秋波，他便伸出右手紧紧地拉住了她的手。

龙云帆、秦悦、维克三人住进了拉斯维加斯的米高梅超级大酒店。这是世界上最大的酒店，也是一个引世人注目的体育竞技中心。泰森的几次拳击比赛就是在这里举行的。从车上下来，他们提着行李穿过气派非凡的前厅走廊，透过明亮的玻璃大门，就看到了一尊光芒四射的金狮立卧在百花丛中，正用高贵的眼光望着涌进这扇大门的奇异的人流。此刻，各种不同肤色、不同语言、不同打扮、不同眼光、不同服饰，不同体形的人们全在大厅里拥挤、摩擦、碰撞、交汇和询视。唯有大厅右墙上宽幅电子屏幕上不同闪现的惊异镜头，会把人们的注意力吸引过去，那里有泰森的骄横眼神，酒吧女郎的忸怩媚态。大厅深处排列有序的赌博机正散发出一片零乱的嘈杂声响，在搅乱着貌似神圣庄严的金色大厅里的每条神经。

吃过晚餐，龙云帆、秦悦在维克的引导下就在这个仅有 10 多万市民的现代化城市的大街上随意徜徉。龙云帆、秦悦是第一次来美国，对于这一切都感到新鲜神秘，同时也感到自己的人生开始壮丽的旅行。维克已经是多次到美国了，他就是用邀请政府官员的办法，打通过不少关节，获取过巨额的资金为自己缔造大港商的宫殿，这次他出钱让龙云帆携情人到美国也就是玩的这张牌。不知不觉他们来到了意大利的恺撒宫。这里有人造的天空和仿造的罗马大街。天空不断地变幻着时序的色彩。或太阳初上，金辉璀璨；或星月破云，银霞闪耀；或白云飞渡，天高气爽；或彩虹横空，绚丽辉煌。一切仿佛都是真的，是自然之神在做天气变化的精彩表演，无半点的矫饰和造作。在这里人们可以尽情地欣赏自然美和人情美结合，而生发的典雅与高贵、神奇与天然、富丽与幽远、舒坦与轻松，但如果心存异念和邪恶，那生发的也许是疯狂与无度、贪婪与冒险、阴谋与冷酷、薄情与伪善，这就是所谓的得道与失道的分水岭了。接着维克又带龙云帆和秦悦穿越细雨迷蒙、鸟声啁啾的热带丛林，去欣赏海市蜃楼、火山爆发的神妙和壮烈，领略自然风光的清新、湿润、灵秀和壮美、飘逸。一路上，维克倾尽自己的才囊，滔滔不绝地、很自豪地，以多次来访者的熟悉和体悟说着自己对这座城市的了解和评价。维克说："千里沙漠上能站起这座辉煌如宫殿般宏伟灿烂的城市，确实是一个神话，可惜我们东方就很难出现这种神话。"

对于维克这种说法，龙云帆心里并不高兴，但因为是维克掏钱让自己来的，也就只好忍住心中的不快，选择另外的角度回答："我虽然没有来过这里，但我在大学读书时，就从各种资料里了解到，这个地方实际上是富人的天堂、穷人的地狱，而且这里赖以生存和发展的命根子赌博，就导演了无数现实的带着绝望和鲜血淋漓的人间悲剧。"

"这总比贫困好。"秦悦插话。

"龙总，你的思想还要更解放一些，我看人类所谓的理想、文明、知识、道德和文化首先得有丰厚的物质基础。你看这不也是一座现代化的文明都市吗？"龙云帆没有再说话，他只顾往前走去。此时，他已产生了一种梦幻般的感觉，这是一个怎样的充满贪婪和享受的人间天堂啊！难道人真的不能逃离这样的怪圈吗？

夜色更深了，拉斯维加斯已经变成了一座灯光灿烂的城市，金字塔上探照灯的光柱在不断地变幻着角度，把洁白的光焰投向墨黑色的天穹。在以帝国大厦、克莱斯特中心、曼哈顿大桥为原型的建筑群构建的纽约大酒店前高耸的自由女神高举着火炬，站在一片闪烁迷离的黄色蓝色的光霞里。龙云帆、秦悦、维克步行着走过这条繁华的大街，又回到了米高梅大酒店。维克兴奋地带着龙云帆、秦悦巡视在一排排闪着灯光和响着叮当声的赌博机和牌桌间。龙云帆走到了一个赌博机前，他在仔细地端详眼前这位老年美国贵妇的赌博情景。只见她泰然自若地一手端着咖啡，嘴里叼着香烟，一手有节奏地按动赌博机的电钮，随着银毫落盘的声响出现，她的老眼闪现出兴奋的光亮。在这个金钱的峡谷里闯荡的人的脸上几乎都浮着两种表情，一种是血色的疯狂，一种是铁青的恐怖。

秦悦看到这一幕幕的赌博画面，感到非常刺激，便对龙云帆说："云帆，我们也玩一玩。"

龙云帆没有回答，依然盯着眼前的那位老年美国贵妇人。可这时维克已经换来了一盘的银毫子:"来,龙总,秦悦,我们也去玩一玩。"

已经是凌晨两点了,龙云帆还在赌博机前疯狂,奔波了一天的秦悦也已经支撑不住疲倦的身子,她提前回到了自己房间。

这一夜,龙云帆输掉了5000美元。

维克举着盛满黑红色的"XO"的杯子对龙云帆说:"你这是一次练兵,要知道脆弱的灵魂是不能到这样的天国来的。"

秦悦坐在桌前,瞪着惊恐的眼光望着眉飞色舞的维克和略显沮丧的龙云帆。她在想,再也不能赌了,要是这样输下去,那就无法回国了,这笔账无法还清。于是她劝龙云帆:"云帆,玩一下就行了,我们不会玩,别输得太多。"

"这就叫冒险,天生一个仙人洞,无限风光在险峰。"维克忙插话。

龙云帆的眼珠布满了血丝,此刻他的耳边仍然是赌博机前人们的唏嘘、尖叫声和银毫落盘的叮当声。秦悦怕云帆多喝酒,便主动地挽住他的手:"维克,我扶龙总去休息一会儿。"

维克点头,然后从皮包里又掏出一叠美元:"秦悦,你先收下,待龙总休息好了,再陪他去玩。"秦悦一时无措,不敢伸手。

龙云帆回头对秦悦说:"先收下,回去再跟维克算账。"

美国之行,拉斯维加斯的天堂之梦,使秦悦尝到了人生最放肆和疯狂的性及金钱的极致刺激。她感到龙云帆才算真正的伟丈夫,她庆幸自己有缘结识龙云帆。她想起少女时的自己是一个多么可怜的女人啊!自己长得漂亮,天生丽质,可是因为家里不宽裕,无法凑钱买一身像样的衣服,更谈不上名牌服装,真是太委屈了。多亏认识了崇雅丽才改变她的人生轨迹,使她有了出人头地,发挥自己青春美丽资源的机缘。但同时,她又为崇雅丽限制她的接触范围和人际交往,把她当作公司的花瓶和利用她来联系业务、洽谈生意,违心地迎奉男人的欢心而感到羞辱和可怜。此时秦悦的心情是复杂的,她既感恩崇雅丽又怨恨着崇雅丽。

睡在床上,秦悦不止一次地想,既然我与龙云帆已经到了这种如漆似胶、心心相印的地步,他的许多致命的事情我都了如指掌,光是这次在美国就收取了维克上万美元的好处,我完全有了控制和征服龙云帆的紧箍咒。于是秦悦决定背叛崇雅丽,她要征服龙云帆。她秦悦不能再做崇雅丽摆在窗前的花瓶。想是这样想，秦悦的心里仍然是荒凉和恐怖的，她知道崇雅丽的为人和心计，何况崇雅丽的背后还有一个做高官的父亲，一想到这里秦悦就失眠了。"我该怎么办？"秦悦从床上起来，披衣推开窗门，她凝望着夜空那闪烁的奇异亮光，耳边又一次响起了维克在拉斯维加斯酒醉时为她和龙云帆说过的一番话："其实，在七情六欲的现实生活中，我们都是俗人，你说谁不是俗人？在这个世界上，有几个不想要权、要钱、要地位、要荣誉、要享受？经济发展的目的是什么？为什么是全世界的有钱人都要到这里来？至于有人鼓吹神圣、道德、纯洁，那只是一种理想的概念的演绎。我坦率地说我不想做这样的圣人，我是俗人。因为我是俗人，所以我就没有必要，也无须去坚守什么寂寞清贫，去追寻什么闪光的理想和崇高的信仰。我是有贪心，贪心使我拼命想去寻钱；我是想享受，享受就会要高消费；我是想痛快地过日子，这样我又要搞女人……我并不以此为耻。自古以来从皇帝到臣子，到那些正人君子有几个是像他们口里说的那么崇高、神圣？"当时，龙云帆想反驳，可他没有勇气，因为他在这个天堂里就已经花掉了维克上万美元；秦悦更不知道怎样回答，她似乎觉得维克说得很有道理，她联想到崇雅丽的贪心和追求享受以及她的情场风月，就更感受到了这番话说出了心里想过而说不清楚的感受。现在她明白了，原来人生的世界是如此的神秘和不可解脱啊！

又是一个多雪的冬天。

雪覆盖着大地，它在纯洁世人的心灵，也在孕育自然界花红柳绿的春天。夏朝华明显地感到，这白雪覆盖的地下正汹涌着滋生热力的泉流和土地的蓬勃生机。

听说寒玉冰生病在家休息，朝华踏雪来到了省委大院。

玉冰很高兴地见到朝华，虽然口里说，你们工作忙，不要来看我，其实，他是非常喜欢朝华的，他多么想和年轻人在一起讨论一些问题啊！他在 20 年前就感觉到朝华这孩子诚实，舍得吃苦，为人正直，是有发展前途的。

朝华坐下来，询问了寒玉冰的身体状况后，就汇报了琴江市的工作，并且反复说到改革开放得到全社会的拥护，也调动了广大干部、群众的积极性；但是他也感到精神文明建设和党的思想教育、反腐败方面存在的问题和必须采取过硬的措施。

寒玉冰很高兴，他为年轻的领导干部能想得如此全面，看得这样远而高兴。他勉励朝华任何时候都要坚持加强学习。玉冰说，学习有三个作用：一是可以提高理论水平，坚持正确的政治方向；二是可以增长知识，提高决策水平和工作能力；三是可以升华思想境界，提高拒腐防变的能力。寒玉冰还给他说："古人曰，人之性情天生难改，唯有读书可以改变人的气质。"最后，朝华要告辞而去，寒玉冰提到了他的个人问题："这件事，我本不想说，可你也三十好几的人啦，也必须考虑这件事，担任一个市的主要领导，还是要人照顾生活的。但是找谁，做什么选择一定要慎重。"夏朝华很感激寒玉冰的关爱之情，可是让他怎么向长辈说自己的这一段辛酸的爱情史呢？

他的心中仍然是苏玉、寒雪，寒雪、苏玉……

天哪！我该怎么办？

一个男人，一个有为的可以驰骋疆场的男人和勇士，却在爱的面前，在两个值得爱的优秀女人面前困惑了。真的，难道那爱情之城，真正是一座难以冲进去，又难以冲出来的"围城"吗？龙云帆不是夏朝华，对于爱情他有自己的哲学。欲望的需要就是他的选择。他不怕围城，他甚至为了某种目的可以自筑围城，也可冲毁围城。

崇雅丽是一个敏感的女人，现在她越来越明显地感觉到羽翼逐渐丰满、权力和名位逐渐膨胀起来的龙云帆对她也开始疏远了。以前还隔三两天来一次电话，表示一下亲热，甚至还在可能时亲吻拥抱她。可自从龙云帆身边有了秦悦，她渐渐感觉到自己在龙云帆心中的分量低下去了。再加上秦悦对她的敬而远之和淡漠，使她更感到事态发展的迷茫。但崇雅丽毕竟是在一个有着丰富社会阅历的父亲教养下成长起来的女人，直到目前，崇雅丽决不承认自己已是一个"机关算尽太聪明"的女人，她当时把秦悦黏在龙云帆身上，就是要拴住龙云帆。她知道，龙云帆比她年轻，自己又是有夫之妇，他只不过是逢场作戏罢了。而她崇雅丽作为省城的一个举足轻重的女人，也不会随便为一个男人而败坏自己的声誉。以前所为都不过是一种需要，或者说白一点是一场交易。从已成交的结果看，她崇雅丽是一个大赢家。现实的严峻也不能不使崇雅丽意识到，如果不在这关键时刻采取断然措施，将来龙云帆一旦又攀上新贵，寻找到比秦悦更美丽的掌上明珠，那时秦悦被弃，自己被贬，而龙云帆又平步青云，岂不是前功尽弃，全盘皆输吗？虽然秦悦对自己的感情发生了变化，甚至有时还表现出某种叛逆情绪，但毕竟远比将来龙云帆搞上一个跟她根本没有关系的女人要好，而且她还完全可以通过别的办法和手段来控制秦悦。因此，对龙云帆她应该暂时做感情上的放弃。于是，崇雅丽在心里下定决心："从长远来把握，绝不能让龙云帆跳出这个围城。"崇雅丽咬着牙齿在给龙云帆筹划一座围城。这就是必须逼龙云帆与秦悦结婚，这样她手中就有了一根牵着龙云帆的索子，她只要一拉秦悦，秦悦又拉龙云帆，就像是木偶一样，龙云帆就永远要听她使唤。

崇尚明让秘书把龙云帆叫到了家里。

崇尚明住在省委大院的南院，是一幢二层红砖楼。四周树木葱郁，曲径通幽。龙云帆听说书记找他，一半是喜，一半是忧。喜者，他和雅丽的关系老头子是知道的，可能又会给他创造什么好机遇；忧者，这两年来，虽然权力渐长，但他知道自己也干了一些见不得人的事，如果真有人举报，老头子一发火，那也不是好玩的。

龙云帆怀着这种喜忧参半的不安心情走进了崇家小院。

门开了，崇尚明坐在春天的院子里看报，见龙云帆进来，不冷不热、不紧不慢地说："云帆，这边坐。"然后指了指自己身边的木沙发。

"崇书记，您好！对不起，我来汇报得不够。"龙云帆恭恭敬敬地说。

"什么汇报不够，你们搞改革开放时间紧迫呀！哪有那么多时间汇报？最近小平同志的南行讲话你们学习了吗？"

"学习了，市委市政府正在研究贯彻落实的措施，这是及时雨，是东风。"

"是呀！你看深圳的文章写得多好，'东风吹来满眼春'。这样对你们放手大干，就指明了方向，这一面改革开放的大旗，可要举得高高的。"

"是的，我们一定按书记的指示办。"

说了这一通话后，崇尚明突然停了话，给龙云帆的感觉是，刚才是晴天，现在好像起了云，他还真担心晴转雨、晴转霜呢！

沉默片刻，崇尚明呷了一口茶水，然后很深沉地说："云帆呀！你一直干得不错，省委对你也很信任，你的情况雅丽也是帮了忙的，可现在有些社会舆论，你要重视呀！不要在一些小事情上栽了跟头。"

龙云帆听到"社会舆论""栽了跟头"几个字，感到头皮发麻，脑子发涨，冷汗也沁在毛发里。

"崇书记，云帆不懂事，请您批评指教。"龙云帆惊慌地说，明显的声音有些抖动。

"那个叫什么秦悦的女孩子，是不是经常跟你来往？而且最近还一起去了美国。"

"是的。她是我们公司的公关经理，是雅丽……"

"不要提雅丽，雅丽很伤心，她说是给你介绍一个业务人员，可你就长期跟她同居在什么金，什么琴的山庄里，是不是？"

"这，这……"龙云帆做梦也没有想到今天会接受一场如此突然的审判。否认吧，这一切雅丽全掌握了，证据在老头子手里，他可以随时置我于死地。承认吧，我这个市长刚当两年，还有那么多事情，老头子会怎样处置？龙云帆又稍为冷静一想，就看到了一丝亮光，既然老头子自己要我来他家，没有把这个任务交给纪委，就说明老头子是要保护自己的。他再一次从心里肯定自己"找一个后台搭一个云梯"的结论。于是，他放下心来，装出诚恳痛苦的样子说："崇书记，我对不起您，我辜负了您的期望和教导，我一定改正自己的过错。"

"既然你知道自己错了，那你准备怎么个改法？"

"请书记指教。"龙云帆顺着梯子爬。

"干脆与秦悦结婚，这样就一清二楚，谁议论也无用。"

真不愧是老前辈，这着棋，龙云帆是万万没有想到的。他还长期在心里做着要追寒雪的美梦呢。在这百丈悬崖前面，还能顾及那些美妙的幻想和诗歌般的憧憬吗？只有早脱身，才是上策。想到这里，龙云帆便说："感谢书记指点，这件事，我会认真思考的。"

"怎么思考是你自己的事，摆在你前面的是两个字，要为自己的'前途'着想，年轻人呀，今后路长着哩！"

是怎样离开崇府的，龙云帆现在无法回忆清楚，因为那天的事情来得太突然，是他人生的第二次风潮。他算冲过来了，但是真正的险滩并没有走过，这就是他能否下定决心与秦悦结婚。

其实崇尚明心里明白，这一步棋肯定可以成功。他这些年来对夏朝华和龙云帆的观察明显感觉到，龙云帆是一个心性灵敏、欲望感强、胆大能屈、办事干练、且能迎合各类关系的人，这样的年轻人并不多见。如果能让他成熟起来，在当今的社会是完全能站得住脚的，而且也会前途无量。而夏朝华则不同，他思想深刻，正义感强，责任心强，有开拓创新精神，但刚有余而柔不足，是一个方内方外的人。这种人一旦认定了自己的目标是不会轻易改变的，是那种所谓"富贵不能淫，威武不能屈"的男子汉。对于这样的干部，很难驾驭，而且从历史角度看，这种干部的发展往往风险很大。从于国于民来看，他欣赏夏朝华，从于己于私看，他青睐龙云帆。如果要两者兼之，他既不去损伤夏朝华，也不会抛弃龙云帆。这就是他炉火纯青的为官之道。曾经，崇尚明叫人给自己画了一幅画，在一座山岩前有一只猛虎，而树上却缠着一条蛇。他拿着这幅画相女婿，结果无人对这幅画说出个道理来，还是他自己对唯一的独生女儿雅丽道了个明白："这是要男人有虎豹之勇猛，长蛇之弯曲，如此之人天下难觅矣！"雅丽也知趣，再不找为官之人，于是后来就找了一个外贸公司的总经理做起了发财梦。

日历翻开了一个十分热闹的日子，1992 年 10 月 1 日，龙云帆与秦悦正式结婚。

这一天，琴都大酒店"双喜"厅里，张灯结彩，花团缤纷。酒店外车如流，人如潮，崇雅丽把自己影视公司的全体迎宾小姐都调来了，桃红柳绿地站满走廊。说是不办酒席，拒收礼物、红包，但还是来者不拒。市纪委的干部也装模作样地在门口登记，其实谁也无法弄清哪是酒店的旅客，哪是来贺喜的客人。

秦悦不愧是一位影视演员和从事公关的专家，她今天的打扮是那样得体、高雅、华贵和光彩照人。乌云般黑亮的秀发在头顶上盘成云髻。

眉毛淡描，樱唇浅画，皓齿如玉。她穿一袭拖地红色长裙，飘飘然走来如仙女般轻盈。龙云帆则是着一身灰色西装，内嵌黑色衬衣，扎着红色领带，给人一种庄重、洒脱和成熟的感觉。在悠扬的音乐声中，他们走进宴会厅，与大家见面、行礼，真让人赞叹不已。雅丽端着酒杯，走过去："祝你们花好月圆，白头偕老。"

龙云帆、秦悦一同举杯致谢。

龙昌俭终于在苏果和燕如的劝说下，来到了琴都大酒楼。这是他第一次踏进这个宫殿般富丽的大酒楼。走进曲折的长廊，他就感到晕眩。他看到这场面这气氛，心中格外的难受。此刻坐在双喜厅的酒席前，他突然想起自己在土屋里的情景，想到了过苦日子时吃野菜、神仙土，想到"文革"的磨难，红松村兴修水利的日日夜夜，想到云帆被开除，想到山区人民的贫困生活，他的心在颤抖，他无法吞下这些酒菜，他要燕如把龙云帆喊来。

他趁燕如去喊云帆之机，离开了席间，悄悄地来到了走廊上，这时迎面走来了龙云帆。昌俭再也忍不住心中的火气，指着龙云帆吼道："你这个副市长是怎么当的？带的什么头？这是在犯罪！贪污和浪费是极大的犯罪，你知道吗？"

"爸爸，你就冷静一点行不行。现在客人马上到齐，你还在这里发脾气，摆左的家谱，无限上纲，你这不是为难我吗？别忘了'文革'之初你自己犯方向路线错误的教训。"龙云帆也生气地说。

"你这畜生！你忘了本，我不能忘本。你不认我这个老子，我也可以不认你这个儿子！"

"爸爸，你别说了，要不我们先回去。"燕如知道父亲的性子，再在这里争论影响不好。

"岳父，等办完了喜事，再找云帆谈不迟。"苏果也来劝说。

有人在喊："龙市长，省商业厅马厅长来了！"

"好，我就来！"龙云帆也不对父亲说什么，扭头就走。

"我们回去！"龙昌俭说，就迈着步子，可他刚走几步就走不动了，身体摇晃了起来。

苏果知道他一定是血压上升了，忙和燕如架着龙昌俭走进了电梯间。

回到家里，龙昌俭气闷难消。他能不生气吗？自己受苦受累一生为了什么？就为了能为国为民做一点事情。人若是光为自己活着，那算什么？与动物又有什么区别？受了那么大的委屈，他能忍受，只要国家好，个人委屈点又算得了什么？他要求自己这样，也希望儿女们也能这样。他看着燕如、云帆长大，他高兴，并寄予了厚望。尤其是云帆，上了大学，入了党，当上了领导干部，自己未能干完的事业，终于有人能接替着干了，龙家没有做对不起党的事，没有做对不起老百姓的事，这是龙家的光耀呀！然而，希望之厦坍塌了，云帆都干了些什么？那交错的杯觥中，哪一杯不是老百姓的血汗？不是老百姓的眼泪？恍惚中，他忽然看见这么一幅幻象：无数张贪婪的嘴在拼命吮吸着一位母亲日渐干瘪的乳房，幻象愈见清晰，那无数张嘴叠印在一起，竟而变作了一张面孔，这面孔好熟悉。他定睛望去，这张面孔竟然是云帆！"畜生！"他骂着，"当娘的乳汁再多，也经不住这么吸取的呀！一个国家再富有，能经得住这么折腾吗？"他趁没人注意，抓过那瓶苏果送的茅台，一股脑咕噜噜地往口里倒去，像倒一瓶白开水，不，他恨不能要把一条河、一条江、一座湖的水全倒进口里。

此刻，琴都大酒店正在举行隆重的婚礼。

有人提议要新郎新娘互挽着手臂喝交杯酒。龙云帆很潇洒地挽住秦悦的玉臂。秦悦一脸沉醉的笑，龙云帆一脸得意的笑，两人一同碰杯，然后一同仰脖子干了。不过，秦悦不能那么快地喝，只能一口一口地抿，一张脸泛起一片像朝霞一般的血红。

于是，有人叫嚷，有人大笑，酒精把一个个失去了理智的男男女女烧灼得疯狂。

厅中那盏硕大的彩灯旋转出令人目眩的五彩光斑。

那场面，龙昌俭看不到；那喧哗，他听不见。他不想看，也不愿听，他只觉得胸膛里热辣辣地难受，他猛地用力扯开衣襟，让从窗口灌进来的风吹打着自己的胸膛。然而，头却愈来愈晕眩，愈来愈沉重，两眼乱迸着无数的金星。"叭——"一声，他抓着的酒瓶竟然从他手里跌落下来，在地上摔成四裂八瓣，酒淌了一地。

"爸——"燕如、苏果闻声赶来，只见龙昌俭歪身倒在椅子上，一双眼睛却圆圆地瞪大着。

"爸——"燕如、苏果大声哭喊，他们想努力唤醒这位至尊至敬的长者，然而，龙昌俭却是永远不会醒过来了。陡地滚过一阵霹雳，大雨便有如翻江倒海般地倾泻下来！老天，莫非也愤怒了吗？

第七章

　　也许一切都不会有结局，也许一切都只是重新开始。你就是曾经面对风雨中的峭岩绝壁吹箫采药的勇士，今天一旦把自己抛进海里，你会仍然昂扬望高天，微笑着从容踏浪，做一个唱退惊涛险浪的时代歌者吗？

十九、砥柱中流

    1996 年春天到了，琴江水变得格外的湛蓝，春风吹过水波不兴。机轮船在江上来回行驶，整个江上呈现一片繁忙的景象。

    这时，有一艘白色的游艇从琴江港口出发，逆水而上像箭一样快地劈浪而驰。仔细地凝视，船上坐着一男一女。他们挨得很近，好像在亲切地交谈着什么。他们距离驾驶员很远，显然是想回避驾驶员听他们的讲话。

    这对男女不是别人，就是龙云帆和秦悦，现在他们不再要躲人眼目，在夜色里偷情寻欢了，而是一对令全市市民都瞩目的风云夫妻。说是"风云夫妻"，并非夸张，男的是副市长，潇洒风流引人注目；女的是影视界小有名气的琴江女星，也常让人谈论。自然关于他们恋情史的各种流传之说也就不足为怪了。这天上午这对夫妻之所以要离开城区在江心中秘谈，是因为夏朝华派进琴江市冶炼厂的专题调查组已将触角伸到他们这条粗大而复杂的神秘的神经上来了。

    "云帆，据我所知，调查组已经在查贷款的全部去向。"

    "我不是叫厂里做假账，把购买别墅的资金放到基建项目账上吗？"

    "问题是他们查得很细，而且每个项目要一笔一笔查资金的结算凭据。"

    "我不是叫沈厂长打发那个会计到珠海去避风吗？"

    "会计已经走了，据说调查组已经在外面调查会计去向。"

    "沈厂长怎么样？"

    "据说只要会计找到了，证据到手，就会对他采取措施。"

"所以现在的关键是，你要告诉沈厂长，一定不能让会计被他们找到；万一他自己被喊去，也告诉他绝对不能说出我们的事，到时候我会想办法。"

龙云帆很详细地把应付调查组的办法和手段告诉了秦悦，并且告诉她："遇到夏朝华要多亲近，不要引起他的怀疑。"

游艇就这样逆流而上，约莫半小时后又顺流而下，载着龙云帆和秦悦返回琴江港口。

夏朝华办公室里气氛很紧张。

调查组组长严少志说："经过半年多时间的内查外调，冶炼厂确实存在严重的经济问题。简单地说是四大问题：一是厂长用厂里的房地产开发资金为自己建了别墅，而且还在珠海购了房子，但现在找不到房子的具体地方；二是厂长把厂里的产品承包给自己的亲戚销售，货款没有收回来；三是与外商联合开发利用新城区，开发公司担保贷款的手续费比例高达15%，而资金去向不清楚；四是基建项目支出与原预算超过部分太大，现在无法查清去向，因为开发商不配合，而会计又出走不知去向。我们把情况向主管副市长龙云帆同志汇报，请他安排经委纪委配合调查，龙市长不同意，他认为目前正在深化改革，改革是第一位的，不能因为群众上访，有些反映就揪住不放。"

"并且他还说，现在厂里职工情绪不是很稳定嘛。"另一位调查组同志说。

朝华双眉紧锁，他在想，现在厂里平静是因为正在调查，如果草草收场，不把问题弄明白，职工又会要聚众上访，那就更被动了。他不明白，对一个即将倒闭的亏损企业开展调查，弄明情况，龙云帆会持这种消极态度。他决定给龙云帆说一下，要他支持。但他很快又改变想法，认为必须找到突破口，这样就好跟云帆说了。要不，云帆问到底有什么问题，自己也讲不清楚。想到这里，朝华便对调查组的同志说："几个月的工作有成效，现在关键是两条：一是迅速找到会计，了解资金去向；二是到珠海调查购买房子的证据，最好能找到沈的那个情人。"

会议散了，朝华仍坐在椅上没动，他心里感到沉重，一个靠贷款维持生计的企业，厂领导竟敢如此大胆地侵吞国家资产怎不令人心痛和气愤啊！

这时，桌上的电话又响了。

朝华抓起电话，神色严峻。

新城区开发公司由于治理整顿，压缩银根，不少开发商已经停工，有的甚至为了躲债已不知去向，可是那些被拆迁的市民因为找不到这些开发商解决安置问题，便一批又一批到市信访办上访，有的甚至发展到堵马路和在开发区闹事。朝华已经好几次建议孙市长要召开一次常务会议研究处理办法，但都被孙市长推掉："改革难免出一点娄子，我看这些问题也只能由开发区自己解决，政府不能扯进去。"

一波未平一浪又起，开发区的拆迁风波尚未平息，琴石镇农民围堵了镇政府的电话又打来了。朝华顾不了再请示市长、书记，便叫上秘书一起驱车直往闹事的琴石镇去。

车子刚开到镇口上，就看见小街上挤满了看热闹的群众，镇政府门口已是水泄不通。琴江县委书记郭震之听说夏副市长来了，忙从人群里挤出来，找了一个街道口小餐馆向朝华汇报情况："这次农民闹事主要是镇政府提高了对小学和初中生的学费标准。"

"中央三令五申要减轻农民负担为什么总是不听？"朝华严肃地质问郭震之。

"镇政府的想法是还有一些危房要改造，而镇上又拿不出钱，所以就对每个学生分小学、初中分别增加了 30 元和 50 元。"

"老郭呀！这是一个群众观点问题，我们做任何事情都要从群众的利益出发，要想想群众赞成不赞成，要维护党的政策！我看你不要再犹豫，立即去告诉镇上领导，明确两条：一是随意提高收费标准是错误的，应当向群众做自我批评；二是立即纠正，收了的款要全部退掉，如果资金有困难，县里要支持，就这两条！"

郭震之本来想说一些道理，当他看到夏朝华的严肃脸色也就不再说什么："我就去传达市长指示，请市长在这里休息，很对不起。"

"你快去，不要管我，我去找几个农民谈谈。"

郭震之又重新挤向人群。

朝华让秘书长去叫了几个农民来到小餐馆，他要亲自听听群众的看法。

就在琴江市政府接二连三地遇到各种矛盾的节骨眼上，省委又突然做出决定，调市长孙全到省政协任秘书长，由夏朝华任代理市长。因此稳定、减负和抓经济工作的重任全都落到了朝华的肩上。

市委书记钟衡是崇副书记的老部下，他的特点就是善于请示汇报，任何事情都坚持先向崇副书记请示，然后再按崇副书记指示落实。用他自己的话说，他从政的基本经验就是抓住一个"稳"字。他说"稳字当头，天广地阔"。尽管他从内心深处对朝华大胆地改革、果断地抓反腐败和认真落实减负工作是肯定的，但是又总感到这样做风险很大。何况琴江市的情况很复杂，当前正面临计划经济向市场经济的转轨时期，有些问题也只能慢慢来，不能操之过急，急了就会翻船。现在的关键是要稳，使自己的晚年有一个好的结局。他钟衡对别的无所求，只要在任职期不出乱子也就算不枉此生。所以，对夏朝华直接抓的琴江市冶炼厂的经济案件的查处和琴江县的减负工作，他既不积极支持，表明态度，也不反对，就让夏朝华去搞。"这就叫超脱。"崇尚明不止一次这样肯定钟衡的求稳艺术。实践也证明，在当今的社会上特别是官场上，钟衡的这种不纵不擒的稳定从事方法和对上级的谦恭、对同级的容忍、对下级的朦胧态度，往往被人们认为钟衡是一个很有修养，具有宽厚长辈气质的党委领导干部，不少干部都非常尊敬他。

朝华其实也很尊重他，虽然对他在重大问题上持一种含糊态度有看法，但比起左右指责甚至放纵问题泛滥总要好得多。现在随着中央压缩银根，开展治理整顿，开发区基本陷入了瘫痪，而龙云帆在这个关键时刻又以工作太忙、顾及不了开发区为由，通过崇尚明副书记向钟衡打招呼竟把开发办主任的职务卸了。这样新上任的主任就面临一片混乱的局面，每天光是接待上访的拆迁户和各类土地、基建纠纷处理就已经喘不过气来，哪里还有精力去协调矛盾和设法筹措资金，启动基础设施建设和组织生产经营？面对这种情况，开发区的领导也只好来找朝华，向他汇报情况，要求到现场办公，解决实际问题。朝华对此也一筹莫展，感到万分苦恼，他几次找银行协调，想解决一些贷款启动开发区，可是都遭到银行体面的拒绝。怎么办？朝华无可奈何，他只好第二次又来到了这幢小平房前。

寒玉冰正在看《邓小平文选》第三卷。他让朝华坐下，然后合上书，询问琴江市的情况。朝华简单地谈了一些面上的情况，然后就讲到查案阻力大，一些部门不配合，农民负担重，减负工作难开展以及开发区面临瘫痪和当地群众因拆迁问题解决不好而上访等问题。

从朝华谈话的情绪和表情，寒玉冰明显地感到这位年轻的市长已感到了困惑甚至有几分动摇了。于是他从容地对朝华说："现在只能坚持下去，邓小平同志讲得非常明确，就是要坚持党的基本路线，坚持一个中心两个基本点，要两手抓，两手都要硬。我看你现在就是要抓住两条：一是先要恢复开发区的建设、生产经营，资金靠加大招商引资工作力度解决。二是经济犯罪案要抓，减负政策要落实，社会稳定要保证，这是做好经济工作的前提条件。特别是对琴江冶炼厂的问题，既然影响那么大又关系到全市的稳定，就要一查到底，省委会支持你的。"

这时，慕雪给朝华送来一杯茶，她亲切地对他说："朝华，你都三十好几的人了，怎么还不快把家建起来，这样对你的工作也有利啊。"

"伯母，这件事只能以后再说。"朝华诚恳地说。

"真拿你们没办法，你看寒雪也是一样，一讲就以后再说。"慕雪长叹一声。

"伯母，寒雪常回家吗？"

"她呀，一个月难得见一次面，说要搞一个什么个人工作室。"

"是不是学香港凤凰台的，自己办一个专题，采编播结合，然后就以自己的名字取一个工作室？"

"我不懂这些，只知道她整天就泡在电视台里。"

"朝华，现在毕业的大学生与我们不同，他们思想敏锐，善于接受新事物，但同时也自我奋斗意识强，比较注重自我价值的实现。这当然好。但有一条，就是要把实现个人价值的愿望与现实工作和整个国家和民族的振兴结合起来。歌德就说过，你要欣赏自己的价值，就得给世界增添价值。"

朝华很敏感地听出了寒玉冰这一段弦外之音。此刻，他似乎觉得眼前透出了一片光明。这一晚，朝华睡得特别香甜。

二十、高处有风

　　龙昌俭之死，在琴江市引起许多对龙云帆的仕途非常不利的舆论。什么"老子古董气死婚宴，市长风流鱼肉百姓"之类，各种议论在大街小巷纷纷传扬。人们还在私下议论，龙云帆帮助崇雅丽拉赞助是为了讨好她的老子，给崇雅丽的公司偷税减税开绿灯是搞权钱交易。这一切议论不胫而走，又传到了夏朝华的耳朵里。朝华感到不安，他想找龙云帆谈一谈，要提醒龙云帆不要走偏了路。可是自从朝华亲自抓冶炼厂的案子查处龙云帆就有意见，总是避而远之，甚至还在一些场合散布夏朝华是"为了往上爬捞政治资本，是小题大做""是被少数无理取闹的工人牵着鼻子走"等言论；特别是当他知道朝华已下定决心要把冶炼厂查个水落石出时，心里更是不满，不止一次地去崇尚明那里告朝华的状。

　　也正是因为这一些情况，在一段时间里，朝华成了琴江市社会上议论的焦点，于是有记者把它写成内参，送到了省委书记高炳秋的案头。高炳秋是一个明白人，他没有当即批示内参，而是把寒玉冰叫到了自己办公室，问寒玉冰对这件事情的看法。

　　寒玉冰是了解高炳秋的，这是一位德高望重，有很高理论修养，善于识别干部，且又主持正义，果断行事的好书记。于是，他便坦诚地说："省委应当支持夏朝华的工作，不然，琴江市的稳定发展将会受到影响。"

　　"好吧！请你们纪委先调查，然后常委会议再研究。"高炳秋点点头。

　　省委常委会议室正在召开会议讨论对龙云帆是否立案调查的问题。首先，由省纪委的同志谈了一些基本情况。据初步调查，龙云帆结婚收礼金不少，而且办酒宴自己只出了一点"表意思"的钱，主要开支由酒店支付；同时群众还反映他在冶炼厂也有一些经济牵连；而且据说他去美国还拿别人的美金参加了赌博。纪委同志讲完后，高炳秋要大家发表意见。许多常委也知道，这龙云帆是崇副书记赏识的干部，而且是他亲自选拔的，还是先听听他的意见好。

崇尚明平时发言一般是不在前也不在后，可这次出人意料，他竟然第一个发言，而且他一发言还挺有分量。他从容地说："省纪委提出要立案调查龙云帆，我认为需要慎重从事。一个年轻干部，能大胆解放思想、冲破传统观念，带头改革创办开发区，这是不容易的，也是需要创新精神的。不能因为有一些反映，甚至是一些不负责任的议论，就去查一个敢于开拓的干部，这实际上也是一个导向问题，今后谁还敢改革？谁还敢冒风险？夏朝华这个干部的表现，我也是非常看重的，但他有一个致命的弱点，就是刚愎自用，什么事情都以为自己是对的。工业改革有少数人不理解，闹事，就去处理改革的厂长；农民因为收费多一点上访，就去处理乡镇干部，这怎么行？要保护干部的积极性嘛！"

这实在是一篇非常精彩的演说，他这篇演说堵住了许多人的嘴。寒玉冰意识到省纪委目前掌握的情况很难统一大家的思想认识，甚至会引出其他的误解和矛盾，于是便对高炳秋说："尚明书记的发言，说明我们必须从现实情况出发，弄清事实的真相，要实事求是地处理问题。我看纪委再做一些工作，暂时可不立案。"

高炳秋知道寒玉冰发言的目的，是要告诉他不要急于去否定崇尚明的意见，还是让以后掌握的确凿事实说话。于是，高炳秋便宣布散会。

这一天，朝华刚吃完晚饭，正准备去夜市看一看，了解一下市场情况，突然接到市政府办公室值班室电话，要他晚上8时去省委崇尚明书记家一趟。

崇尚明家，朝华还是第一次去。一走进这幢装饰华贵而显示某种威严的官居，朝华明显感到与寒玉冰的家相比完全是两重天地。一个是真正的官府，一个则是读书人的淡泊世界。

"我的大市长，您的光临，令寒舍生辉。"朝华刚落座，就被雅丽娇声所戏。

"雅丽，此话差矣，我是来接受教诲的，只能说是打扰你了。"朝华认真地说。

雅丽很大方地拉住朝华的手："你是第一次来，父亲要你等一会儿，我先领你看看我家房子。"

朝华无奈，只好勉强服从，随雅丽在厅堂和居室中转悠。

这真是一个大开眼界的豪华世界。

书房、居室、客厅都装饰得典雅高贵，并置放着许多珍贵的古董玩物，有美玉雕刻的花和动物，有名山奇石和各种奇雕，还悬挂着许多名人的字画。尤其是那幅兰花国画幽雅生趣，一看便知是古人真迹。

"雅丽，如此一览，我方知崇书记的儒雅之怀，难怪他胸中天地广阔，能行船扬帆。"

"朝华，你确是一名儒将，出口就不凡，只可惜我们这样的人无缘结交，终生遗憾！"雅丽故作凄然状。

朝华不愿与她多谈，便在厅堂的兰花画前的沙发上坐下来。

"也好，你先坐一会儿，我去给你泡一杯上好的龙井茶！"雅丽说完，以一种优美的姿态忸怩而去。

崇雅丽刚离去，左边居室的门帘被一只纤细的玉手撩起，走出一个穿着无袖长裙的漂亮年轻小姐。朝华没有见过，看上去风采气质还高雅。

"是夏市长吧！我是秦洁，在崇总公司工作，她特地要我来陪陪你！"

"请坐。"朝华心中纳闷，这是什么圈套？崇书记要我来谈话，他却借故不归。雅丽给我泡茶，却又送来这样一个如花似玉的女人。朝华的头脑里立刻闪现出一连串的问号。他感到这其中必有原因，于是便对着里面喊："雅丽，我得出去一下，待会再来。"

朝华不等里面回答便起身欲走。

"哎呀，急什么，崇书记就回来了。"秦洁大胆地跑过去拉朝华，而且乘势往朝华的怀里靠。顿时，好像有什么光亮一闪，朝华猛然醒悟，他推开秦洁："秦小姐请自重！"说完，很生气地往门口走去。

"夏市长怎么就走？"雅丽突然从里面跑了出来。

"雅丽，我确实有事。看来崇书记一下回不来，我先回去，回来后，你再给我去电话。"

"那也好，贵人事忙，等老头子回来后我再给你去电话。"

朝华告辞而去。

时间过得很快，转眼又是秋天到了。

市郊的田垄晚稻开始成熟，一眼望去，一片金黄的波浪随风起伏，像一个金色的海洋，寒雪兴致勃勃地来到琴江县的农村。

她要专题采访这一片优质稻试验基地，特别是对那位从农学院毕业的硕士研究生回农村自办农科所的事迹。一清早，寒雪就和同事扛着摄影机登上了去琴江县的客轮。在客轮上寒雪无意中听到有一对干部模样的男女在悄悄议论着，夏朝华市长为什么快40岁了还不结婚，原来他还挺开放，搞的是情人制，在和一个叫秦洁的广告模特来往呢!

这番议论几乎把寒雪击倒。

寒雪咬牙支撑着自己，她脸色苍白，心在隐隐作痛。

这一天采访不知道怎样开始，也不知道怎样结束的。

寒雪已经两个多月没有回家了，可唯有今天，她没有回电视台，把东西交给同事，就直接搭车回到了家里。寒雪几乎是含着眼泪向父亲和母亲诉说着听到这一传言时的痛苦和气愤。

"不，绝对不会，朝华我了解，这孩子我们看着长大的，是厚道人，你放心。"慕雪抚着寒雪的头安慰着。

寒玉冰则冷静地思索了一番后，才深沉地说："现在社会上情况复杂，目前夏朝华又在抓案件查处，自己又还是代理市长。你想想看，那些对他不怀好意的人，现在不造谣中伤，还待何时?"

"我的天哪，怎么好人就是这样不幸!"慕雪又长叹一声。

朝华从乡下回来，他迈着沉重的步子朝自己的宿舍走去。远远望去，他看到自己的宿舍门口站着一个身材苗条留着披肩秀发的女人。走近一看，他惊住了："寒雪，怎么是你?"

"怎么不能是我?"

"好吧，上楼去坐。"朝华边掏钥匙，边领着寒雪上楼。

寒雪随朝华走进房间，便把随手提着的在街上买的猪肉、鸡蛋、青菜拿出来，走进厨房去。

"朝华，你先洗个热水澡，我给你做饭菜。"

"你今天是怎么了，竟到我家做起主人来了？"

"是的，我就是来做主人的，今天是你的生日，我不来庆贺谁来庆贺。"

"哎呀，要不是你讲，我还真忘了自己的生日哩！"

寒雪在卫生间给朝华打开热水器，调好了热水的温度，然后深情地对着门外喊："请市长大人淋浴！"正在房内找衣服的朝华应道："我就来了。"

厨房里传来了剁菜的声音，也飘散着浓浓的菜香味。

吃过饭，寒雪系上围裙，盘起头发，就操起抹布和拖把，很细心、认真地打扫起房间、厨房、卫生间的卫生来。寒雪一边抹着窗户和沙发上的灰尘，一边在想，朝华多么需要有人照料啊！市里的工作那么忙，下班回来还要洗衣服，晚上又要抽时间看书学习，加上朝华长期以来养成了一般的会议讲话都自己写的习惯，故而时间对他来说每一分钟都是珍贵的。怪不得窗台上积了这么厚的灰尘，实在是没有时间啊。

朝华坐在书房里，不知道寒雪在打扫卫生，他只顾自己伏案写着什么。寒雪的拖把伸到了他的脚下，他都没有丝毫地察觉，仍低头写着。寒雪站在一旁，向他投出了钦敬和体贴的目光。

"朝华，我今天要重提在晓月公园望江亭前的话，希望你能明确地回答我。"

朝华抬起头来，深情地望着寒雪："我的房子脏了吧！真不好意思，让你帮我打扫。"

寒雪用双手撑着拖把，在书房内亭亭玉立，房间吊灯的光芒映照着寒雪白润的脸，寒雪显得很秀美，洋溢着纯情的韵味。"朝华，我是认真地思考过的，希望你不要回避我提的问题，否则，我今天就不走！"

朝华怔住了，他真没有想到平日这个沉稳、文静、温柔的寒雪今天会如此尖锐和不容退避地向他作最后的通牒。他实在没有思想准备，可又该怎样回答呢？

其实，朝华何尝不爱寒雪？寒雪实实在在的是他追恋的心上人．在朝华的心中，寒雪近乎一个完美的女人形象，无论是内在美和外在美都是高度的和谐和统一。只是朝华总感到，在复杂的政治生涯里跋涉，与这样一个党的高级领导的女儿结婚会有许多的社会舆论，比如说他攀龙附凤找后台呀！即使是自己力所能及做的事，也会看成你身后有人。更为重要的是他敬重寒玉冰，感激寒玉冰，他不愿意寒玉冰因为他而遭到任何莫须有的流言污指。如果这样，他会永远地痛苦，这样的爱情也不会轻松。

"寒雪，你是了解我的，我从心里感激你。但是，我现在的处境，对个人问题只能搁一搁。"

"我并不是要你马上决定我们的事，我只要你告诉我，你是不是真爱我，因为这一点，你至今都是含糊其词的。"寒雪紧追不放。

丁零零！桌上的电话铃响了。朝华拿起听筒："喂，啊！你是苏玉。什么？向我致生日问候？真的，我把生日也忘了，感谢你……我都好……好……好……好吧……"朝华支吾着说话。因为寒雪站在身边，他无法说更多的带感情色彩的话。寒雪是一个很理智的女人，她见朝华如此的窘境，便主动离开了书房。当然，朝华也是一个明白人，他为了不使寒雪误会或者伤害寒雪，并不因寒雪的暂时离开而继续通话，他反而很果断地说声"再见"，便放下了听筒。朝华又继续拿起了放在书桌上的钢笔。

时间悄悄地从朝华的笔端流过，桌上的讲话稿又写完了一页。这时，忙完了打扫卫生的寒雪，用凉水洗过脸，端着一杯热牛奶走了进来："朝华，牛奶！"

朝华微笑着向寒雪点头。之后，朝华把目光投向书桌右侧的沙发："坐吧！劳累你了。"

寒雪坐在了沙发上，她用明亮而温馨的眼光望着朝华："你要知道，一个女人向一个男人主动地表达心迹，需要下多大的决心，也包括对自己的自尊心的重新认识。"

"是的，我知道，而且我不止一次地为你的真心所感动，所激励，我并不是一个优秀的男人。严格地说，我不配做你的丈夫，可是你对我是如此的真诚，我真不知道该怎样感谢你。"

"我们之间没有谁感谢谁的问题，我是要你的回答，你究竟决定选择谁？"面对寒雪的再次追问，朝华有些招架不住了，他紧锁眉头，思考片刻，用很平静的口气说："寒雪，我就直说吧！这是我的心里话。

我要真实地、真诚地、无保留地告诉你，我爱你，这种爱已深深地埋进了我的心底，它已经生根了。但是，当我冷静地思考着一个从政者的风雨旅程，特别是从你父亲走过的路，使我认识到一个正直的从政者所面临的风霜雨雪是无法预料和躲避的。要躲避就意味着要改变自己、背叛自己的信念和追求，我不愿意因为我而损害你和你那位令我永生尊敬和爱戴的父亲。同时，在我的心中也还有苏玉，也许我这种心态是卑劣的，但是苏玉的处境总令我担忧，你说这是同情也好，是爱情也好，反正，她在我心中的位置也是非常重要的。这些就是我不能向你明确讲明的原因，现在我都讲出来了，我希望你能原谅我。"

说实在的，朝华这番坦诚的内心世界的倾吐是寒雪没有想到的。她原来能猜想到的是朝华在她和苏玉之间做着艰难的选择。但没有想到，他对自己的政治生命有着如此强烈的风险意识，甚至想到了她的父亲。这是寒雪有生以来第一次感受到了爱情与政治与家庭与自己所爱的人会有着如此命运般的重要联系。也因此，使她对朝华更理解更爱慕，更萌生了强烈的感情波涛。寒雪很庄重地站起来，走到朝华身后，用自己温柔的手轻轻地摩擦着朝华的后脖颈（她也常这样摩擦着患有颈椎骨质增生的父亲的脖颈）。

朝华很感动地伸手去抚摸寒雪的手："雪，你能让我冷静地思考一段时间吗？"

"我可以，而且那夜的山谷月光告诉我，我可以永远地等待，直到地老天荒。"寒雪的手在微微颤抖，声音带着沉沉的饮泣。

朝华也沉默了，他现在唯一的选择是沉默，用自己心的颤动告诉寒雪，一个懂得爱世界、爱人民的男人是懂得怎样爱自己钟爱的女人的。朝华用心的语言在对寒雪说，一个人他需要什么？是地位，是荣誉？是金钱，还是享受？不，最需要的是心灵的慰藉，患难中的风雨同舟，感情的真诚和对人的坦诚真实，对社会对他人的友善和宽容。而当因为自己的某种得失，要损害这一切的时候，他便是一种堕落和人生的自我背叛。听着心的诉说，朝华站了起来，他面对着寒雪，用手轻轻地梳理着寒雪的披肩秀发："雪，我知道你是怎样地爱我，我也请你允许我再慎重考虑好吗？！"寒雪没有回答，她只是深情地向朝华点着头。

　　深秋季节，苏玉忙着把学校的教室窗户修理好，并用塑料薄膜糊窗户，让孩子们能在不受风吹雨打的教室里学习。寒雪的到来，苏玉虽然非常高兴，但她心里不安的是没有一个好的住所，让寒雪受委屈。

　　"寒雪，这样的生活条件真让我过意不去！"

　　"玉姐别说了，比起我们小时候在这里居住的牛棚和争吃红薯片，不知道好到哪里去了。"

　　夜深了，这一对异姓姐妹还伴着电灯光在交谈这些年的变化和对人生的感悟。寒雪终于开诚布公地向苏玉讲了她与夏朝华的爱情。"苏玉姐，我今天来看你，也想你告诉我，你到底爱不爱朝华？"寒雪是这样自然和坦诚地问苏玉。

　　"雪妹，你怎么这样糊涂，我怎么敢爱朝华？我只能告诉你，朝华是个好男人，你爱他，就要大胆地坚定地去爱，姐姐支持你。"

　　"我的好姐姐，我永远忘不了你。"寒雪激动地抱着苏玉动情地说。

　　此时，苏玉的身子也在微微颤抖，她心里好苦，她的眼泪夺眶而出。这是寒雪没有察觉到的。其实，苏玉也是爱朝华的，她不止一次地在梦中与朝华相聚，也不止一次地在梦中见到夏妈妈，夏妈妈总是拉着她的手，询问她和朝华的事，她老人家总是流露着那样甜蜜和幸福的笑容。可是这一切，就在今天对寒雪的回答中化为了灰烬，被粉碎成为自己心灵的血汁在流淌。这不能不是人生遇到的一次最沉重的自我打击。苏玉紧咬着牙关支撑着自己，不让自己倒下去，更不能让寒雪发现自己刚才说的话是多么违心和痛苦。

　　"笃笃，笃笃！"门外传来了有节奏的敲门声。听声音，苏玉知道那一定是苏露来了。这么晚了，没有急事，别人是不会轻易敲她的门的。苏玉离开寒雪的拥抱，去打开了房门，果然，出现在眼前的是长得又漂亮又健美的苏露。

　　"我的企业家小姐，我真想你！"寒雪忙走过去握住苏露的手。

　　"雪妹妹，这次你回红松村，村里村外都传开了，说你长得真漂亮，有风采，我一进厂就听说了，所以要连夜来欣赏你这个美人儿！"

　　听了苏露的赞美，寒雪倒平静起来，因为这种赞美诗，她在读大学时就听到了不少。也许是习以为常的原因，她没有直接回答而是从另外的方面说："没想到苏露还真观念新，好，红松村有希望。其实，苏露到琴江市大街上一走，不仅不比城里的女孩逊色，我看还亮丽多了。"

"谢谢雪姐鼓励。"

小屋里荡起一串笑声。笑够了，苏露忽然问："雪妹妹，你这次来是不是跟我姐会谈呀！"

寒雪猛然一惊，她想不到苏露会说出这样的话来。于是，她故装不解地说："苏露，我又不是客户，来会谈什么？"

"别转圈子了，凭我的感觉，我知道你们两位都爱朝华，而朝华也爱你们，现在的问题是，要在你们之间做出选择，依我看绣球抛给谁，你们俩还挺作难，是不是？二位好姐妹！"苏露的话是一针见血，把苏玉和寒雪的心事都说透了底。

还是苏玉老成，她不紧不慢地对苏露说："苏露，你不要瞎说，雪妹是来看我们的，我刚才还说，要祝贺他们！"

"是真的吗？雪妹妹！"苏露机敏地问寒雪。寒雪真作难了，这怎么回答呢？不等寒雪开口，苏露又说："雪妹妹，你怎么看，我不管，反正苏玉姐也是爱朝华的，这一点我最明白。"

听了苏露的话，寒雪刚刚平静的心现在又泛起了迷茫的波浪。原来苏玉刚才说的是言不由衷的话。她当然要相信苏露的话，因为苏露毕竟比她更了解自己的姐姐。不，这一次我就是为这件事而来，我不能再犹豫，我应当也向苏露把话挑明。想到这里，寒雪顿时萌生了一般女人少有的勇气。

她对苏露说："苏露，我愿意告诉你，我这次来是要告诉你姐姐，我确实爱朝华，如果她也爱朝华的话，我认为我们可以心平气和地开展竞争。"

"不，雪妹妹，你的条件比我姐好，你完全可以找到更好的男人，你不能夺姐姐所爱的人，你不要欺侮我姐姐！"苏露几乎要哭出声来。

这种情况是寒雪万万没有想到的，她不明白，为什么朝华这样一个男人，会牵动这么多女人的心，原来她还以为就是她和苏玉之间的事，没有想到会有这苏露的出现。

"苏露，你不要错怪雪妹，这是我自己的事，由我自己决定。我从来就没有爱过朝华，我只是把朝华当作哥哥来对待的。"苏玉向苏露做着解释。

苏露毕竟走南闯北，长了见识，开了眼界，她无法抑制自己的感情，继续说："我实在是局外人，但是我认为在爱情的问题上，是没有必要来谦让的，如果我爱上了谁，我就是天涯海角也要追随他。"

寒雪不愿意继续这场纷争，她毕竟是一个受过高等教育的书家子女。她站起来："苏玉，苏露，这件事，就随缘吧。趁今晚月色好，我们还是到村子里走一走，这里的每条村路我都是有感情的。"苏玉早就想打破这种令人窒息的难堪局面，听到寒雪这个提议，便主动地站起来："我同意雪妹的主意，到村子里走一走。"

银色的月光照耀着红松村的弯弯村路，三位青春的女郎披着月色，缓步行走在这片古老而美丽、蓬勃着欣欣向荣的发展生机的热土上。眼前新盖的村舍、新铺的公路、新架的水泥桥都在月光的勾画下，露出清晰的轮廓。走在这块熟悉而又洋溢着万灵生命色彩的乡村天地里，寒雪的耳边又传来了悠扬的箫声。

在苏露的住房里，苏露流着泪给寒雪讲出了苏玉的不幸。寒雪哭得好伤心，几乎哭成了一个泪人，她的整个心碎了，她的魂飞了，她所向往的最美丽的爱情天堂已经走得很遥远。她真无法想清楚，人生在世怎么这样难，这样苦，这样累，这样有缘又无缘。看到寒雪哭得这般伤心、这样痛苦，苏露也后悔自己不该把苏玉被辱的事情告诉寒雪。可是现在这一切无法挽回。苏露的良心在责备自己："苏露呀！你这是怎么一回事，你这也是一种自私啊！你为了自己的姐姐，却去刺伤一颗真诚美丽的圣洁的少女心。"苏露也急得失声痛哭起来，她抱着寒雪："雪妹妹，我对不起你，我对不起你！我怎么向你说这些呢？"

此时的寒雪经过激烈而异常痛苦的内心搏斗，她逐渐冷静了下来，她现在需要思考的问题是怎么面对如此严峻的现实选择。

寒雪在想，苏玉这件事，假如父亲知道会怎样想？母亲知道又会怎样说？假如不是自己是别人遇到这样的事该怎么办？还有朝华知道吗？如果他知道是不是会改变自己的选择？现在寒雪真正明白了为什么苏伯仪要变疯，真正明白了人世间什么是不幸，自己所有的一切比起苏玉的人生伤痕那算什么？这样的心灵能伤害吗？寒雪陷入了人生最沉重的思想搏斗的境地。寒雪擦干眼泪拉着苏露的手说："苏露，我们一道去找苏玉好吗？"

苏露紧握着寒雪的手，迟迟挪不动脚步："雪妹妹，你真好。"

寒雪和苏玉依偎在一起，互相倾吐着各自对走过的青春旅途的感受，只是再也没有谁提起对朝华的感情问题，这个问题成了这两个女人生活世界的禁区。

在红松村，寒雪和苏玉度过了一个清冷的秋夜。

第二天，寒雪决定离开红松村回琴江市去。一早起来，寒雪就邀苏玉到夏妈妈和苏伯仪的坟上拜别。坟地上丛生的花草树木还闪着晶莹的露珠。在阳光的映射下，露珠里嵌着山乡美丽的风景。寒雪采摘了一些带露的花草分别栽在坟地上，并虔诚地向两位永远睡去的老人三鞠躬。临了，在夏妈妈的坟边，寒雪捏着苏玉的手用哀求的口吻说："玉姐，真要感谢你照料夏妈妈，朝华一直都惦记着你。"

苏玉久久不语，她的心好苦，本来已经平静了的她，此刻又被寒雪挑起了痛苦。她想到那天清早乘船离开琴江市时，回首凝望江岸这片城市楼房时的心情。她痛苦地对自己说，这里不属于我，属于我的是那个生我养我的小山村，那个学校和让我永远怀念和无法再报答的父母亲。苏玉含着眼泪说："朝华不应该感谢我，夏妈妈一直对我很好，她比我的亲生母亲还疼我。雪妹，我始终认为朝华选择你是对的。我这种性格，这样的工作，无法照顾和关心他，这方面你比我强多了。"

寒雪不再说什么，她沉默地端坐在草地上摆弄自己的衣角。晨光下的寒雪更显得水灵和秀雅，有一种圣洁和照人的光彩。她再也控制不住自己的感情，她没有想到苏玉会这样诚恳地对待她。她对苏玉说："玉姐，你真好！"

寒雪几乎要跪到了地上，她抓着苏玉的手摇晃着，苏玉也跪了下来，她抱住了寒雪，她断断续续几乎是用带着泪的语言向寒雪道出了她对夏妈妈永远的怀念。

哭泣声是这样沉重地在一个古老山村的山峦上呜咽、回旋。

哭泣声出自两个女人的心中，那哭应是惊天动地的，那哭是要唤醒多少良知和正义啊！那哭也是对一段辛酸历史和不幸岁月的理性批判。

"玉姐，我和朝华会永远感激你！"

"寒雪，朝华应当属于你，你才有资格做他的妻子，你是我最尊敬最喜爱的好妹妹，你一定要听姐姐的，去找朝华！"

寒雪不再说什么，她拉着苏玉走下了绿色溶溶的山野。这是散发着苍凉和浓重的泥土气息的山野。这是一个纯洁生命栖息的天地，在这里是不容任何虚伪和罪恶存在的。走着走着，寒雪回转身来伸出细嫩的纤纤手指，用一种说不清道不明的女人之情，母性之爱，知心之意去轻轻抚摸苏玉的背颈。

二十一、剑胆琴心

夜已经很深了，寒玉冰还在挑灯看书。这本书叫《挺经》，是曾国藩所著。要是在"文革"时期，这种书是绝不能看的，一看便要招惹灾难，而出版社就更不敢出版了。是思想解放的春风，融化了人们头脑中的许多禁忌，像此类书中的精华读了还是可以给人以某种教益的，寒玉冰在反复琢磨着第四卷《明强》中的一段话：

"凡事非气不举，非刚不济，即修身养家，亦须以明强为本。难禁风浪四字警还，甚好甚慰。古来豪杰皆以四字为大忌。吾家祖父教人，亦以懦弱无刚四字为大耻。故男儿自立，必须有倔强之气。"

正在此时，寒雪推门而入。她走到寒玉冰身边，推开摆在桌上的书："爸爸，您还有心思读这样的书，现在社会上说你袒护夏朝华打击龙云帆的谣言四起。"

寒玉冰很沉稳地靠在座椅上，取下老花镜，指着翻开的书："你读读这段话看看你理解多少？"

"我不读，我要你回答我的问题！"寒雪摇着寒玉冰的肩膀撒娇地说。

"其实，这是我预料中的事，我现在想的不是别人怎么说我、议论我，我想的是我如何坚定不移地面对现实。寒雪，你不愿意看这段话我理解你，现在我却要讲给你听，这就算是我对你提出问题的回答。"于是，寒玉冰重又戴上眼镜，他拿起了书："凡事非气不举……就是说所

打捞光明

有的事，没有志气不做，不坚定就做不好。即使是修身养家，也必须以明强为根本。'难禁风浪'这四个字说得很好，大慰我心。自古以来，豪杰之士都以这四个字为大忌。我家祖父教育别人，也说以'懦弱无刚'四字为大耻。所以男儿自立于世，一定要有倔强之气。雪儿，你是女儿家，我也希望你有倔强之气，能支持朝华面对风浪。"

听了父亲这番话，寒雪点了点头："爸爸，我明白了。"寒雪很礼貌地离开了寒玉冰的书房。

望着寒雪离去的背影，寒玉冰的脑海里顿时闪现出白天省委常委会上崇尚明发言的情景。

这次常委开会的议题，是再一次讨论对龙云帆立案审查的问题。当省纪委的同志介绍完已掌握的龙云帆的经济问题情况后，寒玉冰只是用很简单的语言说明："为了慎重和对一个领导干部负责，纪委通过再次调查核实有关情况，认为对龙云帆立案调查是必要的，故纪委向常委再次提出这个问题。"因为这次提出，纪委已经有了具体的事实，所以大多数常委都发言赞成立案审查。

省委书记高炳秋见崇尚明一直没有发言，便在自己做结论前很诚恳地征求崇尚明的意见："尚明同志，你的意见呢？"

崇尚明微微点头，然后不紧不慢地说："既然省纪委已经掌握了一些事实，立案审查龙云帆我也同意。但有一点我要提醒大家，这就是对改革中出现的问题，特别是对待外商的问题，还是要坚持允许闯、允许冒的观点，甚至也允许犯一点错误，绝对不能感情用事，更不能用个人的私情和恩怨对待一个敢于改革创新的干部。"

崇尚明的发言，引起了常委们的唏嘘，大家互相递着眼色。寒玉冰心里听了更不是滋味，他明白崇尚明的话外音，他强按捺住心中的气愤，很沉静地等待高书记的总结。

高炳秋不愧是一个久经锻炼的党的高级领导干部，他深深地吸了一口烟，很动情但又很冷静地说："革命从来都是大浪淘沙，任何一个干部都要在改造客观世界和自己的主观世界的实践过程中接受考验，特别是在改革开放的新形势下，这种考验尤为现实和直接。对干部出现的问题，先查清，是坚持实事求是的基础。所以我们的原则是党和人民的利益高于一切，该查处的一定要查处，该保护的一定要保护。"

　　会议结束后，寒玉冰回到省纪委会议室，对下一步的审查工作做了细致的安排。同时，他的脑子里也仍回响着崇尚明的话："绝对不能感情用事，更不能用个人的私情和恩怨对待一个敢于改革创新的干部。"他知道这句话所蕴含的内涵和自己面临的复杂环境。现在他对曾国藩说的"难禁风浪"四字有了真切的感受。他决心"以明强为本"，去迎接可能出现的任何风浪。

　　初冬临近，天气渐寒，寒雪穿着红色羊毛衫走在大街上，总有许多男士向她频频点头微笑。说实在的，寒雪的出现，在琴江市真是一道美丽的风景。这些天，寒雪也非常高兴，经过漫长的感情跋涉，朝华终于接受了她真爱的亲吻。这一吻不要紧，寒雪变得更丰润妩媚，更清丽照人。母亲慕雪久已盼望的大喜事，终于要来临了。

　　这段日子，朝华因处理新洲城开发区的拆迁矛盾，几乎把办公室搬到了工地上。开发区的主任韩小强一直对朝华心存不满，在处理这些具体问题上，他不仅不配合，反而出难题，不是把矛盾上交到市政府，就是故意对施工单位和人区企业搞乱摊派、乱集资，弄得整个开发区怨声载道，烽烟四起。

　　这一天，朝华走进市府办公室，就发现门口的地上有一封信，他拆开一看，信是这样写的：

　　"夏朝华，我们给你这封信，是想劝你迷途知返，不要把事情做绝，要考虑你自己的前途。你虽然用尽心机投靠寒玉冰并攀龙附凤，想做他的乘龙快婿。但是，我们要警告你，你的阴谋不会得逞，你玩弄几个女人的真相我们会在适当时候公布于世。你好自为之吧！"

　　这封信，像匕首一样刺向朝华。朝华坐在办公室里，久久地沉思，我究竟做了什么不该做的事？我得罪了谁，要遭受如此侮辱？我和寒雪真心相爱，几经曲折怎么是用尽心机投靠寒玉冰？想到这里，朝华的心很难受，他预感到，龙云帆的被审查和寒玉冰对他工作的支持，再加上他与寒雪这种关系，他确有说不清、道不明的难处。朝华想，为了支持寒玉冰查处腐败分子，他不能连累寒玉冰，更不能给寒玉冰这样正直的好领导脸上抹黑。他现在唯一的选择，是要下狠心放弃对寒雪的爱。他知道，这种放弃将对寒雪是多么沉重的打击！此刻夏朝华百感交集，心潮难平，人生怎么这么难？官场怎么这样险恶？我夏朝华放弃这份爱，远离自己真心相爱的心上人能闯过这番风浪吗？如果能，为了党和人民的利益也只能这样。想到这里，朝华拨通寒雪的电话："寒雪，今晚10点请到我宿舍来一下。"

那边传来寒雪甜甜的话语："朝华，我不是每天都来吗？"

"啊！你看，我真糊涂！"

"好吧！再见！"

寒雪自从接了朝华的电话，一天都很激动。她心里在猜，朝华约她10点见面的目的：是有什么重要事？他从来没有这样郑重其事地在上班的时候预约过自己见面。是不是商量他们结婚的时间，可现在他这样忙，能挤出时间吗？尽管她早就盼望朝华开这个口。是不是他有为难事，要找她商量。总之，寒雪是在激动和焦虑中度过了一天。

吃过晚饭寒雪便匆匆来到了朝华的宿舍，一看表才刚过 8 点。于是寒雪又忙乎开了，她打扫房间的卫生，收拾和叠好朝华的衣衫，然后又在厨房里替朝华烧开水、煮牛奶……完了，她就坐下来，一如既往地开始帮助朝华抄写放在桌上的书稿，那一行一行秀丽的字流泻着一个女人心中最缠绵的情意。

正是 10 时，朝华开门走进了房间，眼前的朝华给寒雪的感觉是那样风尘仆仆和充满着疲惫，他的眼眶呈淡青色。寒雪忙接过朝华手中的公文包："朝华，你先坐，我去给你端牛奶。"朝华坐了下来，寒雪给他送上了一杯还冒着微微热气的牛奶。

"喝完牛奶，你先冲个澡。"

"不，寒雪，我有事跟你商量。"

"什么事，这样急！"

"我想了很久，还是决定对你说。"

"你呀，做什么事都干脆，为什么跟我说话，总是吞吞吐吐？"

"其实，我这也是万不得已。"

"到底是什么事，你说呀！快急死人了。"寒雪用温柔而明亮的眼光盯着朝华。

"寒雪，我想了很久了，我还是认为，我们的结合是不适合的，对你和对寒伯都不好。"

这真是晴天霹雳，寒雪万万没有想到，朝华约她来，会讲出这样的话来。她真不明白，这个朝华为什么要这样出尔反尔地在爱情上徘徊。她脑子里迅速出现了苏玉，难道是苏玉又做了什么，使朝华要改变，或许朝华真与苏玉有什么不能摆脱的？寒雪想到这里便抑制住心中的痛苦，缓缓地说："朝华，你不爱我，你要离开我，我不勉强你，但是，你必须讲清楚，这究竟是什么原因要驱使你做出这样的决定！"

朝华心里明白，他和寒雪早已心心相印，任何的借口和说明都不能说服寒雪，弄不好，会让寒雪更加痛苦。但是，白天看到的那封信，朝华知道那明明是阴谋，可是换一个角度去考虑，又提醒他这确实会成为一个无法辨清的事实。而这种现实的风浪，甚至会给他的工作、党的事业，会对寒玉冰的形象带来极大的损害。那么，面对这种严峻的现实，他夏朝华怎么能儿女情长呢？想到这里，朝华站起身来，从公文包里拿出那封信递给寒雪："寒雪，你看看吧，我能不这样做吗？难啊！"

寒雪打开了那封匿名信，她的眼睛睁得那么大而亮，她的脸涨红了，她喃喃地说："卑鄙！卑鄙！"

"骂是没有用的，我们需要坚持和战斗！但这种坚持和战斗是要付出沉重代价的。"

"难道也要付出爱情的代价吗？"

"是的，在特定的环境里，也不排除这种付出！"

"简直无法理解！你不是怕我连累你？"

"不！不是怕你连累我，我无所谓，而是我怕我连累你的父亲，我们的党，我们反腐败十分需要他这样的领导和斗士！"

"不！我不这样想，难道没有别的办法？"

"暂时，我还没有找到最好的办法。"

寒雪沉默了，她再一次审视眼前的朝华，这些天朝华明显地消瘦了，他承受的压力太大，他肩上的担子太重，他需要她，她不能离开他。想到这里，寒雪咬着牙关说："朝华，你是一个男人，你应该有男人的勇气，今天我不再跟你讨论这个，我要回去跟父亲说！"说完，寒雪到厨房里端出她已洗好的苹果："朝华，留着晚上吃，我不陪你了，桌上的稿子我替你抄了，你有时间核对一下，我走了。"

朝华没有再说什么，只是深情地向寒雪点了点头："晚上开车，注意安全。"淡淡的皮鞋声，从朝华的心上踏过，一会儿就消失在楼巷里。

已经是凌晨两点了，寒雪仍靠在慕雪的肩头哭泣，慕雪用枯萎的手一次又一次抚摸寒雪的秀发："雪儿，男人女人相爱是有缘分的，也许你和朝华没有这个缘分。我和你父亲一生的坎坷你都知道了，要学会理解男人啊！做男人也难，像你爸爸，他多难呀！"

寒玉冰又一次坐在寒雪身边，拿起寒雪的手："雪儿，爸爸喜欢你，可是你和朝华的爱情现在无形中扯到了政治，这问题就复杂了，如果你真要向朝华负责，至少在这个时候你跟他不能往来；至于我，已经快要退休了，我怕什么？行得正就不怕影子斜。可是对于朝华来说，他还年轻，党和人民需要他这样的干部，我们不能让谣言重复一千遍，变成真理去伤害他、断送他。雪儿，你要知道，腐败问题说到底最大的腐败是用人上的腐败，要用一个正直的能为人民利益奋斗的人，不是一件容易的事。相反，那些庸人、那些跑关系的人往往容易被重用。这是你爸爸几十年观察得出的结论，这些关系国家命运前途的重大问题，比起男女之情谁轻谁重，雪儿你要掂量掂量才对！"说到这里，寒玉冰握紧了寒雪的双手，他自己也老泪纵横。少顷，寒玉冰站起身来，很沉稳地踱到书案前，用两手撑着与他朝夕相处的座椅说："自从'文化大革命'爆发，国家遭受严重创伤，到粉碎'四人帮'，党的工作重心转移，我国进入改革开放的新时期，直到今天，我们面临的加快现代化建设进程和反腐倡廉的艰巨任务，我一直在思考一个问题，中国的社会主义革命和建设道路为什么如此艰难？改革与创新，守旧与落后，先进文化形态与腐朽的价值观念为什么总是纠缠不清，甚至在一些人的脑子里辨不明曲直、分不清黑白，导致严重的信仰和道德危机？一些甚至有知识的年轻人都沉陷于政治的迷途和物欲、权欲、钱欲、色欲的泥潭不能自拔，反而危机进一步加深呢？如果不通过解放思想、转变观念、深化和拓展改革开放和加速经济发展，从严治党，惩治腐败，推进法制和民主政治建设以构建中国的精神结构，那是不可想象的。雪儿，之所以今天要你做出也使我心痛的选择，在某种意义上说这是一种个人对社会负责的代价，而这种代价只能由我们自己去承受……"

"爸爸，你别说了，女儿全明白了！"寒雪扑向了寒玉冰，她抱着寒玉冰几乎是声泪俱下，"我也想过，也许我们这一代人是注定要做出某种牺牲的一代人。"

"是的，这就是我们的民族，永远都不会失去自信心和凝聚力的原因！"

厅堂里，寒玉冰和慕雪夫妇在叹息，似乎厅堂里的灯光也变得暗淡起来。

寒雪哭泣着把手帕递给呆坐在寒玉冰身边的朝华："朝华，我现在同意你的决定。"

朝华没有回答。

"朝华！我理解你，我不会怨你，我爱你，离开你都是自己的选择！"寒雪在为自己的决定做说明。

"不！寒雪，我对不起你，我对不起寒伯和伯母！"朝华的声音和着泪。

"朝华，如果你相信我们，我们会永远支持你。"寒玉冰很冷静地说。

"朝华，我有一件事要拜托你，对苏玉姐你要更多地关心。苏玉姐不容易啊！可能你并不真正知道她的不幸。"

朝华听寒雪这样说，猛然感到有什么意外的事："寒雪，苏玉她？"

这时慕雪走了过来："朝华，苏玉她太苦了。"老人说不下去了。

市政府会议室烟雾缭绕，市纪委调查组正在汇报冶炼厂的问题：审计和调查情况非常清楚，贷款5000万元，违法外借2050万元，厂长私自建别墅60万元，还有一套房子不知去向，现在必须对厂长采取措施。

大家沉默。

因为昨天晚上接过崇尚明的电话，市委书记还是那句话："我看这件事情是改革开放出现的问题，需要慎重，法院和检察院的同志谈谈看法。"

法院检察院认为已触犯刑律，可以采取措施。

会议室再一次陷入沉默。

龙云帆发言了："这仅是审计调查还没有司法部门介入，我看是不是再拖一下，让司法部门进入以后再说。"

法院同志插话："我们一起调查实际是一起介入了。这个意见也就是我们法院和检察院的意见。"

又一次沉默。

夏朝华的心中像大海奔腾，反腐败多艰难啊！明明问题已经清楚，就是无法决断下来。此刻，他的心情异常的不平衡，他想到了灾区老百姓在洪水泛滥中无家可归的情景；想到了因为加重负担的农民一时想不明白喝农药而死的惨象；更想到了停产和特困企业职工无生活保障的渴望眼光。想到这一切，他在心里鼓励自己要坚定走下去的决心，不能退却，不能放弃，放弃就是对人民群众的背叛。于是，朝华说："我看，应当支持调查组意见，我认为你们法院和检察院可以独立行使权力，只要是依法办事，不应犹豫。"

检察长："我们是想这样办，只是考虑首先应向市委汇报。这样好得到市委支持，排除一些阻力，使案件查处顺当一些。"

"钟书记，你看？"夏朝华说。

"好吧！依法办事。"钟书记很不情愿地说。

会散了，夏朝华仍留在室内抽闷烟，市检察长走了过来："夏市长，为难呢！上面又打招呼了，要我们慎重。""不要管那么多。"夏朝华握紧检察长的手。

在驶向珠海的高速公路上，琴江市检察院的几个干警便衣打扮，用严肃的眼光凝视改革开放前沿这片蓬勃而热气腾腾的土地。他们的心情很不平静，改革是要付出多种代价的，有的人就是不以国家和人民的利益为重，自觉地抵制各种腐朽思想的侵蚀，在改革开放中经不起权钱名位的考验。像发生在琴江冶炼厂这个使国家财产遭受严重损失的经济案件，就是一个令人气愤而不安的严峻事实。然而要查处这样关系复杂，涉及各个方面人物的案件并非易事。检察部门经过反复侦察和跟踪，终于通过珠海方面内线找到了冶炼厂厂长的情妇。那个叫王惠蓉的女人也非一般的女人，她做过会计工作，知道问题的严重，但她又想到长期这样躲藏也不是办法，于是她就直接在别的地方打电话告诉琴江市调查组的同志，要她谈问题可以，但是必须由她定地方谈，而且是要与她年纪相当的女人谈，不让男人出面。如果男人出面她就拒绝谈话。为了取得证据，做好这个当事人的工作，琴江市检察院副检察长杨振决定让自己的妻子晓敏出面去谈。杨振同志把想法告诉了朝华，朝华非常感动，一再叮嘱他要慎重、细心，周密部署，必须保证晓敏的绝对安全。现在坐在这三个干警对面的那位面容端庄、秀丽、身材苗条，既有温柔风韵又有清雅气质的30岁左右的女人，就是冒着风险去与王惠蓉接触谈话的晓敏。一路上，他们之间只是目光交流，没有任何言语，因为他们担心这每一趟去珠海的公共汽车上，就可能有王惠蓉安排的耳目。

杨振、晓敏和其他3人一到珠海，就分别住进了珠海的金海和好望角、太平洋大酒店。晓敏按照王惠蓉提供的电话立即进行了联系。对方告诉晓敏，什么时候在什么地方交谈，由她在近两天内通知，现在她不愿意接待。

杨振感到情况比较复杂，为了及时指导晓敏，便通过珠海市公安局帮助，将他打扮成一个男服务员进入晓敏住的金海宾馆，以便与晓敏联系和保证其安全。

第二天，晓敏正在房子里看书，便听到有人敲门。她急忙开门，发现眼前站着一个身穿白色西装套裙，秀发披肩，长得眉清目秀的约30岁、风韵不凡的女人。

没等晓敏开口，对方便问："房子里有别人吗？"

"没有，就我一个人。"

"你是晓敏同志吧？"

"是的。"

"我是王惠蓉，现在请您跟我走。"

"能不能等一下，我进去拿点东西。"

"不行，要不，我走了。"

晓敏感到情况非常紧急，但又不能让她跑掉，于是忙答道："好，就去！"她毅然走出房门，把门带上，随王惠蓉沿着走廊直奔一楼大厅。

晓敏回头四顾，竟没有发现一个自己的同事。王惠蓉催促说："快点，我的车在门口等。"她拽着晓敏往停在门口的一辆蓝色奔驰上拉。

杨振是一个非常细心的人，他一早就在宾馆的大堂里徘徊，仔细观察每一个来这里的男人女人，当他发现有一个穿着不同寻常，而且稍带一点紧张神色的女人在服务台前打听晓敏的房间号码时，他就断定这个女人可能是王惠蓉，或是她派来联系的人。

于是，他立刻在门口租下一辆的士，自己迅速换上了便装，坐在的士上等待，并立即与其他两位干警联系上，随时准备接应。

蓝色奔驰轿车开出金海宾馆就直接向金海岸边驰去，而且速度相当快。杨振让"的士"紧追不放的同时，又通知另外两位干警分别租车，按照他提供的奔驰车牌照实施随时跟踪方案。

坐在蓝色奔驰车上的王惠蓉，不停地回头四顾和透过车窗向前后左右观察，没有发现一直紧追的其他车子，也就放心地让车子减速，驶进了金海岸边一片红绿黄相间的别墅区。但是她做梦也没有想到，当她刚从车上下来，正要走近一幢别墅去开门的时候，就从她左侧的别墅区水泥道上驶过来两辆摩托，并且极迅速地拍下了她和晓敏并肩向别墅走去的照片。

晓敏随王惠蓉走进了她隐居的别墅。

说真的，现在的晓敏已经无法知道自己是在珠海的哪个位置，是在一片什么样的群楼区。她只知道车子七拐八弯地穿大街走海岸地转悠着就到了这里。她想给杨振他们打电话，可是王惠蓉不准她打电话。

那就见机行事吧！现在晓敏可以静下心来观察这幢用职工的血汗钱买来的别墅了。

别墅的装修是华贵而堂皇的，外国进口的地板砖，欧式的吊顶和墙壁，一色的米黄色真皮大沙发，并有从广州买来的高档盆景点缀厅堂，显露出蓬勃生气和主人的高贵。

"怎么样？你也在这里享受几天吧！你放心，我不会伤害你，因为这钱不是我搞的。"王惠蓉很从容地对晓敏说。看来她对这种命运已经做好了充分的思想准备。

"惠蓉同志，你我都是女人，我也不想看着你走向人生的深渊，希望你能配合我们。"

"你们？难道你也是公安局的？"

"我不是，但我又是。"

"为什么？"

"因为我的丈夫是从事这方面的工作，因此我是又是又不是，但是我真诚地希望你能相信我的坦诚。"

"我怎样才能相信你是坦诚的？"

"我一个人来见你，而且我们从未见过面，说明我是坦诚的。因为我知道，你只不过是一个办事员，而且这些财产并不在你的名下，你只是享受一下而已。""你只说对了一半，我不仅是享受，我终有一天要获得它。"

"现在已经不可能，因为我们对你那崇拜的男人已经采取了措施。"

"那还找我做什么？"

"是要挽救你！"

王惠蓉没有再说什么，她停下来思索片刻，便说："你先坐，我去给你倒水，但请不要在我这里给任何人打电话。"

晓敏没有直接回答她，只是点了点头。

这是一个阳光明媚的星期日。

苏露陪着她的姐姐苏玉终于从乡下来到了琴江市，朝华和苏玉很快就办理了结婚手续。婚礼是由寒雪主动要求操办的。她向朝华表示，婚礼一定要办得简单，但又一定要办得庄重而丰富。她要让朝华感受她那一片永远珍藏在心中的爱是怎样的热烈和真诚的。她要把这种圣爱变成一种祝福，让自己操办这场婚事的每一个音符都奏鸣着对朝华和苏玉的真诚和友谊。

入夜，琴江市亮起万盏灯火。

谁也不会想到，这个城市的代理市长此时此刻会在市政府招待所一个简陋的会议室里举行婚礼。婚礼没有办酒席，也没有亲人祝贺，更没有传扬出去，机关干部及朝华的上级和同事谁也不知道。只是由寒雪请来的朝华在大学时的同学和寒雪自己的一些同学和朋友，就是那么20多人在这个小会议室里欢聚，为一对在心里相爱了十几年的新婚夫妇祝福。

在大家的欢呼声中，苏露挽着苏玉来到了众人前面，朝华则自己风度翩翩地走到了苏玉身边。寒雪今天穿着洁白的西装套裙，站在厅前宣布婚礼的每一个程序，她是那样真诚和从容，仿佛她是一个长者，她对人世的一切都充满着智慧的感觉和理智的选择，因而她始终保持着一个女人的持重和稳健。一个自己所爱的人离去了，而且在自己眼前花好月圆，这对于一个女人来说是一种多么残酷的心灵折磨啊！可任何一个人也无法从寒雪的脸上、眼神里找到那片不易察觉的阴影。

朝华是明白的，他知道寒雪此刻心中的波涛是在怎样汹涌翻卷。苏玉也是清楚的，她清楚一个女人为心爱的男人是可以献出自己的一切的。一切都可以献出的女人，此刻该会怎样痛苦和心伤啊！她禁不住心的酸楚，她望着眼前沉静如水的寒雪眼眶里滚落出一串晶莹的泪花。

朝华察觉了，他忙用伟岸的身躯遮住苏玉，很沉稳地走向寒雪："我和苏玉感谢你和大家，为我们举办了这样隆重而令人永生不忘的婚礼！"

大家在鼓掌祝贺！

苏露把自己剪碎的五颜六色的花絮抛在这对新婚夫妇的身上，然后她又把烟和糖送到大家的手上。

寒雪努力让自己的心平静下来，她整理了一下自己的衣服，对着朝华、苏玉说："我尊敬的哥哥嫂嫂，请你们一道入座，让我为你们和今天参加婚礼的朋友们，弹奏一首我自己创作的钢琴独奏曲《山谷月光》。"

一阵掌声过后，寒雪的两只玉手就像两只玉色的小鸟在琴键上飞翔。

那悠扬的钢琴声，像潺潺山泉从峡谷奔流出来，也像破碎的月光跌落在晶莹的山石和青苔上，又像澎湃的波涛在拍击河岸，更似圆圆的月亮在夜空里闪耀和滑动。

那优美激越的琴声，在拨动每个人的心灵。那是生命和青春的呼唤和歌唱！让人们真切地感受到，此刻从高山飞流下的银泉，是从天空洒下的月光凝成的，那声音和亮光是心之相呼、心之相碰、心之相吻、心之相拥，是天地与人的灵魂的共鸣，是殷红的鲜花在雪原上开放，是玲珑的小鸟在春风里飞翔，是小船在荷叶间穿行，是姑娘在溪边沐浴，是露般圣洁的露珠在美丽女人的胴体上滚动出神秘的美丽梦幻，更是女人流淌的眼泪，搅起了奔腾的大浪。

寒雪哭了，她的琴声也在哭泣。

朝华、苏玉相拥在一起，听着寒雪弹奏的曲子，他们也哭了。他们站起来，一同把鲜花送到寒雪眼前："雪妹，谢谢你！"

寒雪接过鲜花，把它放在钢琴上，然后站起身，庄严地向他们鞠躬："我祝愿你们天长地久，永远幸福！"

钢琴声渐渐消失了，在这异常宁静和人们的心灵经受了一次强烈感情波涛的洗礼后，大家渐次与朝华、苏玉握手离去。

婚礼就这样庄严而回味无穷地结束了。

现在的会议室里，只留下朝华、苏玉和苏露、寒雪。

寒雪又坐到了钢琴前的木凳子上，她久坐不动，她用凄清和晶莹的眼睛凝视着朝华，一字一句地说：

"朝华，你也许感受到了这首曲子的力量和生命的律动，我是用自己的整个生命力在表现心中对你们祝福的感情。你要知道，在这个现实的世界里，我们许多人，特别是有一些比我们还年轻的青年人，他们感情的迸发为什么在一瞬间会那样疯狂而迅达，因为那不是真正的感情凝结的力量，那是一种对偶像崇拜的情绪爆发的冲击波。当那个她（他）们心中的偶像贴近了他们，这种冲击波马上就会像海滩上的潮水退入海中，然后又漂移向另外一个岛屿，一个又令他们狂热崇拜的偶像。朝华，你也是一个女人心中的偶像，但你这座偶像对于一个真爱你的女人，绝不会是一种情绪，而是一种永远不会退潮的感情。我想苏玉就是你永远不会退的潮水。要说这潮水的源头，还是云岩岭上那万缕银色的月光凝成的永远在山谷里流动的清泉。我今天把这首用自己的青春真爱写成的《山谷月光》作为你们新婚的礼物，我想这琴声会陪伴你们，永远走着平安和相亲相爱相知相助的历程。朝华，你是一个有作为的男人，你应当永远像山谷的清泉那样充满活力和意志的坚忍。"

听完这番话，朝华和苏玉久久不语。当他俩意识到该对寒雪说些什么时，寒雪已毅然转身离去。

真有一点悲壮的色彩。现在我们才真正感受到寒雪那痛苦的精神世界，需要一种怎样的坚韧意志才能支撑下来。

朝华和苏玉送走苏露，回到了自己新婚的房间。

这是一个极为简洁而明敞的房间，四壁是雪白的墙壁，唯有窗帘是天蓝色的，墙壁上挂着苏果送的一幅《海棠泪》，桌上是寒雪送的一束浅白色的干花和一个丝绒的大熊猫。

朝华和苏玉坐在床沿上，凝视着这个新的家庭和品味着刚才朋友们的祝福，尤其寒雪的《山谷月光》在朝华心灵上产生了极大的震动。这是苏玉所不知道的事。如果说苏玉有所察觉的话，那就是寒雪在弹奏钢琴时眼睛里悄悄流出了眼泪。

时间在悄悄流逝。苏玉的心情非常复杂，甚至渗入了很重的忧伤和自责。这是一个庄严的时刻，也是她人生最重要的转折时期，可是她奉献给心上人的是一个曾经被污染的禁果。一想到这里，她想哭，可是她不能，这样会伤朝华的心。朝华的心情也不平静，平心而论他也爱着寒雪，无论是气质、品貌、智慧、性格、能力，寒雪几乎是一个十分完美的女人，可他不能爱。他甚至恨过，他恨这个世界太残忍，为什么要赐给他这样两个同样高尚和美丽的灵魂来关照他的生命旅程呢？有时候，他还突然想到要独身，只有独身才能摆脱这种心灵的苦痛。可是，如果真是这样，他就要成为一个罪人，因为最终他要伤害两颗善良的心。他想起了叔本华说过的话："所有恋爱事件的终极目的，不论是以喜剧演出，或是以悲剧收场，实比人生其他一切的目的更为重要，因此，人们追求此目的时的态度，是非常积极、认真的。"他理解寒雪为什么会是这样，他也理解苏玉为什么曾经那样。想到这里，朝华的心情平静、坦然了，他从压抑和伤感的感情沼泽地里走回到绿色的草原上，他看到奔驰的骏马和在骏马上挥动响鞭的牧马姑娘苏玉。朝华的心开始激荡，他的血液在周身涌流，他含情脉脉地扭转身子，用宽厚的手把苏玉拥到了怀里。

苏玉闭上了眼睛，她顺从地倒在了朝华健壮的大腿上，然后睁开眼睛便看到朝华那迸射着火焰的眼光，那是激情的火焰，那是焦灼的火焰，那是蕴藏了近四十个春秋的圣火，它要融化一个女人的整个身子和灵魂。

"朝华，我嫁给你真是不敢想。"

"不，苏玉，这是上帝的安排。"

苏玉缓缓地攀着朝华宽阔的肩膀站了起来，她示意朝华让开，朝华站到了一边。苏玉缓缓地解开了衣衫，一件一件地轻轻放到了沙发上。她很沉静地取下了乳罩，脱去了内裤。一个完整的美妙无比的仙女般的美人就出现在温柔洁白的灯光下。朝华的心在急跳，然后上升，他看到了奇迹，那是他想象了无数次的图景在眼前出现了，他仿佛觉得这就是天空的那盘皎月，没有半点的尘埃和俗意。他缓缓走过去，抱起了苏玉，他用温热的唇轻吻着苏玉的乳峰。他把苏玉放到了洁白的床上，他在仔细深情地端详这尊神圣的不可随意造次的女神。

苏玉用温柔和渴望的眼光在呼唤朝华。朝华很利索地脱去自己所有的衣衫，就像一个出征的勇士，那么健壮，那么英雄，那么伟岸，那么充满着力和美的气息。苏玉凝望着眼前这高山似的丈夫，感到一种从未有过的激动和渴望，她又一次闭上了美丽的眼睛。

苏玉在云雾缥缈的感觉袭上心胸的一瞬，感触到了温热的肌肉和幸福的沉重已经覆盖了自己的整个身子，接着她仿佛卷入了一个波涛汹涌的大海，每一个生命的细胞和每一根敏感的神经都注入了一种难以言表的温情和快感。她想大声呻吟，这来自生命的天堂的美妙感觉。可是她没有，她要让自己的心上人能尽情地吸吮她所能给予的一切肉欲的纯洁享乐和心灵的异性慰藉。她听到了他急促的但很强劲的呼吸，她感受了一个伟丈夫的豪迈和坚韧。一阵又一阵的旋风和激流般冲动的融合和蠕动后，朝华和苏玉相拥着舒展四肢，躺到了夜风吹拂软沙如绒的海滩上。从云层里钻出的月亮，用雪白的清辉在梳理他们已经疲倦的身子和安静的灵魂。

第八章

　　你可以拒绝万般柔情；可以拒绝狂风恶浪；可以拒绝鲜花和掌声；可以拒绝懦弱与彷徨，但不可以拒绝崇高的使命，蓬勃的春天，阳光的呼唤。就让自己的青春变作一颗水雷吧，在雄性的大海上爆炸！个人的一切得失都可以忽略……

二十二、一波三折

　　朝华和苏玉开始了崭新的生活，两个曾经心心相印的青梅竹马，现在将要并肩携手跋涉在一条宽广的但也有风有雨的人生旅途上。

　　新婚生活已经度过了第三天，这是不平静的，也是渴望已久的，更是倾诉多年郁结在心中的痛苦、困惑、迷茫、渴望和寻觅的三天。三天在一个人的生活长河里，不过是飞溅火花闪光的一瞬间，但这一瞬所凝结的坚毅、真诚和永恒的相守则会是那么的漫长而充满无限的眷恋和回味。

　　朝华把自己的所有精力都用到了工作上，他从早到晚不停息地思考、工作、奔忙。开会，下企业调研，到重点工程现场解决问题，亲自过问群众的来信来访，不时还要去特困企业看望困难职工……他的时间表里布满了奔波的足印。苏玉每天孤单地望着自己做的饭菜沉默，心情凄然。之后便一个人吃着。她吃不出味道来，感到所有的饭菜都是那么乏味，不像是在小山村那样吃得痛快欢畅，现在眼前也消失了山村孩子天真的笑脸和亲切的呼唤，展示在自己眼前的是一个喧闹的、整天天空弥漫着灰色尘埃的城市。她有些怅惘，有些浮躁，有些不安，但她看到整天这样忙碌的朝华，又感到自己的责任和感情的伤叹。她应当也必须尽自己的努力照顾好朝华。她知道，朝华并不完全属于她，他是属于这座城市的老百姓，属于这每天无私流动的时间、空气和阳光，属于我们这个伟大的历史和崇高的使命。就这样想着，苏玉渐渐感到心里踏实了起来，她也开始了注意自己的仪表、穿着、梳妆了。在苏露的眼里，只三天苏玉就变得那样清丽照人，她身上的某些气质和风采还隐隐透着寒雪那股

打捞光明

东方女性特有的温柔和俊秀雅致。

也就是三天过后的黄昏，苏露来告诉苏玉，她接到了寒雪的电话。寒雪告诉她，在朝华和苏玉成婚的第二天，她就乘飞机到了香港，现在她被招聘在香港一个影视公司工作。她要苏露告诉朝华和苏玉，她在那片即将回归的国土上，盼望着与他们相逢。而且她还告诉她，她正在自己创编一个电视栏目叫"寒雪感情世界"，她相信有一天，他们可以在电视屏幕前交流思想和感情。

听了苏露的诉说，朝华久久不语。

苏玉看到沉默的朝华，顿时在心里和眼前显现出一片茫然和苍凉的色彩。

状告夏朝华的信件不断地寄到省纪委。

省委书记高炳秋的案头已经收到了好几封状告夏朝华挟公报私、排挤龙云帆、生活不检点、有作风问题的信件。其中有一封还夹着一张照片，照片上一个穿无袖长裙的俊俏女人正靠在夏朝华的胸前。当然高炳秋不是一般的领导干部，他毕竟是一个正直的、有很高理论和思想修养的省委书记，他从这些告状信中隐隐约约地看到有某种旋涡正向夏朝华身边卷来。

是的，这些日子朝华确实感受到了各方的压力，一方面在他的周围谣言四起，什么夏朝华那么长时间不结婚是因为无法摆脱一个女人呀，什么夏朝华怕龙云帆上去就拼命查处开发区的问题呀，什么抓农民的减负是否定前任市长的工作，给市委书记难堪呀，等等；另一方面，查处冶炼厂问题的阻力更大，有上面的有下面的还有部门的，甚至还有人打匿名电话威胁他，叫他好自为之；也还有人通过各种关系拉拢他，表示愿意给他好处。面对这一切，朝华困惑、痛苦、气愤、徘徊。他在思考，他在找寻答案。这时候他突然想起了在大学图书馆曾读到的一本书，里面有一段这样的话叫他常常想起："在政治人物的大脑皮层里，文化、文学、艺术，等等，最多只能蹲在它的角落里，而主角是选票，是权力，是财富。在工商大亨的脑袋瓜里，更是如此。文学、艺术、哲学、历史等科目已成小媳妇，要看公婆脸色，最多也只能扮演花瓶角色。"而且那位文人还说："我们几乎可以大胆断言，长此以往，自然科学纵使高度飞跃，亦将迫使灵魂空间日渐萎缩，人们将对灵魂走向、归宿日益减少兴趣，最终则是一个浑身物质光彩万千而几乎大大丧失灵魂色彩的生命。"这段话，虽然曾经在朝华的脑海里震荡着卷起浪涛，但他感受并不深。当他迈入政治舞台以后，特别是进入琴江市这座城市以后，感受才是如此真切和深刻，这不就是一种灵魂去向的选择吗？我夏朝华是选择选票、权力和财富，还是选择正直、奉献和挑战呢？想到这里，朝华感到自己不能沉默，不能徘徊，而应当挺立着去迎接更大的风浪，只要是为了琴江市的发展，为了人民的利益，一切都万难不辞，在所不惜。

省委常委会正在进行。

寒玉冰坐在一边，心情异常沉重，为什么崇尚明要借高书记出国之机讨论干部，这不正常呀！他这样想，但他并没有说出来。

"考虑到琴江市年底就要召开人民代表大会，所以今天召开常委会议，提出市长候选人，请各位常委讨论确定。待炳秋同志回来后，再把情况向他汇报。"

这时，宣传部部长程光发言："高书记只有 10 多天就回来了，我看不如一次性讨论好。"

常务副省长颜正明也赞同说："距离人代会还有一个多月时间，加上琴江市又已经明确了代市长，这件事传出去，影响干部的情绪稳定，甚至造成不必要的思想波动。"

寒玉冰作为纪委书记，对这样的重大问题，特别是讨论一个市的主要领导人选，他自然是非常慎重的。于是他说："如果今天省委组织部提的对象是琴江市的现任代市长那还好说，因为在一般情况下，没有特殊原因，应该是代市长参加选举，如果另有其他人选，我看应在提交常务委讨论之前，征求一下纪委的意见，这样有利于从政治上把关。"

寒玉冰讲完后，会议室的气氛马上变得严肃起来。大家从他的发言中明显感到，寒玉冰是用另外的一种方式来拒绝讨论，会场便出现了沉默。

崇尚明毕竟是一位在政治舞台上风风雨雨驰骋了几十年的老将。他既冷静又非常温和地说："一般来说，代理市长应当理所当然地作为市长候选人，但在代理期间如果有重大问题反映，而且明显表现出不胜任时，省委当然可以另外推荐人选。这是关系到用人问题上的可靠和影响。"

寒玉冰听了这话，反倒冷静了下来，他没有再和崇尚明争论，他认为这样争论不利于班子内部的团结，甚至可能授人以柄。崇尚明毕竟是在官场混了一辈子的高级领导干部，他在大家沉默一段时间后，便很理解大家似的说："大家的意见是有道理的，而且我认为这正好说明大家对选用干部的负责和认真。在这一点上，我和大家是一致的。只是因为今天已经召集大家在一起了，又不可能再提出别的问题讨论。我看就先议议也没有多大问题，反正炳秋同志回来后，我会向他汇报的。"

没有常委再发言表示认同和否定。

"那么大家既然没有新的意见，就请组织部的同志谈一下关于夏朝华是否适合作为市长候选人的意见。"

组织部副部长按照崇尚明的示意，就夏朝华的问题做出了如下说明：夏朝华工作认真负责，有强烈的事业心。但在政治上不成熟，存在的主要缺点是主观固执，而且不善于团结一班人工作。有时表现出浓厚的个人意气和情绪，同时社会上还有关于他男女作风问题的反映。

听到这里，寒玉冰一切都明白了，崇尚明之所以要走这样一个过程，他的目的并不在于今天确定谁是候选人，而是要通过这样一个形式给常委们造成一种印象，夏朝华在代理市长期间是不胜任的，而且群众是有反映的。这样崇尚明就可以非常正常的、甚至是合理的方式把夏朝华拉下去，而为龙云帆摆脱审查创造条件。这一招，寒玉冰实在没有料到，他现在更加佩服崇尚明的精于官场和精于心计，他自愧不如。转而寒玉冰又想，我们党的领导，如果都变成这样，国家的前途、人民的前途，那就实在叫人担忧。想到这里，寒玉冰又忍不住了，他说："关于夏朝华的某些问题的反映，我们纪委也收到了举报信，但是通过调查没有事实依据。既然今天组织部又提出这些问题，我建议迅速组织人员，对夏朝华同志的情况再次进行调查核实，以便下次常委讨论时有一个明确的说法。"

寒玉冰的发言，立即得到了大多数常委的赞同。

看到这种情况，崇尚明知道再往下讨论也不会有什么结果，于是他依然从容与温和地说："我看玉冰同志的意见很好，这是向同志负责的态度，请组织部再做一些调查核实、以便正式提出讨论时做出准确的说明。"

常委会就这样结束了。这是在崇尚明的政治生涯中开得最难堪最令人恼火的会议。但是他没有发火，更没有表示不满，他仍然能如此从容有节地把会议开完。这就不能不使人承认，在官场上他确实已经炉火纯青、游刃有余了。

崇尚明坐在书房里凝望着自己授意画的《虎蛇图》，心里也是酸楚极了。为了保龙云帆挤夏朝华，他与寒玉冰斗了几个回合，还差点败下阵来，现在也还未真正显明结局。他必须在高炳秋回国之前把龙云帆的问题解决好，要不那后果是不堪设想的。此刻他仿佛觉得那缠在树上的蛇正晃着悠长的身子向他扬起吐着毒舌的头。左思右想，崇尚明终于想到了一条缓兵之计，他叫秘书告诉琴江市委钟书记，他要视察琴江冶炼厂并明确要龙云帆陪同。

一清早，太阳刚浮上城市的楼顶，在市委钟书记的授意下，琴江冶炼厂的部分工人聚集在厂门口迎接崇书记的到来。崇尚明这次精神非常好，走路说话都显得非常的愉快轻松，他主动和工人握手，一再说："冶炼厂要团结战斗，深化改革，加强企业管理，要朝前看，前途是光明的。"

在冶炼厂的部分干部职工座谈会上，他又当着职工的面对市委钟书记说："我说老钟呀，我看冶炼厂现在形势不错嘛！出了一些问题，那是改革中出现的问题，主要是总结教训，现在的关键是把企业搞好，把稳定抓好，把生产搞上去，省里市里要支持龙云帆同志抓好企业改革。"龙云帆带头鼓掌。掌声过后，崇尚明还意犹未尽："有些问题，老钟呀，作为党委一把手，你要把好关，要利于企业改革嘛！"

市委钟书记当然听出了崇尚明的弦外之音。

看了崇尚明视察冶炼厂的新闻报道和从市纪委反映的情况，寒玉冰了解到，市委钟书记已明确指示，冶炼厂的问题不再调查，当前要组织纪委的同志去抓改革和企业管理。原来省委讨论对龙云帆的立案审查，也因暂停对冶炼厂问题的调查就自然搁浅了。面对急转直下的形势，寒玉冰心情非常的不好，因为就目前掌握的情况而言，崇尚明和市委钟书记的决定都是无可非议的。如果在近期拿不出过硬的事实，不仅要撤销对龙云帆的审查决定，甚至会危及夏朝华的市长候选人的确定。这就从事实上说明龙云帆只是改革中的某些失误，而夏朝华才真正是感情用事不善于团结一班人工作，这样的干部当然不能担当政府一把手的重任。怎么办？现在只能正面突破了，既然崇尚明拉开了决战的架势，那我寒玉冰也只能"难禁风浪"了。想到这里，寒玉冰给远在香港的寒雪挂了一个电话，并在电话中叮嘱了若干事情。

离琴江市不远有一座名山，叫南竹山。相传宋朝时，在琴江郡任职的柳直平生酷爱竹，家里墙上挂的书画均以竹为题材。他自己一生写了不少诗文，而真正让后人以为较上乘的诗词亦是写竹的。由于他为官清廉，刚正不阿，得罪了当地的不少达官显贵，后来被朝廷贬去官职，寂归南竹山静度晚年。他有一首诗至今仍在民间流传："真心酬圣主，常为百姓言。愿效南山竹，节节可对天。"意思是说，我柳直为官是真心报答皇帝的恩赐，故尽心尽力为百姓说话办事，以为这样做才真正是不负皇恩。谁知往往为百姓说话做事的官却反而得不到皇上的相信和重用；相反，欺压百姓、贪赃枉法、趋炎附势的却平步青云。如此官场，柳直倒认为不如早日离去，去与青竹相伴，以保生命高节。后来因为南竹山居住着这样一位名士，不少终身信佛之人便在此山修了一个庙宇，叫观音庙，以净化尘世的俗念和丑恶之心。

一清早，龙云帆便和秦悦驱车来到南竹出古庙求佛。这些天他焦急不安，一是因为不仅提拔无望，组织上反而正在调查自己。二是冶炼厂的案子查处进展很快，他得知那位隐居珠海的会计已被市检察院找到，并初步供出了资金使用的去向，形势对他很是不妙呢！龙云帆拉着秦悦，沿着一条很少有人走的羊肠小道艰难地爬上了观音庙。这时来求佛的人还不多，只有三两男女青年在焚香朝拜。龙云帆示意秦悦买了一炷香烛点燃插在观音菩萨前双双跪拜了起来。今天他是异常的虔诚，他在心里乞求大慈大仁的观世音菩萨给他指点迷津。然后他占卜，还花了五元钱，要秦悦去一旁写签的尼姑那里领了一张写着签文的纸条。

龙云帆认真地读着：

行船江河好晴天，踏浪扬帆似神仙。

若是真心来朝圣，不闻车马到山前。

　　秦悦拿着纸签来看，他们看了半天，悟不出其中的真意。但毕竟都是大学生，似乎又有一些感悟。想请老尼姑释疑，又怕签中有故，而泄漏天机；不请老尼姑解释嘛，又不甚明白，岂不白来一趟？龙云帆寻思片刻，还是决定要秦悦去找那位老尼姑解释。于是他又从口袋里掏出10元钱给秦悦："去让她解释一下。"

　　这位约莫50岁的老尼姑从秦悦手中接过签条，便故弄玄虚地合掌静默，把纸签放在桌上，稍待片刻，慢慢睁开眼睛，一句一句地说着：

　　"客人听好，这签非上亦非下，乃中上之签，说得是人生逢盛世遇大运，正如江河行船有了好天气。所以只要勤奋苦度，便可乘风破浪，成功在握。可谓是苦在其中，成在其中，乐在其中，岂不胜似神仙！只是行船也好，坐船也好，要像今日这样，有真心朝圣，不能有其他异念和杂愿，这样就可以平安抵达彼岸，而何须乘车马到山前呢？如人心不善，倒行逆施，即使桨在手，身在船，也是无法到达彼岸，甚至还有风波之险。这是天意明世，望客人体察。"

　　站在一边佯装等人的龙云帆，听了老尼姑这一番解释，不禁冒出了一身冷汗，他在心里暗叫："这观音菩萨真灵！我该怎么办？"

　　这时，站在老尼姑跟前的秦悦，虽然没有完全领会尼姑的签解，但她也听出了一些咸淡，知道这签是平和中蕴藏风浪，风浪上潜伏危险，现在的问题，是怎样设法化解风险，安全过关。此时此刻，她联想到沈总送的那套别墅，整个身子都要颤抖起来。她告谢老尼姑后，便忧心忡忡地来到了龙云帆身边，正要开口细说刚才老尼姑的话，龙云帆却示意她不要讲，拉着她匆匆忙忙出了观音大殿。

　　殿外已是晴空万里，此时正是中午时分，遥望前方苍山如海，绿波如烟，给人一种广阔蓬勃的感觉。

　　寒玉冰突然病倒了，住进了高干病房。崇尚明开始不肯相信，当他从雅丽那里得知寒雪还从香港专程回来看望父亲的消息后，心里踏实了起来。他想，这寒玉冰一向心态很好，而且平常也注意锻炼身体，一般是不会病倒的。这次略施小计，通过韩小强写匿名信，动摇夏朝华离间与寒雪的婚姻，这对寒玉冰应该是一个沉重的打击。又加上钟衡出面停止查案，这就更让寒玉冰处于被动地位，说不定哪一天又可以让龙云帆急流脱险了。想到这里，崇尚明又一次得意地在书房里望着《虎蛇图》笑了起来。

其实，寒玉冰并没有什么大病，他只是借病住院避开崇尚明的耳目和干扰，好静下心来指挥查案。崇尚明万万没有想到，现在在省高干病房的房间，寒玉冰正在听取省市纪委专案组的情况汇报。

调查组的同志把冶炼厂案子的初步调查情况，和一笔一笔已经核实的问题在详细地向寒玉冰汇报。其中就有一笔30万元的资金购买了一套别墅送给了秦悦，并且已将房产权证全部办好，交给了秦悦。听到这里，寒玉冰的心猛然一缩，这不涉及龙云帆吗？他没有把话说出来，可心里却这样思考着。

"现在的问题是要立即找秦悦谈话核对情况，考虑到她是龙副市长的妻子，因此我们没有写进汇报。"调查组的同志说。

大家的眼光一齐投向寒玉冰。

"这样吧！这个调查情况，请严格保密，只限于今天的汇报范围，调查继续进行。"

调查组的同志都点头，表示一定按书记的意见办。

可是，正在寒玉冰听取汇报时，却有人也同时将龙云帆问题渐露的情况向崇尚明通了气。崇尚明听了以后，气急败坏地把女儿雅丽叫到跟前骂道："你必须迅速斩断与龙云帆的一切联系，特别是那次借我的名义要朝华到咱家来，在咱家弄出的那幕丑剧，你一定要与秦洁讲清楚，与龙云帆讲清楚。"一番气急败坏后，崇尚明抬头望着自己书房的那幅《虎蛇图》叹道："这寒玉冰也真厉害。"崇尚明躺在装着按摩垫的睡椅上，把雅丽叫到跟前，从容不迫地说出了一番道理来。"我奋斗近40年，培养选拔了那么多干部，像钟衡那样持重老练的市委书记，像组织部惠庄奇一步一个脚印地走过来，从来没有给我砸锅，可这回你给我推荐的龙云帆却让我进退维谷，而且我分析秦悦、秦洁那样的女人都是靠不住的。现在为了应付可能发生的突变，不能让她们抓住你的把柄，唯一的办法是，你必须暂时让秦洁离开琴江市到香港去。"

崇雅丽当然没有想到事情会发展到这个地步，原先是想通过龙云帆，借用龙云帆的权力为自己的公司捞一些利益，可这个不争气的脓包反而把自己送上了歧途。"爸爸，女儿对不起您，让您操心，可我一定会把这件事情摆平的。"崇雅丽抚摸着崇尚明已开始枯瘦的手说。

一向沉稳自持的崇尚明，此刻望着身边的雅丽，也禁不住泪湿眼眶。

当天下午，通过崇雅丽的关系，秦洁就被安排去香港避风了，在飞往香港班机的候机室里，崇雅丽和秦洁窃窃私语。崇雅丽反复叮嘱秦洁，一定不能把问题牵扯到崇家院里来。"秦洁，你走吧！只要形势好转，我就接你回来，在那里的开支，公司会负责的。"崇雅丽亲切地对秦洁说。

"崇总，你真好！"秦洁拉着崇雅丽的手，泪流满腮。

琴江市政府门口又出现了数百人的聚众上访人群，人群里扬起的横幅是："我们要住房！我们要发生活费。"

也正在这时，朝华的办公桌上摆放着厚厚一叠谩骂中伤他的匿名信。市委钟书记不仅不果断地支持朝华的工作，反而一再在常委会上责难朝华急躁简单，没有从全局考虑问题，现在搞得企业职工上访，开发区居民上访，还有农民上访。严峻的局势摆在朝华眼前，一边是风风雨雨地出现流言蜚语中伤自己；一边是查处案件涉及政府班子成员，同时又夹杂着一系列的不稳定因素的出现。琴江市已是沸沸扬扬，一些不明真相的干部群众也开始怀疑朝华的能力，他是否真正胜任市长；再加之社会上又流传朝华急功近利，想突出自己而打击别人的谣言，因此对于朝华来说已陷入了一场暴风骤雨即将来临的境地。夏朝华毕竟是夏朝华，因为他从来没有想过当官，更没有想到要为谋利而当官，他只是意识到，自己既然走到了领导岗位，就应当为老百姓办事，就应当为社会稳定、经济发展、为惩治腐败而尽职尽责。至于个人的名位得失，个人的荣辱和升迁，他是不会顾及也无法顾及的。因为现在他别无选择，唯一的选择就是冷静地面对现实，把几个副市长的作用发挥好，尽快扭转局面。

政府常务会议已经开到了晚上 12 点钟，朝华只好一再向各位市长们说清楚，必须抓紧落实好企业改制、解困和开发区拆迁户的安置及发放生活费……还有派检查组去了解农村减负的落实情况。然后他又简单地通报了一下冶炼厂的调查情况。在会上一直保持沉默的龙云帆，在研究任何问题时都表示出一种与己无关的态度。他是在看热闹，看你夏朝华如何收拾局面？如何去洗刷社会上对你夏朝华的种种传闻？然而，当夏朝华一谈到冶炼厂的情况，他的神情就完全不同了，表现出一种惶恐和不安。

这一切朝华自然都看在眼里，他心中一切有数，所以朝华的情况介绍非常简单："冶炼厂的问题不久就会揭开盖子，这对于我们做好职工的稳定工作，惩治腐败会起到很好的推动作用。"停了片刻，他又补充一句："邓小平同志强调'两手抓'和'两手都要硬'，这是在改革开放的形势下必须坚持的方针。"

会议在次日凌晨的零点过 10 分结束。

朝华没有坐车，而是步行回自己的住所去。一会儿，他高大的身影就消失在浓密而幽深的林荫道深处。

二十三、沉沦悲泪

　　这一夜，雨一直下个不停，雨雾中一辆黑色轿车呼啸着驶向新洲开发区，驶向新浪潮高尔夫俱乐部的别墅村里。车停在一栋幽深的别墅楼前。龙云帆顾不了撑伞，便迅捷地走进那幽深的别墅楼里，现在接任开发区主任的就是龙云帆推荐的琴江县委副书记韩小强。今天晚上，他们约定要到这个避人耳目的地方筹划一个新的阴谋，以此来阻挠查处冶炼厂的问题和动摇夏朝华的市长位置。

　　龙云帆坐在沙发上一直抽着烟，他盯着韩小强久久不语。韩小强揭开酒瓶子，大喝了一口，吐着粗气说："我明天就发动拆迁户到市政府去闹事，逼夏朝华发生活费，要居住房，达不到要求就要逼夏朝华辞职，横幅标语都已经写好了。一条是'要生存，要住房'，一条是'强烈要求不能为百姓排忧解难的市长辞职'。"

　　"好，就这样办！"龙云帆站了起来，然后踱到窗前，"我看你夏朝华怎样解决这些拆迁户的问题！"

　　上午8时，市政府的工作人员陆续从四面八方赶来上班。上班的机关干部，有坐车的，有驾摩托车的，有骑自行车的，也有步行而来的。整个市府大院充满着生气。这时，通向市府大院门口的宽广水泥道上，开来了三辆大型公共汽车，从车上一窝蜂地涌下100多人。最后从车上下来的人竟扯起了三条红布横幅标语，一条写着"我们要生存，要住房"！另一条写着"强烈要求政府发放生活费"，还有一条写得更是措辞十分激烈："要求不能为百姓解决实际困难的市长辞职！"

　　一瞬间，政府大院的门口就聚集了许多围观的群众。

龙云帆听到办公厅传来夏朝华的指示："迅速通知韩小强接回开发区的上访群众,并由龙云帆召集会议按政策研究解决问题的办法。"他故意装模作样地在电话里训斥韩小强："你们开发区怎么搞的,不做好这些拆迁户的工作,又让他们来市政府闹,这是要追究责任的!"电话里也传来了很大的声音:"龙市长,这批拆迁户的补偿资金现在确实无法到位,原港商签订的预付款一直都没有到账,你就是撤了我的职,我也没有办法,请向夏市长说明情况!""真是无能!"龙云帆气愤地放下听筒。

此时,省委办公厅也通过值班室传来了省委副书记崇尚明的指示:"琴江市政府领导必须切实解决好拆迁户上访的问题,做好稳定工作,不能引发别的社会问题。"朝华拿着崇尚明的指示站在办公室的窗前凝望着市政府门口群情激愤的上访群众陷入了深深的沉思。前几天去开发区调研,韩小强不是说香港 A 公司的资金就要到账,可以解决拆迁户的安置费问题吗?为什么现在又发生这样的变化呢?这里面一定有原因。可现在必须做好上访群众的工作,让他们迅速离开,不然会造成极坏的社会影响。朝华看着崇尚明的批示,心里突然一亮,崇书记从来没有批过此类问题,一般来说,这是市里自己解决的事,可为什么他这次要亲自批办呢?联想到崇尚明前些日子去冶炼厂视察的举动和查案遇到的重重阻力,朝华意识到这次上访绝非偶然。他略一思忖,决定不再让龙云帆处理此事,由自己亲自解决。他毅然走出办公室,来到了上访群众中间,大声说:"同志们,我是夏朝华,为了便于解决问题,了解大家的要求,我提议你们派几位代表到市政府座谈!"上访的群众有人见夏市长亲自来接待他们,且话语诚恳,便说:"我们还是选几个代表去。"但立即有人反对:"不,就要他当众对安置问题如何解决表态,我们再也不上当了!"上访的人七嘴八舌,乱哄哄的。

看着眼前这种情景,朝华知道一时也可能选不出代表,于是他叫办公室主任拿来半导体广播喇叭。他站到了政府门口的台阶上,用响亮的声音说:"同志们,开发区的拆迁安置没有搞好,政府是有责任的,我作为市长也是愧对大家的。但是,目前要全面解决拆迁安置问题需要一笔很大的资金,如实地说,政府正在想办法。如果你们相信我的话,请你们回去，下周内我会到开发区来具体研究落实解决安置问题。"

人群里人有喊："没有本事解决问题，你就辞职，让能为老百姓办事的人来！"又是一阵乱哄哄的议论。

这时，从院门口的大道上驰来了一辆黑色皇冠，停在市政府门口。韩小强急促地从车里出来，直往朝华站着的地方跑："夏市长，对不起，我们没有做好工作，让你操心了！"

"这是群众的实际问题，我们应当解决好。我看你先把他们带回去，过两天我再到你们开发区研究解决办法！"朝华十分明确地给韩小强下指示。

"是，我就去做工作。"说完韩小强直奔人群中间，只见他走到那个举着红色横幅大标语，大声喊叫的男人面前故作生气地说："吴大圣，你怎么带这个头，你要再不把大家带回去，我会给你好看的。"然后韩小强又回头对着人群说："你们跟着吴大圣回去，夏市长说了，过几天政府会拿出解决办法来。"这个吴大圣也真听话，他听了韩小强的训斥后，竟乖乖地收拢横幅，还对着大家喊："今天我们回去，市长已经表态，如果不兑现，下次我们就不走了！"

上访的群众在吴大圣的带领下，迅速散去。夏朝华看着眼前的一切，他隐隐感到这好像是一幕经过精心导演的戏，可这戏的导演是谁呢？

自从接到父亲寒玉冰的电话，寒雪就一直在香港九龙和铜锣湾之间奔波，她不止一次地来到香港 A 公司，向他们陈述琴江市政府决心招商引资，办好新洲城开发区的一系列优惠政策和举措，她甚至答应愿做担保人。也许是由于寒雪的诚意，也许是 A 公司对新洲城开发区怀着希望，这位年轻的董事长终于答应支付第一批 1000 万元港币的投资款。寒雪当即把这件事用电话告诉了朝华。朝华极其郑重地以自己的名义，向 A 公司的董事长发出邀请，并表示愿意就合作事项提供在以前签约的基础上更富吸引力的优惠政策。精诚所至，金石为开，A 公司的董事长通过再度与朝华的面谈，更坚定了投资新洲城开发区与基础设施建设的决心和意向，又一次性地增加 5000 万港币的投资。由于港商投资的及时到位，开发区拆迁户的安置问题得到了妥善解决。朝华在寒雪的帮助下又一次迎击了风险人生的暴风骤雨。

初冬的天空格外晴朗，波音 737 客机穿云破雾，飞翔在蓝湛湛的海天。高炳秋坐在靠窗户的沙发上，侧转身子俯瞰祖国的大好山河，心里充满着热爱和激奋之情。他这次去美国考察高新技术产业，他看到了世界经济发展趋势。科学技术发展的日新月异，使他感到科教兴国战略实施的极端重要性。他在想，怎样抓住琴江市这个中心城市的高新产业发展，进而带动全省的经济结构调整，是省委要特别注重抓的关键环节。可是，他在出国之前主持常委会讨论对龙云帆的立案审查之事，一直萦绕在心中。他知道案情真要牵涉到龙云帆，必然会给琴江市带来动荡，这是他不愿意看到的局面。但是，如果真是这样，也必须坚定不移地依法查处，也只有这样才能赢得党心民心，更好地凝聚人心，推动经济建设，弘扬正气。

飞机在天空翱翔，白云在机翼下变幻着无穷的图画。时而似岛，在云水间飘浮；时而似浪，在云海里起伏；时而似山，在悠悠的白雾间耸立。高炳秋临云而思，睹云而吟，感到人生的绚丽和蓬勃，生命的神圣和壮烈。他当然知道，在改革开放的征途中，会有风雨和冰霜。既有阳光、春风，也会有雷霆闪电。但是，不管面对什么挑战，只要是为着人民的幸福，祖国的富裕，中华的振兴，他一定要烈士暮年，壮心不已。

夜，墨绿色的天穹悬着的一弯勾月，蘸着冰凉的月辉，悠悠地、软软地洒落在庭院的疏枝花影上。秋虫在草丛的银光里低吟，唱着只有大自然能听懂的歌。琴江是从葱绿的、云雾缥缈的、凝固着鸟语莺歌和美丽故事的云岩岭流下来的，它带着一片纯洁的情意绕着琴江市的城区扬波追浪向西流去。

沸腾、忙碌、喧嚣了一天的琴江市城区总算安静了下来。纵横交错的宽广新街两旁，华丽路灯亮着灿烂的光波串起了一条幽深的光河，让五颜六色的车流缓缓地驶进梦幻般的夜色里。

朝华躺在阳台的竹椅上，久久地沉思着，两眼清清地凝视天空那弯银月。片刻之后，他朝妻子苏玉喊道："给我倒一杯药酒来。"

苏玉闪烁着一双大眼睛，用低婉温情的语调说："朝华，你在开发区开了一整天的会，这样疲劳就早点休息吧，这酒今天不喝可以吗？"

嘴里这么说，苏玉还是把手里的酒递给了朝华。这药酒的方子还是苏正声开的。朝华从农村调到市里工作后，经常出现腰腿酸痛，正声告诉他，每天适度喝点药酒有好处。

朝华接过酒杯，一饮而尽，然后深深地叹了一口气。他下意识地用手揉了揉太阳穴："再给我倒一杯。"

苏玉大感不解，朝华不善喝酒，他在公务场合从不喝酒，也从来没有自己讨过酒喝。这药酒虽是用苏正声开的药方浸的，他也不常喝。记得两年前抗洪抢险，他在河堤上临时搭起的雨棚里一住就是十来天，回来腿酸腰痛，走路都很艰难，喝了药酒后，才渐渐恢复。此后只要不是腰腿闹毛病，他就说不起这酒了。可今天，什么心事迫使他要多喝酒呢？苏玉理解丈夫，她知道朝华是一个非常大度冷静和理智的男人，今天朝华要喝酒，一定是遇到了特别难为之事，就让他再喝一杯吧。苏玉迈着沉重的步子，又给朝华送上了一杯酒。

朝华又是一饮而尽，他从竹椅上立起身来，睁亮一双眼睛，再一次深情地凝望高天弯月。似乎那月也动了恻隐之心，竟把缕缕清辉涂抹在阳台上。站在身边的苏玉也沐浴了一身淡淡的月辉。朝华侧身望了一眼苏玉，不禁又是一声长叹。

那凝重的叹息像一根针，深深地扎在苏玉的心上。苏玉用颤抖的手，习惯地去揉朝华的天门。怎么朝华的额头是这样烫手，还沁出细细的汗珠？"朝华，你怎么了？身体不舒服？"

"不，我是心里难受。"

"为什么？"

"你不要问，请再给一杯酒！"

苏玉呆住了，她用哀求的、深情的、抚慰的目光望着朝华。朝华明显地憔悴了，前额的皱纹深深地划过天庭，弯曲地耕耘着一个坚强男人智慧的天地。

"朝华，有什么事可以对我说吗？酒你不能再喝！"

朝华再一次扭过身子，用几乎是苏玉从来没有见过的冷峻和伤感的眼光盯着苏玉："请苏玉同志再给我一杯酒！"

苏玉此时倍加为难和痛苦，她知道丈夫的脾气，他要做的事，哪怕是冒着生命危险也不会退却，他选定的目标，哪怕是关山重重，他也会义无反顾，何况面对一杯酒。她知道朝华要喝这三杯酒是有心理缘由的，不能不给他送去。苏玉正要抬脚，她心上又闪过一个念头，不对，平常工作中遇到过那么多困难、委屈、风浪，他都能打掉牙齿往肚里吞，挺着身子往前走，还从来没有看到他这样徘徊和沉重过，他是不是……不！不！他不会有什么闪失！他是一个正直的，看淡了功名利禄的人，他是一个时刻保持着平常、平凡、平淡、平静、平和心态的人。苏玉相信自己对丈夫的深刻认识和判断。虽然此时她痛苦极了，困惑极了，心里也矛盾极了，但她还是决定去给朝华倒酒。

苏玉朝里刚走了几步，手又触到酒瓶。这时，她的手开始发抖，顿时又犹豫起来，会不会发生什么意外呢？她又回头偷偷地用眼光去捕捉朝华的内心世界。朝华依然像铁塔一样在阳台上站立着，头朝苍穹高扬，仍在凝望远天的星月和暗云。远处市区偶尔传来的车鸣声使朝华的身子微微抖动了一下，接着又立即恢复了原状。心细心诚的苏玉终于发现了朝华的这一微小动作，她端着一杯酒走过来。

"朝华，你应该告诉我发生了什么事，你这样喝闷酒我心里难受。"说完，苏玉又把酒递给了朝华。朝华接过酒杯，不再长叹，而是凝神望着苏玉："苏玉，你说人一生究竟为了什么？"

苏玉一时摸不着头脑，如果平常要她回答这样的问题，她可以讲出许许多多的大道理、小道理，可今天她无法用最简单的语言回答，她的心绪已经很乱。

"说不清吧？看来这杯酒我得喝下去。"说完朝华又一饮而尽。

"朝华，大道理我不会讲，我只是想，人活在世上，首先要对得起养育自己的父母兄弟；然后做一个善良的人，不损害他人利益的人，用自己的能力为社会多做一点事。像我这样的女人，仅此而已，别无他求。"

"说得好，就凭你这几句话，我还得喝一杯！"朝华激动地捏住了苏玉的手，他的眼光充满着真诚和期待。苏玉的心力几乎支撑不了自己的行动。今天怎么了，是朝华的失控还是自己的盲目服从？他为什么一杯一杯总是这样喝着？苏玉不敢抬脚，也不敢否定丈夫的要求，她的眼睛里流出了凄清而伤感的泪珠。

"苏玉，别犹豫了，你应该了解我，你还不了解我吗？"

是的，苏玉是了解朝华的，在他们的爱情历程里所发生的一切，是许许多多的男人无法做到的，可朝华做到了。这不仅需要宽容，更需要理智和真爱。作为一个女人，对男人最起码最基本的也是最神圣的奉献，就是初夜的一尘不染的纯真和圣洁，然而苏玉是一个蒙受过创伤的女人，她无法履行一个女人对一个灵魂的承诺。可这并没有损害朝华对她的爱，反而，朝华对她爱得更深、更真、更符合爱的逻辑了。想到这里，苏玉立即又去给朝华倒回一杯酒。这是一杯凝结着沉重思绪的酒，一杯庄严和神圣的酒，一杯男人与女人共同酿造的理性之酒。朝华接过酒，他仰头而饮，那气概、那英武，是可以让山岳俯首，江河平流。苏玉望着他，心里在说：这不是我追寻了半生的男人风采吗？

喝完了第四杯酒，朝华真正平静了下来，他拉过一把竹椅，扶着苏玉坐下，用平静而从容的语调说：

"云帆出事了！"

"什么，龙云帆出什么事了？"苏玉睁大了惊恐的眼睛。

"是的，他的问题很严重，我们是从清理冶炼厂账务中发现的问题。"朝华的语言低沉、凄凉，微微带着哭腔。

苏玉慌乱地紧捏着朝华的手："你能不能救救他，你们可是比亲兄弟还好的朋友啊！"

朝华沉重地摇了摇头。

"龙云帆的家太惨了，伯父病亡，云帆再有闪失，殷阿姨怎么受得了这个打击啊！"苏玉在抽泣。

朝华把苏玉扶了起来，用手帕擦去她的泪滴，说："云帆不应该走到这一步，他不应该，他辜负了昌俭伯和殷阿姨的教养！"

"你以前就一点也没有察觉？"

"我有过某种不祥感觉，可是我不愿对他产生怀疑。"

"这该怎么办？"

"我没有能及时发现、制止他走这条错路，我是有责任的。"

"可现在你是市长，你应该帮他，哪怕……"

"哪怕什么？是不是要我为他开脱，可全市人民都看着我！"

"这我理解，因为你们是朋友，是兄弟，是同学，是同事，而且都是琴江市的台柱子，这件事情的处理，对于你太重要。"

朝华没有想到，他的妻子、一个平常的女人会想得这样多，这样深。他感激地对苏玉说："我会站着面对现实的。"

这一晚朝华彻夜未眠，他的心灵在进行一场激烈的搏斗。他的眼前又闪现出一个个令人永生难忘的镜头。

冶炼厂的工人宿舍区。

一群退休工人在距离厂区不远的农贸市场弯腰拾回丢在地上的烂菜叶和烂果子，已经裂缝而倾斜的宿舍危房用木头支撑着。从大街上拐进宿舍楼的道路也是百孔千疮，坑坑洼洼。患着重病的工人睡在床上呻吟，却无钱去医院治疗……

经过一片浓密的林荫大道，沿着镶着花格的磨石路便走进了厂部的豪华办公大楼。大楼的接待室、会议室安装着豪华的大吊灯，红色地毯一直沿着走廊铺向厂长宽敞、富丽、森严的办公室。

坐落在翡翠岛山上的别墅，门口有黄色的恶犬守护着这贴着金环图案的朱门紧闭的神秘世界。

海滨公园的蓝色游泳池里，龙云帆正在和俄罗斯姑娘嬉闹。豪华的宴会厅已经摆满了珍奇海味。黑色的轿车停泊在绿荫里，司机躺在沙发上听着软软绵绵的《何日君再来》。

医院里，龙昌俭在痛苦地呻吟着，用低微的声音对朝华说："云帆这孩子从小就胆子大，容易想入非非，你要多提醒他。"……

燕如哭泣着扶着殷梅，在向朝华求情："看在你们小时候就在一起的情分上，能不能帮他一把？"

朝华含泪对燕如说："燕如姐，你把伯母扶回去，云帆的事，我会尽力的。"……

朝华痛苦地闭上眼睛。

善良的百姓，疯狂的贪官，心里的天平该怎样倾斜？朝华咬紧牙关，对自己说："我可以忍受感情带血的疼痛甚至遭朋友的唾骂，但我不能忍受老百姓的心受到损害和伤痛。"

窗上的曙色朦胧透视着外面的阳光世界。

苏玉走到床前，把衣服递给朝华。

龙云帆已经是春风得意，有了权力有了美妻，有了动人的情人，还有一个位高权重的后台。他设想着大展宏图，要把自己所有想要的一切都收割到自己的天地里来。

坐在宽敞豪华的开发区办公室里，他吐着淡蓝色的烟圈。浓浓的层次分明的烟圈在空气里盘旋成一个又一个奇异的重叠的烟雾云塔。

女秘书走过来："您太太来了。"

"你就说我不在。"

"她会问您到哪里去的。"

"你就说，我走得急，没有告诉你去向。"

"我又会挨骂的。"

"你就不能顶她几句？"

"是嘛！我可以顶市长夫人？"

"你看着办吧，不要老在她面前显出酸样。"

女秘书知道，因为中午龙云帆已经相约了与秦洁通电话，他当然不愿意接受秦悦的纠缠。她便意味深长地对龙云帆说："我只好再接受一次她的教训吧。"然后扭着蛇一样的身子，离开了办公室。

龙云帆继续在吐烟圈。他在心中这样想着：我必须抓紧省委没有确定琴江市市长候选人的时机，利用崇尚明这个后台，把夏朝华拉下去。到那个时候，说不定那位远在香港的寒雪小姐终会投入我的怀抱，那才真是不枉此生呢。至于秦悦，无非是给她一笔可观的青春补偿费，大不了把那幢别墅给她，跟她一了百了。想到这里，龙云帆无比兴奋，随手拧开桌上的"XO"喝了起来。刚喝了两口，龙云帆觉得心头有些苦涩，这是怎么回事呢？此时，他敏感的脑神经告诉他，别忘了那天晚上夏朝华发出的严重警告。这一想龙云帆真正不安起来，他仿佛感到自己像海上航行的一只船，随时有可能驶向大海的波涛之中。

这时，不知哪位年轻的开发区干部唱着歌儿从南边走来，那歌声粗犷而深厚，激扬而深沉："天上有个太阳，水中有个月亮，我不知道，我不知道，哪个最圆，哪个最亮……"

歌声由远而近，直往龙云帆的窗口里灌。龙云帆恼火极了，他大步走到窗前，朝那个唱歌的小青年吼："你不知道，就走开，别在这里乱叫！"

唱歌的小青年感到很纳闷，不解地望着龙云帆，傻笑着走开了。

冬天，一个寒冷的冬夜。

省委常委会议室里，气氛非常的严肃。省检察院的同志将从省纪委接过的关于龙云帆涉嫌受贿的案件的侦察结果，极其认真地做了汇报。常委们一致表态，为了反对腐败，必须从严治党，依法查处，即使是领导干部也不能手软。坐在省委书记高炳秋旁边的崇尚明今天也表现得特别不同，他没有为龙云帆片言开脱之词，反而一再强调："惩治腐败，必须坚定不移！"倒是寒玉冰一再强调："省检察院采取措施后，必须严格依法办事，不能有丝毫的马虎，既要严惩经济犯罪，又要实事求是，经得起历史的检验。"

龙云帆、秦悦终于被检察院收审。

这消息就像一个炸雷，震动着整个琴江市区。

人们在议论，人们在观望，人们在期待。这是琴江历史上发生的一起涉嫌职位最高领导人物的经济案件，也是善良的市民不愿意看到的一个案件。因为龙云帆还年轻，他应该把自己的青春和才智贡献给琴江的发展，而他也确实曾经有过一串闪光的足迹，他怎么也不应让黑色的日子去吞没他创造的力量和青春的年华啊！

苏玉心里很不是滋味，她每天都到殷梅家里去劝慰老人。可是终因打击太大，老人实在经受不了，终于卧病在床。苏果和燕如从深圳赶了回来，面对这突如其来的沉重打击，这两位在创业风雨中走过的患难夫妻也倍感意外和伤痛，只能让自己沉浸在极度的悲伤和无奈之中。

朝华又何尝不是心浸悲苦呢？更令朝华心痛的是，从秦悦的供词中，他已经知道，那次在崇尚明家出现的那一幕戏，竟是龙云帆和崇雅丽精心导演的，他们想借此造谣，以离间朝华和寒雪的关系，以便疏远寒玉冰把朝华推向深渊。这一切朝华是无法想到的，当寒玉冰、慕雪知道这一切后，又怎么能相信，一对曾经患难与共的异姓兄弟竟会闹出这样的血泪悲剧来！

这是残冬的一个寒冷的下午。

天空布满灰色的云霞，冷风呼啸着卷起无数的枯叶在清幽幽的水泥路上飞蹿。苏玉、燕如扶着殷梅，朝华和苏果提着衣物食品随后，迈着沉缓的步子走进了琴江市的新生看守所。

他们眼前的龙云帆不再是那个气派不凡、潇洒倜傥、呼风唤雨的龙云帆，也不是那个忍辱负重、挺着宽厚的肩膀去拉石块垒渠的龙云帆，更不是那个喜爱学习、勤于思考、善于高谈阔论的龙云帆，而变成了眼光滞呆、神色惶恐、头发蓬乱和手足无措的龙云帆。看到眼前的龙云帆，谁不会心碎！更何况此刻站在他面前的是他母亲、姐姐、姐夫和他的昔日好友。该说什么呢？什么也不好说，什么也无从说。还是做母亲的先开口："云帆，你真不该走这条路，你怎么对得起你那个正直无私一辈子的父亲啊！"

龙云帆脸上抽搐起来，他已清泪满腮，他不言语，他能说什么呢？他已是后悔莫及、百感交集，他已是心如刀绞，欲哭无声，他只是用呆滞而痛苦的眼睛望着大家。

朝华走了过来，他伸出手去摸云帆的头发，用手给他梳理着，好一阵，才缓缓地对云帆说："我对你提醒不够，我是有责任的。"

"不！朝华，是我对不起你，我这是自作自受。"龙云帆终于说话了。

"云帆，把问题说清楚，一切都重新开始吧！"朝华声音坚毅起来。

"云帆，我们等你早日回家。"苏玉、燕如也一齐恳切地说。

龙云帆点头。

"云帆，你还年轻，相信法律的公正，只要自己能认识自己，重新站起来，你还是我的好兄弟！"苏果含泪说。

龙云帆点头。

"云帆，你不要担心，我有朝华、苏玉、你姐姐姐夫照料，你再也不要任性，要好好反省自己，妈妈会等你回家的。"殷梅已泣不成声。

朝华怕再待久了，伤了殷梅伯母的身体，便示意苏玉扶起殷梅，然后他把衣物食品拿过来放到云帆身边："云帆，我们走了，有时间我们会来看你！"

龙云帆还是点头。

走出几步，朝华猛然回头对着龙云帆喊道："云帆，要有勇气战胜自己！"那声音久久地在走廊上回旋。

望着朝华、苏玉、燕如扶着殷梅走出了寒冷的高墙巷道后，云帆提着燕如交给他的包裹重又回到了自己的囚房。他颤抖着手解开白布包，两件物品首先映入他眼帘，引起了他心灵的强烈震动。一件是朝华曾吹过的那支竹箫，另外是两只烤红薯。龙云帆用手摸着竹箫和那两只黄褐色的红薯，止不住眼泪双流，此时此刻，他真是百感交集，悔恨万端，心如乱麻，心痛如绞。龙云帆支撑不住自己的身子，抱着包裹坐在墙边，想起了那些令人永生难忘的日子。

冬天到了，云岩岭的树木被冰霜覆盖，云帆穿着破胶鞋踏着冰霜和朝华一道上山砍柴。云帆是在城市长大的，他不善辨认藏在茂密树林中的那些已经枯死的树木和竹子，在树林里转悠了半天，都没有发现一棵干枯的树。这边的朝华却挥动砍刀，砍倒了一棵又一棵枯树死竹，一会儿他就整出了满担干柴。云帆急得满头冒汗，拼命地在这棵树上砍几刀，发现是生树，又转到那棵树上砍几刀，依然还是生树。朝华走了过来，他细心地告诉龙云帆，已枯死的树是没有树叶的，而且只要用刀敲树干，就能听到响亮的共鸣声，特别是死竹，那声音脆脆的，可以传得很远。而活树活竹的声音不但是沉硬的，而且枝叶依然青翠茂盛，树干几乎不会有很大的摇晃。龙云帆很感激朝华的指点和帮助。因为上山砍柴要走很长的山路，有时还得在山上吃午饭，碰到龙云帆没有带午饭时，朝华总是把自己烤熟的红薯拿出来让给龙云帆吃。年轻人坐在山涧边，吃着火烤红薯那滋味美极了。在这个时候，朝华还总要攀岩过壁去采中药草，然后坐在古老的树上，拿出随身带的竹箫吹一段优美的曲子。在朝华的感染下，失学在家的龙云帆也学会了吹箫，感到不顺心的时候，龙云帆也会坐在月色下的石拱桥上吹箫，用沉重的箫声来倾诉心中的忧郁和悠怨。

那是一段多么纯情、朴实而清苦的生活啊！在那些岁月里、在山野里成长生活着的年轻人别无他求，就盼有一个温饱的日子和安宁的生活环境，能让自己的青春为建设农村放光发热，也真是这样，在劈石修渠的日子里，朝华和龙云帆总是走在最前面，夜以继日地在坳岩壁上奔忙。

龙云帆万没有想到，当"文革"的风暴过后，当他考入大学，当他毕业走上社会，走向改革开放的时代，而且有幸又走上领导岗位后，竟然会忘记这一切，面对纷繁复杂的商品经济世界会做出如此错误的选择。这究竟是为什么？他在寻找答案。这是龙云帆十几年来难得的一次自省，也只有在这个黑色的封闭的铁窗里，他才会有这种沉重的自省。他又从墙边站了起来，咬了一口红薯，感到红薯的滋味是清甜的。他咀嚼了起来，嘴里又觉出一丝丝的苦涩。他几次想拿起竹箫来吹，他把竹箫放到了嘴边，可他无力去吹，他又放了下来，他抚摸着竹箫，瞬间他感到好像拉住了朝华的那双粗壮而有力的手。他在想，朝华为什么会是另一种选择，而这种选择是那样的光明和富有创造力？龙云帆靠在铁窗上，望着天空的片片白云在想着，想着。

　　"重要的是我们要学习，要认真改造自己的世界观，树立正确的人生观、价值观，任何时候不能脱离群众，不能忘记群众，不能背叛群众，就是要用好手中的权力，过好名位钱色关。"这是朝华多次跟龙云帆谈的观点，可那时龙云帆没有听进去。他不仅没有听进去，还反感朝华这些话。他总认为朝华守旧、正统、思想观念不新，甚至不开放。而认为自己这样做是适应时代发展，是对新生活的追求，是会使用权力，是现代领导的风采。他万万没有想到，因为立足点错了，没有把为人民谋利益放在自己的身上，而是在改革开放中，在为社会发展尽力之时利用手中的权力也为自己和他人谋私、谋权、谋位、谋钱，最终不仅损害人民的利益也害了自己，败坏了党和政府的形象。龙云帆的顿悟，使自己深切地恨起自己来，他认为自己的今天完全是罪有应得，他不再怪罪朝华和怨恨组织。此时，他多么希望立即再见到朝华，他要向朝华毫无保留地倾诉自己的一切和坦白自己所做的一切。他要争取重新走出高墙，去重塑一个属于自己的灵魂和生活。

二十四、拍案公示

一个阳光璀璨的星期日。

省委常委会议室的窗帘拉开了，温暖的阳光透过玻璃照射着宽敞的会议室。虽然窗外还有寒风吹拂，可这会议室内却似乎荡漾着春天的暖和。

省委书记高炳秋主持会议，说明讨论的问题就是琴江市的市长人选。因为前些日子对夏朝华的议论闹得满城风雨，究竟是坚持按原定的人选参加选举，还是另外提名候选人，今天常委会议将要做出最终的决定。

崇尚明几十年的政坛驰骋，在任何会议上都一直是以沉稳冷静见长，凡是重大问题也包括讨论干部，一旦发言就是很有分量。按他自己的统计，他的发言命中率相当高，几乎要接近100%，而最使他感到恼火和至今想起来都不痛快的，是前些日子他主持召开的会议，不仅没有把龙云帆推上去，现在反而让龙云帆跌到了谷底。今天就要决定琴江市市长候选人名单了，他本来可以按原来的发言规律办事，可今天他一反常态，竟第一个发言，自然他的用意大家是知道的，那就是想通过发言来影响其他常委。崇尚明这个抢先发言是经过了深思熟虑的，现在他条理清楚地陈述了起来：

"夏朝华同志原来确定为代理市长时，有些情况并不清楚，他的一些不足和缺点也还没有暴露出来。自从他担任代市长后，琴江市可以说没有安宁过一天，不是聚众堵政府大门，就是农民砸了镇政府的牌子，不是职工上访，就是拆迁户哄闹开发区。像这样一个大城市，不能保持稳定和促进经济发展，这个影响就大了，而且也不是一下可以改变的，我看对夏朝华同志需要重新考虑。"

接着也有两三个常委提出，既然对夏朝华同志有分歧，是不是考虑再另外推荐别的同志。

这时寒玉冰发言了，他没有讲很多，但他的发言是十分中肯而毋庸置疑的。寒玉冰说："我认为夏朝华同志适合当市长人选的理由有三：一是现在琴江市出现的问题，都是过来政府工作中没有解决好的问题，有些是遗留问题，有些是执行政策走样的问题，如开发区的拆迁户上访，把人家的房子拆了三四年都不安排房子住，让居民住工棚，这难道不应上访吗？不按中央政策办事，加重农民负担，难道农民不应该到镇政府讲理吗？企业被内部蛀虫吃光，资产被少数人贪污侵占挥霍浪费，难道不应该查处吗？现在琴江的形势不是明显好转嘛！老百姓顺了气，谁还会上政府堵门呢？二是夏朝华同志个人的问题，据调查纯属造谣。三是一个领导干部顶着阻力查案，背着黑锅工作，迎着谣言干事，难道不值得肯定吗？"

寒玉冰越说越激动。

"我看我们党需要这样的干部！"寒玉冰用这句肯定的话结束了发言。

沉默，会场上出现了沉默。

高炳秋望了望大家："大家畅所欲言，把问题讲透有利于我们统一思想，选好干部。"

还是沉默。

这时崇尚明又发言了，他用从容而平缓的口气说："对一个干部的评价不能感情用事，更不能有片面性，而是要全面考察倾听各方面的意见。我知道纪委的调查与组织部的调整有不同之处，为了向党的事业负责，也向干部本人负责，我认为省委对琴江市的市长人选是应该慎重的。龙云帆就是教训。"

真是倒打一耙，寒玉冰在心里冷笑。谁是龙云帆的推荐人，谁又主持会议要提拔龙云帆，难道是我寒玉冰吗？说对了，可能我寒玉冰有感情用事，因为我寒玉冰太了解夏朝华。可是我什么时候又向省委推荐过夏朝华或者向组织打过招呼呢？

寒玉冰再一次发言，毫不退让："我可能感情用事，是因为我了解夏朝华，但是事实不是用感情可以改变的，那是一种客观存在，我们可以去群众中走走，听听群众的呼声，看看老百姓是怎样用秤来称我们的人生重量的。"

高炳秋听着激烈的争论，特别是崇尚明的固执己见，他明显地感到这不是夏朝华个人的问题，而是关系到树立正气和使用干部的导向问题。既然大家一时统一不了思想，而且问题已经摆得如此分明，那么唯一的办法就是举手表决。可这举手表决在一般的情况下是很能说明问题，但在特定的环境和特定的时间以及特定的人身上就不一定准确和公平。想到这里，高炳秋立即转换了一种思维，这就是急事缓办而且一定要办好。他经过短暂时间的思考，决定采取改革的办法来确定市长人选。主意一定，高炳秋便有些激动了，他此刻的心情非常的不平静。他站了起来，面对常委会说出了多年来大家都没有如此受震动和感染的话："关于琴江市市长候选人问题，当然我们完全可以是也不一定是代理市长夏朝华，既然对夏朝华同志在代理市长期间的工作有不同看法，甚至对他是否胜任有明显分歧，我们就应该冷静地做出选择。现在我经过慎重考虑，决定对夏朝华同志实行任前公示，也就是将他的简历和基本情况在《琴江晚报》上公布，让广大市民来评判和推荐，如果达不到相应的认可人数，省委就要重新考虑人选了，这个形式请大家表决。"

"我表示同意，我认为这是符合时代要求的一种推荐选拔领导干部的好形式。"寒玉冰第一个表示了态度。

接着其他常委也表示了赞同。现在就剩下崇尚明了，他没有发言，坐在那里沉思着。

高炳秋望着崇尚明说："老崇，你看这个办法怎样？"

"我还没有想清楚，但是既然大家同意，也可以一试。"崇尚明很消极地说。

"好吧！这就决定了。请组织部按有关程序进行操作。"高炳秋手往桌上一按，"选拔任用领导干部确实是一个十分重大的问题，用什么人，什么样的人去掌权，老百姓关注，对一个地方的发展和稳定也影响极大。不是有这样的严酷事实吗？有的地方、有的企业、有的单位就是因为用错了人，而把那个地方、企业、单位搞得一团糟，甚至把一个企业搞垮！我们有的领导干部不严格要求自己，在群众中形象不好，有的甚至搞权钱交易堕落变质成为人民的罪人，这样的事情也屡见不鲜。这种由公仆变成老爷，由勤务员变成太上皇的党的领导干部异化情况怎不叫人痛心，叫老百姓失望呢！大家想一想，如果我们的领导干部整天想的是儿子、孙子、票子、房子、车子，还有的甚至想如何长命，如何去周游世界，而对灾区百姓的疾苦，对下岗工人的困难，对贫困地区群众的脱困熟视无睹，无关爱之心。那么，我们入党的初衷，我们当领导干部的责任又是什么呢？我们的群众又怎么能拥戴我们、相信我们、跟着我们去战胜困难，推进改革开放和现代化建设呢？不要以为自己权力在握、地位显赫，可以置老百姓冷暖而不顾，可以置党的政策和国家法律而不顾，而为所欲为鱼肉百姓，须知水能载舟亦能覆舟，这水就是人民群众，这水就是全体公民的人心向背。我今天之所以要讲这些，就是要表达一个这样的心愿，共产党必须反对腐败。《史记·商界列传》中说：'得人者兴、失人者崩。'事业成败，关键在人。现在在选用人的问题上，有的地方、有的人，就是不问德才，只看关系，不看表现，只看来头。所以社会上跑官、要官、买官、送官、卖官等不良现象愈演愈烈。我看要反对腐败，最首要最根本就是要反对在用人上的腐败。所以我们必须建立一种严格的监督机制和选用干部的制度，使那些德才兼备，群众公认的优秀人才，真正成为我们事业的接班人和领导骨干。我希望我们常委们都来思考这个问题，这个问题解决好了，则国家庆幸，人民庆幸。"

高炳秋讲完了，大家还静静地坐在那里，既没有人发言，也没有人走动，每个人的脸上都呈现着复杂的表情，尤其是崇尚明脸上的表情更为复杂，起初是不屑一顾，然后呈猪肝色，接着又转青。

高炳秋环顾四面，见大家都不言语，便用平缓的口气说："我讲了这一通，也就算发表一点感慨吧！作为省委书记也算是向大家提出一个探讨的问题吧！我看大家没有别的意见，今天会议到此结束。"

各位常委相继离去。

空旷的常委会议室里，高炳秋仍坐在那里注视着前方，仿佛整个房子已经不存在，他现在是身处一片宽广而无边的草原之中，他要凝望前方那一片望不尽的绿色。

《琴江晚报》、琴江电视台等新闻媒体都登出了省委决定对琴江市政府市长候选人实行提名前公示的决定。

公示将夏朝华的基本情况做了介绍，并言辞恳切地希望社会各界和人民群众，实事求是地对其德、能、勤、绩、廉等方面"评头论足"，直抒己见。

省委的这一选拔干部的"公示"举措的提出和推行，立即得到了全社会的拥护和赞同，一时琴江城沸腾了，街谈巷议的话题就是公示的事，本来有些不知道夏朝华的市民，也慢慢从人们的议论中知道了夏朝华，认识了夏朝华。

于是便有山区的农民，专程乘车乘船到省委组织部来反映夏朝华在山区工作的情况。

于是有个体户、小学生，甚至囚犯上书省委反映夏朝华对他们的支持、帮助和关心。

于是有停产企业的职工，有机关的干部，有商店的营业员，有宾馆的总经理、服务员，有科研所的研究员，有军人来信来访讲述夏朝华深入基层、解决问题、倾听群众意见的好作风。

更有灾区的群众和直接受到夏朝华扶持的灾民到省委组织部含泪诉说夏朝华救灾救人的动人事迹。

看着省委组织部收集整理群众反映的情况综合，高炳秋的心情非常激动。我们的人民是多么关心我们的干部啊！他们的来信来访中对夏朝华的评价是那样朴实、实在，充满感情和希望。也有同志反映他的性格急躁，有时工作方法简单和固执己见，但又充满着热情的期望和鼓励，甚至有的干部群众再三要求省委要使用这样的好干部。有一名知识分子在信中这样说："我与夏朝华非亲非故，但我从他力排阻力查处冶炼厂的经济案件就看到他是一个正直的人，是一个时刻心中有老百姓的人，其实选谁当市长，我们心中有杆秤。"

这一回，高炳秋确实激动了，他看到了干部的希望、党的希望、人民事业的希望。他提笔在公示综合材料上写道："这些材料记录的问题，请你们认真调查核实，以便常委会议讨论时有一个比较全面而准确的材料，这也是对人民群众意愿的最大尊重。"接着他又有感而发地写了下去："我不赞成简单地谈论清官。但希望有清官，是人民群众的善良愿望。这是因为人民群众从自身的利益维护中感受到，只有清正廉明的官才能保护他们的利益和人身安全。但事实上在封建时代任何一个清官都不可能消除腐败和邪恶。因为个人的力量是有限的，何况在那个封建专制的制度下，官官相护不是一个清官可以改变的。说到底，保护人民利益，惩治腐败，只能靠制度、靠法制、靠监督、靠党的领导、靠我们能够培养、选拔重用一批德才兼备的干部。所以对这次'公示'实践，希望组织部门要好好总结，多听取各方面的意见以便完善和提高，为干部制度改革探索出一整套好的办法来。"

写着、思考着，高炳秋实在太激动。他已经多年没有写诗了，今晚批完材料后，他情绪激动，这时，他才从文件夹中取出省委组织部送审的夏朝华拟送中央党校学习的报告，并在报告的空白处批道："这是一个经过实践和社会公示证明政治上很强、作风很正，且有开拓进取精神，能团结同志，坚持原则，协调能力强的年轻干部，同意报中组部作为培训对象。"然后他铺开了宣纸，拿起毛笔做起诗来：

骤雨冷风带笑看，冬雪厚土把春藏。
心底一脉涓涓水，润出山花不断香。

深秋的天气渐凉，经过几番寒霜，湖边的花草树木开始呈现枯黄的色彩。崇尚明在女儿雅丽的陪同下，来到晓月公园的桂花湖边垂钓。因为事态的发展出乎崇尚明的预料，他的心情非常的不好，这是他当省委副书记以来，最不愉快的一段时光，也是他遭到的一次重大的挫折和失败。他万万没有想到龙云帆是这样的不争气，这样的权欲利欲熏心，他原来想以推荐夏朝华上中央党校学习为借口，调虎离山，给龙云帆创造摆脱危机的机会。没有想到，反而给夏朝华创造了一个深造的机会。现在可真应验了《红楼梦》里"机关算尽太聪明，反误了卿卿性命"的警句。可崇尚明毕竟风雨政坛数十年，绝不能就此罢手认输！他要精心策划，作最后的一次决斗！

此时，韩小强神秘兮兮地来到崇尚明的身边："崇书记，给您这个。"

崇尚明接过韩小强递过的一叠材料，翻了翻，原来是开发区的农民状告市政府强行征地，没有按政策搞好拆迁的报告。看着看着，崇尚明眼睛一亮，这不是一条最好的鱼吗？好啊！真是"踏破铁鞋无觅处，得来全不费工夫"。他让雅丽递上笔来，迅速地在这叠告状信上批示道："今年是行诉法颁布5周年，像此类不依法行政的案子，法庭应予积极受理，并开庭审理，以弘扬法制。"接着他把材料递给雅丽："交秘书小凡转法院。"然后他又对韩小强细心叮嘱了一番。

这时，有微风吹过湖面，浮在水面上的红色浮标轻轻摇动几下后，便一个劲地往水底梭去。崇尚明兴奋极了，立刻紧把住钓竿。

雅丽在一旁催促："爸爸，快提竿。"崇尚明终于拉起钓竿，从水中拖出了一条金丝鲤鱼。鲜活的鲤鱼蹦跳着在秋日的阳光下闪烁，崇尚明的脸上浮起了异常的笑容。

吃过早饭，朝华迈着沉重的步子走进了办公室，昨天上午公开审理开发区农民状告强行征地案的情景还历历在目。当时朝华坐在被告席上，心情既沉重又复杂，他为政府没有按政策做好农民的房屋拆迁，就强行征用土地搞开发，感到深深地内疚和不安。尽管这件事发生在他到政府工作之前，但作为现在政府的主要领导，他深感自己责任的重大和对老百姓利益损害的严重过错，这实在是要认真反省的，而且要用事实来教育全体政府机关工作人员。朝华从公文包里取出判决书，拿起他用熟的小楷毛笔很庄重地批道："请秘书长牵头研究，迅速按判决的条项落实，必须用行动来维护人民群众的合法利益。"

门被推开了，突然一群记者涌进了办公室里。

"夏市长，我是省电视台记者，我们想就昨天的行诉案判决采访您！"

朝华站起身来，冷静地说："我昨天不是接受过你们的采访吗？"

"不，夏市长，昨天新闻播出后，在社会上反响很大，我们想进行深度采访。"又一个女记者说。

"好吧，那就请你们提问。"朝华说。

"夏市长，政府的败诉，从根本上说，你认为是一个什么问题？"

"我认为这个问题的实质，是我们政府部门缺乏很强的法律意识和为人民利益服务的意识。按法规和政策搞好拆迁和征收土地，是依法行政的基本要求，是不能打折扣的，这是维护农民合法利益的法律保障，而在这个问题上，我们没有严格依法依政策办事，损害和侵占了人民的利益，政府就应当给予赔偿和吸取教训。"

"那么，夏市长，你能否具体说一下自己的责任？"

朝华很敏感地意识到这个问题的分量，他似乎感到这里有弦外之音，但他又不能不回答这个问题。沉思片刻，朝华依然冷静如初，他坦诚地说："我不会追溯问题发生的时间，我只想就政府依法行政存在的问题，向你们或社会表示，我作为市长对此是有重大责任的，除了要认真执行这次法院的判决外，我应当向市民检讨政府工作存在的问题，并切实改进政府工作。"

公示很平静地过去了，可是不到一个月的时间，高炳秋的办公桌上，每天都要收到不少"人民群众"的来信和告状信，其中主要内容是针对夏朝华来的，有的指出夏朝华没有管好政府，不能依法行政，导致政府在法庭败诉影响政府形象；有的则状告夏朝华反腐不力，政府领导中出现腐败分子是自己的好兄弟；还有的则说夏朝华有作风问题，曾经与省领导干部的女儿有暧昧关系……

高炳秋知道，这些告状信绝非空穴来风，也非平常人所为，这是有其背景的，他从电视新闻里就看到了问题的复杂性。明明是几年前发生的强征土地拆迁案，夏朝华主动承担责任，怎么还要反复报道甚至把矛头引向夏朝华呢？还有，在公示后选举前突然出现这么多告状信又说明了什么？想到这里，高炳秋找来了省电视台台长。"你去查一下第二天采访夏朝华是出于什么意图？"省电视台台长离去不到一个小时便回电话告诉高书记，第二天的采访是崇书记的秘书通知的。听了这个电话，高炳秋深深地叹了一口气。

尾　声

雪是女人的灵魂，

雪是女人的泪光，

雪是女人的肌肤，

雪是女人的情恋，

雪是女人永远滋润人类和大自然的彩色梦幻。

　　近在咫尺，不敢走近，只能和你站成永恒的距离。不然，两颗像太阳一样燃烧的心，会把这个洁白凝固的世界融化，那我们就会铸成消失美好记忆和现实神圣的终身大错。

　　1994年春天，对于琴江市人民来说，这是一个不寻常的春天，因为春节过后，又下了一场大雪，人们说瑞雪兆丰年，在琴江市政府换届的二月中旬，下这一场多年罕见的大雪，应该是琴江市的好兆头。代表们踏着厚厚的松软的白雪，精神饱满地赶来参加人民代表大会。整个会场前面，展现出一片银装素裹的广阔世界。在马路上奔驰的车辆都在雪地上留下深深的辙印。

　　挂在琴江市大街上的红色横幅标语，在凝聚铺排于楼台城阁上的皑皑白雪映照下，更显得耀眼夺目。大会进行第四天上午是选举，一清早朝华就起了床，他在精心挑选服装，既要庄重，又要呈现一种良好的精神状态。他在心里想，我应当给琴江市的父老乡亲带来某种力量、激励和希望。在选举前，朝华向主席团写了一个请求，因为他是中国第一个采取公示形式选择的市长候选人，他希望能在选举前让自己向代表讲5

分钟的心里话。这是他唯一的请求，也是他经过深思熟虑的请求。主席团经过讨论同意了朝华的请求。现在夏朝华坐在书桌前在沉思这 5 分钟怎么讲，当然不能用稿子讲，他要即席讲，讲自己很长时间以来，埋藏在心中要向市民们讲的话。肃穆的大会堂座无虚席。除了代表外，会议允许众多的记者采访，许多市民听到这个消息也主动跑来站在礼堂的后面，要听朝华的选举演说。

在热烈的掌声中，朝华走上了讲台，这是一个神圣的庄严的讲台。他没有坐下，他站在主席台上向代表们倾诉着自己的心里话。

"我夏朝华今年 40 岁，是从山沟里走出来的孩子。我从小就感受到了贫困的痛苦，我真切地知道在贫困地方的父老乡亲是怎样地艰难生活着、奋斗着。读大学后，我来到城市，看到一个在梦中也没有想到过的精彩世界，看到了经济蓬勃发展带来城市面貌的日新月异，感受到了城市生活的丰富、安宁和富足。再想想自己故乡的现实情景，我的心就感到苦涩和不安。特别是眼前出现被洪水淹没而无家可归的灾民，我的心就更痛苦和伤感。在这个时候，我总是默默地对自己说，一定要学好本领，回到自己的家乡和乡亲们一道改变山区的贫困面貌。所以大学毕业后，我就义无反顾地要求分配到养育自己的故乡，在那里，我先是带头承包开发林场，然后又回到自己的出生地与家乡父老一道，推行农业生产责任制，再后来，我当县长。农村的发展变化，农民们的增产增收使日子逐渐好起来，使我看到了农村的光明前景，我有一种说不出的欣慰感和幸福感，我第一次感到，这就是我的人生价值得到了实现。我到市政府工作的第一天，就碰到困难企业职工群众集体上访，接着又不断收到农民群众来上访反映农民负担重的问题。那些日子，我的心很沉重，我无法去顾及自己的得失。我毅然地面对现实，投身到处理企业职工上访和减轻农民负担的实际工作中去。以后，有些事情的出现和许多矛盾的错综复杂是我当初没有估计到的，这样我就不可避免地卷入了一场复杂而持久的经济案件的旋涡。后来又因为大家知道的原因，我被人造谣中伤，这使我一度陷入了深重的迷茫之中，心底有了动摇，我想放弃，甚至打算辞职回到故乡去与乡亲们一道建设农村。但是，我终于没有退却和放弃，这是因为在我的身前和身后有无数眼睛在望着我，有无数声音在鼓励我、呼唤我，更有无数双无形但可以感受到的强有力的手在支撑我和推动我，让我坚定地面对这场风雨而继续前进。我特别感谢有那么一位女性，她是在用自己柔弱的肩膀挑着沉重的负担，无怨无悔地帮助支持我解脱工作的劳累和心灵的焦躁。还有一位老者，应该说他是智者，他在动乱的、身处逆境的情况下，带着受伤的心，仍用自己生命的光芒照耀着迷茫和脆弱的灵魂，引导我走向人生的光明征途。现在我之所以站在这里，接受各位代表的检验和选择，这与他们的关爱是分不开的。即使我没有选上市长，我也不会感到沮丧和抱怨。我同样会感到满足，感到踏实。因为我毕竟站到了这个让世人注目的讲台上。何况我其实是这样的平庸，为人民做的事太少，而人民给予我的却是太多太多。

"琴江市的经济要发展，社会要进步，人的素质要提高，环境要改善，一切都需要发展和创新。如果为之要付出自己的一切，我也会毫不犹豫地这样选择。请相信一个曾经没有想到过会当市长的农村孩子的话吧！"

掌声，不息的掌声。

掌声是从代表们的心里响起的。

朝华的眼睛湿润了。待长久的掌声停息后，他继续说："我知道我是多么的幼稚和不成熟，我知道前面的征途会有荆棘和坎坷。一旦自己走上了这条人民相信我能与大家一道走好的路，我就要矢志不移地走下去。当然，有一天，当我意识到自己没有能力把这个市长当好时，我会主动地辞职。也许我不是琴江历史上最好的市长，但我绝不做让人民失望的市长。"

又是一阵热烈而长久的掌声。

生活是多么有趣和展示着奇迹般的梦幻。

就在朝华被代表们投票选为市长的时刻，他的妻子苏玉在市医院生下了一个胖胖的女婴，圣洁白静的医院响起清脆的婴儿啼哭声。医生、护士们给苏玉送来了祝贺的鲜花。苏露激动不已，满面春风地陪护着苏玉，坐在房子里热情接待着前来祝贺的朋友。

窗外雪地上的阳光异常灿烂，跳跃着金色而温暖的光芒。

寒雪一夜都没睡好。她总在床上翻着身子，心总是静不下来。无奈，她只好拧亮了那盏杏黄色的夜灯，让微弱而柔意的光波伴她打发难熬的夜的时光。

已经整整两年没有见到朝华了。他还是那样英俊聪慧、充满朝气和热情吗？寒雪微睁着疲倦的眼睛，在脑海里编织着他的形象，血管里有一种感情之潮在涌动。

曙色渐渐在天蓝色的窗帘上显现，一片乳色的光波已浸透了窗帘，温暖的光芒泻进了室内。寒雪披一件洁白的羊毛衫在室内徘徊。用手去拢披肩的秀发，她无意中借着早晨的明丽阳光往梳妆台上的镜子一瞥，便看到了自己憔悴而朦胧的容颜，心上泛过一丝忧郁的涟漪，我是不是开始老了？寒雪今年正好34岁，眼角的鱼尾纹和脸上逐渐逝去的青春光泽，给人们留下了凄清而成熟的女性美。她想，以自己现在的这种姿容去迎接心中一直眷恋着的男人，该是怎样的伤感啊！

寒雪开始了细致而熟练的梳妆。她用的全是从法国巴黎买来的化妆品。她准确、匀称、轻捷地重描那两脉诱人的柳叶眉。她不愿嘴唇涂得太红太显眼，她用红褐色的口红装饰樱桃嘴唇，给人一缕纤细而庄重的圣洁美。披发还是在香港烫的，依然柔软而奔放地泻在肩头，只是没有了前些年的光润和蓬松。

简单地用过早餐，寒雪就陪父亲在院子里说话。可她神不守舍，总是有意无意地用眼睛去瞟那条从家门口伸向前面绿荫的水泥路，她在盼望朝华的出现。

寒玉冰是已经快60岁的人了。最近一段时间，因为血压有点升高，便请假在家休养。女儿寒雪从香港归来看他，使他的心情格外舒畅。

趁上午风和日丽，心情舒畅的寒玉冰回到书房，推开窗门，展开了宣纸，兴致盎然地画起画来。他快退位了，突然想起要学画。回顾自己当省纪委书记15年来，风风雨雨，坎坎坷坷，酸甜苦辣，喜怒哀乐都品尝了，到头来还是别有一番滋味在心头。这滋味是难以言表的。用寒玉冰的话叫无可奈何。这些年来，中央对反腐败，整肃党风讲得最严、抓得很紧，可就是成效不大。虽然大案、要案查了一个又一个，总是刹不住，人民群众对此反映强烈。作为一个党的纪委书记，寒玉冰心中的压力和责任有多大可想而知。有的案子查来查去没有着落，即使抓住了事实、证据确凿，上下左右来说情的也压得你喘不过气来。对此寒老常常独自在家拍案长叹，脸上皱纹和头上白发远远多过同龄人。老伴慕雪想劝他却拿不出多少道理，只好对着书房墙上的郑板桥墨迹反复说："难得糊涂。"寒玉冰听了更激动："我能糊涂吗？老百姓允许我糊涂吗？我们都糊涂，这个党这个国家不就完了吗？"

前几天，省委书记找寒玉冰征求意见，省委将要换届了，是否愿去政协工作。寒玉冰坦言相告，一到年龄就退居家中，不再担任任何职务，现在他突然学画，就是为了退下来后有一种精神寄托来填补自己的时空。寒玉冰学画虽晚，却有一种天分，不到半年的工夫，他的《岁寒三友》还真画得不错。不知道的人看了，还以为这是一个久画成家的高手呢，尤其是画面的布局和浓淡的渲染，总露出一种机敏与大度。

寒雪仍在门前铺满积雪的水泥路上徘徊。她一次又一次地看表，一次又一次望着前面悠悠伸过来的白色马路，可就是不见朝华的影子。有风徐徐吹拂，雪压树枝在抖动，一片枯萎的沾着雪花的树叶轻轻地落到了寒雪的头发上。寒雪把枯叶放在手心，细细凝眸，用手温融化了雪花，便看到了那条条清晰的叶脉，浮着黑红的血痕，似有血液在叶脉中流动，她的心颤抖了一下，立刻想到了她离开红松村时，朝华叫苏露送给她的那首诗：

> 一片心状的血之帆
>
> 沸腾着诗人的热烈
>
> 那是爱之火焰的精灵
>
> 会以山的凝重
>
> 给你烙一个永恒的记忆……

寒雪已经无法抑制心中突然涌动的伤感。她恨朝华不如时赴约，她恨朝华又给她带来这不可言状的心之阵痛。她感到有一点晕眩，便立即回到了自己的房间。这是一间不寻常的女人居室，四周的墙壁洁白如玉，唯有一架黑色的钢琴蹲在窗台的右侧，散发着高贵清雅的气息。寒雪回到房中，她伤感地打开皮箱，把她每个秋天为朝华画的红叶拿出来，一张一张错落有致地用透明胶贴在墙壁上，然后她坐到了钢琴前，极庄严地按动了琴键。

悠扬、凄婉、激奋的钢琴声在房间回荡着旋出窗口，飘向雪的世界。寒玉冰止住了画笔，宣纸上的伟岸青松似乎也在琴声中摇晃着奔向苍茫。寒玉冰的眼前已幻化成一片墨绿的松林，有月光从林子的上空筛落下来，零零碎碎地坠落进松林掩映的石谷里，溅起一缕又一缕银色的泉鸣。世界是多么的美好奇妙啊！人生是多么的有意义和值得追恋啊！寒玉冰知道这支叫《山谷月光》的曲子是女儿专为朝华写的，也是女儿在大学毕业的优秀作品，它寄托着女儿对一段珍贵时光的回忆和珍重。可是当今的社会在商品大潮冲击下，一些人就是不懂得珍惜自己的生命价值，该用一种怎样的方式来净化在大海中迷茫的灵魂啊！寒玉冰不由自主地靠在门楣上，静静倾听着女儿弹奏的钢琴曲。

朝华终于开着车来了，他的身边坐着苏玉，苏玉怀里正搂着熟睡的女儿夏玉雪。这幢熟悉而久违的旧式平房就站立在眼前。朝华从车上下来，就听到了钢琴声，他感触着一个滚烫的心在向他靠近、靠近并碰撞着，他好激奋。此刻，他睁大眼睛，他看到了山野那无边的夜色，墨绿的晃动山影，他听到了清脆的鸟鸣和虫吟，他闻到了深秋的沁人心脾的花香和叶味，圣洁的月光，月光下小屋传出的老妇手里放出的纺车声，还有远村的狗吠。这一切自然和人类的灵性构筑的殿堂已真真实实地降落在这片古老而神圣的土地上。寒雪的《山谷月光》，把朝华又一次推向了感情的海洋，他正在拥抱寒雪的心声，在细数那属于他们的曾经重复了千万次的关于人生和爱情的涛声。

寒玉冰看到了站在门口的朝华、苏玉和苏玉怀里的孩子，他向他们挥手，示意他们不要惊扰琴声。这时，琴声戛然而止，整个世界顿时归于宁静，像诗般的宁静，像月光般的宁静，像凝冰那样宁静，像地上的雪那样宁静。唯有寒玉冰和朝华不能宁静的心仍在激烈地跳动，他们一同用深情的眼光投入寒雪的房门。

久久地房门打开了。

寒雪两颊飞红，眼眶里噙着泪珠极庄重地出现在门口，她朝朝华、苏玉和父亲浅笑着，她真想朝朝华扑过去，她看到了朝华闪着泪光的眼睛，她感触了朝华那宽阔起伏的海洋一般的胸怀，她移动步子向朝华走过来。

"很对不起，寒雪，我们迟到了。"朝华和苏玉一同说。

"你们好！"寒雪忙过去挽住苏玉的手。

寒玉冰把朝华引进了他的书房。一进书房，朝华便闻到墨香，便看到了一幅墨迹未干的青松图，他感觉到一片葱绿的期望和坚忍的意志："寒书记，这青松画得苍劲，有力度有气度有诗意。"

"朝华，几年前，我看过你写给寒雪的毛笔字，现在怎样了，让我们合作一次吧？"

朝华知道寒玉冰的合作之意，便毫不犹豫地拿起毛笔："晚辈遵命。"然后他在青松图的左上角龙飞凤舞地写下了陈毅的诗："大雪压青松，青松挺且直，要知松高洁，待到雪化时。"

寒玉冰看着这苍劲生风、骨力相济的字，不禁叹道："后生可畏！"

"寒书记，请您指教！"

"朝华，工作之余，写写字画画画是可以陶冶情操的。"

朝华微笑着点头。

朝华轻松而认真地环视这位饱经风霜的党的高级干部、亲似父亲、长辈的房间。他想从这个房间读出一些生活和人生的品位来。

书房很宽敞，正面的墙全被书架遮住，数千册的图书整齐地排列在书架上，让人一看就记住的有《资治通鉴》《二十四史》《辞海》《红楼梦》《马克思恩格斯全集》《列宁选集》《毛泽东选集》《邓小平文选》还有不少外国的名著如《战争与和平》《红与黑》《复仇》《诺贝尔奖文学精品》之类的书。一张很大的古香古色的书案摆在书房的中央，随时可以供主人挥墨着彩。靠窗前的书桌是长条的，是主人读书写作用的，桌上的台灯还是旧式的，灯柱撑着黄色伞状的灯罩，拧动开关，就有一缕柔和的白光照射在桌上，让一行行清晰的字迹映入眼帘。

右侧的墙上挂着郑板桥的墨迹"难得糊涂"，之下便是寒玉冰模仿我国名画家春彦的一幅漫画。画的是一只独立的鸡头鹤身的鸡在鸡群中正引颈啼鸣。题词是"鹤立鸡群久变鸡"。而左侧便是另一番风景，悬挂着主人精心画的一幅图画，题名为"霜重色更浓"。几树红枫依灰色的山岩而立，流丹的枫叶，似火燃烧，灿烂的红光映亮了天地；奇妙之处是有两只青鸟站在山石上朝着如火的枫林歌唱。

"朝华，这座屋子，你已经很久没有来了，感觉怎样？"寒玉冰问朝华。

"是的，玉冰叔，我很惭愧，我应该常来看您，只是我有些自己的顾虑。"朝华歉疚地说。

"我理解你，现在不是有人喜欢跑官要官吗？有的人没有门道都寻着门道跑，可你有门道也不跑，真是不识时务。"寒玉冰用智慧的眼光盯住了朝华。

"玉冰叔，您太幽默了，谁都知道你这个门道是把得严严实实的，我怕碰破了头皮，反招人笑话。"

"朝华，我看你的人生信条是永远不会改变，可世界在变呀！有的地方变得叫人眼花缭乱，变得叫人心惊和陌生。"寒玉冰很认真地说。

"其实，世界的变化是我们所追求的，也是要付出代价创造的，问题是怎样让世界变得更美妙、更符合社会的发展规律。"

"朝华，你知道智利诗人聂鲁达的那首名叫《如果白昼落进……》的诗吗？"

朝华没有回答，他在沉思回想。

这时，寒雪走进书房来，对朝华说："这首诗是我翻译给父亲的，我还记得。"接着，她用英语朗读起来：

> 每个白昼
> 都要落进黑夜沉沉
> 像有那么一口井
> 锁住了光明
> 必须坐在
> 黑洞洞井口的边沿
> 要很有耐心

打捞着掉落下去的光明

"这是一首充满哲理的诗，朝华，你想想现实生活、严峻的现实生活。有时候，我们不也是坐在黑洞洞的井口的边沿吗？可是许多人没有耐心去打捞光明，而是拾回了人生的黑暗。"

"玉冰叔，你就是帮助一些人打捞光明的智者。"

"可我打捞得并不尽职啊！"寒玉冰仰头长叹。

客厅里，慕雪正在兴奋地逗着苏玉怀里的小雪笑。

"你也叫小雪，真让我高兴。"寒玉冰走过去，抱着小玉雪亲吻起来。

寒雪也忙跑过去，抢着要抱小玉雪。她从父亲手里接过小玉雪，对着身边的朝华说："你看像谁？"朝华不假思索便说："当然像我。"

"我看不像你，像我。"寒雪很认真地说。

厅堂里一阵欢笑。

待大家笑完，寒雪便把小玉雪送到了苏玉手上："苏玉，你们在这里玩，我想要朝华陪我出去走走。"

"好，你们去吧！"苏玉朝朝华爽快地说。

朝华点头。

寒雪驾驶着黑色的奥迪径直向琴江边奔去。

车子匆匆地穿行在银装素裹的白色世界里，街道两边白色的树木和楼群在窗外掠过。

琴江也是一片白色，船是白色的，大桥是白色的。从车上下来，寒雪走在前面，朝华跟着她向江边走去。他们沿着江堤朝着太阳升起的东方走去。有晶莹的小雪花坠落在他们的头上、肩上，那轻盈而细碎的雪深情地吻着他们青春的脸庞。寒雪乌黑的披肩秀发随着微风抖动，纵情地飘散着一个美丽高雅女人的神韵和风采。朝华穿着一身深黑色的西装，在雪光的映照下显得沉稳洒脱、伟岸，显露出一个智慧男人的刚毅和豁达。他甩动健壮的手臂，洋溢着白色江涛的雄伟气派。

朝华和寒雪并肩走着，从他们的背影望去，那是一对多么和谐和比翼齐飞的海燕啊！

雪覆盖的大地、城市、江河是多么的平静，可地底江涛下奔突的水响和波浪的拥抱酿出的雷霆轰鸣之声，已从他们脚底积雪的细语中传递了过来。

寒雪终于说话了："我这一辈子就爱过你，爱过一个自己喜欢的男人，也是一种幸福！我的《山谷月光》就是人世间最美丽感情的记忆音符编织的。现在我制成了光盘，在香港发行极好。"

"不，雪，有适合的男人，你应当去爱。"

"爱，不光是去爱别人，更主要是别人怎么爱你，而你是真心爱过我的男人，天底下能和女人在一起紧紧相拥，而又守洁如玉的男人实在太少，而我得到了。这种爱是刻骨铭心的，圣洁高尚的。坦白地说，那天晚上，你要什么我都会毫不犹豫地给你，可你没有，你把我抱在怀里只说了一句话："你不会以为我轻狂和不理智吧？'我当时没有回答你，我知道你很痛苦，那是绝大多数男人不能承受的痛苦。真的，以后我就想到我们一定要成为终身伴侣，我要把一切给你。可苏玉出现了，我知道这也许是天意，怎么生活偏偏要让两个女人出现在一个这样优秀的男人身边呢？我想过要和苏玉竞争，我比她有优势，可苏玉的那颗心，那颗曾经破碎过但圣洁高尚的心，让我崇敬，让我感动。那天晚上，我才猛醒什么叫做爱情。我知道你在我们之间其实是有明显的选择的，只是你不能跳出传统观念的束缚，你在事业上是成功者，但在爱情上你是一个懦夫，你不敢最终选择自己所爱的人，你怕社会舆论说你攀龙附凤，你怕自己的清正廉明受到影响，但你就不怕最终要伤害一颗怎样痴爱你的心。现在我告诉你，我把苏玉推给你，就是我对你的选择。因为我从父亲那里知道，你不可能走出这个围城。只有这样，你才能站在这块圣洁的有人想污染也无法污染的大地上去完成所有女人希望男人完成的事业。我现在只要你心里知道就行了。我也愿今天的雪天雪地知道，有一个女人始终爱着琴江市的这位主人！"

朝华听了寒雪这番话，他无法再控制自己，他停止了脚步，猛然转身把寒雪抱在怀里。他想用嘴唇去吻她的前额、鼻梁、嘴唇、舌头，他想去吻她的心和灵魂，去吻一股属于母亲曾经给他的生命希望和智慧力量。可是，寒雪推开了他。寒雪离他远远地站着说："朝华，请原谅我，我现在不再属于你，现在属于你的是钢琴独奏曲《山谷月光》！"

雪下得更大了，雪裏住了两个在雪地上已经凝固，仍奔腾着激情和理性生命的雕塑。

1997 年 5 月 20 日初稿

1999 年 9 月二稿

2000 年 12 月三稿

后　记

　　常常最令人难忘和感动的事，都孕育在曲折和真情的抚慰之中。我这部长篇小说《打捞光明》也就经历了一段曲折的孕育过程。

　　我记得俄国著名作家涅克拉索夫有一次在给托尔斯泰的信中说："不要成为对重大社会问题漠不关心的艺术家"，而要"以自己独特的形式把真实带进我们的文学中"。因了自己的文学缘，五年前，我在一个离省城很远的地区任职时，利用业余时间写出了一部长篇小说《受伤的灵魂》的初稿。因当时工作繁忙，没有时间修改，就搁置一边。不久，我去北京开会，不期遇到当时人民文学出版社陈早春社长，言谈中我说到自己写了这么一部长篇小说。他听了我的介绍，感到这部小说很有现实社会意义，劝我继续写下去。回来后，我又利用休息时间逐章进行了修改。书稿没有改出来，我又转移了工作岗位。后来，在一次作家座谈会上，我有幸又与新任人民文学出版社社长聂震宁同志谈到这部书稿，不意震宁同志也像早春同志一样十分热情和诚恳地希望我把这部小说继续改好。于是，我再一次把书稿寻找了出来。因为工作繁忙，只能靠深夜和利用星期日的休息时间写作。这样前前后后花了两三年的时间才完成书稿。在修改稿子时，还常常把书中的地名、人名写错、记错。我还真不知道是怎样走过这段创作路程的。当《打捞光明》经过艰难的跋涉，终于能与广大读者见面时，我的心情很激动，但更多的是欣慰。在这里，我要真诚地感谢花城出版社和肖建国社长，是他们真诚友好的帮助使得《打捞光明》能在新世纪明媚的阳光下破土而出。此刻，我只能这样对出版者和读者说：

"在艺术和诗里，人格确实就是一切。"

"只要我的生命存在一日，便要一面宣扬殉道者的伟大崇高的行为，一面继续他们的状态行进。"

这种心态是悲壮的，唯其悲壮，作家的作品才会真正是灵魂的歌唱。

作　者

2001 年 2 月 18 日

打捞光明
——谭仲池长篇小说选

Dalao Guangming
Tanzhongchi Changpian Xiaoshuoxuan

凤凰之恋

（节选）

一、凤凰与麻雀

我卧在船舱中，就只听到水面人语声，以及橹桨激水声，与橹桨本身被扳动时的咿咿呀呀声。河岸吊脚楼上妇人在晓气迷蒙中锐声的喊人，正如同音乐中的笙管一样，超越众声而上。河面杂声的综合，交织了庄严而流动，一切真是一个圣境。

                            ——沈从文《湘行集》

雁华的背影在眼前消失了。窗外的海面已经收拢了最后一片光亮。怀石没有去开亮电灯，仍坐在藤椅上想着刚才发生的事。渐渐地他的眼前变得苍茫起来，身子上也感到有些许凉意。随着远方汽笛的鸣叫，记忆的流云在眼前飘浮。

1945 年 12 月的一天，天空中正飘着雪，江面上寒气袭人。戴着白雪的头盔，缀满雪花的两岸起伏的山岭和水上急驶的船篷依然那样沉静、从容地耸立着和流动着，龙怀石的双眼布满了血丝。看着在船舱里睡得正香甜的儿子梦西，他心里格外难受。

"凤凰人死都不怕，可生别活离却叫人受不了！"怀石抱着石生说。

"怀石弟，你只管放心走，约瑟那人能信，何况你们还是生死患难的战友。"

"你嫂子身体虚弱，我走对她打击太大，我只怕她经不起这番风雪摧残。"怀石望着东边山巅已露出的淡黄色曙光凄清地说。

"我不能再陪你说话，我怕弟嫂难受，我得回去照顾她。"

"也好，石生兄多保重！"

"你更要保重，这块石头你就带它浪迹天涯吧！看着它，你就会想起我。"石生把一个精致的小木盒递到龙怀石手上。

乌篷船一会儿就消失在飘散着茫茫雪花的水面上。几条小木筏不知道什么时候从雪浪上钻出来，几位年轻的水手在互相叫喊着。

"昨晚玩得好吗？"

"都冷死了。"

"你还怕冷？"

"怕冷就在床上睡到日西斜吧。"

"告诉你，我昨天夜里还真学会了几句新歌哩！"

"唱给兄弟几个听听。"

"好哩！"

果真，那位标致的年轻水手对着空中飘飘坠落的雪花放开嗓子唱了起来：

妹放心我是你心中最大的神，

你的美丽让我丢失了灵魂。

纵然天下掉下刀和枪，

我也敢跑到你跟前和你亲。

龙怀石坐在船头，听着年轻人的歌声，想着石生离别时说的话，心里更加酸涩、茫然和不安。

实际上，这次去美国对于怀石来说，完全是为了小时候父亲对他说的一句话："凤凰凤凰，飞出去是凤凰，飞不出去是麻雀。"当初为了做飞出去的凤凰，1937年春天，怀石和石生曾怀着一腔热血投奔了以凤凰籍官兵为主组成的国民革命军第一二八师。在师长顾家齐的指挥下，他们无比英勇地参加了浙江嘉善狙击日军第六、第八两个军团的战役。由于石生在战斗中被打伤右腿，怀石护送石生回到凤凰故乡后就弃军归甲，在深山老林中以读书为乐，以农耕、采药谋生。日子久了，怀石精通诗词歌赋水墨丹青，石生则学会拉琴吹笙，还别出心裁地练出一段绝妙的石头音乐。六年后怀石娶了石生的表妹石姑为妻，一年后便生了梦西。一天，石姑患重病，怀石和乡亲抬着她去县城看医生，不料穿过石鼓寨的松林时，听见草丛中传来微弱的呻吟声。怀石忙拨开杂草荆棘，见地上躺着一位身负重伤的美国飞行员。怀石当即和乡亲把石姑放下，将这位名叫约瑟的"飞虎队"飞行员抬着藏进了一个偏僻的石洞。约瑟伤愈，离开怀石家时，他一再诚恳地表示，父亲是美国的银行家，有实力资助怀石的儿子在美国深造成才，为世界和平尽力，并约定抗战胜利后，在美国相见。

自己是做不成凤凰，只能做麻雀了。曾经也非自己不愿去涅槃，更非自己怕涅槃不成变成异域他乡的一抔黄土，而是因为小小山城成长起来的他毕竟缺乏人生的钢铁意志和凤凰人独有的浪漫情怀。他的血液里虽然流动过搏击风云的热血，但他还是在烈火熊熊的疆场退回到鸟语花香的洞天，是自己的灵魂和智慧没有练就飞翔的鹰胆。现在徘徊了半生的怀石决定义无反顾地去回应约瑟的预约，给儿子去创造涅槃的天地和冶炼飞翔的双翅。

想到这里，怀石终于平静了下来，手中的橹也摇得更加有力。

天空中飘飞的雪花，在他的眼前正幻化为万缕霞光。

突然，灯亮了，整个世界通明透亮。

"父亲，你还没用晚餐。"梦西出现在眼前。

"梦西，你还记得你来到美国上学第一天你妈妈给你发来的电报中的那些话吗？"

"记得，妈妈的电报是这样说的：'妈妈送儿一句话，儿行千里当自强。凤凰凤凰，飞出去是凤凰，飞不出去是麻雀'。"

二、沱江遇救

　　试将那个用粗糙而坚实巨大石头砌成的圆城作为中心，向四方展开，围绕了这边疆僻地的孤城，约有五百余苗寨，各有千总守备镇守其间……落日黄昏时节，站到那个巍然独立在万山环城的孤城高延，眺望那些远近残毁的碉堡，还可依稀想见当时用火炬传警告急的光影。

——沈从文《凤凰》

　　神秘苍凉的凤凰古城，其实是一座经受了漫长岁月的风雨和硝烟，灵与肉，血与火的搏斗的古老城郭。站在环城山峰的最高处俯瞰，苍茫雄伟的武陵山脉有如一脉擎天长城，奔涌而来，气势磅礴地由西向东展开，从其底层拱出的一座又一座被粗糙而坚实的石块堆叠的黑色屋脊，就成了中国南方堪称世界文化遗产，雄风犹在矗立于巍巍深山之壑的壮美风景。

　　从车窗向外看这重重叠叠的苍山，如城似宫。再仔细观察这座临水而建的山城，凡是稍有一点军事知识的人都会察觉到这座古城的选址、城防的设置、街道的布局，都有着军事重镇的显著特征，实际它是真正的山中城池。

　　清代宦官黄思芝曾作《边墙夜柝》词咏叹其城：

　　叹边防严密，关墙筑削，迢迢长夜，更更敲入苗巢。梦里肝胆部落，悔昔日跳梁事错。风寒山径，几点篝火闪烁，听声声度岭穿壑。天曙也，抱关人方去睡着，正关外鸡鸣膊膊。

　　一个从遥远的繁荣、喧嚣、浸透着西方文化理念和生活方式的现代国际大都市归来的凤凰人的后代，身临其境，确如进入了一个无法想象的梦幻天地。这里有山、水、木楼、屋脊、街道、青石板路，人们的服装、言语、举止，一切的一切都让他感到新鲜、奇特，甚至不可思议。这也是一本巨大的书呀！正在街上自由随意而行的龙雁华现在才真正明白了爷爷曾对他说的和他自己所做的一切：我的故乡凤凰城实际上是一座兵城，仅在清道光二十年（1840 年）至光绪元年（1875 年）的三十多年间，这座小城就出了四十三名提督、总兵级将军，三十一名副将级将军，三十一名参将级将军。民国时期，又出了七名中将，三十名少将。凤凰人从来就忽视满山的桐油、茶叶、木材、竹、粽、药材以及地下矿藏的珍贵，只知道当兵吃粮，稍有一点文化的年轻人的眼睛永远盯着城里那些朱墙青瓦的深宅大院，盯着祠堂的门楣上的"太子少保"、"钦差大臣"、"提督军门"的金匾。自古以来，凤凰人尚武崇文蔚成乡风，无论是世家子弟还是贫家后生，一代代被军功与仕途鼓舞着，激励着，奔赴沙场去喋血功业、将士勋章和到异国他乡的外边世界去寻找精彩的人生。

雁华在熙熙攘攘的古镇大街上感受着一种全新的生活气息，这是一个充满蓬勃活力和神秘色彩的世界。他觉得每一步都踩着了历史的心跳。他感到现在自己才真正是回到了灵魂的故乡，每一步都更走进了爷爷的感情和思想空间。

古镇显得异常繁华、热闹，洋溢着淳朴、豪爽和憨厚的人情味，竟连载着雁华走东街转西巷的"慢慢游"车夫都格外地对人热情和真诚。

"司机先生，我是从远方来凤凰采风的，我不想住宾馆、酒店。你帮我找一个富有真正的凤凰特色的民间客栈就行了。我想这样更能帮助我了解认识凤凰。"

"那就住沱江客栈吧。那里的装修、家具、餐饮、房子的布局全都是传统而典型的凤凰味。"

"谢谢你。"雁华很高兴地说。

沿着江边的青石板巷道，"慢慢游"一路颠簸着驶向沱江客栈。这种乘车的感觉，对于雁华来说是人生第一次，可他感觉极好。他感觉到自己的心和血液这才真正贴着大地在跳动。

夏日的凤凰古城，虽说坐落在青山绿水间，依然因白天太阳的蒸烤，同样也氤氲着温热的空气。江边吊脚楼上的红灯笼渐次在夜色里亮起来了，很像一串红色的流星悬挂在有着动感和灵性的临河木质建筑群上。沱江客栈实际上也是一座吊脚楼，它临河而搭。主人是苗家姑娘名叫卓金。她长得漂亮、活泼、苗条，还会讲英语，是凤凰县城的女名人。就说她的剪红技艺，在历次比赛中都勇夺花魁。走进客栈，你看到贴在窗棂上、走廊、居室墙壁上的牡丹、凤凰、喜鹊、菊花、狮子、金鱼，乃至金童玉女、八仙、福寿字及花草虫鸟全都是她的巧手剪裁而成。客栈前门临街，后面临河，分两层，内有木梯，上层为客房，只有三间六个床位，下层是餐厅、厨房和杂屋。窗口与栏廊全都面河而设。房间的用具做工略显粗糙，但其古朴原始、干净别致，凸现出淡而素、舒而静的家居感觉。

雁华在楼上楼下来回走动，观察，心里早就淡化遗忘了美国的摩天高楼的影子和从早到晚汹涌在大街上的如织车流。

坐在临河走廊上，雁华望着隔壁木楼上的红灯笼，心里也觉亮堂和温暖。这种温暖他感到真实、自然，有人的情感在闪耀，全然不像美国大都市让人眼花缭乱的广告霓虹灯和建筑物的轮廓灯始终都退减不去铜臭和纸醉金迷的光晕。

心想唱歌就唱歌，心想打鱼就下河。

你来撑篙我拉网，随你撑到哪条河。

这时，楼下河面上点着灯划动的渔船上飘来的男女对歌，更让远方客人的心，顿时被卷入波浪、月亮、楼影和梦乡的桨声里去。

卓金步履轻盈地上了楼，她用凤凰人爱用的紫砂壶给雁华盛满花芳清爽的绿茶，并送上一盘香喷喷的葵花子。

"喝凤凰绿茶，心静心爽，吃凤凰瓜子，越嚼越甜。"

"谢谢卓金小姐。"雁华朝卓金会意地笑。

"先生还有什么需要吩咐，请讲？"卓金微笑着问。

"卓金小姐，我想跟你打听一样吃的东西。"雁华很认真地说。

卓金："只要我能找到，一定满足你的要求。"

雁华从口袋里掏出一个小记事本在认真地翻着。

雁华的眼光停在小本子上："这样东西，叫'红薯'。我爷爷说，他说是吃'红薯'长大的。好吃吗？"

卓金："你说的红薯，有有有。这可是味道极佳的天然食品，我敢断言，美国绝对没有。"

雁华："那我就要一饱口福。"

卓金："我就去给你送来。"

吊脚楼下的沱江水在月光下朗朗地流动，对岸的山坡上的吊脚楼闪耀着点点星火，像星星在墨绿色的天幕上闪烁，给人一种遥远和神秘的想象。有芦笙和木叶的歌声在灯光里回旋。雁华在倚栏凝望古城江边如诗如幻的夜。

卓金："雁华，你看！"卓金手里托着盘子，刚烤熟的红薯在盘子里散发着香味浓郁的热气。

卓金从盘子里拿出一只呈紫红色的红薯，用纤细的手指轻轻剥开那层已烤焦的薯皮，露出金黄色的薯肉，便塞给雁华："吃吧，你一定喜欢！"

雁华接过红薯，轻轻咬了一口，细细品味了一下，然后便大口大口地吃起来。

"OK！ OK！ OK！"雁华连声称赞。

卓金看着雁华吃得这样高兴，心里感到特别的舒坦。

她忙拿起茶壶，又给雁华倒茶。

"给你！"雁华掏出 100 元作为小费送给卓金。

卓金："我知道这是你们外国人经常送给服务者的小费，表示感谢之情。你是凤凰人的后代，也是我们凤凰人，我从心里欢迎你。能为你服务我感到高兴，怎么能收你的小费呢？"

瀚沱江的早晨美丽、动人、生动、蓬勃。

一座城市的美和灵性，一座城市的魂和文化，一座城市的梦和枯荣，一座城市的光和血火，一座城市的古和未来，一座城市的绿和生命，都离不开永，水是孕育这一切的雨露和乳汁，是地底的太阳之光、月亮之辉。沱江发源于云贵高原东部腊尔山盆地，她穿城而过，滔滔悠悠，曲曲款款往东北方向流去。在吉首与另一条河泸溪相汇，再往东，在泸溪县与沅水同流。沱江流经的地域群山巍峨，苍翠如海，河两岸不是古树蔽日，便是悬岩映月。河底则坚石如磐，或叠嶂拦水，或削壁起旋。清澈处，鱼虾可见，烟波段，深不可探。沿途水势有猛有柔，有壮有细，有惊有险，有静有动，可谓为天下江河之奇、之秀、之幽、之险，倘无过人的胆量和高超的水上能力，断不敢在这水路上弄潮。

夏天的沱江醒得早，玫瑰色的晨曦刚勾画出山野的轮廓，群群结伴的苗家姑娘、少妇就聚集到沱江边浣衣、洗菜和说笑。她们身着彩色的夏衫，或立或蹲或坐在河滩、河中的大石头上。在晨晖的照耀下，个个若天仙般美丽，真是沱江早晨一幅绝美的风情画。

一清早，就在吊脚楼的走廊上欣赏沱江晨色的雁华，避开卓金带着照相机就悄悄地下了楼，沿着青石板小巷朝沱江边走去。

小街的两边摆满了来自凤凰农村的山民带来的农副产品，买菜的市民围着小摊在谈价。香菇、木耳、鸡蛋、野猪肉、腊肉、鸭子、锦鸡、板栗、黄花菜、红薯干、竹笋干，应有尽有，琳琅满目。雁华看到这些鲜活丰富的菜蔬蛋禽，心里充满了渴望。他想，总有一天，我要尝个够，知道故乡是多么的甜美丰实。

还是眼前的沱江风情画的诱惑力强烈，雁华在摊边稍事停留便急步跑下了河滩。

他把镜头对准了清澈碧绿的江水和姑娘们搓响的浪花。

他把镜头摇向对岸河边正飞驰而去的竹筏。

他走近江边朝女人们友好地挥手。

"乡亲们，早上好！"雁华对着大家喊。

女人们都一齐抬起头注视着这位穿洋装留长发的年轻人，也同样友好地朝他挥手。

"我能试试你们手中的……"雁华用手指着姑娘们手中捶洗衣服的榍槌。

"好哩！你过来吧。"一个长得白白净净的女孩对他说。

雁华走过去，在姑娘们的搀扶下跳上了浮出河水的一块巨大的白色石头。

"这个，请帮忙！"雁华把照相机交给一个姑娘。

"我知道，我会给你当好摄影师的。"

"谢谢！"

雁华已经学着女人们的姿态，在石头上蹲好，他兴奋地挥起了手中的橹槌，并向河滩上的女孩示意，摆出了一副照相的姿势。不料他突然身子一斜，迅速跌入水中，雁华在水中惊慌地挣扎。

女人们争先恐后地跳入水中。

银凤的水性极好，她第一个游过去抱住了正往水的深处下沉的雁华。

雁华已经呛了几口水，他紧搂着银凤不放。银凤托着雁华浮在水面上，女人们簇拥着他向岸边靠近。这时，雁华已经清醒了过来，他睁开眼睛，看到托着自己的美丽姑娘，使劲地抱着银凤亲吻起来。

女人们见此场面，欢呼着喊起来。

银凤急了，使劲推开雁华，雁华又一次跌进波浪中。

雁华沮丧地躺在沱江客栈的楼上，望着木质的天花板发呆。刚才发生的一切他就像在做梦一样，忽隐忽现，又惊慌绝望，又幸福无比。他敏感的神经，仍然在感触银凤女性的温馨和纯美。

"好些了吗？原来你是旱鸭子。"卓金调皮地说。

"什么叫旱鸭子？"雁华不懂地问。

"就是只能在岸上跑和叫叫嚷嚷的鸭子，到了水里就不行了。"

"你可以教我学游泳？"雁华拉住了卓金的手。

"哪有女人教的，得自己到浪里去练。告诉你吧，你真要是凤凰人的后代，就得变成水上蛟龙，要不，你一辈子也别想姑娘们爱你。"

"是吗？"

"那有假？"

雁华这时候定眼看卓金，才真正发现卓金不仅人长得漂亮，而且还很泼辣、率真，特别让人喜欢。

"卓金，你能帮我做件事吗？"

"什么事？"

"找到那位救我的姑娘。"

"这可难，那么多姑娘救你，我知道哪一位？"

"是把我推到河里去的。"

"那样狠心的你也要找？"

"不，她不狠心，她应该最爱我！"

"你还是自己找吧，要不，我告诉你唱歌，你天天到沱江边去唱，不见不散。"

这些天来，雁华出没在凤凰县城的大街小巷、市井、旧宅前，他在注视从身边走过的每一位姑娘，就是不见银凤的影子。心想，再找不到救命的姑娘，就得下决心跟卓金学唱歌，天天晚上到沱江边去唱，他就不相信唱不见自己的心上人。就这样想着，走着，雁华又不知不觉来到了凤凰城北门口码头。只见前面围满了男女人群，并发出一阵一阵的喧闹和叫喊声。雁华走近一看，原来是两个身穿土家服装的年轻小伙在斗鸡。雁华从没有见过这种娱乐方式，他只知道西方有斗牛、赛马的比赛，不知道自己的故乡还有斗鸡的比赛。只见在地上对峙、随时准备袭击对方的金丝和大黑两只雄鸡在双方主人的叫喊声中，一次又一次拼死搏斗，难分胜负。这情景，真有几分壮烈和勇猛。围观的人们看得出门道，高声叫喊着为各自选择支持的雄鸡助阵。正当雁华看得目瞪口呆，也跟着叫喊起来的时候，从人缝里伸出一只白净温柔的手拉住他往外拽。

"什么时候了，还在看斗鸡，我找了你整整一条街。"

"你不帮我找她，我就不回去。"

雁华很固执地站着不动。

"老实告诉你吧，别耍小孩脾气了，我不帮你，你一辈子也别想找到她。"

雁华："为什么？"

卓金："凤凰女孩不喜欢光知道追女孩子的痴情男人。"

雁华："那她们喜欢怎样的男人？"

卓金："真正的美男子。"

雁华顾影自怜地说："难道我还算不上美男子吗？"

卓金："差远了。我跟你说吧，很多年前我们苗族有个郎姓族长的儿子叫龙珠，是个美男子中之美男子。这个人美丽强壮像狮子，温和谦驯如小羊，是人中模型，是权威，是力，是光，是苗家姑娘心中的偶像。女人只要一想到龙珠，就愿意为他流泪流血。经常有妇女与人家谈到儿子时，总是说，儿子若能像龙珠，那就卖自己与江西布客，让儿子得钱花用也愿意。女人则对丈夫说，你若是龙珠，我做牛做马也心甘情愿。你要是像龙珠，还用去找救你的人？她会自然找上门来的吗。"雁华："我要做龙珠，我就是龙珠！"

卓金："别傻，哪有不吃饭的龙珠！我们凤凰人有句俗话，饭是铁，饭是钢，不是铁和钢，哪能发热和光？"

三、莫怕山千重

一年四季，随同节令变化，山上草木岩石也不断变换颜色，形成不同画面，侵入我的印象中，留下种种不同记忆，六七十年后还极其鲜明动人，即使乐意忘记也总是忘记不了。

——沈从文怀故乡语

历史文化的眼睛，总是注视着被神化了的历史传说和沉淀在民间的生动现实影痕。

雁华徜徉在凤凰山水、古城和山野、田园、丛林之中看到了承传历史和文明的凤凰人从建筑、风情、生态、景观、文化、绘画、音乐、狩猎、人居的独特习俗中创造的天才杰作和独特成就。

石鼓学校就坐落在偏僻而深幽的半山腰。操坪上耸立着十面色泽光洁古朴直径达一米的用灰白岩石雕磨而成的石鼓。

早晨的阳光浸染着沉重的绿色，照亮了山寨学校的天地。站在立有旗杆的青石板台阶前，20 名男女少先队员系着鲜艳的红领巾，同时敲击挂在腰间的苗鼓伴和着庄严的国歌奏响，在举行每天的升国旗仪式。

银凤扶着身患严重风湿关节炎的母亲露娟坐在轮椅上和孩子们一起深情注视着在阳光和清风里冉冉升起飘展的五星红旗。

盘山的石板路，弯曲着伸向绿色深处。路两边的苍松、翠竹、野花、蓝草散发着清新的气息，鸟儿不时蹿过林梢，啼鸣着在青枝上跳跃。

卓金："华哥，还能走吗？"

雁华："还有多远？"

卓金："这才攀了九百九十个台阶，还不到一半，把背包给我吧。"

雁华："我是狮子，我是力，我是光。"

卓金："你真要学龙珠，那就跟我来。"说完卓金甩开步子向山巅爬去。

雁华咬紧牙关，双手叉住腰，气喘吁吁地跟在卓金背后艰难地走着。

"嘟嘟咿……"

"嘟嘟咿……"

一群光着脚丫子的山寨小孩从雁华的身边吹着木叶跑过来。他们追逐嬉闹，惊奇地望着雁华笑。雁华感到浑身不自在，他感觉到，孩子们已窥见了他脆弱的意志和已经走不动的窘态。可孩子们一双又一双光着的赤脚在他的眼前急剧放大，变成一个狮子般强壮的龙珠。此刻，雁华人生第一次感觉到自己的虚弱、渺小、无奈，他急忙避开孩子们天真纯洁、好奇的目光，低头向山巅赶路。

青瓦重叠有序覆盖的教室，依山而建已有了上百个年头。每一片瓦都是智慧的音符，似甘霖夜露月白花香那样润物细无声地滋养着山寨一代又一代幼小的心灵，不声不响地练就翅膀，飞翔到山外的世界去叱咤风云。于是凤凰人的浩荡队伍中走出了总理、部长、将军、作家、画家……

露娟坐在轮椅上，用忧郁的声音对着同学们说："孩子们，近些日子我的病加重了，我已不能站着为你们上课，心里很难受。今天我叫来了银凤姐姐，帮我给你们上课。"

话音刚落，孩子们兴奋地鼓掌。

掌声震撼着露娟和银凤的心。

同学们很爱银凤。他（她）们知道，银凤是露娟老师最爱的女儿，是刚从自治州艺术学校毕业的优秀生。她的舞跳得好，歌唱得好，省民族歌舞团早就把她作为尖子列入了招收对象。可现在为了不耽误孩子们的学业，银凤毅然放弃去省城当演员而回到山寨接替母亲的工作。

"露娟老师，你放心治病，我们一定听银凤姐姐的话。"孩子们一齐对露娟说。

"孩子们，我谢谢你们。"露娟抱住一个站在身边的女学生，眼泪夺眶而出。

银凤："小朋友们，我也是从小就跟妈妈在这所学校长大，我喜欢这里的每一棵树，每一株竹，每一枝花，每一棵草，每一只蝴蝶。我更喜欢你们，我会好好学习，好好教你们的。"

银凤讲话时，心情很激动，眼睛里也滚动着泪珠。孩子们又一次向着她鼓掌。

露娟："凤子，开始讲第一课吧。"

银凤迎着母亲亲切、鼓励、信任、慈爱的目光走上了讲台。

山雾淡淡地萦绕着山峰。

雁华人生第一次爬这样高而峻、深而绿的山，第一次感受深山曲径的幽深和爬山的艰难滋味。但他又觉得新鲜、意外、充实，甚至还有点壮烈的感觉。如果要将此情此景去与美国纽约、曼哈顿、夏威夷、好莱坞比的话，这是另外一个从来无法想象的奇美世界。这是一个纯静、新美、洋溢着生命的活力和近似宗教般神圣的世界。这里的山、水、人、鸟、花、石，这里的语言、微笑、情感、饮食、愉悦，无处不充盈着真、善、美，袒露着灵秀、聪慧、豁达、希望、神奇、古典、雅致、粗犷和宁静，全然没有大都市那种喧嚣、浮华、虚伪、张狂、冷酷，甚至暴力、污染、堕落和绝望。

笼中鸟飞不远，

室内花香不浓。

纸扎的蝴蝶不会飞，

血绣的丹凤恋蛟龙。

你若想爱情交给你，

敲门莫怕山千重。

从山的深处，树竹摇动着绿色的波涛里，飘来了美丽而多情的山歌。雁华在想，这是谁唱的？他重新鼓起勇气，向山巅攀登。

山巅美极了。

阳光像金子般地灿烂。

卓金脱去罩在身上的长袖衫，裸露着白嫩而健壮的双臂，镀着耀眼的光芒，愈显得楚楚动人、性感，似乎满身都奔涌着青春和爱情的香韵。这对于雁华，也是第一次看到了美若天仙的少女，第一次在心上汹涌从未有过的男人难以抑制的冲动。尽管在西方文化浸染和生活追求中，他曾经对女孩放纵过，可他毕竟是一个受过高等教育的凤凰人后代。此刻，他清醒地知道，这是在中国，在凤凰，在自己的故乡。他必须珍爱这无限美好的一切，而不能做出有任何损伤这一切的举动来。

卓金微笑着几乎带着慰藉的口吻说："你终于上来了，我好像还真感受到你身上有某种龙珠的影子。"

雁华很激动："我太幸福了，你的话增强了我的自信心，尽管我身上你只看到了龙珠的影子，但我相信，在故乡待久了，我一定会成为龙珠。"

卓金："但愿你如愿以偿。"

雁华："敢问卓金，刚才的歌是你唱的吗？"

卓金："谁唱的不重要，重要的是，你在歌里听到了什么？"

雁华："我是学音乐的，我从歌声里听到了一种呼唤，那是青春、爱情、幸福、美的呼唤。"

卓金："我的龙珠，下山的路还长，把背包给我吧。"

雁华突然丢掉背包："我爱你！"他抱着卓金狂吻起来。

此刻，阳光变得温柔妩媚，山风也深情地吻着这对在山巅拥抱的年轻男女。卓金终于缓过气来，她惊慌不已，用火辣而带着怨恨的眼光盯着雁华。雁华感受到一种威严和从未见过的女人的锐利眼光。他的身子和心同时在颤抖，一种莫名的后悔和自责在脑子里升起。

卓金挥动拳头去捶雁华的肩膀："你坏！你坏！"

雁华低下头，像一个犯了错误的小孩："卓金，我错了，你原谅我吧！我其实并不坏！"

卓金沉默不语，望着远山，眼里溢出了泪花。

雁华看着卓金，已经乱了方寸，他能用什么语言来向卓金解释自己刚才的行为？现在他也是第一次才知道，世界上的语言虽然无限丰富，可此时，语言又是多么的苍白和无奈。

雁华："卓金，请你原谅，其实刚才我的视觉里，是一片蔚蓝色的夏威夷海湾，我把你当作了蔓妮……唉！"

卓金："蔓妮是谁？谁是蔓妮？"

雁华："她是我的女朋友，未婚妻。"

卓金："未婚妻？你要结婚？"

雁华点了点头。

卓金："行了，真有你的，请往回走吧。"

雁华："为什么？"

卓金无比气愤地说："你不应该去见银凤。"

雁华："这与我的女朋友有关吗？"

卓金："当然有，而且关系极大。"

雁华："难道我就不能和银凤交朋友吗？"

卓金："不能！这是在中国，不是在美国！我们凤凰的女孩不喜欢只爱漂亮女人的男人。"

雁华："漂亮是一种美丽，上帝的赐予，漂亮没有错，爱也不会错。"

卓金："在我们凤凰女人的眼里，将美丽的心比漂亮的容貌看得更重。我们更喜欢知道爱又懂得德行与美一样重要的男人！"

雁华："我会向你们学习的，你要给我时间和机会。"

卓金还是站着不动。山风吹拂着雁华的头发，变得乱蓬蓬的。看着他委屈的样子，卓金开始动摇了自己的决定。她弯下身子，拾起一块白色小石子，朝着远山的峰壑扔去，然后她从地上拾起雁华丢下的背包低头迈着沉重的步子向绿色深处走去。

这是一个奇异的洞天。

一丛丛野花托着一面巨大的石鼓映射着高天的斑斓云霞，苍老的木屋紧靠着一堵似城墙般巍峨的岩石。经过岁月风雨的打磨和看得见的人工雕琢，呈灰白色的岩石俨然像一卷石画在人们眼前展开。走近它仔细观察，你会发现这幅石画里隐隐约约地雕刻着许多看不懂但十分错落有致的符号，比如形状似各种古币、野兽的触角以及树叶、花朵、飞禽和日、月、星、晨……然后构成了《易经》中的某种卦相的图案。

雁华："这也许就是爷爷所说的石共音乐的乐谱吧！"

卓金："我们常陪一些文化部门的领导专家来看，大家也说不清楚这幅画的意思。"

卓金又领着雁华走进了木屋内。木屋里就更纷繁神奇，充满自然原始古典和人性灵动飞翔的色彩。

　　木屋里原地摆放着石鼓老人先前使用过的雕刀、石锤、石锯、石凿、石针，用过的木床、木桌、木桶、木椅、木梯；有他采回的各色各样的中草药材和飞禽的标本；有他从大山深涧拾回来的形状各异色泽不一的石头；还有他自己挖回并稍作加工的根雕。尤其让雁华惊讶注目的是，木屋的正面墙上挂着一个已经有了很长岁月洗礼的巨大的牛头。然后两边有次序地挂着二胡、芦笙、笛子，还有一把很古老的宝剑。雁华听卓金说过，苗族人爱将自己喻牛，象征性情温和勤恳忠诚甘愿吃苦。但面对邪恶和欺辱则会震怒无比坚强，甚至肝胆照人不怕刀山火海。

　　卓金："这就是石鼓爷爷的生命栖息地。"

　　沉思片刻，雁华感慨万千地说："这真是一个人与自然相处的博物馆，一个演绎光明、智慧人性的圣殿。石爷爷真了不起。"

　　卓金："你知道石生爷爷吗？"

　　雁华："我爷爷和他是好朋友，这次我回故乡，就是受爷爷的委托来寻找石爷爷的生命乐章的。你听我给你背一段文字，这是爷爷一想起石爷爷时，就给我念的一段：'美丽是愁人的，当时我或者很快乐，我要人同我说一句话，我要一个最熟的人，来同我讨论这种光景。'"

　　卓金："这是你爷爷说的？是的，石爷爷真是我们凤凰乡亲最尊敬的人。他虽然走了，大家仍然记得他，每年清明节都来祭奠他。音乐家郎盾先生就来采访过他的石头音乐。你看这就是郎盾敲击过的石头。"卓金拿起两块石头互相敲击出音乐来。

　　雁华："这段话是沈爷爷文章里写的，爷爷说最能表达他对石爷爷的思念。"

　　卓金："走吧，我带你去看石爷爷的墓地。"

　　石鼓老人的墓地坐落在一个微微凸起的山包上，四周长满了青松翠竹，鲜丽的鲜花在墓前开放，散发着一阵阵沁人心脾的清香。

　　墓全是用白色石头堆成的，并组合成非常动人的图案，既似莲花绽放，也如宝塔叠玉。高出人头的青石板墓碑右上方刻着"石生老人千古"六字，正中间则写着碑文："生命与苍山同在，石乐与清泉常歌。"

　　卓金和雁华将自己在山峦采摘的鲜花，虔诚地献到石鼓老人的墓前，然后深情地鞠躬悼念。

接着雁华又从背包里取出那个小木盒，打开放到墓前。那块在天涯海角漂流了半个世纪的故乡石头，又重在这座青山的怀抱放射着灿烂的光芒。

这时风声、树声渐起，吹拂着花絮和落叶在空中翻飞，似有声音在山峦回旋。雁华此刻仿佛看到了石鼓老人正微笑着向他走来，浑身披着璀璨的光芒。待定神细看，四面仍然是一派苍翠欲滴的起伏山岭和青葱蓬勃的树林。

"雁华，你看这图案。"卓金指着墓地前面石板地上雕刻的图案说。

雁华忙俯下身子细看，呈现在他眼前是一幅神奇的八卦图。

在图的左边雕刻了一匹腾空飞翔的龙马，在图的右边雕刻了一只背上写着神秘符号的神龟。图的上方雕刻着日、月、星、风、云、雨的象形图，下方雕刻着一只形如凤凰的鸟站在圆圆的太阳中间。

雁华久久地凝视着这些图形，心里在想，一个简居深山的普通凤凰人，竟有如此的学问，真让他羞愧自己才疏学浅。他朦胧中记得在美国的一家科学杂志上曾看过一篇文章，讲现代电子计算机二进位制的创始人莱布尼兹当时收到他的朋友从北京寄给他"伏羲六十四卦次序图"和"伏羲六十四卦方位图"，看后，他惊奇地发现八卦由坤卦到乾卦，正是由零到七这样八个自然数所组成的完整的二进位制图形。受到八卦图的启示，他终于有了二进制的发明。

"卓金，你知道吗？现代计算机二进制就是莱布尼兹受到八卦图启示的，我们的祖先真伟大！

卓金："简直无法想象，我觉得石鼓老人同样伟大！"

四、明月心上人

我可以说，只是自从我把这次水上所领略的印象保留到心上后，一切书本上的动人记载，全看得平平常常，不至于发生任何惊讶了。

——沈从文《湘行集》

我知道沈从文老先生讲的这个水上印象，就是指 1920 年农历五月十五日在箱子岩辰河边看龙舟赛的事。他是这样记载着当时的观看心情："河身大约一里路宽，两岸皆有人看船，大声呐喊助兴。且有好事者，从后山爬到悬岩顶上去，把'铺地锦'百子鞭炮从高岩上抛下，鞭炮在半空中爆裂，形成一团团五彩碎纸云尘。嘭嘭嘭嘭的鞭炮声与水面船中锣鼓声相应和，引起人们对于历史回溯发生一种幻想，一点感慨。当时我心想，多古怪的一切！两千年前那个楚国逐臣屈原，若本身不被放逐，疯疯癫癫来到这种充满了奇异光彩的地方，目击身经这些惊心动魄的景物，两千年来的读书人，或许就没有福分读《九歌》那类文章，也就不会如现在的样子了。"

说老实话，我真佩服沈老先生的想象和神思，就一个龙舟赛的印象能引发这一番叩问历史长河的感慨，可以想见这片山水和这方人物的不寻常。

雁华在美国一定看不到龙舟比赛，卓金在湘西也一定看不到曼哈顿的摩天大厦。可有一种心情是共有的，谁在生活的旋涡里不曾有几朵难忘的浪花啊！

在卓金的导引下，雁华跟着继续前行。

突然，卓金止住了脚步，把雁华拉住："别再走，你看那人！"

山野寂静极了，暂时没有起风。

只见一个白发如霜的老人，坐在草地背靠一棵高大古老的香樟树，用长长的烟斗，闭着眼睛在抽烟，烟雾轻扬在空中飘散。不远处，一群大黄狗在尽情追逐嬉闹。老人的脚触着地上铺开的长卷画幅，画幅一直横向两边的林间。有几只小蜻蜓和蝴蝶在画纸上飞翔和停泊，仿佛它们也被这画幅上的山光、树影、木楼、溪流吸引。

"他就是湘西最有名的民间画家田祈山。"

雁华点了点头，仍然在静心观察眼前的"神人"。

> 树也青葱
>
> 石也亮堂
>
> 边城的男子山一样
>
> 总是要闯那条河
>
> 竹篙撑开满河波浪
>
> 春色和梦想流向山外
>
> 远方的游子恋故乡
>
> 水也多情
>
> 梦也芬芳
>
> 边城的姑娘花一样
>
> 总是要翻那座山
>
> 歌声插上金翅膀
>
> 幸福和爱情自己酿造
>
> 彩云编织锦绣天堂

歌声激动了老画家，他睁开眼睛，熄灭烟斗，向大黄狗挥了挥手。

两只大黄狗迅速跑了过去，用爪子轻轻拨开飘落在纸上的花片碎叶，然后追着蝴蝶跑远。然后那只高大的黄狗竟用嘴叼着画笔递给老人。老人笑了，笑得好有童趣，眉毛翘得高高的，笑咧咧地朝大黄狗点头。

只见老人用画笔醮着浓重的颜色，伏下身子洋洋洒洒地泼洒在画纸上，勾画着心中的万千气象。

正当卓金、雁华看得出神，另两只黄狗突然窜到他们身边，用嘴咬住了他们的衣角。

"别出声，要友好！"卓金对雁华说。

雁华吓得面如土色，按照卓金的吩咐，皮笑肉不笑地朝黄狗用眼光表示友好。

"年轻人，出来吧。"老画家在喊。

两只黄狗松开了口，放他们走了过去。

雁华想起了看中国电影武侠片中的情节，他仿佛觉得眼前这个老者，说是艺术家，倒更像一个武林高人，那气宇、那神采、那眼光、那身手，真是让人有高山仰止之感。

"请大师原谅我们打扰您！"

"无非是想看我山野画画，那不是打扰。"

老人大笑不止。

卓金："田爷爷，你怎么跑到这山野来画？"

"你就不懂，这样画，才真实有灵气，有神韵，有情趣，我是要给凤凰留下一片永不消失的风景。"

雁华："田爷爷，我是学音乐的，对画不懂。但此时我看到您在大自然中纵情挥笔，我的心灵上也激荡着音乐的想象。"

田祈山："孩子，你知道这水墨山水画的开山祖吗？他就是唐代著名的山水诗人王维。许多读书人只知王维的诗写得好，并不知他的山水画也画得好。"

卓金："田爷爷，我这是第一次听到这个故事，你给我们讲讲吧！"

田祈山："王维不仅是诗人，同时也是画家和音乐家。在长安附近的辋川，他创作了奠定他作为绘画南宗地位的《辋川图》，与此又写了许多永久地在文学史上放射光彩的诗歌。"

雁华："王维的山水画，主要特点是什么？"

田祈山："王维是一位参禅的诗人，他的画总有佛家的恬淡，体现清幽旷远的意境，集中体现出一个'清'字。另外他的画不拘于对景象事物的细部做具体的微、形、色的描绘，而是着眼于追求神韵。其画笔墨精湛，渲染力强，用墨深重，功力非常之深。有一次苏轼看到王维在开元寺画的壁画，壁画是一个高僧像。当时夜已经很黑，风吹动油灯，苏轼仿佛觉得那僧人竟然要从画中走出来一样。"

卓金："真神！"

雁华："我明白了，真正的艺术是来自人们对大自然、对生命世界的透彻和宁静、淡泊的现实感受。"

太阳渐渐爬上西山之巅。

火红的晚霞烧红了西天，苍天翠峰都镀上了一层金红的光焰。

放学的孩子们排着队，唱着歌，蹦蹦跳跳地行走在山路上，像小鸟一样飞向山麓户户人家。

雁华看着这群山里的孩子，闪射着友善的眼光。

卓金："前面就是银凤所在的石鼓学校。"

金子似的阳光铺满了学校的操场。

放学留校的男女学生簇拥着卓金和雁华。

银凤正挑着从后山泉边洗回的衣服从操场边的羊肠小道走来。

卓金："银凤姐，我们来了。"

银凤："卓金，你过来。"

卓金走了过去："对不起，凤姐，我没有事先告诉你。"

银凤："我们到里面说吧。"银凤拉着卓金绕过雁华的视线走进学校。

卓金一边帮助银凤晾着衣衫，一边对银凤说："这个雁华人很厚道，讲情义，他老说你是他的救命恩人，要我帮他找你。"

银凤："在美国出生长大的男人，是无法理解我们东方文化的，更不能理解我们凤凰的女人。要找我，无非也是一种好奇心，别的我们也不应去想。"

卓金："对客人你还是要以礼相待，别耍脾气，让人难堪。"

银凤："不会的，怎么我也得看你带来的客人面子呀！"

卓金："你真鬼！"

大山的夜，静得出奇，只有鸟儿和虫儿轻轻的鸣唱在风里飘散。偶尔从林子深处传来一两声猫头鹰的尖叫，会突然给夜色浓浓的山寨学校带来一点轻微的战栗。银凤和卓金在搬动桌椅、门板，忙着给雁华搭临时床铺。露娟坐在轮椅上，很动情地和雁华说话："雁华，你果真是凤凰人的后代，这样有情有义。其实，在我们湘西的酉水、辰河、沱江上救人的事经常发生，谁都会觉得这是平常的事。你来，我们欢迎你，可就是条件太差，怕你不适应。"

雁华："露阿姨，我非常喜欢这里，我很适应。"

露娟："那就好。"

雁华："爷爷要找回来寻根，我知道我的根就在中国，在凤凰。我需要在这里多住一段时间，你不会介意吧？"

露娟："那太好了，正好你可以教孩子们学习英语和讲述美国的故事，让孩子们长知识、开眼界。"

这时，门外传来了脚步声，接着是敲门的声音。

雁华起身去开门，卓金微笑着站在门口："阿姨，雁华的住房，银凤给准备好了，她要我请雁华去休息。"

露娟："去吧，你们今天上山也累了，该休息了。"

雁华："阿姨，晚安！"

雁华跟着卓金匆匆离去。夜，大山的夜，对于雁华来说，是多么的神秘啊！

这是他人生第一次睡卧在这巍巍青山的怀抱。他推开窗门，望夜色里的山、树林，倾听山的呼吸和山风的低语，他无法分辨自己所处的位置，也无法想象这朦胧的群山中的万物是一种怎样的栖息状态。这与他心中真真切切的对夜晚里灯火辉煌的街市，汽笛声声的海湾，音乐声激越的酒吧以及高贵的别墅里的吊灯，教堂里的肃穆与悠远的直感形成了多么鲜明的对比。这才是人的灵魂最好的圆梦圣境。在这里任思绪飞翔，可以领略人生无限的想象，世界的精彩和鲜活。

雁华借着月亮的光芒，环顾简洁的住房，映入他眼帘的白色蚊帐，让他久久地凝视。又看着床上铺开的绣着牡丹的被子，他感受到有一股温暖在身上升腾。他现在可以肆意地想象甜睡中的银凤是多么的骄人美貌，卓金又是多么的亮丽多情，他不愿把这样美好的时光牺牲在睡梦中。雁华走出了房间，他沿着月光照耀的走廊来到了宽阔平展的操场上。

站在操场上，雁华浑身披着湿润的月辉。凉爽的山风，在轻轻梳理他满头的黑发，是这般温柔而撩人心魄。此时此刻，世界上最美好的想象和寻觅都可以像草丛上的露珠一样，嵌进一片正在孕育成熟岁月的天地。

雁华便想起了沈从文爷爷的散文《绿魇》，面对这无边无际的夜海绿色，他情不自禁地背诵起来：

在阳光下包围于我身边的绿色，也正可用来象征人生……这片绿色既在阳光下不断流动，因此恰如一个伟大乐曲的章节，在时间交替下进行，比乐律更精微处是它们产生的效果，并不引起人对于生命的痛苦和悦乐，也不表现出人生的绝望和希望，它有的只是一种境界。在这个境界中，似乎人与自然完全趋入和谐，在和谐中又若还具有一分突出的自然明悟，必须稍次一个等级，才能和音乐所煽起的情绪相邻，再次一个等级，才能和诗歌所传递的感觉相邻。

"一切生命无不出自绿色，无不取给于绿色，最终亦无不被绿色所困惑。"

美丽而亮脆的女声把话接了过去。

"是你！"雁华回头看见银凤披着银色的月辉站在身后，宛如维纳斯般楚楚动人。

"你把刚才的话翻译成英语，教我好吗？"

"当然可以。"

雁华深情地用英语朗诵："在阳光下包围于我身边的绿色，也正可用来象征人生……"

银凤也跟着朗读起来。

夜，带来梦幻和渴望裹住了两颗滚烫的年轻男女之心。

五、在大海那边

水是各处可流的，火是各处可烧的，月亮是各处可照的，爱情是各处可到的。

——沈从文《月下小景》

下午海滨的初秋阳光，已经淡化了温暖，留下的是柔美的光环。海岸的椰子树撑开绿色的帐篷，给游人投下一片浓重的清爽。

梦西迈着沉重的步子，与蔓妮并肩而行。他一直没有说话，他在等待蔓妮先说。蔓妮刚见到梦西时，情绪很不好，眼睛还闪着泪花，一副充满委屈的神态。蔓妮现在也只顾缓慢地走着，她也不再说话，可她心里仍然不平静。

要说蔓妮对于梦西，或者梦西对于蔓妮，他们彼此是了解和亲近的。因了约瑟的情谊和对梦西一家三代的照料，蔓妮与雁华从小就在一起玩耍、读书、旅行，直到现在，双方已决定结婚。蔓妮实在忍耐不住，她终于停下脚步，用深沉而伤感的语气说："爸爸，我真不明白，在这样的关键时刻，你怎么同意让雁华去中国。"

梦西："孩子，你不知道，就为我不同意雁华去中国，他第一次和我发生激烈的争论。我没有能说服他，请原谅爸爸的无奈。"

蔓妮："可你当时又为什么瞒着我，假如告诉我，我会坚决拦住他的。"

梦西："孩子，知儿莫若父。你知道，雁华从小就失去母亲，是靠他爷关爱长大的，我那时全部精力都花在公司上面。他幼年时期就养成了独立而倔强的性格。我不想让你因为我们自己的家事，而卷入矛盾的旋涡，留下感情的阴影。"

　　蔓妮："可现在他已去中国快三个月了，除了刚去时给我打了一个电话，至今信息全无。说实话，爸爸，我的心灵上已经有了感情的阴影。"

　　梦西："是这样的吗？我和你爷爷都收到了他发来的 e-mail，但全都是反映湘西凤凰的风景和表现民族风景的照片。"

　　蔓妮："还有别的内容吗？"

　　梦西迟疑了一下："还有一组他与凤凰乡亲在一起生活交谈的照片。"

　　蔓妮："爸爸，我可以看一看吗？"

　　梦西："当然可以。"

　　如白雪般银亮的灯光照耀着蔓妮的居室。

　　米黄色的窗帘拉上了，整个房间洋溢着少女特有的柔情和温馨。

　　蔓妮躺在席梦思上，背靠着挂着自己肖像的床台，她在仔细地看着梦西给她的照片。

　　这是一张卓金端着盘子给雁华送红薯的照片，照片上的卓金笑咧咧地看着红薯发笑；

　　这是一张沱江上少女们浣衣的照片，少女们扬起的榈槌在敲击出飞溅的水花；

　　这是一张古街深深巷道里少女背影的照片，她头上戴着的首饰闪着耀眼的光芒；

　　这是一张银凤在赛歌会上的照片，漂亮多姿的银凤正在深情地歌唱。

　　看着看着，蔓妮的心在颤抖，在紧缩，在激烈地跳动。她似乎明白了什么，而又似乎什么也不明白。她哭了，哭得好伤心。她预感到有一场爱情的风暴正向她扑来。她急忙翻转身子，拨动了床头柜上的电话。

　　"爸爸，我是蔓妮。"

　　梦西："孩子，这么晚了，怎么还没有睡？"

　　蔓妮："爸爸，你必须采取措施，让雁华马上回到我的身边。"

　　梦西："什么事让你这样？你要冷静呀！"

　　蔓妮："爸爸，我无法冷静，那个唱歌的女孩一直在我的脑子里出现，我好怕啊。"

　　梦西："孩子，我能理解你的心情，但是我知道，无论凤凰的女孩多么漂亮，都比不上你，何况你和雁华从小就一起长大。"

蔓妮："我不敢相信你的话，我知道雁华并不十分听你的话，他是一个有个性的男人，他认定的事，是谁也不能改变的。"

梦西："孩子，难道你也不了解雁华吗？我始终相信雁华不会轻易去爱别的女孩。"

蔓妮："原来我也是这样认为，可这次他走得太匆忙，而且这样久不给我打电话。说真的，我原来的那些信心开始动摇，我总觉得那个女孩像是上帝派来与我作对的天使。"

梦西："孩子，别想那么多，时间会告诉你雁华是不会改变对你的爱，至少这段时间很少与你联系，也可能有别的原因。"

蔓妮："爸爸，你是爱我的，我从小就体会到了，但这次我不允许你再犯判断上的错误，我求你在一个星期内设法让雁华回来。要么，我去中国找，要么，就接受我跳海的现实……呜呜……呜呜。"

梦西拿听筒的手在颤抖，他十分清楚地听到蔓妮在痛苦地哭泣。他知道，此时此刻任何安慰和解释都是苍白无力的，唯一的办法还是要稳定好她的情绪，以免真的发生意外。想到这里，梦西果断地对蔓妮说："孩子，你放心吧，我会尽快叫他回来。"

"爸爸，拜托了……呜呜。"蔓妮放下了听筒。

放下听筒，梦西突然发现房子的屋顶在旋转，他有些支撑不住自己，便用双手扶着沙发，闭上眼睛，让自己尽快地平静下来。

夜晚对于一个功成名就的人来说，是驰骋美好的遐想和享受心灵欣慰的最佳时刻；对于一个正在旅行跋涉的人，是沉淀对岁月的思考和迸发搏击风浪的力量的孕育阶段；对于一个饱经风霜、历遭挫折仍在海岸徘徊的人来说，是再一次做出选择和决断的重要关头；对一个迷失方向，灵魂扭曲，站在悬崖边的人来说，也许再迷茫一刻就可能是跌向万丈深渊的地狱之门；但对于一个年轻男人或女人，如果正处在青春飞扬、恋情缠绵，而又与各自的人生坐标失去认同感的时候，如果缺乏应有的理解、沟通，甚至理性的判断，就有可能演绎出月圆花残的结局……

梦西非常明白，他下一步的任何举动和办法，稍有不慎都将导致无法挽回的悲剧。这对于他和他的父亲将是不能想象的创痛。他不愿意是这种结局，他需要更理智和冷静地做出决断。

因而，梦西懂得，这个夜晚对于他，对于蔓妮，对于雁华，对于怀石老人都不是轻松的，而是沉甸甸的。这每一分钟流动的时间，都会由于决策者的盲目而孕育出不同的结果。

这个夜晚，梦西失眠了。

这个夜晚，蔓妮在等待。

曙色刚刚掀开弥漫在海滨的白色雾幔，早晨的世界就萌动了现实生活的一切。高耸着桅杆的游轮开始起航，悄悄滑过海滨大道的车流闪耀着五光十色向四面八方散去。站在阳台上，梦西呼吸着新鲜湿润的海洋空气，他的心其实也已早早地飞向东方的湘西凤凰古城。

"雁华呀，你这一回可苦了父亲啊！父亲也没有办法，只好让你骂我，恨我，但这一切也都全为了你。"梦西心里这样想。

秋日的石鼓山麓是一幅浓重的秋之画卷。

这是幅七彩的有层次的蓬勃着成熟的景象的油画。只见山峦梯田成熟的稻谷，翻卷金色的波浪；桂花树林，绽开了白色花朵，飘散着沁人的芬芳；枫树的叶子开始被霜染红；山地绿茵茵的荆棘丛中开放的金菊花，在风里摇曳着妩媚的姿态。目睹这番美丽的洋溢生命色彩的秋景，再加上平日在山峦观察和欣赏过的山涧清泉，岩石上的飞瀑，出没在竹林和花草丛中的锦鸡和山羊……真叫雁华心旷神怡，思绪翩翩，在他的脑海里时刻跳动着激奋而明快的音符。一清早起来，他就沐着湿润的山风，在五线谱上勾画着美妙的旋律。

"雁华，这是刚收到的传真。"银凤把收到的英文传真递给雁华。

雁华接过写着英文的传真纸，读了起来：

"孩子，我很不情愿地告诉你，你爷爷最近患病，日渐严重。盼速归！父梦西。"

雁华的心在激动地跳动，眼角沁出泪花。

"雁华，你怎么了？这传真……"

"我爷爷病重，父亲要我速归。"

"这件事太重要了，你应该马上回去。"

"可是，我的创作刚刚进入状态，还有你参赛的准备工作……"

"别想多了，去看爷爷重要。"

"银凤，很对不起，我不能帮助你去比赛。"

"别说这些了，我帮你准备，吃过早饭，我们就去车站。"

"银凤，你真好！"雁华拉住银凤的手。

银凤朝雁华投去深情而安慰的目光。

六、天涯惊梦

爱和怨，欢乐与失望，一切情形如通常社会可见，也如小说故事所叙述，一一逐渐发生。人人既成为这个社会小小一群的主角，于是她就在一种新的情感下，经验了一些新鲜事情。

——沈从文《新摘星录》

黑色的林肯轿车在宽阔的高速公路上疾驰。坐在车内的雁华没有心思去重复观察车窗外的世界。在他的印象中这个世界是如此的呆板、灰暗、无序和光怪陆离，缺乏真诚、友谊和自由轻松，更没有色彩、灵气和生机。

离开凤凰的山水，离开银凤、卓金、露娟还有孩子们，其实还不到30个小时，可雁华觉得他已经历了漫长时间的心灵煎熬。现在唯一可以慰藉他的是愿上帝保佑怀石爷爷一切平安。雁华从离开凤凰那一刻开始，就不断地在向上帝祈祷。

车子终于驶进了坐落在太平洋西岸的海滨别墅。雁华从车上下来，竟忘记了提行李，几乎是跑步式的冲进怀石爷爷居住的别墅。走进偌大的、通明透亮的会客厅，雁华呆住了，只见怀石老人神情饱满地坐在朝阳的窗边看书。

"爷爷，你好！"

"雁华，你怎么突然回来了？"

"父亲不是说你病了吗？"

"什么，我病了？我怎么会病？我刚才还在欣赏你传过来的凤凰风光照片哩，故乡的山水依然那么青翠灵秀。"

"我上当了。"雁华一边用手捶脑袋，一边对自己说，"我就怎么不动脑子问爷爷呢？"

"我知道，你父亲又是那个要你接公司的事，他呀！"怀石老人说。

"我要去找他算账！"雁华大叫起来。

"孩子，你要冷静，你父亲这样做固然不对，但中国有句老话'可怜天下父母心'，从这一点上说，你们之间还是要多一分理解和沟通。"

"不，爷爷，他可以对我直说，我们可以交流想法，但他不应采取这种欺骗的手段，你不是经常教育我做人要正直、真诚、讲信用吗？爷爷，你可知道，现在我正是创作状态最好，也是银凤最需要我帮助的关键时刻！"

"你那个银凤是怎么回事？"

"爷爷，就是我传给你照片中那个唱歌的女孩。"

说着，雁华从口袋里掏出银凤的照片递给怀石。

"多聪慧灵秀的女孩，也许你父亲就因为这个。"

"这就是银凤，她在沱江上救了我。她现在正在准备参加全国的民族歌手大赛，我在指导她练习声乐！"

"那你再回凤凰去嘛！"

"我会这样做的，但我必须向父亲讨一个说法！"

梦西沉默着坐在沙发上。

雁华伤感地站在梦西跟前，大声痛哭地诉说。

"父亲，我一直对您非常敬重和感恩，我知道你为了这个家操碎了心，也为我操碎了心。但这件事，你做得太不仁道、太自私，你知道，你这样做是怎样伤了你儿子的心。你根本就不理解你自己的儿子。我这次回到祖国的凤凰古城，绝不是去游山玩水，更不是去寻花问柳，是实现爷爷也包括你的心愿，去寻找石生爷爷的生命足迹和我自己的血脉之源、灵魂之根。我回到故乡，时间不长，却真真切切地感受到了乡亲们的真诚、纯洁、开朗、勤劳、智慧和人生的向往、追求。他们虽然现在还很贫穷，甚至居住在深山的山民还要靠肩挑手提运送生活物资，但他们拥有最宝贵、神奇美丽、灵秀的自然山水，古老而灿烂的文化、蓬勃而坚忍不拔的向上精神，拥有创造世界和新生活的坚实信念和巨大的力量，这是世界上任何一个国家和民族都不能相比的。我还要回去，我已经深深意识到我本属于这片原来陌生但现在我不能离开的天地。"

梦西："孩子，你怎样责难我、抱怨我，我都能理解。出此下策，我一直不安，我知道会伤害你诚实的心。但是当时我看到蔓妮为爱你而痛苦万分，我怕发生意外，也就只能这样，做父亲也难呀！"

雁华："对蔓妮我是了解的，她任性，爱得执着，有时近似困惑和疯狂。但我不会做背叛她的事。我想，总有一天她会明白这一切的。父亲，你应当开导她，女人是需要男人的智慧和力量支撑。"

梦西："孩子，我确实老了，我已经没有年轻时候的那种激情和胸怀。我本应当说服蔓妮，可我没有能力说服她，反而担心由此而引起我们两家的误解和不和。孩子，你知道吗？我是你爷爷刚刚从停息的炮火硝烟中，带着还不懂事的我来到美国，当时就是靠蔓妮的爷爷约瑟将军的帮助。面对战争，你爷爷告诉我，军人的选择只能是'生'和'死'，为了国家而战，为战胜敌人而战，生死不惧。作为一个军人的儿子，我本应当坚强，可是几十年的商海沉浮，曲折命运使我变得保守而懦弱，尤其是看到你和蔓妮已经学有所成，风华正茂，面对的却是'情'和'责'，我总觉得为子女，做父亲的一定要尽父之责、尽母之情为你创造一切，难道我这份心你就不能有丝毫的感触？"

听着父亲的诉说，雁华的心受到震动。他人生第一次感受到一个男人，一个做着父亲的男人，心中是一个多么纷繁而沉重的世界啊！

雁华："父亲，我知你的爱儿之心，可儿子所做的这一切不正是父亲所想的吗？我现在还记得，读小学时，你就给我讲故乡边城的故事。你说，故人都常说一句话，凤凰凤凰，飞出去是凤凰，飞不出去是麻雀，人生需要到外面世界去翻开另一本大书。"

"孩子，别说了。"梦西伸开双臂紧搂住雁华。

头上辉煌的吊灯，仿佛受到感情波涛的冲击，也在轻轻地晃动，整个厅堂跳动着散乱的光线。从海滨别墅通向教堂的路弯曲而深幽，路两边高大的树木撑开的浓荫遮住了远方高楼的灯光，淹没了从四面传来的汽笛鸣响。只有路两旁橘子色的路灯，给行人导引着方向。

蔓妮挽着雁华缓缓走向教堂："华，别太伤心了，都是我不好，是我逼爸爸做的。"

雁华："我走得匆忙，没有和你商量，但我以为，你会理解我的。有时我就想，离开一段时间，可能我们都会获得另外的成熟。"

蔓妮："你知道，我是多么爱你，自从我们决定结婚，你就占据了我的整个灵魂。"

雁华："在中国的这段时光，我也常想起你，我也想过，你要是来到这个天地，也会被感动。其实，我自己就已经被这片美丽神奇的故乡山水、乡亲们的纯美感情感动着。"

蔓妮："我懂了。华，你要答应我，不再伤感，不再怨爸爸、怨我。"说完，蔓妮停下脚步，伸开双臂抱住雁华疯狂地亲吻起来。

海边的风，吹着枝叶瑟瑟作响，从树林上空飞舞坠下的枯叶飘悠悠地落在他们的肩上。

雁华："妮，其实，你要是看到银凤也会喜欢她的。这不仅因为她漂亮可爱，而是因为她善良、勤劳、智慧、圣洁。"

蔓妮："不说这些好吧！我们去教堂吧！"

此时的夏威夷海湾已笼罩着厚厚的夜色，挂在高耸的楼群和巨大的树荫上的黑色天幕，仿佛就在头顶上飘浮，让人感到心的寂寞和沉重。雁华迈着步子，跟着蔓妮缓缓前行。蔓妮的心也很酸楚，她凝望前面像灰黑色山峰屹立的教堂，遮住了云层的月亮，心上又袭来一片阴森的情绪。她仍然坚持怀着虔诚走进空旷深邃的教堂广场。

教堂的门洞开着，可见淡淡的清幽幽的亮光。雁华有意放慢步子，渐渐地与蔓妮拉开了一段距离。

蔓妮停了下来，她在等雁华。

有苍老而冷清的钟声悠悠地飘过来，一声声敲落在碎银似的月辉里，地上的石块泛着梦幻般的光泽。

"进去吧！让我们向上帝祈祷，这样你的父亲也就放心了。"

"其实，真正的生命选择和爱情的美好归宿，不在上帝，而在于我们自己。妮，我们是有灵魂和理智的人，我们更需要相信自己。"

"你是说，你还要我等待？"蔓妮拉住了雁华的手。

"我是想，我们还有许多事需要做，希望你能理解和支持我。"

"你还要回凤凰去？"

"当然！"

蔓妮松开拉着雁华的手，用无奈的眼光，打量着夜色中像雕塑般站立的雁华。

雁华和衣安安静静地躺在蔓妮的身边。他似乎睡着了，脸上留着平静的表情。蔓妮穿着薄薄的睡衣，在温柔而浅淡的光芒里凸现着她修长、丰满、柔软而温香的身体，这身体已经不止一次裹着雁华美丽而激荡心魄的梦幻在飞翔。在雁华的记忆中，那曾是白玉、花朵、月亮、奶酥、甜果、美酒般的神秘和充满魔力。他曾用温热的唇去吻她的脸庞、胸脯和双乳，曾用温柔的手去抚摩她的全身，曾用感动的心去倾听她的急促和起伏的心跳。现在的雁华却是如此的疲倦，如此的沉稳，如此的冷漠，就像是一块石头，没有风，没有雨，没有浪，没有歌，没有云，没有雾，没有雷鸣，没有电闪，没有激荡。

蔓妮望着仍然紧闭双眼睡着的雁华，心里格外的难受，她的整个身体不止一次地战栗和翻动。青春的波浪早在她胸中汹涌，女人对一个男人的渴望已经化作了澎湃的海。

"没有船舶不能过河，没有爱情如何过这一生？"歌声从遥远处飘来，在深夜的房间回旋。雁华正驾着船在沱江上劈波斩浪。他被歌声吸引了，只顾睁眼寻找岸上的倩影，却不料小船撞到了河中的岩石上。

"银凤，快救我！"雁华突然从床上坐了起来。

"华，你怎么了？"仍然醒着的蔓妮含着眼泪抱住雁华。

雁华睁开眼睛，看着搂着自己的蔓妮，方才意识到自己刚才是在做梦。

"对不起，蔓妮，这几天我太累了。"

"华，我知道你的心很苦。"蔓妮疯狂地亲吻着雁华。

打捞光明
——谭仲池长篇小说选

Dalao Guangming
Tanzhongchi Changpian Xiaoshuoxuan

都市情缘
（节选）

一、水的壮美情结

世人说女人是水。是什么水？不同的女人有不同的灵性和姿态。她走进了世界，在男性和女性之间看似柔情的格局里，却显露着非凡的壮美。

安凡起得早。

曙色用溶溶的银光，染亮了淡黄色的窗帘。清静而素雅的居室，泛起了朦胧的乳白。丈夫诺亚因主持召开常委会，统一市委一班人对治理整顿经济环境的思想，回来很晚。安凡想让他多睡一会儿，就悄悄地起来。安凡虽然已临三十岁，但仍然青春、漂亮，显现着聪慧、机敏、开朗的性格，总使人感到她的美与一般的女人不一样，是那样自然而丰富，和谐而庄严，清雅而高洁。在她身上有一种魅力，有一种灵性，有一种诗意。安凡的美除了上帝给的天生丽质，而更多的美的感性显露则是她的学养，她的才气。

作为一个律师，安凡懂得仪态与着装的重要；作为一个知识女性，安凡知道应当怎样追求生活的亮色。今天她将以律师的身份去为原告法国的 DDC 公司辩护，她知道这场官司的影响和意义要远远超出她在欧洲初试锋芒的那场官司。安凡匆匆吃过早点，迅速打开了衣柜。衣柜间，整齐有致地排列、悬挂的各种布料制作的款式各异的服装尽在眼前。她平时外出或参加社会活动喜欢着白、玫瑰红、淡紫和浅蓝，而今天她却选择了黑色的西装套裙。她认为黑色凝重、深邃，象征坚毅和正直。穿上服装后安凡对着镜子，用梳子精心地梳理着微微荡起波浪的短发，她自信地笑了。然后，她又来到床边，望着还在熟睡的诺亚，摇摇头，然后伸出修长的手去轻轻撩起泻在诺亚前额的乱发，俯下身子用温热的嘴唇在诺亚的前额轻吻。

诺亚微微睁开眼睛："安凡，怎么不叫醒我？""你睡得太晚，再睡会儿吧。""不行，今天我要去旁听你的辩护。""什么，你也去？"安凡不相信自己的耳朵。"是的，不光是我去，我还要办公厅通知其他的市领导和市直机关的干部都争取去参加，这可是入世后第一次涉外审判啊！"诺亚的话语带着几分感慨。"亚，你不是因为我……""不，绝对不是因为你，那样我这个市委书记不是太狭隘了吗？"诺亚坐起了身子，"我是想，利用这个案件，很好地开展法制教育。""我真要向你致敬！"说完，安凡的眼睛放射着照人的光辉，她又一次低下头去吻诺亚的前额。

室外的阳光很美丽、很柔情地洒满庭院。安凡骑着自行车，沿着宽广亮堂的柏油马路向市中级人民法院的方向奔去。

2002年3月21日，是蓝河市不平静的一天。这一天将给这座古老的城市留下沉重的回忆，也正因这个沉重，从市委书记、市长到普通市民，都在思考：环境、法制，对于改革开放，对于一个地方的发展、稳定，对于我们整个国家融入全球经济参与国际大竞争是多么的重要和关键啊！

法庭内，不到开庭时间，就已经座无虚席，走道上也站满了人群。

上午9时，在国徽庄严照耀的法庭，审判长按照程序一丝不苟地履行着自己的神圣职责。法国DDC公司的代理人MR坐在原告席上，他的脸上呈现着复杂的表情，他是对今天的公正和公平存在疑虑，还是对自己在中国的官司有几分畏惧？市长方远，坐在被告席上，他的表情是异常的严肃，但仍不失往日的沉稳和机智。他既然出庭，当然明白今天的结局。他的心是酸楚而沉重的。他知道，按照《合同法》这次政府败诉无疑，可为什么他还要出庭？此刻，他的眼前又浮现了二十天前的一个晚上，召开政府常务会议的情景。

夜已经很深了，挂在墙壁上的电子钟的指针已经指向了凌晨一点。

本来不允许抽烟的会议室，这次市长却破例地宣布，今天大家可以抽烟。在缭绕飘浮的烟雾里，几位市长的脸色都是那样严肃，会议上平日说话活跃、幽默的金副市长此刻也变得沉默不语。"老金，你先表个态，这庭我到底出还是不出？"方远再也憋不住了。"好吧！我先说一说。"金副市长用手下意识地推了一下眼镜框，深深地吸了一口烟，然后很从容地说："这实在是两难之事，刚才法制办的同志全面地分析了案情，并对照了有关法律，从公正执法来说，政府这次是会败诉的，而且将要承担赔偿的责任。我们的国家已进入了依法治国的新的历史时期，又已经加入 WTO，作为政府带头依法办事，违法接受法律的约束当然是对的。市长准备出庭的想法，我个人也是钦佩的。但是这毕竟是在中国，在目前法律意识和执法水平还不是很高的情况下，政府败诉，市长作为被告在法庭上直接接受审判，我担心会影响政府的形象和权威。何况，现在我们的城市建设刚刚开始，就已经出现了不少拆迁矛盾和群众上访，如果有人再借题发挥，我真怕已经好转的局面又会出现逆转，这也是我真正的担心。"金副市长的话音一落，平日发言很谨慎，且不多讲的马副市长便接着说："我同意老金的看法，我想是不是委托外经贸局出庭，可能负面效应会小些。"然后，高副市长、封副市长都表示同意以上两位副市长的看法。"这些都是我们的心里话，但最后怎么定，我想我们大家会支持市长的选择。"最后常务副市长潘奇伟代表大家做了表态性发言。

又沉默了片刻，方远用手轻轻地揉了揉已感觉到视线模糊的眼睛，然后说："我很感谢各位市长对我的信任和体贴，对政府的高度负责精神。对这个问题，说真的，我考虑了很久，而且我也不止一次征求诺亚书记的意见，诺亚书记理解我，他总是说，方远，这事你自己做主，怎么做，我都支持你！我真的很感动。作为一个市长，个人尊严和荣辱是不足让我徘徊的，但是大家讲的这些担心和可能出现的问题，甚至还可能有意想不到的事情发生，我可是感到责任如山的。这许许多多的顾忌和担忧，让我这些天寝食不安。于公于法，于理于情，于人于事，于亲于私经过反复思考我反倒清醒了许多。我在想，改革开放，社会进步，迎接挑战是要付出代价的，在某种程度上讲，这种代价的付出，越早越好，如果这个代价能以个人的付出，而推进我们党和国家事业的发展，那是极有价值的。我想这不就是一个市长和局长的区别吗？既然可以委托局长出庭，为什么市长不能亲自出庭呢？同时，在这个官司上，我们还有一个深刻的教训，就是如何处理好政府与开发区的关系问题，本来政府引进这个高新技术项目是支持经济开发区的发展的，完全应该由经济开发区自己签订合同。可是我们为了所谓的扩大影响，增加对外方的吸引力和信任度，而改为市政府与DDC公司签约，这样市政府就成了真正的被告。这种情况，下面的县、区也经常这样做，这是必须改变的一种政企不分、包办代替、不依法办事的大问题，这也是我要出庭的原因之一。我做出了出庭的选择，相信市民会理解我。这是因为，我想到一个基本的事实，中国从复关到入世，风风雨雨十几个春秋，不知道煞费了多少中央领导和谈判代表的心血，它一直牵动着十三亿中国人的心，它凝聚着所有华夏儿女和无数国际友人的真诚支持，比起这个万里长征的艰难跋涉，我今日出庭又算得了什么？所以我请大家支持我的选择。"方远几乎是含泪讲完这番话的。讲完了，他站了起来，向大家深深地鞠躬。

一时间，会场上响起了少有的掌声。

"现在请原告起诉。"审判长的宣布，打断了方远的沉思。

原告是一个年轻的女代理，也许是因为今天的庭审有些特别，这位女代理不像平常那样沉稳和放松。她那白净的脸微微呈现出红晕，就连读起诉书的声音似乎也带着点颤音，好在法国的MR先生听不懂中国话，要不他真会怀疑这场审判的平等和公正性。

"原告诉讼蓝河市政府的缘由是：一、市政府作为甲方代表蓝光经济技术开发区与DDC公司签订的在三个月内移交不再有建筑物的土地合同，明确表明延期移交土地要负责赔偿。现因拆迁拖延时间，逾期七天，造成公司损失一百五十万元。二、现已按期交付的大部分土地（约二百亩），又因没有按合同按期接通电缆，导致推迟二十天开工，造成公司损失四百万元。在此期间，原告多次提前催促甲方要做到按期交付土地和安装好电缆。因甲方单方违约，为维护合同的严肃性和保证乙方利益不受损失，故而对甲方提起诉讼，请审判长予以裁判。""好厉害的外国佬，不就几天时间嘛，有什么了不得的，还打官司！"一位烫着卷发干部模样的年轻人对周围的人说。"这样的事情多着呢，要都打官司，我看法院会无法开门，政府也赔不起。"又一位机关干部在小声说。一瞬间，整个法庭的听众小声议论开了。诺亚很冷静地坐在前排的座位上倾听着四周的议论，并不时用余光去观察人们的表情。

"请大家安静，注意保持会场肃静！"审判长发出了警示。

议论的声音渐渐小了。审判长用严肃的目光环顾全场，然后宣布："现在开始庭审调查。"

"请被告注意，刚才原告代理人提出的两个问题是事实吗？有什么需要说明的？"被告代理人蓝光经济开发区主任熊沛伽急忙翻开已准备好的答辩书说："一、交付土地逾期七天是实，但有其客观原因，因拆迁面积有二十万平方米，要在六十天拆完，任务大，时间紧，矛盾很突出，特别是鸿泰房地产开发公司的几栋临时建筑，补偿要求太高，做工作耽误了时间。二、电缆没有及时接通，是市电力公司审查布线规划拖了时间，他们是上面垂直管理的部门，我们只能商量着办，我们报告了市政府，分管电力部门的副市长进行了三次协调，仍然拖而不定，最后在市长的强令督办下，才审定图纸，接通电缆，致使逾期二十天动工。这种情况纯属管理体制问题。鉴于以上原因，而我们的工作又是认真负责的，我认为，应当得到DDC公司的谅解，对我们来说，要总结教训，做好服务，使DDC公司能尽快完成基建，按期投产。以上是我的答复。"

"原告对被告代理人的答复有什么不同看法，请讲。"审判长说道。

这时，安凡小声地用法语与身边的MR先生交流几句后，便从容地站了起来。这时法庭里的人们又交头接耳议论开了。"她就是我国第一个出国打官司的安凡律师。"一位女干部说。"她长得真漂亮，真有气质，难怪是市委书记的夫人。"一位戴眼镜的男士说。"听说那本《出庭巴黎》的书就是写她的。"又一位女青年说。

"法官先生，我作为DDC公司的律师，请允许我就被告代理人的答辩做如下陈述。"安凡的普通话说得很标准，她虽然是江南人，但是因随曾经在部队任职的父亲在北京长大，从小就讲普通话。有人曾说她要是上电视台，绝对是一个很称职的节目主持人。诺亚就跟她开过玩笑：

"别当律师了，干脆去加入《今日说法》的队伍，说不定哪一天成了明星。那时，我们蓝河市的企业要打广告，你就得给我免费。""现在打官司我不是也免费吗？"安凡娇嗔地回答诺亚。这话一点也不假，前不久安凡为了帮助一个困难企业打官司，就免费搞法律援助，整整花去一个月的时间，分文不要企业出，自己还为此花了两千多元。

"刚才被告代理人的回答，本律师认为缺乏应有的法律观念，因为合同是权利与义务的平等。有什么样的权利就要尽什么样的义务，履行什么样的责任。第一，DDC公司按照合同如期支付了土地使用权的所有费用，甲方就应当如期交付土地使用权，这是应负的责任。而逾期一天，就影响了甲方工程一天的进度，就造成一天的损失，就应当按合同的约定履行赔偿损失的责任。第二，因供电推迟，致使不能及时动工，造成DDC公司向施工单位支付的违约金，也应由甲方支出。同时，拖延了项目的开工投产，造成的损失，也应由甲方负责补偿。第三，在开工建设中，有少数地方工程队和个体沙石场老板强揽工程和强迫施工单位购买沙石，甚至阻工，也已造成损失，对此我们充分考虑甲方已经做了大量的工作，故只在诉状中提出要尽快创造良好环境的请求，并未追索经济赔偿。本律师认为，甲方应当负责地履行自己的职责，以取信于外来的企业和经营者。我的陈述完毕，谢谢法官先生。"安凡简短的陈述，在法庭上下引起了强烈反响。人们在议论："安凡讲得有道理，她一点都没有帮外国人说话，她讲得很公正。"这时法官再一次问原告方："请问原告方还有什么需要陈述的吗？"坐在被告席上的方远，一直非常认真地听着双方的陈述，对安凡的陈述他不时地点着头。当他听到审判长的提问后，毅然站了起来："请法官先生允许我作为被告发言。"方远话音一落，顿时全场鸦雀无声。

"法官先生，其实今天的庭审应当说是一场深刻而生动，让人沉重而深省的法制课。在新世纪初我国已经加入WTO的时刻，还不能依法履行合同，保证当事人的权益，这是多么令人心痛的事啊！作为市长对这一方面，我忽视了，我失职了，没有明察政府的依法行政行为，没有明察机关工作人员的玩忽职守，在我们的机关看来，推迟几天交地，延长几天通电是正常的，而且是天经地义的，还可以讲出一百条理由来为自己辩护。其实理由只有一条，法律面前人人平等，既然要求乙方履约，那么为什么自己可以不履约？我们不是说，加入 WTO 最大的挑战是面对政府，而挑战的内容最核心的是市场规则。什么是市场规则？首先是法制的规则。大家想一想，如果我们是这样在履行政府的诺言，视法规如儿戏，还能建立市场经济、迎接挑战吗？我知道，尽管法院尚未判决，但这场官司的结果应是不判自明的。那么我想应当用这笔沉重的学费买回一个永远记取的教训，这就是只有依法办事，我们才能有一个良好的环境，一个规范的秩序，而这个秩序的形成政府是第一位，市长也是第一位的。你只有追究那些失职者，这笔学费让他们出，才能真正解决问题，才能使市长、县长、乡长不当被告。"方远越讲越激动，"如果说今天我的出庭做被告是一种自我反省行为的话，那么明天再上台做被告就是我市长的耻辱！"方远的话语有些颤抖，台下突然响起了掌声。"由此可以看到，我们的老百姓、农民兄弟，要获取一万元收入需要付出多大的劳动，现在农村生产增加收入多么难，而我们一次赔偿就几百万，甚至上千万，难道我们不愧对他们吗？"又是掌声。"大家不要为我鼓掌，这是我作为市长的失职啊！大家不应原谅，而应当批评谴责我。"此时，坐在审判席上的法官眼里涌出了泪水。安凡不时用法语向 MR 先生解说，可以看出 MR 先生被感动了，他想说话，但嘴角抽搐了几下，说不出一个字，只是向方远竖起了拇指。

　　春天的蓝河市非常美丽，刚刚下过的春雨把大街小巷清洗得干干净净。湿润的风吹过街市，催放了大道两边绿化带里的鲜花，摇醒了树枝上的新绿。绕城而过的蓝河，在春日明媚的阳光照耀下，显得更碧透。蓝溶溶的，清凌凌的波浪轻轻地拍打着新修的十里堤岸，发出一声声明朗又有节奏的款款水声，沿着白里嵌着灰黄的花岗石挡墙，溅起无数细微的浪花。天刚放亮，白蒙蒙的晨曦笼罩着的宽阔的蓝河大道，人影晃动，爱好体育运动的市民，男男女女、老老少少穿着不同颜色的运动装来到江边锻炼。在这个树绿花红、风清霞灿的江边世界，人们在尽情地舞剑、跳舞、打太极拳，有的音乐爱好者还在亭子里拉琴、唱歌。

　　安凡身着米黄色的运动装，手提一把宝剑，腾起轻盈的脚步，一路小跑地来到了江边。江边的东南角有一片绿地，这是舞剑者聚集的地方，每天清晨和夜晚都有不少的男女剑客在这里翩然起舞。不论是晴日的晨光月辉，还是雨天的雾缠雨溅，这里的早晚时刻总是剑光闪烁，身影飞旋，给人一种生命与大自然一起律动的生动蓬勃的力与形、形与意、意与诗的丰富美感。在荡漾着璀璨晨光的微风里，安凡如银燕展翅，如玉蛟出水，把剑舞得白光四射，翠绿翻飞。正在这时，两个戴着黄色头盔、骑着一辆摩托车的男青年直奔安凡而来。摩托车在安凡身边停住后，两个戴着墨镜的男青年便大声吆喝："小婊子，你这个卖国贼，我让你好看。"说完便将已准备好的鸡蛋朝安凡砸去。说时迟，那时快，安凡挥剑便挡，搅得蛋汁乱飞，脸上、衣上溅满了脏兮兮的蛋白蛋黄。凶残的狂徒见安凡剑术好，眼看阴谋不能得逞，便迅速骑上摩托朝安凡冲去。安凡健步如飞，在草地上旋跑，并将剑舞得银光四射，让两个狂徒无法靠近。正在这危险时刻，只听得一声大喝："大胆狂徒，看剑！"从十几米远处，只见穿一身红色运动服的女郎戴着口罩骑着红色摩托飞驰而来。一见红衣女郎手中寒光闪闪的宝剑在呼啸着逼近，这两个狂徒顿时吓得落荒而逃。安凡在慌乱之中，未来得及看清眼前秀发盘成乌云髻的身材健美的红衣女郎。转眼间，那一脉飞红就飞向了江边大道的绿色走廊。

安凡站在草地上，满脸涨红，浑身是汗，心里紧张而愤怒。很快，她让自己镇定了下来，从自行车上取出带来的毛巾，轻轻地揩着满脸满身的蛋汁。她在想，这两个狂徒袭击自己必有原因，刚才骂她"卖国贼"，就说明与她这次出庭有关。

回到家里，想到早晨发生的事，安凡感到异常的疲倦和烦躁不安，当她正要给在省里开会的诺亚打电话时，门铃又响了，她急忙放下听筒，走到门前。突然，敏感的神经告诉她，她不能立即去开门。安凡站在门边，静心地倾听走廊上的声响。当她判断没有人时，才轻轻打开门。一看门前地下放着一个黄皮纸大信封，上面写着"安凡收"。安凡拾起丢在地下的信封，迅速关门回到房间，拆开一看，那一行行歪歪斜斜的字，就像一把匕首，直刺安凡的心脏。安凡的头轰轰作响，心里感到异常的难受，她几乎支撑不住自己的身子，越读越让她气愤和心痛：

安凡，不要以为你懂几句外国话，就可以出卖中国人的利益，一个女人被外国人利用，是全中国女人的耻辱。你长得漂亮，可纵用自己的美色去换取金钱，为什么偏要用损害本国人的利益去换取法国佬的赏赐呢？我们警告你要适可而止，否则我们是不会放过你的。如果你要利用丈夫手中的权力来报复我们，就连他也不会有好结果！你还是多考虑考虑他的前途吧！

信尾的落款是"蓝枪手"。

读完这封匿名信，安凡伤心地哭了。这是有生以来，安凡遭受的一次最沉重的打击。但当她擦干眼泪，冷静地思考后，她深深地意识到这件突如其来的事情的严重和复杂，凭着一个法律工作者的经验，她预感到问题远远不在她出庭本身，而是在这场官司的背后。她清楚地知道，随着蓝河市改革开放的深化和拓展，城市建设的全面推进，经济环境治理力度的加大，新旧思想观念的碰撞，各种利益格局的调整，以及反腐败斗争的深入开展，一场暴风雨可能会在蓝河市出现。在这种情势下，安凡现在想的不是自己受到的侮辱和恐吓，而是应当怎样保护自己的丈夫。丈夫对于她，对于这座城市，对于这座城市的老百姓太重要了。于是安凡决定，这件事由她自己来处理。她不能，绝对不能对丈夫说，不能让丈夫为她担心，为这件事操心，更不能让丈夫卷入这场风暴。想到这些，安凡的心情平静了，她觉得自己比以前更坚强了。她品味到一位哲人曾经说过的"真正成熟的女人是意志坚强的女人"的含义。

安凡坐在阳台的藤椅上，就这样想着自己的心事。她记起在法国留学时，导师曾引用过塞涅卡的话："你感到痛了吗？要想到它还会将你撕碎。你若不能防卫，就伸出脖子听宰；你若有伏尔甘的武器可以自卫，那就鼓起勇气反抗。"她从中当然悟出了作为一个律师更需要有这种勇气。从窗口射进室内的早春阳光明丽而湿润，带着丝丝温柔在她的脸上轻盈地滑动，安凡感觉惬意甜蜜，真像诺亚的亲吻带给她的不可言状的美感。这时刻，一旦人的心灵从处在极度愤恨伤痛向平静坚忍这种截然不同的心境转化时，能得到大自然之灵的安慰和抚爱，那是一种恢复身心的健康状态的美丽幸福。就如美国思想家爱默生在《论美》中说的："商人和律师走出纷扰的市街，搁下处世的机心，抬头看见天空树木，就会觉得他的人性又恢复了。在自然界永恒的寂静之中，他悟到了自己的本来面目。我们如要保持眼睛健康，视野一定要广阔。只要我们的眼睛看得远，我们就永远不会疲倦。"真的，在接受阳光的庄严洗礼后，安凡的眼睛看得更远了，她的身心不再疲倦，她的思维之鸟已经飞出窗外，在浩瀚的天穹自由地翱翔。靠在藤椅上，在飞翔的灵魂的引领下，安凡进入了梦乡。

二、暴风雨来了

窗外有电闪雷鸣，真正的暴雨来了，你能冷静地甚至微笑着面对这一切吗？

听康秘书说，诺亚要回来吃饭，安凡可高兴呢！已经有三天没有见到诺亚了，那想念的滋味，可以用古人讲的"一日不见，如隔三秋"来形容。安凡知道诺亚爱吃什么，她从超市买回新鲜的猪肝、豆腐、扁豆、豆芽和香菇，不到下午五点，就在厨房里忙开了。

门外有开锁的声音，不等安凡去开门，诺亚就开门进来："好香呀！安凡你给我准备什么好吃的？""怎么样，这几天饿了吧！"安凡从厨房里出来，握住诺亚的手，就像一个小孩似的亲昵，这与她在法庭上那端庄、严肃、举止沉稳的气质判若两人。安凡伸开双臂，拥抱着诺亚："真饿了吗？""真饿了，在外面我就是吃不惯。"说完诺亚深深地吻了安凡。

桌上摆着色香味俱佳的家常小菜，安凡给诺亚和自己分别倒了一杯红葡萄酒："来，为表示我对丈夫的思念干一杯！"安凡端起了酒杯。"安凡，你别急，我还真要给你敬一杯酒！"诺亚眼睛里放出温热而兴奋的光芒。

"此话怎讲？"安凡诧异地问。

"你知道吗？省委华书记表扬你了，他在今天推进'三化'的讲话中，提到优化经济环境时说，蓝河市最近加大力度治理经济环境，把依法治市放在首位的思想是明确的。他们开庭审理的第一起涉外案件，市长出庭，书记旁听，起到了很好的表率和影响作用。尽管有少数人认为这样做会损害政府形象，甚至认为按这种情况判决给外国人赔偿，那将来我们自己要赔偿的地方就多了。这正如那位女律师说的，恰恰说明我们要加强法制建设，倡导诚实守信的良好风气。一个地方不讲诚信，不讲法制，怎么可能文明开放进步呢？又怎么走推进工业化、城市化、农业产业化之路呢？又怎么能迎接已加入 WTO 的挑战呢？书记讲得很动情，我当时差点流出了眼泪。"

"其实，审理这种案件在发达国家太普遍了，只是我们过去缺乏这种法律意识。""是的，这件事给我本人也上了一堂深刻的法制课。我在市里举办的处级以上干部参加的《WTO 与依法行政》讲座报告会的开场白里就讲了这个观点，我说前不久，我市中院审理涉外赔偿案的情景还历历在目。当听到法院判决要赔偿几百万元时，整个法庭里出现的惊讶和唏嘘声令人感到震惊，我们难道不应当深而思之，从中悟出一点道理来吗？我说过去我对法学专家江平教授说的'只向真理低头'理解不深，今天我理解了。"诺亚激动地说。

"诺亚，我知道你今天心情好，这个问题，我们以后再讨论，现在让我们共同举杯，为了蓝河市的发展，为了蓝河市真正成为一座法制城市，我们一起干杯。"安凡的真诚、动情、美丽，其实比酒更亲、更浓、更充满魅力。诺亚喝了，他喝得那样兴奋和痛快，也许这是他到蓝河市上任以来的一次最美好的家庭晚餐。

诺亚晚上看书的习惯已经形成十多年了。不管工作怎么忙，即使下农村调查，住在农民家里，他也要看书或看文件到晚上十二点。今天晚上，诺亚依然如故，他仍在读我国著名法学专家曹建明教授前不久发表的论文《WTO 与中国法制建设的几点思考》。安凡也在隔壁的房间里看书，她读的不是法学论文，而是苏格拉底、卢梭等人著的《智慧花园》。

"地球、太阳、月亮、海洋和一切存在的东西，不是同类物中唯一的，而是不计其数的。"

安凡在细心揣摩柳克里希厄斯这段话的深刻内涵。这时，门被轻轻推开："凡，我给你冲了一杯牛奶。"诺亚端着牛奶走近正在看书的安凡。安凡幸福地点头："谢谢你的关照。""平常是你给我冲牛奶，今天也算我尽一回义务。"诺亚风趣地说。

"从法学理论上讲，权利和义务是对等和统一的，有什么样的权利就应该尽什么样的义务，没有不尽义务的权利。""我刚才看的文章对我启发很大，在依法行政中，我们目前政府存在着一个很大的问题，就是拥有很大的权力，但没有尽到应有的义务。""是的，就拿依法治市来说吧，强调依法治民的地方多，强调依法治官、治权少；要老百姓做的事多，而政府应给老百姓办的事却得不到落实。"安凡很认真地说。作为一个市委书记的妻子，安凡平常是很难有机会交流这些想法的。结婚时，诺亚与安凡有一条君子协定：妻子不许干政。要不是今日诺亚自己提起这个问题，安凡是断然不会发出这些议论的。也许是平常就这些问题谈得少，从刚才的对话中，诺亚朦朦胧胧地意识到，自己懂得的东西太少，就法律方面的知识而言，还得好好地请教安凡。

"今后，你要多提醒我，在知识的领域里，我们应当互为师生。""我一直就把你当作老师。"安凡娇嗔地说。

突然间，远处传来了隆隆雷声，接着大雨倾盆而下。随着雷声，道道闪电在窗外划破浓重的夜色，耀眼的银光撕开了淡黄色的窗帘。这时，风越刮越大，把窗帘吹得上下左右乱晃。关闭不严的玻璃窗门，在风雨的猛烈拍打下，发出阵阵"砰砰"的声响。

"下暴雨了，但愿不要造成什么灾害。"诺亚有几分担心地说。

"要不，等会儿打个电话问一下情况。"安凡安慰道。

窗外风声雨声更紧，雷声好像就从头上滚过，闪电不断地在窗外撕开黑色的天幕。诺亚心焦如焚，他拿起听筒："喂，是值班室吗？我是诺亚，雨下这么大，有情况吗？""报告书记，有情况，刚才110打电话过来，说蓝河大道东北鸿泰花园的拆迁户临时住房有几栋被风雨吹坏了。我已报告了方市长。""好的，请继续注意，有新情况及时告诉我。"诺亚放下电话，回头对安凡说："对不起，我得出去一下。"

夜，漆黑一片，雨云像一块块沉重的铅，把城市的上空填满了。街市的路灯，在狂风暴雨的吹打下，放射着微弱的光亮。古城的街道积满了水，车子如同江上的快艇，劈浪前行，溅起满街的浪花。

方远站在风雨中指挥武警和机关干部帮助受灾的居民搬东西。透过汽车灯光的照射，朦胧中可以看到被风吹斜的木板房。诺亚蹚着积水，穿过狂风暴雨走到了方远面前："方远，辛苦了！""你怎么也来了，我不让值班室告诉你。""你呀！就是这样，情况怎么样？""只有七户居民的房子被吹得倾斜了，没有人员伤亡，七户居民已全部转移到附近区政府的礼堂。""行，我们去看看转移出去的灾民。"

区政府礼堂里，新安上了明亮的电灯。区机关干部已经把所有的座椅都搬放到了走廊上，七户居民已经支起了简陋的床铺。市民政局的干部又送来塑料布，用它当作墙壁，把户与户之间隔开，形成了临时的"房间"。

诺亚、方远走进礼堂，看着正在忙碌的干部和武警战士，心里充满了敬意。"同志们辛苦了，我和方市长代表市委、市政府感谢大家！"诺亚动情地说。

"首长辛苦了。"一位武警战士激动地说。

诺亚、方远在民政局干部的陪同下，走进了受灾户的临时"家"里。听说这是市委书记和市长来看他们，从各个塑料布遮着的房里一下就拥来二十多人。一位上了年纪、头发斑白的老大妈趁人不注意，突然跪到了诺亚、方远跟前：

"感谢书记、市长救了我们的命！""不！快起来老妈妈！"诺亚、方远一齐蹲下，把老妈妈扶了起来："老妈妈！该下跪的是我们！"诺亚眼睛湿润了。

"诺书记、方市长，你们可要为我们做主啊！鸿泰花园的老板自己的房子卖高价赚钱，而我们的拆迁安置，他就是不管！"老妈妈拉着诺亚的手几乎泣不成声。"我们找区政府，找房产局、拆迁办，找鸿泰公司老板，已经找了三年，就是没人来解决！"一个中年男人说。"住在临时棚屋里，又没有地方洗澡，上厕所要走三十多米远，可苦了我们，每个月的拆迁过渡费只有六十元，还不能按时发给我们。"一个年轻的妇女很伤感地说。

"这些都是因为我这个市长没有尽到责任，我听到过这方面的情况，我忽视了这件事。今天站在雨里，看到大家受苦受累受惊受怕的情景，我感到问心有愧，对不起大家。这件事，我一定会抓紧时间落实的。请你们相信我。"方远很诚恳地说，此时他的喉咙已经哽咽了。

三、难以冲破的网

哲人曾把真理喻为幽灵在欧洲的土地上徘徊。新的世纪也只能借助幽灵的闪电在撕裂那张想拉住人类前进的无形之网。

安凡作为外国公司的辩护人，打赢了一场新世纪之初的官司，一时间在蓝河市卷起了议论的旋风。对这场官司的胜败，社会上说法多样。有肯定的，有否定的，有造谣中伤的，甚至还有恶意诽谤的。

面对各种舆论的挑战，为了理顺情绪，维护蓝河市安定发展的大环境，市政府决定举行一次讲座，让安凡来解剖这场官司失败的真正原因。这件事对安凡来说是一件很难的事。这不仅因为自己是官司一方的律师，而且还是市委书记的妻子。搞得不好，不仅于事无补，反而会激起更大的波澜。

"安凡，你去讲吧，我支持你！"诺亚对安凡坚定地说。

"我考虑结合这个案例讲一个这样的题目，你看行不行？"安凡把自己准备的稿子递给了诺亚。

"制度经济与法治文化"的标题豁然闯进诺亚的眼帘。诺亚随手翻看了几页后，连声说："我看可以，可以！"

"你先别做结论，到底行不行还得看实际效果。当时，我出庭有忧虑、有担心，怕人们误解，甚至给你带来麻烦，我不想去为外国公司辩护，是你鼓励我，要我先吃螃蟹，可结果怎样？在一些人的心中我已是面目全非，而背后指责你的人更多。""我知道，这指责我的人，除了一些不明真相是属于误解的善良干部群众，更重要的是某些领导干部，是不是？""是的，问题往往就出在你们共产党内，出在你们领导干部身上。我记得有一次省委管干部的副书记到我们民主党派征求省委换届的人事安排，就有不少民主党派的人士说，对省委的人事安排，我们没有意见，但是往往不统一的还是你们自己党内。当时，我听了这个发言，心里非常佩服，能在省委领导面前讲出这番真话，真不简单。""你是说，我们共产党人不愿讲真话？""不是不愿意，是敢讲真话的人越来越少。""为什么？""你是市委书记，应当比我清楚。"

对党内的某些不正常现象，诺亚当然清楚，可清楚又有什么办法，只能增加一个理智的共产党员的痛苦。他沉默了许久。"安凡，今天晚上我休息，我们是不是出去散散步，我可以给你谈谈这些年来从事党的领导工作的体会，也许能帮助你讲好这堂课。""那当然好，我是多么盼望我们能像读大学时一样更多地交流思想。说真的，自从你当市委书记后，我们除了朝夕相见，几乎很少有时间对话，女人心中想什么，也许你都不知道。""是呀！这些年我对你照顾太少，关心太少，交流太少，我还真不知你在想什么，有什么委屈，有什么需要我做的。我总是被工作缠着，喘不过气来。你看，我是不是老了？"诺亚颇有几分伤感地用手指了指自己鬓边的几丝银发。

灵羽湖的夜色很美。诺亚和安凡并肩漫步在湖边。

"我早就听说，这里的夜晚被灯光装饰得如诗如梦，可我还是第一次看到它的真实面目，不敢来，人言可畏呀！""诺亚，我理解你，可你有没有想过，即使你一辈子不到灵羽湖来欣赏，是不是就没有人说你的闲话？可你知道他们不说你在这里有什么，也会说你在那里有什么。""你说得对，我也意识到这是一种困惑。""我总感到你的前前后后，始终有一张网在罩着你，让你的所有思想和行为都不敢去冲破这张网。""是吗？安凡，难道你的眼前就没有一张网吗？""过去没有，现在有，特别是做了你的妻子，这张网越来越靠近我的灵魂。"

灯光秀美，湖色朦胧，远方飘来了轻轻的音乐声。诺亚和安凡默默地走着。

这是一个多么好的世界啊！清风徐徐，花草飘香，月朗星稀，鸟声清悠，人影相映，亭台泛彩。在这样的天地里，如果所有的人都能接受大自然和人性美的雕塑，去寻求健康的、轻松的、理智的人生快感和乐趣，这该是一个多么和谐的世界。可诺亚和安凡知道，即使在更纯美的环境里，在风调雨顺的土地上仍然会生长杂草，有毒蛇和野狼出没；即使在更高雅的殿堂里，在飘着美丽和庄严的音乐旋律的时空中，也有人的心里会滋生邪念和丑恶。这实在是没有办法的事。

沉默着，已经走了很长的一段路。安凡感到了夜的清爽凉意和夜的宁静赐予的心绪的舒展。她温柔地挽起了诺亚的胳膊。此刻她的心中有江河在奔腾，这是多么宝贵的时光啊！安凡真想不起，还是什么时候，在这样的花前月下，与诺亚并肩散步于湖畔、江岸、山边。诺亚更是受着心灵的震动，他的脑海里也不平静，他知道安凡需要怎样的生活、怎样的呵护和爱恋，可从政以来，他实际上离安凡越来越远，没有时间静下来为安凡的现在和今后认真地想过。静放在厅里的钢琴，已经沉默了多年。就在此刻，诺亚第一次感觉到自己对妻子的失职，如果不是安凡理解自己，那会出现多么可怕的结局呀！

想到这一切，诺亚停住了脚步。他们面湖而立，诺亚紧紧地握着安凡的手，"我们在这湖边坐一会儿吧。"

湖边间隔十米左右，就有一排木制的长条凳子。安凡从手提包里掏出餐巾纸，把凳子擦干净。诺亚拉着安凡的手放在自己的膝上。

"现在我好像又回到了大学生活的情境中。""我也有这种感觉。""安凡，你知道我现在心中最沉重和最难解开的疙瘩是什么吗？""别用'疙瘩'这个词，应当说最沉重的思考和困惑是什么。"

诺亚冷静地朝四周看了看，他发现周围是异常的宁静，刚才的灯光美景已消逝在浓浓的绿荫深处。这里只有几近无声的湖水和树木，还有两颗炽热的心在碰撞。

过了一会儿，诺亚用沉稳而清晰的语言向安凡敞开了封闭了好多年的一个坚强男人的心扉。

"你不知道我当市委书记有多么难。这些年来经济虽然发展了，社会各项事业也在进步，城市建设和环境的改善也呈现出良好的发展势头，但是真正推进改革，治理经济环境，反腐倡廉，解决城市职工的就业问题依然困难重重。这几年的年底，每次召开各种座谈会收集各方面的意见都集中在这样几个方面：一是农村问题。农民增收缓慢，负担沉重，少数干部法律意识差，作风粗暴，涉农案件屡屡发生。前不久，有一个乡镇，就因为催收农民上交任务，强行赶走农民家里仅养的一头过年的肥猪，逼得这个农民喝农药自杀身亡。二是国有企业改制艰难。职工传统的观念根深蒂固。宁愿企业停产，发不出工资，也要抱着国有企业的牌子不放。即使已改制的，稍有矛盾就上访，有的甚至去堵路拦火车。三是司法不公的问题严重存在。有理的打不赢官司，打赢了也难以执行。人情案、关系案错综复杂。有时候该抓的没有抓，该判的没有判，而不该抓的却抓了，不该判的却判了。你要是去派人调查督促或者谈点不同看法，就说你干预司法机关独立行使权力。四是为政不正、不清、不廉的问题群众意见特别强烈。各种关系如蜘蛛布网，让你摸不到头绪，查一个案件，设置障碍的、说情的四方八面一齐拥过来。对犯错误的干部和受处分的干部谁也不愿意批评谈话，而对于要提拔的干部，还在酝酿中就有人通气和谈话。至于基建工程招标、招聘公务员、土地转让、政府采购、减免税费、干部任用等，写条子、打招呼的就更多。既有上级领导、老同志，也有同事、同学、朋友，甚至还有人拐着弯从北京找来你认识的领导和熟人打电话，搞'曲线救国'。至于弄虚作假，讲排场摆阔气，你吹我捧，搞团团伙伙的风气已经延伸到了基层社区居委会和村上。有的基层选举，甚至有宗族和社会上的恶势力作怪，有的还达到了目的。谁要站出来主持公道、坚持原则，为群众说话、办实事，顶住这些不正之风，就有人造谣中伤你，不是写莫须有的捕风捉影的告状信，就是串通一些人在选举时发难，把你搞下去。至于群众的困难、下岗职工就业，他们视而不见，仍然可以花天酒地，进出高级宾馆和高级娱乐场所，挥霍无度。但是一旦有了突发事件如群众闹事，或发生大的自然灾害，如洪水泛滥，冰雹袭击，却人影也找不到，找到了，也是态度消极。就说机关干部吧，办事不讲效率，搞形式主义，不依法行政，推诿拖延，不负责任的现象处处可见。整顿和治理经济环境抓了几年，为什么仍然成效甚微呢？就是没有解决从严治政的问题。对这些问题，开了多少会，发了多少文件，搞了多少检查，也抓了不少正反典型，就是不能从根本上解决问题。你说我能不困惑、不沉重吗？我这个市委书记不能解决这些问题，我能不上愧对党和国家，下愧对百姓苍生吗？"

诺亚的话让安凡感动和沉重了起来。她知道一个男人心里有这么多的重压，这么多的难点，这么多的困惑，该是一种怎样的心境和氛围啊。安凡动情了，她用手轻轻地去按摩诺亚宽阔而厚实的脊背。"我真没有想到，你的心中有这么多块垒，我恨自己平常对你宽慰关照太少，我是一个粗心的女人。"说着，安凡抽泣了起来。

"安凡，这怎么能怪你呢？你已经尽了一个妻子的责任，而我却没有尽到一个丈夫的责任。可是现在有的电视剧和文学作品写反腐倡廉的，把我们的领导干部解决如此重大的问题简单地脸谱化和庸俗化，不能不给观众和读者以误导。这些作家需要沉下去深入生活，冷静地解剖我们的社会。要知道中国几千年的封建文化，中国漫长的自然经济道路，中国长时间的闭关锁国，新中国成立后历次的政治运动，特别是'文化大革命'带给我们的会是什么。不能不看到落后的生产力和消极文化对现实社会的深层影响和对现代市场经济条件下人的潜移默化的作用。江泽民同志提出的要坚持先进文化的前进方向就说出了问题的本质和核心。"

"诺亚，我相信社会的发展规律终究要克服这些弊端的，你要有这种勇气和信念。改革开放的推进，二十年来中国的发展已证明了这一点。"

"安凡，我要不是坚信这一点，我早就辞职了，我去跟你学，也当一个律师，咱们开一个夫妻律师事务所。"

"你要知道，如果环境不改变，你当律师同样寸步难行，非气死你不可！"安凡娇嗔地转身在诺亚脸上亲吻了一下。诺亚激动得一把抱住安凡，也在她脸上热烈地亲吻起来。

月亮知趣地隐进了浓厚的云层。灵羽湖的夜晚，此刻变得异常的温馨和悠远。

久违了，朝夕相处的钢琴。安凡已经有两三年没有再动过。平常只是去抹一抹零落在钢琴上的灰尘。即使打开琴盖，安凡也只轻轻地弹响几个音符，没能坐下来尽情地弹上一曲。原因很简单，一来是忙，自从读法学博士研究生开始，她就全身心地投入了学习。毕业后担任了律师，更是忙得不可开交。加之，诺亚回到家中，要看大量的文件和书籍，有时还要静下心来思考全市的大局、大事，安凡知道再去弹琴，就会打破诺亚需要的宁静空间。其实，诺亚也知道安凡爱好音乐，以前他经常坐在一边欣赏安凡的演奏，也就是从安凡那里，他能听懂《蓝色多瑙河》《西班牙斗牛士》《田纳西华尔兹》《月光曲》《恋爱中的女人》等曲子。听得入迷时，有时还伴着优美的钢琴旋律，跳单人舞。

披着夕阳的余晖，诺亚乘车从大桥工地调研回来，刚下车，就在院子里听到了自己楼上隐隐传来的钢琴声。怎么了，今天安凡竟弹响了久违的钢琴？

踏着《黄河》雄浑、奔放的旋律，诺亚走上了三楼。他没有按门铃，而是自己掏出钥匙打开了厅门，他怕惊醒在音乐之梦中徜徉的安凡，屏住呼吸，迈着缓慢而轻捷的脚步，一步一步向安凡靠近。

眼前的安凡，就像一个高雅而骄傲的公主，她穿着红色的高领羊毛衫，披肩的秀发已盘成了一个云髻，白净的脸庞在灯光里泛着红晕，整个身子随着钢琴曲的节奏和音符的奋飞在轻微地摇动和前俯后仰。纤细的玉指在琴键上来回跳跃，那神情，那目光全都随着曲子情绪的变化，在演绎着一个女性自身对音乐美和音乐内涵的深切感受以及对生活的澎湃热情的热烈向往。

诺亚眼前的黄河在奔流、回旋，在飞溅浪花、扬起万顷波浪。高山峻岭，苍翠的林海，无际的田野，村落上空的炊烟，河滩上的沙石，逶迤的长城，沙漠古堡，云天雁影都一齐在钢琴上飞驰、奔突。仿佛岁月之河正从这里出发，又向遥远奔去。

或许是安凡完成了她的备课任务，或许是昨夜的交谈给她注入了新的活力，使得她今天有这样的激情和浪漫。诺亚站在她的身后，就这样想着，心中也翻卷着男人思绪的狂潮。

一阵电闪雷鸣般的呼啸后，黄河沿着岁月的河床又进入了九曲回肠的缠绵和依恋的倾诉。那对土地、对庄稼、对自然、对人类壮美创造的深情倾诉，把一个民族的灵魂推向了阳光璀璨的云空。即使一个在艰难跋涉中就要倒下的人，也一定会挺着消瘦的身子站在苍穹下，用来自祖国母亲的血脉之力，再一次去向命运奋争。

随着波涛平静地向远方流去，白帆在遥远的天际叠成一片白色云朵，安凡的手指停止了飞翔。她转过身去，站了起来。

"你什么时候回来的，我怎么一点也不知道？"

"你正牵着黄河流淌，怎能看见河岸上站着一个男人呢？"诺亚很认真地说。"你真是一个像黄河一样的男人！"安凡猛然扑向诺亚。

诺亚紧紧地抱住安凡："从今以后，你要坚持弹琴，尤其是在我低沉和无奈的时候。刚才我发现，原来音乐中蕴藏着多么巨大的力量啊！"

"知琴者，我夫也。"

安凡像弹琴似的吻着诺亚，她要把诺亚推向他们构筑的感情的河流，去接受无数浪花的拥抱和融合。

安凡第一次走向蓝河市行政学院的讲台。她的心情很激动，不是因为害怕讲不好，而是因为她是市委书记的妻子，她应当为丈夫增添生命的异彩。她要告诉蓝河市的人民，诺亚属于这座城市，诺亚的妻子也属于这座年轻而充满活力的城市。

梯形的大教室里，容得下五百多人，此时已座无虚席，参加听课的都是蓝河市政府机关的官员和一些大公司的董事长、总裁、总经理，还有一部分政法部门的干部。

安凡出现在讲台上，全场响起了热烈的掌声。

柔和而明亮的灯光照射着讲台。今天的安凡对自己的打扮进行了一番精心的设计，既不使人感到艳丽，又不失高雅，给人一种庄重、朴实、纯美的现代知识女性印象。她身穿深黑色的西装，洁白衬衣的领子翻叠在领口。一双明亮的大眼睛洋溢着智慧的光芒。两颊浅浅的酒窝，不时浮起甜甜的笑纹。她没有抹口红，但嘴唇依然红润可人。鼻梁高高的，在灯光的映照下显得格外的雅致和谐。掌声停止后，安凡端庄地坐了下来，开始了她在这种场合的首次讲演。

"同志们，说真的，今天我来讲课，心里感到十分惶恐和不踏实，无论是从生活阅历还是学识、工作体验和自身对社会的认识，我知道没有能力把课讲好。但这毕竟是一次向大家学习的机会，所以我不愿意放弃。如果放弃，至少说明我是一个缺乏进取心和不敢暴露自身知识盲点的人。”

有人在议论：“这几句话还挺有哲学味。”

“到底是博士，看来还有点真东西。”

“人真是长得标致，我们的诺亚书记还真有眼光。”

“嘘，别说话，听她讲。”有人在小声制止周围人的议论。

“我今天讲的题为《制度经济与法治文化》的课，是我做律师工作三年多的体会，大家听后请指教。”

首先，安凡向大家推荐了德国学者柯武刚、史漫飞写的《制度经济学》一书，她告诉大家，读读这本书对我们会很有启示，特别是其中的在社会主义指令经济中发生的转变、新兴工业经济中的控管问题。制度经济学家指出：“规则体系在解释这些问题上至关重要，而想在这些问题中找到能经得起考验的解决方法，关键在于制度创新。制度必须为日趋复杂的人际文化奠定坚实的基础，因为人们的交往与合作有赖于纤细脆弱的信任链条。”就在这简短的对该书的介绍过程中，安凡十分巧妙地提出了“制度创新”和“有赖于……信任链条”的问题，而这恰恰正是在现代市场经济发展中我们所面临的必须解决的问题。

“制度，就是规则，规则能限制人们可能采取的机会主义行为。制度保护个人的自由领域，帮助人们避免或缓和冲突，增进劳动和知识分工，并因此促进着繁荣。规范人际交往的规则对经济增长真是至关重要，以致连人类的生存和繁荣，也完全依赖于正确的制度和支撑这些制度的基本人生价值体系。”接着，安凡举例说明：

“比如前不久，我作为原告律师参与的那场法国公司与政府的官司，就是因为我们的某些行政部门和国家工作人员放弃制度对自己行为和权力的约束，在牟取私利的同时，保护了不应该受到保护的经济组织的利益，导致有法不依、有章不循，纵容开发商推迟拆迁日期，而给应当保护利益的外资方造成损失。同时，这又反映出政府缺乏严格的监管规则和办事效率不高、不讲诚信的缺陷，致使土地不能按时交付使用，为此政府付出了赔偿损失和影响诚信声誉的惨重代价。这个支撑制度的基本人类价值，在这里当然就包括诚信。”由于是真实事件，安凡又讲得深透明白，整个会场鸦雀无声，只有沙沙的笔记声响。看到大家听得入神，安凡讲课的信心更足了。她声调沉缓而又清亮，神采也更加焕发。

"由此可见，制度约束的重要，遵守规则行事是体现诚信的链条。尤其在市场经济条件下，要克服不平等竞争，限制各种投机行为和权力的异化，就必须要用制度靠法治而不是靠人治来促进规范经济生活，这是因为经济交易不可能在真空中进行。事实上，在经济的增长速度和共同体成员满足其经济目标的程度上，制度的类型和质量造成了巨大的差异。所以，我们可以得出这样的结论，经济发展必须靠制度保证，而随着经济增长方式的改变和各种与经济发展相联系的要素的变化，又必须进行制度创新，否则落后的制度是不能推动经济发展反而会阻碍经济发展的。"讲到这里，安凡突然停顿了下来，她用温和的目光扫视了一下整个会场，她在判断自己讲课的实际效果。

人们沉浸在深深的思考中，每个人的思维都与安凡在一条轨道上飞驰。

"在这里，还有两个关键问题需要回答。第一，怎样才能制定正确的质量高的制度；第二，怎样才能保证制度的贯彻始终；否则一切都将是一句空话。"

不少的听众抬起了头，他们注视着已经从座位上站起来演讲的安凡。安凡下意识地拉了一下自己的衣角，然后又用手拢了一下额前的刘海儿。她的声音像潺潺泉水，不断地向眼前这个巨大的池塘流去。

"这两个问题，其实可以同时回答，也就是说一方面，正确的质量高的符合经济发展规律的制度的建立和制定，必须靠先进的法治文化来指导；另一方面，制度的实行和监督机制的有效必须用先进的文化来改造和塑造'全新的人'。'全新的人'这个概念是恩格斯提出来的，我理解就是指要培养有理想、有道德、有文化素养和自律性强的人。英国社会学家爱德华、伯内特、泰勒在18世纪后叶就强调，文化附着于这些制度和支持这些制度的价值，文化永远具有规范性内涵。因此，他的结论是，'一个人作为社会一员所获得的全部能力和秉性就是文化'。从这个意义上说文化由语言、思想、价值、内在制度和外在制度构成；同时文化还包括工具、技能、艺术作品，以及支持文化纯制度性部分的各种礼仪和符号。由此可知，在文化的概念中提到工具、技能、能力、价值，自然也就蕴含了文化是一种生产力的因素和人的思想、道德的形成与文化价值取向的内在联系。所以可得出这样的结论，有什么样的法治文化理念做指导，就会产生什么样的制度，从而培养教化制度的制定和执行、监督者。"

讲到这里，安凡又停顿了片刻。她再一次用眼光温和地扫视全场。"我还是要举前面讲到的那个案例，如果我们的政府工作人员是用先进的文化武装自己改造自己，就不会见利忘义，而违反制度接受本不属于自己的利益，也就会拒绝诱惑，坚定地执行政府确定的拆迁规则，及时拆迁，按时把土地交付外方使用。所以说，目前我们政府运转中存在的职能不清、职责不明、程序复杂、形式主义、官僚主义、不负责任、不讲诚信、不讲效率和行政制度的衙门风气必须彻底根除！否则我们是难以担当推进现代化建设的历史重任的！"讲到这里，安凡情不自禁地提高了语调，她显得有些激动，脸上也绽起了红晕。

台下响起了热烈的掌声，许久，许久。

"谢谢大家的鼓励，谢谢大家的支持和认可。"安凡的眼睛湿润了。这种感情的引发，不是因为掌声的赞扬，而是因为她从掌声中看到了蓝河市的希望，看到了一个伟大的民族在重新认识自己，振奋精神奋然前行的昂扬风貌。

"在我结束这次讲课的时候，我要告诉大家一个令人启迪和记取的故事。这就是我市上次那场政府付出了沉重代价维护外方利益的履约诉讼案，实际上这是对经济制度的捍卫，对政府诚信精神的弘扬，更是为优化经济环境书写的一张光彩夺目的城市片名。由于法院的公正、政府的真诚感动了外资企业，法国公司的董事会决定，把这笔赔偿款捐献给市政府修建正在动工的政务公开中心。大家可以从这里感悟到制度经济与法治文化的实践是何等的重要啊！"

台下又一次响起了雷鸣般的掌声。

在掌声中，安凡激动地含着泪花向大家深深地鞠躬。

四、阴暗心理的折射

　　任何阴谋诡计，在贪婪者的脑子里都被看成是一种超人的智慧，并能令他们充满冒险和成功的乐趣。

　　贾宝斋戴着金丝眼镜，腆着大肚子坐在去蓝河市的波音飞机上。他很得意自己往日的冒险伎俩，又在闭目构思新的阴谋。若问贾宝斋何许人也，他就是鸿泰有限公司的董事长，年龄刚过五十，就秃了头。翻开他的简历，就是这么几行字：一九五〇年出生，初中文化。年轻时做过海边的鱼贩子，"文化大革命"时，偷渡去香港，而后打工，当小混混。后来结识了几个在社会上游手好闲的小兄弟，策划几次敲诈阴谋，搞到了一笔数目不小的钱，于是就变着法子做起了服装生意。祖国改革开放的春风吹遍大江南北，他回到老家办起了服装厂，接着又学起搞房地产；然后回香港挂起了鸿泰有限公司的牌子。知道他内情的人都说这小子是靠搞阴谋起家的，而贾宝斋对"阴谋"二字并不忌讳，他在小兄弟面前就说过："什么阴谋，在我的脑子里，我看那是一种超人的智慧，它使我充满冒险和成功的乐趣。"

　　飞机平稳地在铺满阳光的云海上航行，机翼两边的白色云朵在随着飞机搅动的强烈气流飘移浮动，急剧地组合着不同的图景，变幻着姿态。时而似白浪翻卷，时而似雪峰崩裂，时而似平湖叠玉，时而似银河流瀑，真正是气象万千，美不胜收。贾宝斋偶然也睁开眼睛，偏着肥大的脑袋凝望一下窗外的云海，而那仅仅是一种思维过程中的调节，并非去欣赏什么。其实他根本不懂得欣赏这些，他欣赏的永远是用阴谋去赚钱、租权力、玩女人、豪赌。只有一条他现在完全变了，那就是他非常看重生命了，不像以前只把生命当作一根稻草，既可以冒险用它来救命，又可以因阴谋失败输掉这条命。现在不同了，他手里有了钱，有了用钱可以租到的某些权力，还可以用钱去购买女人的微笑和肉体。不知道什么时候，他还学着法国人的腔调说"女人就是子宫"。

经过一个多小时的空中旅行，飞机穿过云层，贴着青葱的田野山峦降落到蓝田机场上。铎庸早已把奔驰车开到了飞机前。机舱门打开了，贾宝斋衣冠楚楚，挪动着肥胖的身子随着男女旅客，小心翼翼地沿着舷梯，慢慢悠悠地走了下来。此时，袒胸露臂，把嘴唇涂得血红的耿彩云抱着鲜花和铎庸站在舷梯前等候。

"董事长好！一路顺风。"铎庸迎上去握贾宝斋的手。

"董事长，旅途愉快！"耿彩云娇滴滴地，把鲜花递给了贾宝斋。贾宝斋也许是飞机上动了脑筋，有些疲倦，没有吱声，只是"嗯嗯"地回答这一男一女两个属下。

奔驰轿车一溜烟地驰出了宽阔的机场。

贾宝斋靠在耿彩云的肩上，随着车子的颠簸，一会儿就打起了呼噜。

铎庸让耿彩云给贾宝斋送上咖啡后，就叫她立即退了下去："你要在门口不停地走动，注意人来。"

"老实告诉我，一定要看准人，这回绝对不能栽在那个姓诺的和他的女人手中。"贾宝斋呷了一口咖啡挺认真地说。

"据说方远要房产局停办房产证就是安凡提供的法律依据。"铎庸很有把握地说。

"啊？这可是一块难啃的硬骨头！"

"董事长，别急，我看要办妥这事只有先摆平周尚飞。"

"周尚飞，就是那个长得清瘦清瘦，看上去很精明的房产局长吧。"

"是的，我们鸿泰花园奠基他来过。"

"不过，你得做得自然、巧妙，而且要很牢靠。"贾宝斋边说还边做了一个左手紧紧扣住右手的手势。

"这个我想过，但是这回的对手很硬，可能要付出大的代价。"铎庸心怀鬼胎地试探着说。

"要不惜一切代价，但是我可要警告你，不许耍小心眼。我贾宝斋现在不是粗人啦！"说这句话时，贾宝斋还得意地拉了拉胸前的领带。铎庸见贾宝斋对他有些怀疑，便故意装着没听懂的样子说："我一定办得让您满意！"这时，贾宝斋端起咖啡站了起来："铎庸老弟，这里的事就全靠你了，我明天就走，这里不便久留。"说完，贾宝斋的眼睛便愣愣地盯着铎庸。铎庸当然明白贾宝斋这种目光。

"董事长，如果您没有别的吩咐，我先走了，您也早点休息。"

"好，明日六点去机场！"贾宝斋向铎庸微露笑容。

铎庸匆忙走出门外，见耿彩云正站在电梯边打手机，忙招呼过来，然后在她的脸上亲了一下："快进去，好好陪陪老板。"

"你们男人真坏！"耿彩云小声地骂了一声，转身向前走去，轻轻地拧开了房门。

蓝星区算得上是蓝河市的小特区，它位于蓝河市的北面，西临流波如翠的蓝河，东靠蓝月湖和观涛岭。一栋栋错落有致、间隔着绿树丹花的红瓦尖顶的米黄色小别墅，星罗棋布地点缀着山峦斜坡；方圆达两平方公里绿草如茵的高尔夫球场，倚着蓝月湖敞开它柔美而丰腴的胸怀，拥抱着迈着绅士步伐的各路大腕财神。

蓝河北面的山坡边，原有的蓝河市五星纺织厂、跃进电机厂、红旗玻璃厂都因设备老化，管理落后，产品无销路，亏损严重，负债累累而被迫停产关闭。这些企业只好用转让土地变现的办法，安置失业的职工。

八年前，不少外来的商人就是趁这个机会，运用各种手段，甚至贿赂机关工作人员，假冒港商等伎俩，以很低的价格购买土地，再抵押到银行贷款，搞起了房地产开发。那时，只要一踏进蓝星区，就会被工地上的推土机、吊车和混凝土搅拌的轰响声吵得头昏脑涨。

从外观上看，贾宝斋在蓝月湖边建的那一大片高档住宅和欧式别墅还算有些文化品位，且环境绿化也上了档次。

这一天，诺亚决定来蓝星区暗访。他没有坐自己的小轿车，只带着秘书，上身着普通的黑色羊皮夹克衫，戴一副墨镜，搭乘中巴来到这里。

正在施工的人们告诉他，这里就是鸿泰花园的第三批公寓，一共占地二百亩，属蓝月湖社区居委会管辖。

"估计什么时候可以建好？"诺亚关切地问。

"常有拆迁户来阻工。"一位头戴安全帽，像是领班的矮个子工人说。

"你知道是什么原因吗？"在机器的轰鸣声里，诺亚怕对方听不清，便提高了嗓音。

"听说是老板没有按合同付足拆迁费，他们没办法置房。"

"那你怎么看？"诺亚又问。

"我很同情拆迁的农民，他们也没办法。这个香港老板赚了那么多钱，还不是靠低价买了农民的地。"矮个子工人说完，认真地瞧了诺亚一眼，"你是来买房的？"

"是的，我正在考虑。我看这里环境不错，依山傍湖，风景如画，空气新鲜，视野广阔，是人的最佳住处，这可是块休闲养老的长寿之地啊！"诺亚故意这样说。

"先生，你是不是会看风水？很多来买房子的人都这样说。"

"是吗？就算我会看风水吧！"诺亚坦然一笑，便向工人告辞，"谢谢你给我介绍情况。"

"先生，好走！"矮个子工人转身向高高耸起的脚手架边走去。

诺亚听了这位不知姓名的建筑工人的话，受到深深的震动。工人的话诚实，是非分明。他不是那种口是心非、趋炎附势的小人。这些话在机关是听不到的，在一般的领导干部那里也是听不到的。在那里听到的是又新建了多少住宅，引进了多少外资和项目，至于老百姓的疾苦、困难、问题，像这种三五年因支持政府招商引资而无家可归的农民情况，从来没有人汇报、反映过。联想到不久前，也是在这个蓝星拆迁安置区在暴风雨中发生的农民棚户倒塌和老年妇女跪在他面前说的话，诺亚的心感到一阵阵绞痛："小康，假如你是拆迁户，你会怎么办？"

"我，不好回答。"秘书小康故意这样说。

"说真话，不要讲违心的话，我就要听这个。"诺亚坦诚地说。

"我会造反。"

"怎么个造法？"

"按法律意识行动，去法院告状。不过这样做却不知道还要住多久的棚户。另外还有一个办法，被困苦所迫，就搬进这些住宅，向社会讨回公正。"

"好个小康，我真没有想到你有这个胆量。那农民为什么不这样做？"

"第一，他们不懂得用法律保护自己，也可能没有钱打官司；第二，他们胆子小，谁敢去占这些港商的房子，他们知道这些商人关系复杂，怕到头来吃亏。书记呀！这就是中国的农民，他们太善良、太无奈、太可怜！"说这话时，小康显得有些激动。

诺亚没再追问，他只顾低头匆匆往前走。康秘书跟在他的身后，心情也不平静，他心里在想：这现实生活中的正义与邪恶、善良与阴谋、虚伪与忠厚、固本与贪婪、勤俭与奢华表现得多么鲜明、泾渭可辨啊！这与自己在大学红楼书斋里，读诗歌、听音乐时沉浸在遐想里的感受，真是天壤之别。

走着走着，诺亚突然停住了脚步："小康，你记得谁说过这样一段话，'他们的双手上和口袋里满是传票、诉状、通知、委托书、成卷的注释书、咨询单、案卷。靠了这些，可怜的老百姓才在城里没有一个安宁的日子；在他们前面、后面、两边，都是一群群公证人、诉讼代理人和律师。'"

"要是我没有记错的话，那是亚里士多德说的。"

"还行，你可能说对了。"诺亚回头看了康秘书一眼，"你是不是觉得现实生活跟想象的不一样？"

"不是我觉得，而是严峻的生活告诉我的。恕我直言，我跟您已经半年了，我知道您想改变这种现实，可这不仅很难，而且风险太大。"

"其实，对于在市场经济条件下的发达国家，其社会发展进程中，同样呈现异常的复杂性以及社会公正、公平的激烈矛盾，英国历史学家阿克顿就在《权力导致腐败》一文中说过：'权力导致腐败，绝对权力导致绝对腐败。'他还说：'历史并不是由道德上无辜的一双手所编织的一张网。在所有使人类腐化堕落和道德败坏的因素中，权力是出现频率最多和最活跃的因素。'你仔细想一下，为什么贾宝斋不支付应付的拆迁费就可以建房子，从中捞取非法高额利润？为什么农民只能被迫住棚户，遭受风吹雨打而不敢告状和采取正义的行动？为什么政府一次又一次开会督促落实，甚至到今天冻结销售不办房产手续，可仍然不见问题解决？这是什么在起作用？难道不是权力吗？"

"书记！我真没有这样想，我也不敢这样想。"

"小康呀！不要太天真，你知道我国那漫长的封建社会专制制度和观念会带给我们什么吗？"

沉默，在沉默中，诺亚和秘书继续朝前走去。他们穿过一片树林，前面是一片旧式的楼房，平顶红砖墙，路边栽着高高的杨树，朝马路的窗户外都安装着黑色的铁笼子。

从身边疾驰而过的汽车，卷起漫天的灰尘。诺亚很多年没有这种感受了，今天他觉得久违的灰尘对于他来说，还有几分亲切感，他没有用手帕去挡，任灰尘直朝脸上扑来。这时不远处传来了嘈杂的吵闹声，再往右拐，就看见一个长着青草的广场，广场的一角聚集着一大群人。

诺亚急忙走了过去，一看，这里的气氛十分紧张，原来有三十多人正在围着社区主任夏雨虹吵闹。夏雨虹几次要求大家冷静，想跟大家说清道理，但居民们不等她开口，就又骂开了。这时，有一个蓄着长头发的青年，挤到夏雨虹的面前，指着她的鼻梁说："当时，我们不同意拆房子，要一次性付清补偿费，是你一次又一次上门做工作，最后还带着法院的干部来威胁我们，说再不拆，就要强制拆除，我们相信了你的话。现在我们在桥下的临时房屋里住了三年了，再也看不到谁来帮我们解决问题。""就是，每个月领几十元过渡费还得到拆迁办去跑上好几次，太不把我们当人看了！"一个高个子中年妇女激动地说。"房子是你带人拆的，现在我们就找你！"又一个胖胖的，身穿格子衣的女人说。不一会儿，就有人发出急怒的喊声："帮港商赚大钱让老百姓受活罪，这不是腐败是什么？"人群开始向夏雨虹身边挤过来，群情已经激愤了。这时不知谁冒出一句话："夏雨虹，港商到底给了你们多少好处？"正站在夏雨虹旁边的男人接话说："我们要夏雨虹回答问题！""是的，要她回答问题，今天不讲清楚，我们就不走！"又有几个人在跟着起哄。

夏雨虹被挤压在人群中虽然很镇静，但这些流言蜚语，在刺痛她的心。她的脸涨得通红，眼睛也有一些湿润。说句公道话，夏雨虹是被冤枉了。当时出来做工作是街道主任传达区政府指示，她是这里的社区主任，能不服从吗？她是在尽一个基层干部的责任。至于带着法官来威胁，更是误解，那是拆迁办申请强拆，怕引起矛盾冲突，伤害居民，是夏雨虹请法院的同志帮助宣传法律，做劝解工作。近年来，被拆迁的居民没有安置好，夏雨虹不知道跑了多少次区政府、拆迁办，去找区长、找主任，还找港商，跑来跑去你推我，我推你，眼看居民受苦，夏雨虹心里着急，可她一点办法也没有。不久前那场暴风雨吹倒了几家拆迁户的棚房，上访的拆迁户天天不断，几乎吵得夏雨虹一直不得安宁。夏雨虹是理解大家的，她从不发脾气，总是心平气和地安慰大家："现在市委、市政府已经知道了你们的情况，正在采取措施。"市民是最讲现实和看行动的。三年来他们不知道听了多少这样的答复，可始终是泥牛入海毫无消息，希望一次次破灭，住棚户的日子终无尽头。明明是政府动员搬迁的，有政策规定，有文字承诺，可就是人走了，开发商的房子建起了，老百姓的事就忘记了，无人管了。想着这一切，夏雨虹的心更加不平静，这能怪群众吗？不能怪！就是我们自己的房子被拆了，过这种风雨飘摇、寝食不安的日子也会抑制不住心中怨恨的。

在大家的情绪稍微平稳的时候，诺亚走进了人群。他是一个性格豪爽意志坚强的人，刚才看到听到的这一切，使诺亚心里像灌了铅一样沉重。"是上面工作的问题，却让最基层的干部，像夏雨虹这样好的女干部遭受这种委屈，真是值得我们反省。"诺亚想到这里，便拨开人群来到了夏雨虹跟前。诺亚的突然出现，起先大家毫无察觉，当他站到人群中间时，就有人在喊："你是干什么的，不要来干扰我们！"诺亚取下了墨镜，他向大家招了招手："我叫诺亚，是蓝河市的市委书记，刚才你们当着夏雨虹讲的话，我全听到了。现在我也和夏雨虹站到了一起，希望继续听大家发言，但有一个要求，请大家要冷静，一个一个地把话说清楚，现在哪一位先说？"诺亚响亮、亲切、诚恳的话语，一开始就让大家感到震惊，他们万万没有想到市委书记在这种场合出现，会是这样亲切、随和。夏雨虹同样感到突然，一直盈满眼眶的泪滴，终于流了出来。她真想哭，但她还是控制住了自己的感情："诺书记，对不起您，我的工作没有做好！""不，这不是你的责任，这是我们的责任，是我这个市委书记的责任。"诺亚朝着人群继续说:"我看你们在这里站了很久,都很累。雨虹,还是找个地方坐下来,我们一起来开个座谈会。"诺亚的话音刚落,不知是谁带头鼓起掌来。

"现在我们可遇到清官了。"有人小声说。

"那不一定,我还要看结果。"又有人小声回答。

夏雨虹和诺亚并肩走在前面,上访的市民三三两两跟着走来。

这是个星期天,正好学校放了假。夏雨虹就把大家领到了蓝河小学的礼堂里。礼堂刚粉刷不久,雪白的墙壁还留着湿湿的印子。诺亚招呼大家坐下,自己拉了一把椅子坐到了人群的中间。夏雨虹连忙跑到教师宿舍去找人。一会儿她就和几位老师提来热水瓶,给每人倒了一杯热茶。

"今天是个机会,我出来走一走,不想碰到大家,正好开个小会……雨虹你来一起听。"夏雨虹倒完茶,就一直站在礼堂门口,她没有坐下来。她心里想,市委书记开座谈会,可能大家要给自己提意见,不便参加,本想走开。但又一想,留着书记一个人在这里,也不放心,万一有个别人撒野,自己也好出面说话。听到诺亚的招呼,夏雨虹搬过一把椅子,坐到了一个中年妇女的身后。

会场上很肃静,没有人领头发言。诺亚明白,其实要讲的,刚才也讲得差不多了。这些普通的市民,第一次跟市委书记在一起,又是这样突然出现的,根本就没有思想准备,也不具备这个胆量,当着夏雨虹一个年轻女人,他们敢大声叫喊,可当着市委书记,他们毕竟有些紧张。

坐在诺亚对面的是一个身材魁梧的大男人,他脸上带着几分阴郁,时而低头,时而抬头,好像有什么话要说,可又有顾虑。

"我看大家不要紧张,市委书记也是人,哪一天下岗了,跟你们一个样,是平民百姓。既然大家都不发言,我现在指定一位同志先讲。"诺亚说完,用眼睛扫视四周,人们反而更加紧张。诺亚对面的那个大个子男人干脆用双手抱住了低垂的头。

"我看你先讲,那位抱着头的同志。"诺亚的点名引起了大家的笑声,气氛顿时轻松起来,可那位汉子却更紧张,他抬起了头:"是要我讲吗?我不会讲,但是书记叫我讲,我还是讲。我没有别的讲,我的老娘已经七十五岁了,她一直重病在床,她老问我:德善呀!什么时候有房子住?

也让我去住几宿，不然我是死不瞑目的！我总是说快了，房子就要搬了。可书记呀，这房子什么时候有，我的老娘能等到那一天吗？"说着说着，这个叫德善的男人已经泣不成声。

听着这番话，谁不动容，谁不流泪啊！诺亚也流泪了，他的泪是往心里流的。

常委会的气氛今日一改往日的活跃和热烈，常委们的脸上都浮现着不同程度的严肃和沉重。方远平常不吸烟，今天跟诺亚要了一支，一口一口地吸着，任烟雾在眼前缭绕，他的心情格外不好。

"对于拆迁户的安置问题，首先是我有责任。我接到过上访信，仅仅批给下面就了事，没有去跟踪检查和督办。诺亚同志利用星期天微服私访，了解群众呼声，体察群众疾苦，给基层干部撑腰解难，为我们做了榜样。我们落实江泽民同志的'三个代表'的重要思想，就是要把群众的生活、群众的疾苦、群众的利益摆在第一位。何况拆迁户的安置是政府应尽的责任。我的想法是，不管港商的补偿能不能通过法律解决问题，拆迁户的安置再不能拖。我建议由房产局在安置地上立即组织建设安置住房，并且要考虑群众的生产以及小孩入学、幼儿入园等具体问题，真正为群众办一件实事。这件事，如果市委做出了决定，由我负责落实。"

方远的话刚落，政法委郑书记接着说："拆迁户的安置不解决，直接影响社会稳定，我同意方市长的意见。"

"我还有一个建议，要通过解决拆迁户的安置举一反三地查找原因，如果其中有不正之风和权钱交易的一定要从严查处。"纪委张书记说。

诺亚细心、认真地听着常委们的发言，不时地点头。

"大家还有什么新的意见？"

"没有了，书记可以总结了。"副书记高健说。

诺亚看了一下手表，指针已指向十二点。他语调温和但充满着感情说："这两天，我睡得不安宁，不单是因为开了那个座谈会，听到了群众的呼声，看到了我们工作上的问题。令我难过不安的是，我们这么多领导干部，就没有一个去关注重视一下拆迁户三年没有解决的基本生活条件，而让一个最基层的社区女干部东跑西颠，到头来还让群众围攻谩骂羞辱。我们不是常讲亲民、爱民、为民吗？这个'亲'字、'爱'，字、'为'字哪里去了？而在五星级宾馆花天酒地，在夜总会神魂颠倒，在麻将桌上精神饱满，在湖边垂钓不辞劳苦却大有人在。我们的老百姓真好呀！一个七旬老娘盼新房，她的儿子还以一颗善良之心去安慰老人，而不敢找我们来讲理。可我们有的干部，对于自己的升迁，对于自己的子女，对于自己的待遇、住房是倍加重视，精心安排，从长筹划，费尽心机，甚至不惜损害党、国家和人民的利益，搞权钱交易。这一切我们能熟视无睹、纵容不管、姑息养奸吗？那岂不要引水覆舟，成为上仰愧天、下俯愧地的历史罪人吗？所以我认为，第一，这个问题我同意按方远同志的意见迅速抓好落实；第二，必须查清造成这种局面的原因，不光是吸取教训，还要追究责任；第三，如有其他反映牵涉不正之风以权谋私必须一查到底；第四，要抓住这件事，在全市上下开展反对形式主义官僚主义的教育，切实转变干部作风；第五，市委、市政府已决定的改造蓝河大道工程要尽快启动，以此推动城市建设。这项工程拆迁任务大，一定要落实好安置补偿政策，保持社会稳定，严格执行工作包干责任制。"诺亚讲到这里，停顿了一下，接着说，"请市委办明天就去那个叫德善的家，把他的老娘接到市医院去检查一下，我们是有责任叫这位老人尽快住上新房子的。"讲到这里，诺亚有些动情，最后他说："今天的会开得太晚了，对不起大家，现在散会。"

常委们相继离去。

诺亚仍坐在那里沉思着。

第二天清早，天空下起了毛毛细雨，方远驱车来到了蓝月湖鸿泰花园新区。这时的蓝月湖还沉浸在一片寂静之中，天空飘浮的乳白色雨雾，覆盖着湖面和湖边的山峦建筑。五月早晨的天气清爽怡人，空气里还飘着花香味。方远没有打伞，他光着头站在雨雾中凝望着这片正在建设的住宅新区。透过半明半暗的光线，可以隐隐约约地看到湖的南北方向依山而建的一片红顶白墙的公寓楼群。方远的心情很不好，这几天他一直后悔自己对这个招商项目过问得太少。在他的记忆中，区长多次汇报拆迁安置已经到位，工程进展顺利，还多次提出，要请他去视察鸿泰花园第一批建好的公寓和临湖别墅群。方远万万没有想到，还有一百多户菜农在风雨吹打的棚子里度日。这件事，使他痛心地认识到光听汇报而不注重实际调查的严重性。"形式主义、官僚主义害国又害民啊！"方远在雨中自言自语。"是的，我真该让自然界这雨水来清洗一下自己的灵魂。"

这时，天色由阴转晴，云层里透出了玫瑰色的霞光，不远处有两个穿着很入时的女人朝他走来。女人越走越近，还看不清容颜，却听到一个软绵绵、娇滴滴的声音："方市长，您真早！"另一个女人却用很清脆的普通话说："方市长，您好！"啊，这个讲普通话的原来是夏雨虹，去年年底开社区工作会议时，她在会上介绍过做社区工作的经验，方远认识她。

"你们早！"方远向两个女人伸出手。

"方市长，我自我介绍一下，我是鸿泰有限公司公关部经理耿彩云。听说今天上午您要在这里召开现场办公会谈，我特地要夏主任来邀请您去视察我们鸿泰花园第一批住宅楼。"

"真是信息社会，我昨天晚上才决定的事，你就知道了。"方远不无幽默地说。

"方市长，我知道您时间紧，如果能安排得过来，也请顺便看看我们的社区服务中心。"雨虹巧妙地回避了耿彩云的要求，她在给方远一个信号，她这是被迫来的。

"这样吧！你们先回去，等会议开完了，有时间一定去，到时我会让秘书告诉你们的。"方远没有完全拒绝两位女人的要求。

阵阵微风吹过，细雨已经停止。晴朗的天空，明媚的阳光，碧绿的湖面，苍翠的山峦，东北面已立起了尖顶米黄色的别墅，白色高大的公寓楼群；东南面工地上高悬着脚手架和吊塔。方远越看心里越不是味道："楼是站起来了，工地也铺开了，可菜农们的生产、生活却更难了，干群的关系更紧张了，这难道就是我们要搞的对外开放、招商引资吗？"

通往蓝月湖音乐喷泉广场的月湖大道上，小车喇叭的嘶鸣声此起彼伏，打破了早晨的宁静，前来参加会议的市直各部门领导陆续赶来。方远沿着湖边柳堤，一直走到了音乐广场。大自然的阳光、清风、晨露、雨丝、花香、绿树，在这样的早晨，这样的时刻，这样诗意的环境，给了他不可言表的心灵抚慰和滋润。方远瞬间忘记了自己的烦恼，他在倾听天空、苍山、湖水、树木、花草、菜地的声音，他在欣赏头顶上小鸟飞翔的弧线。慢慢地他那双智慧的眼睛，显得清澈无比。平时喜欢紧抿的双唇，也张开美美地呼吸着大自然空气的湿润和新鲜。只见他舒展开强健的手臂，用力地前后甩动。

"方市长，开会的人到齐了。"秘书匆匆跑来对方远说。

"今天把大家请到这个湖边开会，我没有给大家准备坐的凳子、椅子，更没有沙发、开水、烟灰缸，我和大家一起站着、看着、思考着开一个会。这是一个形式特别的会，我希望这个会能成为我们大家人生旅途中一个难忘的回忆。"

人们感到诧异，今天方市长怎么啦？

"大家可能在想，今天方远葫芦里装的什么药？没有什么药，我先给大家提几个问题，然后请按部门的职能性质分别回答。"局长、主任们在互相观望猜测，脸上都露着迷惑的表情。谁心里也没有底，这个底只有方远一个人知道。这与平常会前通知开会内容，局长们叫办公室做准备，走到会议室，包里早装好了一叠材料的情形相比，完全出乎意料。只是在昨天晚上十二时，接到政府值班室的电话，要求上午八点三十分，赶到蓝月湖的南边音乐广场开会。

"各位局长、主任，现在我向大家提几个问题。第一，为什么菜农的补偿不到位，拆迁户安置不落实，高楼、别墅可以建起来并高价销售？第二，为什么明明合同上双方约定，任何一方不履约，都应承担相应的经济和法律责任，现在不但不承担任何责任，反而对拆迁户的正当利益和要求置之不理？第三，二百户拆迁的安置补偿仅落实不到一百户，还有一百多户居住在临时搭的棚子里。请问拆迁户何过之有，要受这种活罪？这件事到底该由谁管，管得了管不了？第四，鸿泰有限公司在DDC工地上搭的临时建筑，开了那么多的建材经销店，是谁批的？为什么市政府明令拆除长时间拖延不动？而我们菜农拆迁户一时不理解，就有法官上门催促，甚至决定强拆。这两者比较，说明了什么问题？这其中到底有什么鬼？大家难道不应该深而思之吗？第五，从1999年三月到今天整整三年多的时间，这些没有安置和补偿到位的菜农到省政府、市政府、区政府、拆迁办、街委会、社区委员会和司法部门上访，据市信访办统计达一百多次一千五百多人。同志们，三年呀！居无安定之所，生无可靠之源，而他们应当享有的合法的生存财产权利，被无情地剥夺了，我们该负什么责任？假如我们自己是这种情景，我们能忍受吗？这些农民太善良、太忠厚了，有的甚至有理都讲不清楚，见到当官的腿都发抖，竟还有人说他们是刁民，没有文化，不讲道理。我想问我们那些所谓的有文化、有品位、讲道理的人，你来评说评说，是谁刁，是谁不讲道理？我不否认，有个别的农民无理取闹，超越政策要求过高，但大多数，绝大多数的农民是好的。最基本的事实是，你的政策不落实，农民的利益受损害。这是最近我收到的一封信，念给大家听一听：

"方市长，这是我写给你的第一封信，但这样的信，我是不止十次地写给区政府、街委会、拆迁办市信访办、房产局、法院。每封信的寄出，我都寄予希望，但是每封信寄出后，都石沉大海，杳无音讯。我经常看报、看电视，我看到那么多领导和干部都在不同的场合表态要转变作风，为老百姓办实事，我相信这是真的，我在农场小学教书时，也是这样对学生讲的。可是时至今日，当我在湖边木板搭的棚屋里一住就是三年，守护着病重的妻子，每天都要用马桶给妻子接屎尿时，我的心充满了酸楚，我的妻子可是原农场省劳动模范啊！想不到她曾经为之流汗、付出青春的农场在招商引资开发后她反而变得无家可归，有病后没有一个调养的环境。我们原本是有房屋的，当初为了支持政府的开放政策，妻子是第一个带头拆迁的，可万万没有想到落到这种地步。周围的邻居骂我们活该，自作自受。这些我都理解，谁要你带这个头？可妻子是无辜的，她是党员，她当然要听党组织的话。我不是党员，经常为自己不如妻子而感到羞愧，可今天我看到我们有少数的党的干部是如此的不察民间疾苦，不依法办事，不履行自己的职责，我感到心痛，感到愤恨，觉得他们还不如我们这样的普通老百姓。方市长，请允许我写信时带着这份不能控制的情绪，但我仍然是相信政府的，相信您的，要不我怎么还会写这第十一封信呢？且不去讲更多的大道理，请看在一个曾经为党和群众的事业尽过自己一份薄力的农村女党员的实际困难的份上，给我们这些拆迁户想想办法吧！您的办法总该比我们多一点……"

方远是含着眼泪读这封信的，他实在无法读下去了。他这是第二次流眼泪，他原以为今天可以控制自己的感情，不至于让自己在各位局长面前流泪。他拿着信纸的手在颤抖。

整个会场一片寂静，有不少局长在擦眼泪，有个别女局长甚至哭出声来，毕竟我们的党、我们的国家，在艰难的跋涉中，用自己的思想光辉和改革实践教育和培养了一批又一批、一代又一代的优秀儿女，他们中的代表人物像焦裕禄、孔繁森、张鸣岐都是人民心中的丰碑。大地、江河、高山都可以作证，共产党完全可以纠正自己队伍中的不正之风。今天站着开会的这一批市直机关和区、街的主要领导干部，虽然谁也没有发言，但从他们的泪光里和沉重的神情上，方远看到了力量，看到了光明。

"我知道，我刚才提到的这五个问题，读的这封来信，答案大家都清楚，就是一句话，党和人民的利益高于一切。所以我今天并不要大家当场回答我的问题，我希望大家带着这位普通农民的心灵呼唤去用行动回答我提的问题。在这里我要再一次说，这些问题迟迟得不到解决，我是有责任的。现在我向大家检讨，同时也希望大家能真正视民为父，守土尽责。现在我提议大家自行去安置地、建筑工地、住宅新区看一看，直接感受、思考一下这块土地的历史和现实。散会！"

大家自动地走到方远跟前，伸出手去与他握手，谁也没有说什么，大家的眼睛都湿润了。方远与大家紧紧地握手，频频点头。太阳缓缓地、漫不经心地向中天移去，在灿烂的光焰映照下，蓝河这座古老而美丽的江边城市，显得更年轻秀美，充满着蓬勃的朝气。大雁列队掠过辽阔浩瀚的天空，在白云的底版上写着一个飞翔的"人"字。

五、生命的偶像

　　世上最珍贵的，往往就是人们所向往的。领导者若能帮助他们实现自己的愿望，他的品格就会变得高尚。

　　诺亚病了，在发高烧，他还一个劲儿地要求医生让他出院。

　　"诺亚，必须听医生的，不要任性，你是市委书记，不是当年的研究生。"安凡坐在床边安慰诺亚，并把细心削好的苹果切成小片，一片一片送到诺亚的嘴边。自从诺亚与安凡结婚以后，除了晚上会面，稍事交流，白天他们几乎很少在一起待过。

　　"还记得你写研究生毕业论文时得病的情景吗？"安凡闪着晶莹的大眼睛问。

　　"记得那次也是重感冒发高烧，我偷偷地跑出了病房，回到宿舍去写论文，结果高烧到 39℃，一下子人事不知，还真感谢你这位救命的天使。"说着诺亚握住了安凡的纤纤玉手。"真危险，现在想起来都害怕。"安凡把头贴到了诺亚温热起伏的宽厚胸脯上。美丽的记忆流云，此刻正在他俩的眼前飘动。

　　那是 1987 年秋天，诺亚和安凡在西南政法大学读法学硕士研究生。导师要求他们的硕士论文尽量争取在答辩前能够发表，这样就更有分量。诺亚的论文《依法治国与中国的法律体系》已经与《中国法制》杂志联系好了，只要一定稿就可以送审发表。就在即将完稿时，诺亚患重感冒住进了学校医院。那时他也是不听劝告，多次要求提前出院，医生不肯，他就自己偷偷地跑出了病室。恰好安凡去医院看他，见病房无人，安凡马上意识到，诺亚准是回宿舍或者图书馆写论文去了。她立即赶往宿舍，推门一看，诺亚已经晕倒在桌子上，于是安凡叫来邻室的男同学，又把他送回了医院。从那天后，安凡下决心坐在病房前的走廊长条凳子上看守诺亚，一坐就是三天，直到诺亚出院。那时候不像现在有电脑，写文章完全靠钢笔一字一行地写。安凡为了帮助诺亚按时交稿，每天都帮他抄论文正稿到深夜。结果，诺亚的论文如期发表了，可安凡的论文却耽误了。

"那时的人真怪，其实我们谁也没有表明态度，可就心心相印了。"

"这是上帝的安排。你是上帝派给我的天使，是我的理想飞翔的羽翼。你还记得，我在你的论文答辩成功后的那天晚上写给你的尼采《音乐中的女人》那段话吗？"

"当然记得，"安凡用手温柔地梳理着诺亚的头发，用香甜的声音，动情地朗诵着尼采的话：

和煦的、略带雨意的风何以产生音乐的氛围和富于创意的欢悦旋律？它就是那吹拂在教堂里并赐给女人恋情的风么？

安凡又一次俯下头去亲吻诺亚的脸庞，然后她用手往两边抹头发，脸上飞红，眼睛放着炽热的亮光。"诺亚，你还觉得我美吗？"

"美，真正的美是永恒的，是早已刻在心灵上了，它不仅仅是感觉，而且是刻骨铭心。"

"既然美是永恒的，那我考一考你，我那天晚上写给你的诗，你还记得吗？"

"不仅记得，而且诗的原稿我还带在身边呢。"诺亚翻身从枕头下的考勤记录本内拿出一张照片，那是安凡送给他的，照片后写了一首诗：

秋日的圆月

孤独地走进

荷塘涟漪的梦里

去采摘光明的心

她要献给生命中的偶像

堆一座金字塔

让飘来飘去的彩云

永远围绕塔顶歌唱

夜老了，也不离去

仍然举着灯笼寻觅

安凡从诺亚手中接过照片，她看见一个披着乌黑长发，闪着温柔智慧的目光，鼻梁高高翘起，脸庞甜美的微笑波纹里绽放着一对深深的小酒窝的女孩。她真不敢想象，这就是当年的自己。生活之舟，已载着她与诺亚，又闯了几番风雨，几度冰霜啊！真是"为伊消得人憔悴"。从农村乡镇到市体改委，再到山区县当书记，然后调省司法厅任职，再到蓝河市。安凡跟随诺亚南征北战，风雨兼程。她认定了，诺亚如果浪迹天涯，她就形影相随。她懂得真爱和幸福的真谛。

安凡端详着自己的照片，激动不已，情不自禁地亲吻起来。此时此刻，她真害怕手中的美丽和心灵的梦想跑掉，有时女人就这样脆弱无奈。

周尚飞终于在三天之后的傍晚回来了。

夏雨虹没有问他去了哪里，为什么电话也不打一个。

她只是关切地问他，去了单位没有，去省里开会怎么也不给单位说一声，让大家都着急。周尚飞在回家的路上一直心神不安地编故事，制造谎话，准备应付夏雨虹的盘问，但万万没有想到回到夏雨虹身边，她竟没有问一个字，反而提醒他要给单位一个说法。几天的失踪，夏雨虹并非没有想法，也并非不着急。她已经前前后后地思考了几天，结论是，周尚飞开始变了，变得陌生起来，甚至有些不可思议。那些名利、地位、金钱、荣誉、女色的诱惑真有那么大吗？这个家庭，这个两个人用心和感情，用智慧和辛劳创造的爱情、事业，就这么脆弱吗？想到这里，雨虹反而心里平衡起来，如果真是这样，一定不要难过和惋惜，因为难过和惋惜只能针对冲浪的为人类而献身的壮士，而不是退缩的为一己私利而堕落的弱者。

自然，周尚飞的心里更不好受，甚至更感到空虚和恐慌。夏雨虹越是当作没有事，不责怪他，他越感到可怕、失落。他想好的故事，编好的谎言，一切都化为乌有。

门铃响了。

周尚飞立即去开门："啊！安律师，您好，什么风把您吹来了？"

"周局长，我是无事不登三宝殿，我想找一下雨虹主任。"安凡说。

"欢迎安律师光临寒舍！"听到安凡的声音，夏雨虹急忙从居室里跑了出来。

待安凡坐定，周尚飞便微笑着很礼貌地对安凡说："安律师，你们谈，我出去走走。"

"打扰您真不好意思。"

"别这样说，你们谈吧，我走了。"

周尚飞拖鞋也没有换，就开门直往楼下跑。他真想立即离开这里，他看到安凡心里更发怵，好像这个女律师的眼睛能透视出他心中的每一个角落。

夏雨虹也感到新奇，平常周尚飞出去都要梳头，换上西装或休闲装，更不会像今天这样拖鞋都不换，她总感到会在他身上发生什么事情。

"安凡，诺书记身体恢复得怎样？"

"早出院了，现在恢复得很好，最近几天下基层调查，白天吃饭也在机关食堂，他说在医院里关了十天禁闭，不了解情况，需要到下面去看一看，多呼吸一下新鲜空气。"

"安凡，不怕你见笑，看到忙碌操劳的书记、市长，我有时候瞎想，市委书记、市长的妻子可不好当啊！"

"你呀，真不愧是学社会心理学的，我下辈子再不找当官的！"

"那你找不找诺书记这样的人？"

"你真鬼！……言归正传，今天我找你，是同你商量跟鸿泰公司打官司的事。我们法律事务所决定免费支持你们区政府打官司，但这场官司要打好，情况非常复杂，请你帮忙了解一些情况，做一些群众工作。"

"你具体一点，要我们社区居民委员会帮助做哪些工作，我们一定落实好。"

"主要是这几个方面：一、当时征收土地时，地价是由国土部门评估，还是经农场职工讨论，还是区政府、街委会领导定的，有什么证据？二、当时拆迁二百户，为什么只要求付百分之三十的资金，而百分之三十是由谁决定的，有什么证据？三、鸿泰公司在 DDC 基地的建材门市部是谁同意建的，为什么拆别的单位包括困难企业都那么坚决，而鸿泰公司的违章建筑却拆不下来，造成政府迟交土地的违约赔偿？四、当时有十多户菜农因安置工作没有做好而要法院出面干预甚至准备强拆是谁的主意，如何行动的？就这些。"

"安凡，你讲的这些问题，我基本清楚，现在只是没有证据，但在我的印象中这几件事当时鸿泰公司的总经理都拿着文件和批条给我们看过。"

"你知道现在这些文件在哪里吗？"

"我估计街委会、原农场（事实已散了）没有，我们社区更没有，可能区政府、市规划局、鸿泰公司那里有。"

"这样吧，你心里有个数，在适当的机会打听一下情况，有线索我们联系。这件事不到开庭，对谁也不要说，更不能说我在出面，那样会使问题复杂化。"

"这些我懂，你放心。"

"好吧，我走了。"

"再坐一会儿吧！"

"不坐了。"

"我送你。"

"不要送，一送就等于告诉别人。"

"好，我就不送了。"

夏雨虹有点难舍，满怀敬意地把安凡送到门口："好走，代向书记问候！"

安凡点头。

十点以后，周尚飞回到了屋内。"安凡找你有事？"他急忙问。

"没有什么事，她来了解社区法律咨询的情况。"

"不是吧，是与鸿泰有关的情况吧！"

"这不归我管。"夏雨虹回答得天衣无缝。

周尚飞在书房里坐下来，一个人喝着牛奶。

夏雨虹一个人在居室里看社区改革资料。

"雨虹，你过来一下。"

"什么事？不能过来说吗？"夏雨虹反被动为主动。她知道，与周尚飞的灵魂开战的时刻到了。

周尚飞走进了居室，习惯地躺在那张前后摇摆的皮沙发上。

"雨虹，我想跟你商量一件事。"

"什么事，你说吧。"

"我想换一套房子，我们的房子实在太小，将来一旦要小孩就不适应了。"

"换什么地方？怎么换法？"夏雨虹紧紧地追问。

"我想把房子通过局房产交易所卖掉，然后加一点钱在鸿泰花园买一套一百四十平方米五室两厅的。"

"你有那么多钱吗？"

"铎总说给我们优惠。"

"优惠多少？十万，二十万？"

"你这是怎么回事，在审问我？"周尚飞有所察觉。

"周尚飞，我明确地告诉你，这房子你要卖，我不反对，因为是结婚前你单位分的。但你要住到鸿泰花园去，我不会去住。"

"你这个人怎么这样讲话，我不是同你商量吗？既然你是这种不可调和的态度，我也告诉你这房子我买定了，你住不住随你！"说完周尚飞起身又钻进了书房。

夏天的夜晚真长，真让人难受，夏雨虹第一次失眠了，她联想到周尚飞三天三夜的去向，回来也不主动说个原委，而一回来就提换房子的事，又想到今晚安凡要求帮助了解的几件事，都涉及鸿泰花园和鸿泰公司，她预感到问题的严重和复杂。周尚飞在这个时候神志不清地要换房，而且要去鸿泰公司得"优惠"，这意味着什么？意味着他上了贼船，他正在船上跟着那群利令智昏的贼人滑向黑色的无底深潭。她实在睡不着，一日夫妻百日恩呀！她和他毕竟恩爱过，理解过，女人对男人来说需要什么，不是需要高官厚禄、虚荣富贵，更不需要靠出卖灵魂去获取这样的成功和金钱、地位，女人需要的是相知、相亲、相勉、相欢，就像是在大海中航行，这叶生命之舟希望在迷茫中看到明亮的灯火，在风浪中有强健的肩膀，在困苦中有坚定的目光，在绝望中有壮美的歌唱。生和死，对谁都是公平的，就看你怎样去面对；爱和恨，谁没有，就看你是否理智。谁不恋自己的心上人，谁不忆真诚的朋友，谁不梦故乡的山水，谁不爱自己的家园？可是这恋、这忆、这梦、这爱应该付出怎样的代价？做出怎样的牺牲？古往今来，多少仁人志士为之思考、探索、奋斗，为之流泪、流汗、流血。周尚飞，是谁用魔法让你不可自拔，是谁用枷锁把你的脖子套紧？

夏雨虹在哭泣，她平生第一次用泪水送走了夏日的夜晚，接受了婚后的第一次感情的裂变。

六、灵魂告诉我

我已经别无选择，我并非是人们所说的"清官"，灵魂告诉我，世界上最高尚的东西不是用价值可以计算的。我妥协了，我的整个生命和灵魂就一文不值。

蓝星区政府把诉讼书送到了市中级人民法院。

高明院长很重视这起涉外经济案，召开审判委员会进行了讨论，明确了三条原则：第一，依法审理；第二，不徇私情；第三，要经得起历史的检验。高明院长还特别强调：这里讲的不徇私情，其实是除了有与个人、单位的联系外，还包括不能搞地方保护主义的意思。接着高明院长还再三强调：我过两天就要随高院考察团去法国，请在家的柳一淮副院长主持全院工作，如有重要事情请与我电话联系；如不方便时，请直接向市政法委、省高院和市委请示汇报，一定要保证审判工作的正常进行。高明院长对法院的情况是清楚的，他的这段话听来意味深长，就看你的灵魂开不开窍。

六月的南方，天气已经很热。吃过晚饭，蓝月湖社区居委会的男女居民就陆续来到了"市民学校"。

说是学校，其实就是平时社区居民的文化体育活动中心。只是在这个中心又挂上了一块牌子，按夏雨虹的说法，这叫"资源共享"。

夏雨虹和迟虎那天去查赌的事，已经过去一个多月了，冰冰、马前草、未名湖、许鬼都写了检讨，也交了罚款（但要求保密，他们是公众人物，需要维护自己的形象。夏雨虹和迟虎商量，认为他们是初犯，又是新来社区的居民，也就答应了他们的要求）。这件事使这四位文化人都很感动。接到通知后，今天他们也赶来听课。尤其是冰冰和未名湖的来到，特别引人注意。冰冰主持的《新生活》和未名湖写的歌，在场的不少居民都看过、听过。

男女居民们很热情地向这四位新来的学员热情握手，"市民学校"的工作人员其实就是社区居委会的干部，还给他们送来了热茶。这是一种特殊的待遇和温暖，冰冰感到比在五星级宾馆喝的那些所谓的高档饮料更甜蜜，心里有一股暖流在流动。

今天的课是夏雨虹主讲，这段时间经历的工作风波和夫妻感情的裂变，使夏雨虹想得特别的多，她第一次真正认识到了社会的复杂和人生的艰难。

面对社区市民这个不同层次组成的人员结构，课是不好讲的。夏雨虹考虑了很久，最后她确定的主题是讲国家颁布的《公民道德规范》中的"团结友善"。她的题目叫"团结友善是新时期道德的基础"。

团结友善，其实是中国美德的继承和发展，在过去漫长的社会发展中，那时"团结"这个概念没有，但一家有难，众人相帮，"众人拾柴火焰高"、"人心齐、泰山移"都是讲的团结的重要和团结的作用。而团结的基础是什么呢？是友善。只是在不同的历史时期和不同的社会制度、文化背景下友善的内容和标准不同，但其基本的原则却是一致的。简单地说，就是要有正义和善良之心，对人要友好相处，友好相待，不能因个人的利益、个人的享受去损害、侵犯、掠夺别人的利益，甚至不择手段，造成别人不仅丧失利益，甚至家破人亡。如果一个社会变成人与人之间的物欲膨胀和宣泄，那这个社会肯定不安定，甚至四分五裂，就失去了民族团结、国家统一的基础，可见团结友善之重要。

在这里我简单地给大家讲点理性的东西。对于团结、友善，实际上是属于社会伦理学的范畴。长期以来，不仅在我国古代的伦理观中有争论和不同解释，西方社会对伦理学同样有着截然不同的观点和流派。从西方的传统看，伦理学历来分为理性主义和经验主义两大派，这种分野在古希腊已开始。苏格拉底以及他的学生和后继者柏拉图、亚里士多德，是理性主义伦理学的开创者和奠基者。亚里士多德的《尼各马可伦理学》，是早期理性主义伦理学的代表作。理性主义伦理学的基本观点是：合乎理性的即善。伊壁鸠鲁则是经验主义伦理学的代表，他认为，快乐是生活的目的，是天生的最高的善。他说的快乐既包括肉体的，也包括心灵的。到了 18 世纪，康德把理性主义伦理学推向了一个新的阶段，他提出了"实践理性"，他认为实践理性也就是人的善良意志，是人向善的意愿和决心，由于有了实践理性，人才能控制各种欲望，按照道德的规律行事。康德的伦理学比起亚里士多德的伦理学带有更加浓重的反对物质欲望的倾向。而边沁的伦理学则和康德的伦理学正好相反，它反时任何形式的禁欲主义，认为人无不以快乐作为生活目的和道德标准，凡能得到快乐的就是善，反之就是恶。由于边沁把"功利原则"当作人类快乐、幸福的基础，因此他的伦理学被称作"功利主义"。这种强调满足个人欲望就是善的主张，自然就很受资本主义社会追求最大利润的需要，因此从 18 世纪到 20 世纪的二百年间，"功利主义"在西方伦理学中始终处于主导地位，而这种伦理观产生的作用和影响，大家可想而知，我以为包括战争，难道最终目的不是追求最大利润吗？因此，现在的西方国家，人与人之间的关系，仍然充满着功利的色彩，离开金钱是不能生存的，社会对"善"的标准始终争论不休。1971 年美国哲学家罗尔斯出版的《正义论》提出了"阿基米德支点"。这种原则的具体内容就是：社会在权利、义务、利益分配等问题上，尽量做到合理、公正。罗尔斯认为，在实行正义原则时，应当做到两个方面：第一，社会在各种基本权利和义务的分配上实行平等；第二，由于事实上存在某些社会的和经济的不平等，所以社会应当保证得益最少的成员，能够得到补偿。这就是罗尔斯所谓的"社会正义二原则"。第一原则是公民自由、平等的原则，社会应当根据这一原则，建立与之相适应的政治和法律制度，以保证公民的权利。第二原则是差别的原则，它涉及公民的物质和精神财富分配。在罗尔斯看来，由于人的先天禀赋和后天的环境机遇等不同，不平等现象的存在是不可避免的。但社会不能以此为据，在物质和精神财富的分配上厚此薄彼，而应当采取各种措施来缩小而不是扩大这种不平等。他的具体意见就是：在分配上，向最困难的人群倾斜；在机会均等的情况下，使各种职务、职位向全社会开放。其实，那种通过富人的施舍向穷人进行道德补偿的办法，恰恰就是罗尔斯所着重批判的"功利主义"伦理学的主张。而我国古代伦理学一直在"义"、"利"两个字上做文章，一种观念认为，人要重"义"轻"利"，如果重"利"就会失"义"；另一种观点认为没有"利"就不会有"义"，在这里的"利"主要是指物质利益，当然也包括物质利益的代表——金钱。"义"实际是指正义、善良、道德、人道。在一定意义上讲，过去一些人头脑里的姓"资"姓"社"之争，以及拒绝开放，闭关锁国，其根本原因就在这里。

原以为讲这些枯燥乏味的纯理论，居民们会不适应，没有想到，大家听得津津有味，有的还在认真地做笔记。

"我们现在的伦理观，我们提倡的道德标准，在现阶段，'爱国守法、明礼诚信、团结友善、勤俭自强、敬业奉献'这二十个字是最全面、最准确、最符合中国实际的表述，而且它们之间是互相联系、互相依存、互相促进、互相激励、互相升华、互为因果的……"

夏雨虹的话音一落，整个教室响起了热烈的掌声。

"没想到夏雨虹还真有两下子，她的课讲得真精彩。"一位退了休的干部说。

"雨虹姐，我今后要拜你为师！"冰冰激动地握着夏雨虹的手。

"夏主任，今后社区用得着我这个长头发，你就指示！"马前草豪爽地对夏雨虹说。

"市民学校"的一百多名学员兴奋地向四面八方散去。蓝月湖在美丽的月光下，像一个美好的梦在夜色中闪烁着。

蓝梦可一夜没有睡，他对蓝星区政府状告鸿泰有限公司的事很恼火，万一扯出个七七八八来，他通过秘书柳一淮干的事岂不要暴露在光天化日之中？那他这个副省长就有灭顶之灾。怎么办？现在只能孤注一掷，他决定要柳一淮不受理此案，于是他一清早就给柳一淮挂了电话。

一辆白色桑塔纳轿车在通往省府大院的宽广大道上飞驰。

柳一淮对政府大院是非常熟悉的，他原来就是社会发展处的一个科级干部，后来蓝梦可升任副省长管政法和国土，他就被点名当了秘书。

原因是有一次蓝梦可出差广东，把柳一淮带上了，正好那天蓝梦可受了寒，一身酸痛。见此情景，柳一淮便动脑筋，立即通过省接待办请来了一位医生，开了药，并做了按摩，病情明显减轻，当晚柳一淮一直守护到深夜，直到蓝梦可睡稳了，他才去睡。这件事，蓝梦可感受很深，觉得这个年轻干部会动脑，办事认真，加上平时柳一淮喜欢法律，而蓝梦可又是主管政法工作，这样柳一淮就当上了他的秘书。

柳一淮心想，跟了蓝梦可两年，蓝省长已经五十五岁了，不如趁他在位时，到基层去挂职，以后就有升迁的机会。想法一提出，蓝副省长立即同意他到蓝河市政法委，并给他安排了一个副处级的综治办主任职务。两年后，柳确实干得不错，而且还业余获得了法律本科文凭，在蓝的授意下，被提拔为中级人民法院副院长。对于在这短时间内的几次升迁，柳一淮对蓝梦可是感恩戴德的。他不止一次对蓝副省长说："你是我的再生之父。"

蓝梦可自然对柳一淮寄托着无限希望。他知道自己快要退位了，最可靠最有用的还是这个柳一淮。不是柳一淮的联络，他也不认识贾宝斋。可现在问题严重了，自己也被扯了进去，解铃还须系铃人，因此他决定要柳一淮摆平此事。

"一淮，你看这件事有没有两全之策？"蓝梦可问道。"比较难办，因为是诺亚和方远在亲自抓，而且身边还有一个安凡，这安凡可非寻常的漂亮女人，她对法律精通得很，去年在法国打官司，听说轰动了巴黎。巴黎的报纸以醒目的位置报道《中国女律师巴黎亮相》。"

"啊，是这样的。"蓝梦可感到有些难度。

"我来的路上，就想过最好的办法是先调解并做蓝星区政府的工作，让他们撤诉，您呢，给周尚飞打个电话，要他让鸿泰公司再卖一栋房子，然后先支付一批款子安顿一下拆迁户，把矛盾缓解下来。"柳一淮见蓝梦可心有所动，又继续说，"这可能是最好的办法，即使有人告状，也符合法律程序。"

"好吧！这事最好你不要出面，让下面人去办，找周尚飞我不方便，你亲自去与他商量，要他暂时冒点风险，就说以后有人帮他说话。"蓝梦可站起来拍了一下柳一淮的肩膀，"你跟了我这些年，有些事在处理时要多点心眼，不要授人以柄，不要因小失大，不要只看眼前，不要一遇风浪就手足无措。年轻人嘛，要在关键时候挺得住。我这几十年也是挺过来的。你当副院长不是有人反对说你是机关干部没有法院工作的实践经验不能当吗？我说，实践出真知，谁也没有当过院长再当院长。这两年你不是干得很不错吗？"停了一下，蓝梦可又接着问："那个高明什么年纪了？""已经五十七了。""也就到点了，你多注意与他处理好关系……这些以后再说。"

听到法院不受理状告鸿泰有限公司一案，方远拍案而起："什么不予受理，还有什么王法？"站在一边的市政府秘书长告诉方远："刚才蓝星区政府办公室来电话，现在蓝星大道的拆迁户听到这个消息，有的开始动摇了，特别是蓝星音乐广场的拆迁，今天基本上停了下来，群众反映，怕政策补偿又不兑现。"这时，桌上的电话又响了。秘书长拿起了听筒："我是石秘书长，啊！雨虹，方市长在，他正有事，你先给我讲吧！是、是……我就向方市长报告，好，再见。"石秘书长接完电话，便转身对方远说："刚才，蓝月湖社区居委会夏雨虹反映，今天中午很多拆迁户打电话给她，说十二点半时，蓝河电视台播了鸿泰花园近期又推出公寓上市的广告，问以前向拆迁户承诺的不全面兑现拆迁费就不准上市的决定还算不算数？"

"他们的动作还真快，胆子也不小呀！"

"方市长，得尽快采取措施，要不刚打开的城建和稳定局面又会逆转。"

"这样吧，你先去法院找柳一淮问一问不受理的原因，同时给我把周尚飞叫来，我倒要问问他，是谁改变了市政府的决定！"

"好，我就去。方市长你得保重，近来我看你明显地憔悴了，而且气色也不好。"

"老石呀，这样的局面，我气色能好吗？""也是，我走了，方市长！"

望着石秘书长一脸沉重地走出办公室，方远深情地感慨："这样的干部要多一些就好了！"

在政府机关食堂吃过午餐，方远就靠在办公室的椅子上休息。秘书小潘从车子上拿来一条毛巾被轻轻地盖在他的身上。望着疲劳而慈祥的长辈，小潘的眼睛湿润了。跟着方远五年，风风雨雨、坎坎坷坷，方市长总是兢兢业业，埋头苦干，从不回避矛盾。他为人耿直，要批评的当面指出，批评完了，也不放在心上。在背后，总是讲干部的好话，哪个干部对工作有贡献，哪件事是谁干的，他心里有数。今天的事，对他打击很大，刚刚打开的工作局面，几年来上百户拆迁居民才露出的笑脸，可法院一句话就不予受理了。这件事产生的负面影响能有多大，是可以想到的。

"潘秘书！"刚睡下不到半小时，方远就在喊。

"来了！"小潘来到了方远跟前。

"石秘书长有回音吗？"

"有，他要我先别打扰你，让你多休息一下，他说你几天都没有好好睡过。"

"这个老石呀！他怎么说的？"

潘秘书把石秘书长复印的法院文件递给了方远。

"石秘书长说，柳一淮讲，起诉鸿泰公司行贿国家工作人员导致合同舞弊违约，要求赔偿损失证据不足，还说蓝星区政府也愿意撤诉。"

"啊，是这样的！"方远不再追问别的，皱着眉头看起了复印的起诉书。

"周尚飞，你胆子可真不小，市政府的决定你竟敢独自改变！"方远站立着，一身正气，眼睛射出锐利的光芒。周尚飞现在成熟了，不像是曾经对着方市长，左一声照市长的指示办，右一声做好政府职能部门工作的时候了。他现在有了后台，有了尚方宝剑。但是，他又没有忘记蓝梦可那天在宾馆董事长接待厅的教诲："小周呀！你这个年纪就是正处级，一个这样大的城市，房产局长可不容易呀！但要学会把握时机，特别是进入了新世纪，要开阔视野，树立新观念，新的工作方式，尽量摆脱行政命令的干扰，有些事上面不清楚，讲的是原则，下面就要动脑子。毛泽东同志不是讲过吗，'原则性要与灵活性统一'。还要说一句，在领导面前，有不同意见，要慢慢讲明，不要硬顶和蛮扛，那样不利于解决问题，反而使人误解你骄傲看不起领导，这方面我是有教训的啊！"

现在面对方远这样一个不容申辩、不讲情面的黑包公，周尚飞在琢磨该怎样对付。他知道说不清楚也很难下台，经过一番思考，周尚飞开口说话了：

"方市长，我首先向您检讨，这件事我应该向您汇报，因为是您在会上定的，要我们把好关。只是考虑到鸿泰花园急需资金兑现合同，解决拆迁户的安置，就没有及时向您汇报。我考虑市长的目的也就是保证合同兑现，这样做不矛盾，没有想到这样做是自作主张，不尊重领导和政府的行为。"

"周尚飞，这不是一个不尊重领导和政府的事，是关系到一个大是大非的问题，这不仅仅是为什么合同长期不兑现？而第一批销售的房子达四个多亿，完全能够履行合同嘛。现在群众反映，难道政府不应该查清吗？"

"方市长，我考虑的主要是拆迁户的资金能否保证到位，这些问题确实忽视了，我接受您的批评。"

"你看现在怎么办？"

"我想能不能允许鸿泰先销售一两栋房子，我们把好办手续关。"

"为什么不能停止呢？"

"刚打广告，如果又停止，我担心外商会借此制造舆论，说我们投资环境不好。"

"还有别的影响吗？"

"资金不落实，始终不能从根本上解决问题。"

"阳光新村动工了吗？"

"正在动工，局里组织资金也很困难。"

方远知道，这样问下去没有任何价值，他需要果断采取措施，他决定立刻找诺亚商量然后再决策。

"这样吧，你先回去，要求鸿泰公司暂停广告宣传，什么时候上市听候通知。"

"按市长指示办，我走了。"

周尚飞急忙走出办公室，此时他的整个衣衫都湿透了。

"我们不同意撤诉，柳一淮给我打电话，说是证据不足，开庭反而对区政府和社会稳定不利，要我们再研究。"蓝星区区长说。

　　"为什么你们撤诉的文件还没有送上去，法院就下了不予受理的通知，还说是你们愿意撤诉呢？"诺亚问道。

　　"那是法院搞的名堂，他们说来不及就口头表态，不要文件。我说口头表态我个人不行，要召开政府常务会议，因为决定以政府名义起诉，也是常务会议定的。他又说，好吧，你们今天下午反馈情况，我说，下午开会来不及，因为有几位副区长不在家，我没有说话他就放下了电话。"

　　"是这样，那你们现在的意见，一定不撤诉，但法院的通知却提醒了我们一定要把证据搞充分。这件事安律师在指导。这里强调两条：一是坚决依法保护国家和群众的合法财产；二是坚决查处腐败和以权谋私行为。这两条你们区政府要统一。"说完，诺亚与蓝星区区长握手告别。

　　夕阳爬到了蓝河两岸云峰岭的背脊上，把天边染得一片金。在通往蓝星音乐广场拆迁工地的路上，诺亚乘坐的奥迪车在急速地行驶着。

　　方远已经站在蓝星广场的东南角棚户区等候，诺亚从车上下来，一眼就看见了方远。

　　"老方，几天不见，怎么减肥了？"

　　"是吗？我老婆也说我可以去做减肥广告了。"

　　"其实，真正的减肥方法只有两条：一是多动脑子，一是多干体力活包括走路。"

　　"你说得对，这十多年来，只有减，没有增。"

　　"好，我们去看看。"诺亚和方远并肩走着，"撤诉的事，我已经了解了，是法院单方决定的。我会找柳一淮谈，你只管大胆抓工程进度，但注意可能还会有大风大浪。"

　　"从整个拆迁进度来看，蓝星广场已经完成了百分之八十的任务，十万平方米的建筑物已拆完了八万多平方米。尤其是那天的定向爆破在全市引起了强烈的震动。但始终有人在议论，说这样做值不值得，是不是代价太大？还有人提出了旧城改造到底应当怎样进行，这也是一个需要认真探讨的问题。蓝河大道的扩改成功，宽敞油亮的马路，整齐有致的绿化带，明亮的路灯，现代化的公共汽车停靠站，象征文明、进步、发展的雕塑，向市民展示着城市的蓬勃生机和光明前景。"方远如实地对诺亚汇报了解到的情况。

看着诺亚和方远在尘土飞扬的工地与工人们亲切地交谈，过路的市民好奇地站在旁边，听他们对未来城市发展前景的构想。方远身边站着一位上了年纪的老人，他一直在注意方远。

"你是方市长吧？"老人很礼貌地问。

"老大爷，是的，我就是方远。"

"方市长你们做得好，我们早就盼望这座古老的城市能变化得快一些。"

"你们不反对吧？"

"反对？这是政府给市民办好事！一个城市就要有好的环境，有文化品位。前几天，我女儿从美国回来，到江边大道一看，她说比曼哈顿的江边大道还宽广还漂亮，绿化得还好。"老人有一种从心底发出的自豪感。

正在说话间，工地抓拆迁工作的龚副区长接到一个紧急电话，说是一个姓冰的个体珠宝店老板组织了一批拆迁户正在围攻搞拆迁的人。

"诺书记、方市长，前面拆迁有急事要我去一下！"

"你去吧！我们在这里和大家谈一谈。"诺亚说。

冰何是一个私营老板，做珠宝店的生意快二十年了。这是一栋破旧的二层普通砖木结构的房子，属私人房产，当时没有门面，改革开放以来，这条沿江的街道活跃和兴旺起来，许多市民都把朝街的门面扩大，有的甚至占用街道砌起了新的门面。冰何是一个很有心机和交际能力的人，他从十五岁起就在别人的珠宝店做职员，对于金、银、玉的识别经验很丰富，因此就开了一个珠宝店，生意还算可以。这次拆迁的政策补偿有两条明确的原则：违章建筑拆除不予补偿；房子用途改变的按原用途补偿。冰何对这种补偿不满，他坚持不签字，不同意拆除，可是硬顶他又怕惹出别的麻烦来。从心里来说，他也认为这些房子或门面实在太陈旧，甚至有些还是危房，政府改造完全应该。但一想到每年要少几万元收入，就心里难受，这次不多要点补偿，以后就再没有机会了。想来想去，把九十多岁的老母亲推出来，看你们怎么办？

工程上负责拆迁的同志已经十多次上门做工作了，今天是最后一次，再不主动搬出，明天就要强拆（已向法院申请）。当拆迁办的同志来到冰何家门口，冰何指使店员马上把门关闭，自己上楼守候在老母身边。他想，这场戏看你们怎么演？

拆迁办的干部有不少是年轻人，他们火气旺，做了这么多工作，早就憋了一肚子气，刚才还在营业，见他们过来，就把门关紧，急得他们直敲门。

"开门，开门！不开门，我们就砸门了！"有人这样喊。

"谁敢砸！"门突然打开，两个壮小伙手提铁棒站在门口。

"让开，你们是他家什么人？敢这样凶！"一个干部呵斥道。

"我们是冰老板的职员，是受他委托保护商店的。"

"我们找冰何送通知，请他本人签字。"说完，送通知的两个干部就在店堂里坐了下来。见干部坐下来，两个伙计就着急了，因为冰何就在楼上。他们互相使了一下眼色，这时其中的那个胖胖的年轻人说："你们出去，要找等老板回来找，我们不能答应你们坐在这里，不然丢了东西谁负责？"

"我们是来工作的，又不是来为难冰何的，请你们支持。"

"冰老板说，只要我们看守东西，别的事等他回来再处理。"另一个瘦瘦的青年说。

见这两位干部仍然坐着不动，那个胖青年就开始动手拖人，他想把拆迁的干部拉到门外去，于是四个人就揪扭了起来。

"快来人呀！政府干部抢东西啦！"瘦青年对着门外大喊。

一时间门口就围上了几十人，并有几个人冲进去，不待讲明实情抓住拆迁办的人就打。

"不要打人，不要打人，我们不是坏人，是来找冰何做工作的区干部。"

"什么区干部，就是要打你们这些腐败分子！"一个粗壮的男人对着干部头上挥起拳头就打。眼见这种情况，两个拆迁办的干部忍着拳打脚踢的痛苦，拼命地挤出了围攻的人群，边跑边给龚副区长打电话。

"都给我站住！"坐车赶来的龚副区长一下车，就对着围攻的人群高声吼道。

"站什么，我们又没有打人！"

"没有打人也站住！对不起，要委屈各位，待我们查明情况。"

有人认识龚副区长，就站在了那里。

冰何和母亲听到下面事情闹大了，怕不好收场，便从楼上走了下来，指着那两个职员狠狠地骂道："你们怎么打人？我不是对你们讲，要支持拆迁工作吗？有事等我处理嘛。"他装作没看见龚副区长。

"大家都回去吧！真不好意思，耽误大家了。"

"冰何！今天的事，我倒要问问清楚，你先坐下。"

这时候，拆迁办的两位干部又重新转回到冰何家。

"龚区长，今天是冰何故意策划打我们的，我们要告他。"

"别血口喷人，我都不在场，龚区长你要主持公道。"

龚副区长在来的路上，已经通知了派出所，此时门外走进了三位警察。

"这样办，你们几个都跟派出所的人去把事情讲清楚。"

"不去，我就是不去。"两个职员蹲在地上不动。

"你们不去，我去……"从楼梯上传来了一个脆弱老妇人的声音，冰何立即跑了上去。

"您老怎么能下楼呢？"龚副区长忙说。

"你们不是要拆房子吗？我不怕，死也不怕，我这把年纪还怕什么！"

这下可把龚副区长难住了。

"诺书记、方市长！"突然，不知谁喊了一声。

大家回头一看，诺亚、方远正站在门口。

冰老太太一看来了诺书记、方市长，忙推着冰何要儿子告诉她，哪个是书记，哪个是市长。一时间，冰何心里非常紧张，他感到事情闹得这样大，又让老母亲去乱说岂不坏了大事？于是他装作不认识地对母亲说："我也不认识。"

"各位好，我是诺亚，这位是方远市长！"

诺亚和方远大步走了进来。

冰老太太一下跪到了诺亚跟前，诺亚反应得快，立即蹲下去把冰老太太扶了起来："大妈，请不要这样，有话我们听你说。"

这时的冰老太太只是重复一句话："我不走，我死也要死在这里……"

方远忙走过去扶住老人："您老去休息，等会我跟您好好谈谈。"说完，他示意龚副区长把老太太扶上楼去。老太太很固执，不让人扶，也不上楼，急得冰何在一旁直搓手。

"真对不起各位领导和同志们，这样晚了，还让你们为我的事操心。"

"冰何同志，我们在路上已了解到你的情况，一时想不通可以再等几天，但是让老太太这样做就是你的不是。"诺亚严肃地说。

"是，是，我就把她扶上去。"

在众人的劝说下，冰老太太终于上了楼。

自从诺亚找柳一淮谈话，严肃地指出他不依程序办事的问题后，柳一淮预感到事态的严重。他立即召开经济庭会议，决定取回通知，开庭审理此案。这天晚上他自己开车专程去了蓝梦可家里，蓝梦可告诉他，开庭也好，不然舆论太大，反而会引起各方面的注意，开庭至少说明法院是公正的。

"开庭可以，但要把握判决关，必要时召开一个审判委员会，以便统一判决的思想。"蓝梦可交代道。

"按照规定，我需要请示院长。"

"他出国了，就说电话联系不上，事情重大，只能这样做。"

"好吧！就按您的指示办。"

周尚飞从家里搬出来后，干脆住进了局招待所。这段时间，他假装工作认真，一会儿去阳光新村工地视察，一会儿又去公房拆迁工地了解情况，实际上脑子里整天想的是开庭的事。他知道那天他和柳一淮得到铎庸交的钥匙和自己用别人的名字办的房产证，一旦问题败露，就会出现不堪设想的严重后果。他知道夏雨虹和安凡很要好，还得回去试探一下实情。他想，大丈夫就得有伸有缩。周尚飞回到家里，夏雨虹还没有回来，他打开了电视机。电视里正在播送冰冰主持的《新生活》。天生丽质的冰冰正在采访夏雨虹：

"听说你们社区管理得很有特色，你能不能给观众们谈一谈？"

"社区是城市居民共有的家，大家都要爱护它、关心它，即使是一株草，一棵树，一丛花都是大家的。我们的工作就是发动居委会的居民来做这些有益于大家的事。"

"你是读社会心理学的研究生，怎么选择了社区工作？"

"这是我的心愿，我学社会心理学，实际是学关于人的意义、价值和生命走向的科学，只有在社区这样最基层的工作中才能真正感受到高尚伦理的重要。"

"听说你受过不少委屈，挨过骂，甚至被人侮辱，但你依然矢志不渝，这是什么力量在支持你？"

"真情！"

"怎么说？"

"一旦认识和理解了社区工作，就是曾经仇恨过我的人，也会支持我的工作，这就是真情！"

"现在有人认为真情太少，矫情太多，爱情太假，你是怎么看的？"

"我不这样认为。1998 年那场特大洪水，我们的城市有一半都淹在水中，有多少人不顾自家坚守在堤上抢险，这不是人间的真情吗？至于矫情、爱情问题有特殊现象，大多数人的感情是纯洁的，这与中华民族的传统美德和文化背景有关。"

周尚飞看着冰冰与夏雨虹的对话，心里翻起了波浪。一个女人、一个知识女性，把自己的所有扑在居民身上，而自己一个男人、一个领导干部却为私利和欲望离开一个这样真诚的女人，去与那种虚荣矫情的女人鬼混，这是什么灵魂！什么样的生命走向？

快十一点了，周尚飞见夏雨虹没有回家，他想，自己不在家住也许她也不会回来，他决定离去。

刚走到门口，夏雨虹开门进来。

"你回来了。"夏雨虹平静的声音。

"这么晚才回来？"

"在冰冰家里，我邀她一道去做她姥姥的工作。"

"什么工作？"

"拆迁工作。"

"怎么样？"

"解决了……你近来怎样？想不想回来？"

"我还是来跟你商量换房子的事，另外……"

"另外什么事？"

"能不能帮助做做工作，叫那些拆迁户不要老找政府，鸿泰公司卖了房子不就有钱付款吗？"

"你是说鸿泰公司没有钱？"

"是，没有钱。"

"你错了！他有钱，他把钱存在银行里，就是不给拆迁户，他知道你们拿他没办法。"

"有那么严重吗？"

"让时间回答吧。"

"你真的不帮我这个忙？"

"是帮你的忙，还是帮鸿泰公司的忙，请说清楚。"

"好个夏雨虹，一日夫妻百日恩，你真做得出，这不是矫情是什么？"

"局长先生，别忘了我是学社会心理学的，这门学问，可以叫我洞察人的灵魂。"

"无稽之谈！"说完，周尚飞拂袖而去。

经过一个多月的周旋，柳一淮决定开庭。柳一淮这人并非等闲之辈，在蓝梦可身边工作那么多年，已工于心计，对官场了如指掌，他精心做了安排，把与自己关系最好、能耳提面命的一个庭长作为该案的审判长。

蓝星区委、区政府也高度重视，因为原告是区政府，这场官司的成败，不仅关系到区委区政府的形象和权威，而且会影响全市改革、发展的步骤。

安凡担任该案的辩护律师，开庭前她在反复思考可能出现的问题。她知道，这场官司非同小可，可是心中又无大把握。关键的问题在调查中并没有突破。比如不履行合同的缘由到底在哪里？有什么证据？现在可以说得通的唯一理由是没有按合同约定兑现，影响了拆迁安置和社会稳定，应当承担违约责任，但别的方面仍无进展。虽然夏雨虹也开展了许多工作，但是只能从大量的调查中，发现确实有人在为他们违约撑腰，甚至干扰履行合同，从蓝星区纪委查处的几个有牵连的干部来看，是收了鸿泰公司下面工作人员的红包、请吃请玩，因此就为违章建筑开绿灯，造成市府的赔偿，但这是自身管理失察，并不能给本案起什么作用。可是开庭日近，安凡实在着急。撤诉吗？那就无法挽回不兑现合同的影响和损失，反而造成更大的波动，而且第二批公寓要全部解冻出售。如果携资离开这样就更麻烦了。显而易见，这样做是深谋远虑、精心策划的，甚至还有高人在背后指点，把阴谋隐藏在合同之外，这是想利用公务人员的腐败获得最大利润。

像往日去法庭辩护一样，安凡也是早起整装待发。诺亚关切地问："怎么样，有把握吧？"

"只要秉公执法，至少可判对方违约责任。"

"要把问题预料得更严重、更复杂些。"

"是吗？"

"我有一种预感，结果可能不会如我们想象的那么简单……"

一清早，法庭门口就来了不少拆迁户的代表。

蓝星区的干部除了上班的都自觉地来到法庭旁听。就连马前草、未名湖也一早都赶到了这里。

安凡骑着车子向法院方向而去，后面一辆摩托飞驰而来，车上坐着一个戴着红色头盔的女人，这是蓝焰。

就在一个行人稀少，而且道路狭窄的十字路口，安凡慢慢拐弯，这时，对面又一辆摩托疾驰而来。

安凡被撞倒，随后的摩托紧急刹车，蓝焰去扶起安凡。

和安凡相撞的也是一个女人，也受了伤，躺在地上，头部流血。蓝焰迅速叫来"的士"，将两个受伤者急忙送往医院。

坐在车上，蓝焰定睛一看，这个有意撞安凡的女人不是别人，正是鸿泰公司的耿彩云。

安凡躺在蓝焰的怀里还在喃喃地说："送我去中院……我要出庭。"

"不行，你得去医院！"

"送我去，这比我的生命重要……"

蓝焰急了："这怎么行，你受伤了，在流血！"

"不！我要去！"安凡在蓝焰怀里挣扎着。

蓝焰当然知道这场官司的重要，看到眼前的安凡，她的心痛苦极了，可又有什么办法呢？

蓝焰立刻想起了夏雨虹，她立即用手机给她挂电话，请她迅速赶到医院。

躺在抢救室的安凡仍在喊："送我去法庭……"

看着这种情景，蓝焰、医生都流下了眼泪。

正如诺亚所预料的，由于意外的事故，安凡没有出庭辩护，法院做出的判决是：

合同有效，违约造成补偿资金不到位和违章建筑未及时拆除的经济损失和政治影响属政府自身管理责任。工作人员与鸿泰公司下属人员之间的行贿受贿行为证据不足。

法院的宣判，在蓝河市引起了极大的震动，市民们议论纷纷。

本来已经看到希望可望解决安置问题的拆迁户又开始了上访。大家不明白，为什么老百姓的合法权益总得不到保护，而那些老板的胡作非为，干部的违法乱纪却无人查处和惩治。尤其是安凡的车祸更让人百思不解，为何偏偏出现在开庭之前。人们议论，要是安凡出庭，也许是另外的结果。

一时间，传言像风一般四处吹散。

一波未平一波又起。世纪之初的七月，蓝河市出现了百年不遇的特大洪水。

天空团团乌云不散，空气闷热得让人喘不过气来，原来静静的碧蓝色的蓝河突然暴涨，夹着黄色的泥沙，奔腾呼啸，凶猛地向岸边冲去，似乎想冲垮堤坝的束缚。诺亚和方远分别在蓝河的百里长堤上夜以继日地指挥抗洪。

已经是两晚没有入睡了，方远仍然支撑着疲倦的身子，在检查守堤干部岗位责任的落实情况。百里长堤，堤上堤下，巡查、排险、运送物资的车辆和人群，组成了一支浩荡的抗洪大军。

方远发现前面插着小红旗堤段的草地上好像躺着一个人。他急忙和秘书赶了过去，一看是一位上了年纪的老农民正躺在草地上呻吟。

潘秘书忙蹲下身去，把这位农民扶了起来。方远一摸他的前额，感到烫手。

"一定是发高烧了，快打电话叫救护车。"

接着方远取出随身带着的矿泉水，揭开盖子，把矿泉水送到了这位农民的口里。

这时，潘秘书身上的手机又响了。

"喂，我是潘秘书，请讲！"

"什么？蓝月湖的阳光新村建筑工地出现了大面积崩塌……好，好，我立即报告方市长！"

方远已从对话中知道了阳光新村的险情。

"快，赶紧告诉建委柯主任，迅速组织抢险突击队，我立即就去！"

这时，大堤上传来了救护车的鸣叫声。

方远和潘秘书抬着这位农民向救护车走去。

坐在急速行驶的吉普车上，方远的心里翻江倒海。他知道，阳光新村工程塌方如不及时抢救，塌方扩大，必然危及蓝月湖大堤，那满湖的洪水涌进阳光新村，整个工程就要毁于一旦，经济损失巨大自不待言，政治影响更无法估量。

接过方市长的电话，建委柯敏主任已经组织了一百多人的抢险队奔赴塌方地段。此时，工地上呈现着一片紧张而繁忙的景象。汽车把一车又一车的钢管和木材迅速运到了现场。工人们不顾生命危险，一个个都跳到了正在坍塌的土堤下，迅速支起了钢管和木架，护住已断裂的土层。

一团团乌云压在头顶上，风卷着暴雨过来了，情况变得更加复杂和危急。

倾盆的大雨当头泼洒，浇得工人们睁不开眼睛。积水已形成水流直灌堤下，眼看土堤上的裂缝越来越大，更大的塌方很可能发生。

方远冒着暴风雨来到了最危险的地段，他顾不得自己的安危，排开工人们的劝阻，立即跳到半腰深的淤泥里指挥抢险。

"快，把木架扎稳，用木板直接顶着土堤！"

一根又一根粗大的木头传到了方远的手上，方远屏住呼吸，用手臂托着递给正在架上作业的工人。看到眼前的方市长，工人们的意志更坚定。此时大家只有一个信念，就是冒着生命危险，也一定要控制塌方，护住大堤。

"注意头上的塌方！"

方远眼看右上方的一大块泥土就要倾塌下来。说时迟，那时快，他猛然冲了过去，拉开了正在扎钢筋的工人，而他自己却被埋到了崩塌的土层里。

听到这里发生的情况，诺亚率武警官兵赶到现场排险，并命令把负伤的方远迅速送往医院。

方远的头部、腰部都受了重伤，住院治疗已经半个月了，仍不能起床行动。虽睡在病床上，可他的心一刻也没有放下这座发展中的城市。他躺在病床上，打着吊针听各个部门汇报确保离退休职工的养老金、下岗职工的生活费、城市居民最低生活费的发放问题，听规划的调整、国土的占村平衡、生态城市试点、招商引资、安全生产、优化环境、整顿规范经济秩序，以及禁毒、拆除违章建筑，严禁占道搭灵堂问题……医生的劝告对他没有丝毫作用，他反反复复地对医生说：

"请你理解我，我是市长，这座城市在我心中的分量比我的生命更重要。我只是一个人，而这座城市里有一百多万人，他们的生产、工作、生活，他们的困苦、忧愁、欢乐，他们的愿望、情绪、追求，我都要负责任。他们是我的衣食父母，尽快解决这些问题，是我应尽的职责。"

住医院的日子真难熬。

方远躺在床上，望着白色的天花板，思绪万千。长这么大他这是第一次住院，平时胃痛医生也劝他住院，他总是说没事，吃几片胃舒平就行了，有时实在受不了，就在办公室或车上休息一会儿。只要稍有好转，便又投入到工作中。同事们都说他是"工作狂"。为了让他治病，妻子几乎是求着他才去看医生和吃药的。

"你呀，为工作着想我不反对，但也得为我们母子想想啊！你已年过半百，不是当初当县长时的方远。"妻子守在床前安慰着急出院的方远。

方远指挥抢险负伤住院的消息传到了省委书记华振东那里，华书记很感动，当即打电话给诺亚："要好好关心方远的治疗，让他安心养病，有时间我会去看他。"

这天，刚开完省委常委会，华振东便驱车来到了医院。

"方远，怎么样？听说你憋不住呀！"一进门华书记就问方远，眼睛里透出焦灼和关切。

"华书记，你这样忙，还来看我，这都是我工作没有做好。"方远感动地说。

"什么没有做好，这几年蓝河市的变化，大家有目共睹，你这个方远是能干事的。这次抗洪抢险受伤，省委常委都知道，我这是代表全体常委来慰问你……听说，你们市政府与外商打了一场官司，你上台当了被告，还做了令人深思的法庭陈述，我看这件事有教育意义。虽然我们赔了钱，但是赢得了诚信和形象，这个学费付得值。"华书记边说边打手势，"现在入世了，就要有一个入世的姿态和实际行动，平常说入世挑战主要在政府，咱们没有直接体会，这次你可是现身说法呀！"

"华书记，这正好说明我们政府工作人员包括我在内，还很不适应入世的要求。我感到这次教训太深刻了！"

"诺亚跟我说，你创造了一个站着开会的先例，效果很好，这倒是个新鲜事，跟我说说这是怎么回事？"

"什么创造，我是急得不行，站在那里发了一通火后，就宣布散会，被记者们一炒作，变成了'开站会'的新创举，这纯粹是逼得。"

"逼得好！我看现在什么事都要靠逼，不逼就不解决问题，说穿了，外国佬跟我们打官司，要违约赔偿，也是一种逼，用法律的手段逼我们树立诚信风气，改善经济环境。现在看来，重要的是我们要创造一种自己逼自己的办法来推动工作。"华振东越说越激动。

"华书记说得好!"

"由逼到自觉,就是由被动到主动的演变过程。企业的产权制度改革不正是由市场逼出来的吗!一逼就逼出了成效,人们看到了结果,就自觉了。当然作为一个领导者就不能靠逼,要有预见性和世界眼光,有超前意识和创新思维,这一点你方远可要注意,不要只忙于事务啊!"

"我记住了书记的话,我会注意加强理论学习和实际问题的研究的,毕竟这种站着开会不是好办法。"

"要不开会或者开小会、开短会也能解决问题,若能这样我们的领导水平就上了一个新的层次。"华振东自信地说。

"华书记,我想给你谈点自己的事,行不行?"方远试探地问。

"可以,什么事都可以谈,今天我来就是想听听你的想法!"

"华书记……"方远深情地说,"我今年过了五十四岁,就已经工作整整三十五年了。应当说我的每一步成长都离不开党和人民的培养和教育。我是一个农村的孩子,我从来没有什么企望,也没有什么可怕的。这次负伤住院期间,我知道社会上有许多传闻,其中就有针对市政府那场官司和鸿泰公司拆迁补偿一事,以及这次阳光新村塌方的。特别是安凡出庭遇车祸,都反映出蓝河市不平静。诺亚是位好同志,他年轻有为,我有责任替他分忧,考虑我的年龄和身体状况,如果组织上认为我不适应这个岗位了,我绝无怨言,可以回老家去休息,和乡亲们一道生活,种种菜,养养鱼,自得其乐,平生无憾。所谓无憾是对自己的利益而言,对于真理,对于人民的利益,我永远不会放弃和妥协。安凡的遇险告诉我,市委、市政府都面临着各种挑战,这是正义与邪恶的斗争。我在想,如果能用我这顶乌纱帽和我的生命保护安凡,保卫我们的市民,保卫党的形象,我会心甘。那天受伤躺在床上,我想,假如哪天我葬身黄土,唯一的不安是愧对人民,愧对党,愧对安凡、夏雨虹这样好的同志。"

华振东被感动了:"方远,不说这些,先养病,我们以后要谈的还很多。你记得那句古诗吗?'风萧萧兮易水寒,壮士一去兮不复还','大风起兮云飞扬,安得猛士兮守四方'。这可是需要勇气和胸怀啊!方远呀,三十五年工作经历不算短,留下一段回忆是美好的。"

方远点头："谢谢华书记的理解，我懂了。"

这些日子周尚飞可神气了，在任何场合他都眉飞色舞，口口声声地说蓝副省长对他很赏识，那天还请他去汇报工作，称赞他有魄力，年轻能干。柳一淮也再三说明，本想帮助区政府，可是法律是神圣的，他甚至暗中责难这是安凡的失误，是好大喜功，"以为也是那次涉外案，明摆着的成败"。

急着要住进别墅公寓的周尚飞以为时机到了，又一次回到家里，动员夏雨虹换房子。没有想到这次夏雨虹却答应了，不过却提出了两个要求：一是要看一下房子的结构，二是要看所有的手续。她担心房子来路不正和房子不好，换了无法挽回。周尚飞因急于换房，心想，也不怕你夏雨虹搞什么名堂，连方远都不能奈我何，还怕你夏雨虹一个女人吗？但他一想到在医院的安凡一旦出来，绝不会善罢甘休，还有诺亚，他心里又萌生几分恐惧，于是添了一块心病。

在蓝梦可的支持下，周尚飞四处造谣方远要调走。一时间上下的传言给市政府的工作造成了艰难的局面。诺亚意识到必须保护方远，必须立即平息风波。他经过反复思考，决定向省委写信，陈述最近发生的问题。

省委振东书记并各位常委：

最近一段时间，蓝河市连续出现部分拆迁户聚集上访市政府、省政府，影响很不好，以致城建工程拆迁受阻。蓝星区政府与鸿泰有限公司的官司也搞得满城沸沸扬扬，加上七月初的洪水泛滥，阳光新村安置房建设工地塌方，方远受伤……这些问题的任何一个原因，都不能成为我作为市委书记推卸责任的理由，因此我郑重地向您和常委表明我对问题承担责任的态度，愿意接受省委的批评和处分。

但我要说，方远是个好同志，他正直、负责、肯干、有魄力，从不回避矛盾，从不放弃职责，从不计较得失，就是受重伤住院还想着受灾群众的疾苦，想着如何加快安置房屋建设。这样的干部我们不去理解、支持，是不公平的。请求省委明察。我始终认为，党的权力要交给那些有智慧、正直、对党和人民赤胆忠心的人，因为他们的思想是透明的、高尚的，没有个人杂念。而对于那些无德、无才、钻营拍马的庸人，置党和人民利益于不顾，以权谋私，以权损国损民的腐败分子则必须坚决惩处。因为只有这样才能弘扬正气，以党风带政风，带民风。风不正，安能治国惠民？蓝星区起诉鸿泰公司案，虽已判决，社会对此反响强烈，区政府要求重审，已上诉省高院。此事希望引起省委的重视。

……

省委书记华振东收到诺亚的信后，迅速批给各常委传阅。华振东在信笺上方用毛笔很认真地批道：

我这里不说诺亚谈的蓝河市的情况和出现的问题他们应当负什么责任，因为这需要实事求是地调查才能做出结论。只就他为方远说的那段话，是值得我们深思的。这几年蓝河市的变化、发展、市民的情绪，大家都是有目共睹的。为什么一旦发生问题，有的甚至是天灾，就有那么多人要造谣生非，把矛头对准一个正直、肯干、不思个人得失、不畏个人风险的领导干部呢？前几天，我去医院看方远，他一再说："工作没有干好，让省委操心了。"我说，什么算干好？可我到下面听汇报，都说自己干得好，形势不错，就连发不出工资的地方也说那里形势好。现在就有一些怪现象，有的人不读书，没有真才实学还要弄个博士、硕士的头衔。平时不调查不思考，开会出差讲不出别的，倒找了一个好门道，叫灰色幽默精于编段子，拿别人的短处甚至生理缺陷开涮、取笑。人家笑得越厉害，他就越得意。

这样下去，我们领导干部的形象何在！这说明了什么？中央一再要求我们要用好的作风选人，选作风好的人。对作风好的人应当怎样保护，这可是一个大是大非的问题啊！

后　记

　　新年初雪，晶莹的雪花，只飘舞了几个小时，便悄然离去。地上和枝头的积雪，很快就在阳光的温暖里消溶了。孙女楚楚拉着我的手说："雪还会下吗？我想跟爷爷一道堆雪人哩！"雪再没有回来。而春天却走到窗前，摇满了一树树的新绿。孙女又背起书包上学校了。我送着孙女去学校，总是讲着故事陪伴她走进校门。从3岁开始给她讲故事已经讲了3年，算起来有上千个故事。突然有一天，孙女说："从今天开始，你就讲你小时候的故事吧！"孙女的话，让我感到高兴而新奇。我说："你为什么要听我小时候的故事呢？"孙女回答道："我想知道爷爷小时候的小伙伴，你们是怎样读书、玩耍的。"于是，我就开始讲自己小时候的故事。想不到效果比前面讲的故事更好。孙女竟提出要我带她回到我出生的地方，去看我故事中讲的小伙伴，如红脸、大顺、石伢子……还要去看我们砍过柴的山岭，游泳过的小河，捉过鱼虾的湖塘，读过书的学堂。我知道，这些地方几乎都面目全非，再见不到当年的踪影和浓郁的乡土气息了。

　　这使我想到了一个问题。我这个出生农村的孩子，从小就受到饥饿、寒冷和劳苦的煎熬。后来，有幸上小学，读中学，参军，写作，从政，离不开家乡这片土地的滋养，党和祖国的抚爱，人民的哺育，时代的塑造。现在将步入古稀之年，回想过去的人生道路，在某种意义上讲，我就是一只书虫。几十年来，尽管在不同的岗位工作过，但最终伴随我的是常摆在桌上或枕边的各种书籍和那一页页的稿纸，那一支支的钢笔。我不舍昼夜，不问秋冬，日复一日地在书里钻，在纸上爬。现在算起来，我在半个世纪的漫长写作生涯中，创作出诗歌、散文、小说、电影、评论、歌词（不包括政治经济管理类的专著10多册）就有30多册。这些作品，其中就有我故乡的山水影像，小伙伴和乡亲父老的生活忧乐，劳动和创造。有我从这里出发，在人生旅途跋涉的颠簸、磨难、痛苦、欢乐的履痕和对人生社会的思考、感悟。我的这些书最终该去哪里？于是我便产生了一个念头，要把这些书压缩成10册，再版出来让它到它该去的地方。没有想到正在这个时候，我读2016年5期《读者》看到了爱尔兰诗人叶芝写的一首名叫《我的书本去的地方》的诗。这让我茅塞顿开，更加坚定了我的想法。诗这样对我说：

> 我学到的所有语言，
> 我所写出的所有语言，
> 必然要展翅，不倦地飞翔，
> 决不会在飞行中停一停。
> 一直飞到你悲伤的心所在的地方，
> 在夜色中向着你歌唱，
> 远方，河水正在流淌，
> 乌云密布，或是灿烂星光。

我读过叶芝的诗，那是非常美丽和智慧的精灵。我想这些书，一定会按照诗人的意愿，永远不倦地飞到它应当去的地方。而我的书和诗，尽管只是浩瀚书林里一片不起眼的树叶，我也盼望它奋力飞翔，抵达同样流淌着岁月的温暖光波，大自然的芬芳絮语，抑或也有风霜雪雨和忧伤黑暗的地方。

谭仲池

2016年3月7日于湘江之滨淡泊书斋